In der dunkelsten Nacht

Fiona Limar

Leif Eklund

Impressum

In der dunkelsten Nacht
von Fiona Limar und Leif Eklund

ISBN: 978-3-759864-20-8
Independently published

1. Version

Verlegt von:
David Salz, Niederbarnimer Str. 10,
16540 Hohen Neuendorf, Deutschland

Buchcover: Buchcoverdesign.de / Chris Gilcher – http://buchcoverdesign.de
Lektorat und Korrektorat: Heidemarie Rabe

1.

31. Oktober vor drei Jahren

„Wo willst du hin?“ Nele stand in der Tür und musterte ihre Schwester, die sich vor dem Spiegel drehte und ihr Outfit kritisch begutachtete. Miranda trug ein weißes Kleid, das Nele zuletzt beim Mittsommerfest an ihr gesehen hatte. Für die gegenwärtigen Temperaturen war es entschieden zu leicht.

„Zu einer Feier.“ Miranda schob eine Strähne ihres langen blonden Haars hinters Ohr. Sie hatte ein klassisches Profil, ebenmäßige Gesichtszüge und eine wohlproportionierte schlanke Figur.

„Zu einer Halloweenfeier? Hat Papa das erlaubt?“ Der Vater von Nele und Miranda stand dem geschmacklosen heidnischen Brauch, wie er Halloween abfällig nannte, ablehnend gegenüber. Das hatte in der Vergangenheit bereits für Diskussionen und Tränen in der Familie gesorgt.

„Ja, er hat es erlaubt", erwiderte Miranda kurz angebunden. „Ich bin immerhin schon vierzehn, da kann er mir nicht mehr alles verbieten."

Nele verzog den Mund zu einem hämischen Grinsen. „Wenn er aber herausfindet, dass du lügst und ganz was anderes vorhast, wird er dich nicht gehen lassen."

„Was sagst du da?" Miranda drehte sich abrupt zu ihrer jüngeren Schwester um.

„Ich habe gehört, was du am Telefon zu Emelie gesagt hast. Du triffst dich mit einem Jungen, der älter ist als du. Das wird Papa überhaupt nicht gefallen."

„Halt den Mund und hör auf zu lügen", sagte Miranda wütend. „Das stimmt gar nicht, du hast es dir ausgedacht, um mich zu ärgern. Du bist neidisch, weil ich feiern darf und du nicht."

„Das habe ich mir nicht ausgedacht, es stimmt. Ich weiß auch, wer er ist. Lucas Hansson, habe ich recht? Ausgerechnet der, Papa würde ausflippen. Du bekommst Stubenarrest für das nächste halbe Jahr, wenn er es herausfindet." Nele verschränkte die Arme vor der Brust. Miranda wirkte nun erschrocken.

„Du willst mich doch wohl nicht verpetzen? Außerdem stimmt es nicht, du hast da etwas falsch verstanden", sagte sie. „Ich gehe wirklich zu Emelies Halloweenparty. Lucas wird nicht dort sein, was nur gut ist. Ich mache mir überhaupt nichts aus ihm."

Nele glaubte ihrer Schwester kein Wort, sie war darüber eher traurig als wütend. Was war in letzter Zeit nur mit Miranda los? Sie hatten sich immer gut verstanden und Nele war stolz darauf gewesen, von Miranda wie eine Gleichaltrige behandelt zu werden. Plötzlich schien sie jedoch Geheimnisse vor ihr zu haben. Na schön, sollte sie, aber für dumm verkaufen ließ Nele sich nicht.

„Mir wirfst du vor zu lügen, dabei lügst du selbst. Ich bin doch nicht blöd.“ Nele tippte sich mit dem Zeigefinger an die Stirn. „So, wie du dich zurechtgemacht hast, geht man zu keiner Halloweenparty. Seit wann verkleidet man sich dafür als Braut?“ Tatsächlich sah Miranda aus, als wollte sie sogleich mit ihrem Liebsten vor den Altar treten. Sie war sorgfältig geschminkt, das seidig glänzende Haar fiel ihr in weichen Wellen über den Rücken und das weiße Kleid brachte ihren hellen Teint zum Strahlen. Sie gab ein Bild voller Anmut und Unschuld ab.

„Man muss sich nicht das Gesicht schwarz anmalen und Hörner auf den Kopf setzen, wenn man Halloween feiern will“, sagte sie. „Es gibt auch andere Möglichkeiten, sich zu verkleiden. Ich zeige dir was, weil du es bist.“ Sie zog ihr Kleid bis über die Hüfte hoch, wodurch ihre zarte weiße Spitzenunterwäsche sichtbar wurde. Ganz langsam drehte sie sich um und gab den Blick auf ihr durch den Stringtanga kaum verhülltes, perfekt geformtes Hinterteil frei. Doch nicht die frivole Wäsche, die Nele noch nie an ihrer Schwester gesehen hatte, ließ sie erstarren. Da war noch etwas, das da absolut nicht hingehörte.

„Igitt, ist das eklig, was soll das sein?“, kreischte sie.

Miranda legte erschrocken den Finger auf die Lippen und zog ihr Kleid nach unten. Sie griff nach ihrem Parka, warf ihn sich eilig über und zog den Reißverschluss zu.

„Was soll das sein? Wozu ist das?“, fragte Nele erneut.

„Es ist etwas, das ich heute verlieren möchte.“ Miranda lächelte geheimnisvoll.

„Aber wenn du es verlieren willst, wieso hast du es dann überhaupt dort festgemacht?“

„Du bist mit deinen elf Jahren noch zu klein, um das zu verstehen. Vielleicht erkläre ich es dir später einmal. Aber jetzt muss ich los.“ Miranda tätschelte Neles Wange und eilte zur Tür hinaus. Nele war noch immer sprachlos, was bei ihr selten der Fall war. Sie schaute aus dem Fenster und sah Miranda unten aus der Haustür treten. Schon nach wenigen Metern wurde sie von dem dichten Nebel verschluckt, der an diesem Abend herrschte. Nele sollte dieses Bild nie aus dem Kopf bekommen. Ihr war plötzlich beklommen zumute, es war wie eine Vorahnung von Unheil, das Miranda und ihrer ganzen Familie drohte. In der Nacht lag sie lange wach und wartete auf die Rückkehr ihrer Schwester. Doch Miranda tauchte nicht auf, auch am nächsten Morgen nicht.

2.

Der erste Tag nach Mirandas Verschwinden war von Hektik, Streit und Tränen geprägt. Ein Anruf bei Emelie hatte ergeben, dass Miranda nicht auf der Party erschienen war. Als die Eltern sie daraufhin bei der Polizei als vermisst meldeten, fühlten sie sich nicht ernst genommen. Eine Vierzehnjährige, die beim ausgelassenen Feiern die Zeit vergisst, so etwas würde schon einmal vorkommen. Vermutlich schlafe sie sich irgendwo aus und würde im Laufe des Tages wieder auftauchen. Sie sollten nach Hause gehen und dort auf ihre Tochter warten.

„Wir hätten sie niemals gehen lassen dürfen“, wiederholte Lars Edwardson immer wieder. „Aber du warst ja dafür, du wolltest, dass sie mit jungen Leuten zusammenkommt und sich amüsiert.“ Er warf seiner Frau Greta, die zusammengekauert auf dem Sofa hockte, einen giftigen Blick zu. „Nun siehst du, unter was für Leute sie da offensichtlich geraten ist. Das ist alles deine Schuld.“

Nele entzog sich der schlechten Stimmung, indem sie sich in ihrem Zimmer verschanzte. Niemand schien sie zu vermissen, es gab kein Mittagessen an diesem Tag. Die Minuten dehnten sich zu Stunden, Miranda tauchte nicht auf.

Am Nachmittag rief Greta ihre Schwester Wiebke an. Obwohl sie nicht wirklich daran glaubte, fragte Greta, ob Miranda vielleicht bei ihr wäre. Gretas Schwester verneinte erschrocken, in dem Falle hätte sie sich schließlich umgehend gemeldet. Sie war über das Verschwinden ihrer Nichte zutiefst beunruhigt und tauchte kurz darauf mit ihrer Tochter Elin bei der Familie Edwardson auf. Nele war erleichtert über die Anwesenheit ihrer Tante, in deren Gegenwart würde sich der Vater zusammenreißen und aufhören, die Mutter zu beschimpfen. Außerdem mochte sie ihre fast gleichaltrige Cousine Elin, mit der sie sich gut verstand. Elin sah Miranda sehr ähnlich, man hatte die beiden schon oft für Schwestern gehalten. Wie Miranda war Elin zierlich und blond, sie hatte ebenmäßige Züge und strahlend blaue Augen.

Während die Erwachsenen unten berieten, zogen sich die beiden Cousinen in Neles Zimmer zurück. „Hat Miranda dir nicht gesagt, wohin sie wollte?“, fragte Elin.

„Doch, hat sie, aber ich glaube, sie hat mich angelogen.“ Nele zuckte mit den Schultern. „Sie wollte sich wahrscheinlich mit einem Jungen treffen und es sollte niemand wissen. Vor allem unser Vater nicht. Du weißt ja, wie er ist, manchmal ist es mit ihm kaum auszuhalten.“

Elin winkte ab. „Ja, ich weiß, aber glaub mir, es gibt Schlimmeres.“

„Henrik?“, fragte Nele. „Hat er wieder was gemacht?“

Elin nickte. „Er hat mehrere Teller an die Wand geworfen, weil ihm das Essen von Mama nicht geschmeckt hat.“

„Das ist krass. Hat er sie auch geschlagen?“

„Sie sagt nein, aber sie hatte wieder blaue Flecke im Gesicht. Angeblich hat sie sich an einer offenen Schranktür gestoßen. Aber so ungeschickt, dass es ihr fast jede Woche passiert, kann sie gar nicht sein. Ich soll nichts merken, deshalb schwindelt sie.“ Um die Mundwinkel von Elin zuckte es verräterisch, sie wandte den Kopf ab und fuhr sich mit der Hand über die Augen.

„Warum geht ihr nicht einfach weg von ihm?“, fragte Nele. „Er ist nicht dein Vater und deine Mutter ist nicht mit ihm verheiratet.“

„Ich weiß auch nicht, warum sie es nicht macht. Ich glaube, er tut ihr leid. Früher war er anders. Sie meint, er müsste nur aufhören zu trinken. Aber das wird er nie tun, im Gegenteil, es wird immer schlimmer mit seiner Sauferei. Ich habe sogar schon Flaschen gefunden, die er in meinem Zimmer hinter dem Bücherregal versteckt hatte. Er dachte, da guckt Mama nicht nach.“

Nele hörte, wie vor dem Haus eine Autotür zugeschlagen wurde. Sie lief zum Fenster, konnte aber nichts erkennen, da es draußen inzwischen stockdunkel war. Jetzt klingelte es an der Haustür. „Du, da kommt jemand“, sagte sie aufgeregt. „Vielleicht bringen sie Miranda nach Hause.“ Bis eben noch hatten sie die Probleme ihrer Tante Wiebke mit deren Lebensgefährten von ihrer Sorge um Miranda abgelenkt. Jetzt schlug ihr Herz vor Aufregung schneller, sie stürmte über den

Flur ins Wohnzimmer. Elin konnte ihr kaum folgen. Doch es war nicht Miranda, die da angekommen war, sondern Gunnar, der Chef ihres Vaters und Freund der Familie. Hatte ihr Vater ihn angerufen? Oder hatte er zufällig von Mirandas Verschwinden erfahren? So schnell dürfte es sich eigentlich nicht herumgesprochen haben.

Man konnte sich kaum zwei unterschiedlichere Männer vorstellen als Neles Vater und Gunnar. Gunnar Blom war ein Selfmade-Millionär, er besaß Immobilien in ganz Göteborg, Geschäfts- und Mietshäuser. Er genoss seinen Reichtum und versteckte ihn nicht, fuhr schnittige Autos, pflegte kostspielige Hobbys und war ein gern gesehener Gast auf Gesellschaften. Lars Edwardson betreute mehrere von Gunnars Mietshäusern als Verwalter und erledigte viele anfallende Handwerksarbeiten selbst. Gunnar schätzte seine Vielseitigkeit und Gewissenhaftigkeit, dadurch waren sich die beiden Männer nähergekommen. Auch zwischen Neles Mutter und Gunnars Frau Annika war eine lockere Freundschaft entstanden. Sie trafen sich ab und zu auf einen Kaffee. Nele mochte Gunnar, der im Gegensatz zu ihrem Vater immer gut gelaunt und für jeden Spaß zu haben war. Heute wirkte er jedoch verstört und sein Gesicht war unter der Sonnenbräune fahl. Er schaute sich im Zimmer um und schien nach den richtigen Worten zu suchen.

„Gunnar, setz dich doch“, sagte Lars Edwardson. „Woher weißt du es, das mit Miranda?“

„Mit Miranda?“ Gunnar schaute Lars verständnislos an. „Was ist mit ihr?“

„Sie ist seit gestern Abend nicht nach Hause gekommen. Wir haben sie als vermisst gemeldet und warten nun, dass die Polizei etwas unternimmt. Es ist furchtbar, so untätig herumzusitzen. Ich dachte, du hast davon gehört und bist deshalb gekommen."

„Nein, das wusste ich nicht, es tut mir leid." Er schien nicht wirklich betroffen zu sein, sondern wirkte seltsam zerstreut. „Ich bin hier, weil ..." Sein Blick irrte hilflos zwischen den Anwesenden hin und her, um schließlich an Neles Mutter hängenzubleiben. „Annika ist tot", platzte er heraus.

„Was sagst du da?" Greta Edwardson schlug die Hand vor den Mund und starrte Gunnar mit weit aufgerissenen Augen an. „Annika? Aber wie denn, ich meine, sie war doch nicht krank."

„Es war ein Unfall", sagte Gunnar. Er setzte sich nicht, sondern stützte sich nur schwer auf die Lehne eines Stuhls. „Sie ist die Treppe hinuntergestürzt und hat sich das Genick gebrochen. In unserem Haus, gestern Abend. Ich kann es einfach nicht begreifen." Die Knöchel seiner Hände traten weiß hervor, er umfasste die Stuhllehne so fest, als wollte er sie zerbrechen. Angesichts seiner Verzweiflung vergaß Greta Edwardson einen Moment lang ihre eigenen Sorgen.

„Setz dich doch, Gunnar", sagte sie sanft. „Möchtest du etwas trinken?" Sie wartete seine Antwort nicht ab, sondern ging in die Küche und kam mit einem Glas Wasser zurück. Mit einem dankbaren Nicken nahm Gunnar es entgegen. Nachdem er es in einem Zug ausgetrunken hatte, setzte er sich und begann zu erzählen. „Ich verstehe nicht, wieso sie überhaupt dort war", sagte er. „Nach der Geschichte von vor einem Jahr hätte ich sie doch niemals an so einem Abend allein zu Hause gelassen. Aber ich hatte einen wichtigen Termin in Dänemark und wusste, dass ich nicht rechtzeitig zurück sein würde. Annika wollte deshalb bei einer Freundin übernachten, das hat mich beruhigt. Aber sie muss es sich anders überlegt haben, keine Ahnung, weshalb. Jedenfalls fand ich sie heute Vormittag am Fuß der Treppe zum Turmzimmer. Ihr Kopf war merkwürdig verdreht, ich habe gleich gesehen ..." Er konnte nicht weitersprechen, ein Weinkrampf schüttelte ihn.

„Mein Gott, wie furchtbar", sagte Greta leise. Ihr Mann gab ein undeutliches Brummen von sich, das wohl Mitgefühl ausdrücken sollte. Nele und Elin standen regungslos in der Tür, niemand achtete auf sie.

„Nahm Annika immer noch diese Tabletten?", fragte Greta.

Gunnar nickte. „Sie konnte sonst nicht schlafen und litt unter Angstzuständen. Aber die Medikamente machten sie auch tagsüber schläfrig. Es kann sein, dass sie deshalb gestürzt ist. Ich mache mir solche Vorwürfe, sie allein gelassen zu haben."

„Du musstest schließlich deiner Arbeit nachgehen und konntest nicht ständig auf sie aufpassen", sagte Lars Edwardson. „Außerdem wollte sie doch bei einer Freundin übernachten, damit war alles geregelt." Er mochte mit seiner Bemerkung recht haben, doch Greta kam sie angesichts der Tragik der Situation ein wenig zu barsch vor.

„Zu welcher Freundin wollte sie eigentlich?", fragte sie.

Gunnar zuckte hilflos mit den Schultern. „Das hat sie nicht gesagt. Wir haben nur ganz kurz telefoniert. Ich war in einem Meeting und die Verbindung war schlecht. Aber ich hatte geglaubt, sie wäre mit dir verabredet gewesen." Er schaute Greta fragend an.

„Nein, bei mir hat sie sich nicht gemeldet. Ich wünschte, sie hätte es getan, dann wäre das nicht passiert. Was für ein schrecklicher Tag."

„Ein gottverfluchter Tag", stimmte Lars Edwardson zu. „Dieser ganze Halloween-Mist bringt nur Unglück."

„Lars bitte, das hat nichts mit Halloween zu tun", versuchte Greta zu beschwichtigen.

„Nichts damit zu tun? Das sehe ich anders und Gunnar sicher auch. Hätte Annika im vergangenen Jahr durch den geschmacklosen Streich der dummen Bengels keinen Schock erlitten, wäre sie nicht noch immer auf Medikamente angewiesen gewesen. Viel zu glimpflich sind die davongekommen, man hätte sie wegsperren müssen. Und wer weiß, was Miranda zugestoßen ist."

Die Trauer um Annika und die Angst um Miranda legte sich wie ein dunkler Schleier über die Anwesenden. Alle schwiegen, jeder hing seinen Gedanken nach.

3.

Greta und Lars Edwardson saßen auf den entgegengesetzten Enden des Sofas im Wohnzimmer, Nele zwischen ihnen. Es kam ihr vor, als benutzten die Eltern sie als Bollwerk, um nicht wieder aufeinander loszugehen. In den drei Tagen, die seit Mirandas Verschwinden vergangen waren, hatte es viel Streit zwischen ihnen gegeben. Lars Edwardson gab seiner Frau eine Mitschuld, weil sie Mirandas Wunsch, mit Freunden zu feiern, unterstützt hatte. Nun machte er ihr deswegen endlos Vorhaltungen, auch in Anwesenheit der Polizisten, die sich seine Tirade geduldig anhörten. „An so einem Abend sollten die Kinder zu Hause bleiben“, sagte er. „Nur Verrückte sind da unterwegs, die sich als Teufel verkleiden und dann meinen, sich auch wie der Leibhaftige aufführen zu müssen.“

„Miranda war bei einer Freundin eingeladen, deren Eltern sehr anständige Leute sind“, wagte seine Frau einzuwerfen. „Sie waren während der gesamten Zeit zu Hause und hatten ein Auge auf die Jugendlichen. Es gab keinen Grund, Miranda nicht dort feiern zu lassen.

Ich werfe mir nur vor, sie nicht bis zum Haus der Freundin begleitet zu haben. Aber das hätte sie auf keinen Fall gewollt, sie ist immerhin schon vierzehn und die Freundin wohnt nur wenige Straßen von hier entfernt. Und trotzdem muss ihr auf dem kurzen Weg etwas zugestoßen sein, denn sie ist nicht angekommen.“ Greta Edwardson fuhr sich mit einem Taschentuch über die Augen, ihre Hände zitterten.

Die Polizistin, die gegenüber auf einem Sessel saß, räusperte sich. Sie war eine mütterlich wirkende Frau um die fünfzig und verfügte über reichlich Erfahrung im Umgang mit traumatisierten Angehörigen. Ihr junger Kollege überließ ihr deshalb das Reden. „Könnte es sein, dass Miranda nie vorhatte, zu dieser Party zu gehen? War sie vielleicht anderweitig verabredet?“

„Nein, auf keinen Fall“, sagte Greta Edwardson entschieden. „Miranda würde uns nie belügen.“ Obwohl sie sehr bleich war und ihre Augen vom Weinen geschwollen waren, sah man, was für eine schöne Frau sie war. Die Polizistin erkannte die Ähnlichkeit zwischen ihr und dem vermissten Mädchen auf dem Foto, das die Eltern zur Verfügung gestellt hatten. Die jüngere Tochter Nele kam dagegen äußerlich nach ihrem Vater, sie hatte sein mittelbraunes Haar, die tief in den Höhlen liegenden Augen und das vorspringende Kinn geerbt. Letzteres verlieh ihrem Gesicht einen trotzigen Ausdruck.

Die Polizistin schien von der Antwort der Mutter nicht ganz überzeugt zu sein. „In dem Alter haben Jugendliche oft ihre kleinen Geheimnisse“, sagte sie. „Hatte Miranda einen Freund?“

„Natürlich nicht, sie war erst vierzehn“, ließ sich der Vater im Brustton der Entrüstung vernehmen.

„In dem Alter haben viele Mädchen einen Freund, das ist nichts Ungewöhnliches. Die Jugendlichen sind heute früher reif."

„Reif nennen Sie das?" Das Gesicht von Lars Edwardson lief rot an. „Moralisch verwahrlost trifft es wohl eher. Und Eltern, die das auch noch billigen, sind nicht viel besser. Wir achten bei unseren Töchtern auf Sitte und Anstand."

Die beiden Polizeibeamten wechselten einen schnellen Blick. Es musste für ein junges Mädchen nicht leicht sein, unter der Fuchtel dieses autoritären Mannes aufzuwachsen. Kein Wunder, wenn die ältere Tochter es nicht mehr ausgehalten hatte. Die Vermutung, Miranda könnte einfach ausgerissen sein, wurde dadurch wahrscheinlicher.

„Weißt du etwas über die Freundinnen deiner Schwester?", fragte die Beamtin Nele. „Oder über einen Freund?" Sie ignorierte den wütenden Blick, den der Vater ihr bei der letzten Frage zuwarf.

„Lucas, Lucas Hansson", sagte Nele. „Er war nicht ihr Freund, aber er war hinter Miranda her. Sie haben einige Male miteinander gesprochen, das habe ich gesehen. Ich glaube, Lucas hat ihr gefallen, wenn sie es auch nicht zugeben wollte."

„Was redest du da?" Mit der Beherrschung von Lars Edwardson war es endgültig vorbei. „Deine Schwester soll sich mit diesem Kriminellen abgegeben haben? Das ist eine von deinen verdammten Lügen."

„Mäßigen Sie sich, Herr Edwardson", sagte die Beamtin in einem scharfen Ton, der seine Wirkung nicht verfehlte. „Geschwister wissen oft mehr voneinander, als die Eltern erfahren. Sie behindern die Suche nach Miranda, wenn Sie Ihrer Tochter den Mund verbieten.

Das dürfte kaum in Ihrem Sinne sein. Jeder Hinweis kann uns weiterhelfen. Wir haben übrigens die Namen aller auf der Party anwesenden Personen festgestellt, ein Lucas Hansson steht nicht auf der Liste. Also könnten er und Miranda sich an dem Abend anderswo getroffen haben. Erzählen Sie bitte mehr über den jungen Mann, Sie scheinen ihn zu kennen."

„Nur allzu gut kenne ich ihn, wenn ich ihm zum Glück auch nie persönlich begegnet bin. Aber der Polizei dürfte er gut bekannt sein. Er ist wegen Einbruchs und wegen groben Unfugs vorbestraft. Unfug, so nennt man das heute, wenn ein Mensch dadurch in den Tod getrieben wird. Ein Mörder ist dieser Mann, er hat die Ehefrau unseres Freundes auf dem Gewissen. Und möglicherweise hat er auch Miranda umgebracht."

„Lars, wie kannst du so etwas sagen?" Greta Edwardson begann zu weinen. „Wie kannst du einfach annehmen, Miranda wäre tot? Und ein Mörder ist dieser junge Mann ganz gewiss nicht. Annika war sehr sensibel und er konnte damals nicht mit ihrem Auftauchen rechnen. Mit ihrem Tod ein Jahr später hat er nichts zu tun, es war ein Unfall."

„Ein Unfall, zu dem es vermutlich nicht gekommen wäre, wenn er Annika nicht fast in den Wahnsinn getrieben hätte."

„Stopp, jetzt erzählen Sie bitte einmal der Reihe nach, um was es eigentlich geht. Was werfen Sie Lucas Hansson vor?" Die Polizistin schaute Greta an und ignorierte ihren aufgebrachten Mann. Von der Frau erhoffte sie sich eine objektivere Aussage.

„Vor einem Jahr an Halloween sind Lucas Hansson und einige seiner Freunde in die Scheune der Bloms eingebrochen. Sie wollten dort feiern und haben eine schaurige Inszenierung vorbereitet. Annika war allein zu Haus und bemerkte einen rötlichen Lichtschein hinter dem Scheunentor. Sie dachte, es würde brennen, und ging nachschauen. Als sie das Scheunentor öffnete, sah sie zwei menschliche Gestalten an einem Balken von der Decke hängen. Es waren lebensgroße Puppen, sie wirkten in dem schummrigen Licht täuschend echt. Annika erlitt einen Schock, von dem sie sich nicht erholte, von da an musste sie ständig Medikamente einnehmen. Hansson und seine Freunde waren davon ausgegangen, bei den Bloms wäre niemand zu Hause. Außerdem liegt die Scheune ein Stück vom Haus entfernt. Sie kamen glimpflich davon, wurden nur zu Sozialstunden verurteilt“, beendete Greta Edwardson ihren Bericht.

„Eine Schande ist das“, schimpfte ihr Mann. „So ermutigt man Jugendliche geradezu, Straftaten zu begehen. Miranda wusste, was Hansson getan hatte. Niemals hätte sie sich mit ihm verabredet.“

Die Polizistin war sich da nicht so sicher. Bei diesem Vater konnte sie sich vorstellen, dass Miranda es schon aus Trotz getan hatte. Sie bestand jedoch nicht weiter darauf und wandte sich dem nächsten Punkt zu. „Wir werden eine Suchanzeige herausgeben und auch die Bevölkerung um Mithilfe bitten. Da Miranda kein Handy besaß, haben wir keine Möglichkeit, ihren letzten Aufenthalt zu orten.“

„Sie brauchte kein Handy“, sagte Lars Edwardson verärgert. „Wir haben einen Festnetzanschluss, das reicht. Handys verleiten Kinder nur zum Geldausgeben und dazu, sich Inhalte anzusehen, durch die sie verdorben werden. Wir haben unsere Kinder davor geschützt.“

„Sie hätte uns damit anrufen können, wenn sie in Schwierigkeiten gewesen wäre“, wagte seine Frau zu widersprechen. Nele verzog das Gesicht. Nur die Anwesenheit der Polizei ermutigte ihre Mutter, etwas Derartiges zu sagen. Sie kannte die Argumente ihres Vaters. In seinem puritanischen Elternhaus hatte es nicht einmal einen Fernseher gegeben. Sie konnten von Glück sagen, wenigstens den zu besitzen.

„Für die Suchanzeigen, die wir herausgeben werden, brauchen wir eine möglichst genaue Beschreibung der Kleidung, die Miranda bei ihrem Verschwinden trug“, fuhr die Polizistin fort.

Greta Edwardson nickte. „Einen grauen Steppmantel mit Kapuze und darunter einen schwarzen Rollkragenpullover zu einer schwarzen Hose.“

„Hatte sie sich nicht kostümiert?“

„Nein, nicht richtig. Sie hatte sich eine schwarze venezianische Halbmaske gekauft, die sie an dem Abend tragen wollte. Die hatte sie wohl bei sich.“

„Das stimmt nicht“, sagte Nele. Die Köpfe beider Eltern fuhren ruckartig zu ihr herum. „Es stimmt nicht, sie hat sich noch einmal umgezogen“, wiederholte Nele. „Als sie losging, hatte sie ein weißes Kleid an. Und darunter weiße Spitzenwäsche mit einem Stringtanga.“

„Was redest du da?“, fuhr ihr Vater sie an. „Willst du deine Mutter als Lügnerin und Miranda als Schlampe hinstellen? Ich habe deine Lügengeschichten satt, scher dich sofort in dein Zimmer und lass dich hier nicht mehr blicken.“

Nele rannte aus dem Zimmer, niemand sollte ihre Tränen sehen.

4.

Nele hockte mit angezogenen Knien auf ihrem Bett und beobachtete, wie die beiden Polizeibeamten das Zimmer durchsuchten. Ihre Mutter stand mit bangem Gesichtsausdruck in der Tür, der Vater wie ein grimmiger Wächter daneben. Jetzt öffnete die Polizistin die Schublade der Kommode. „Sind das Mirandas Sachen?“, fragte sie und sah Nele dabei an. Nele nickte nur und schaute zu, wie Mirandas keusche Baumwollschlüpfer und Hemden in Augenschein genommen wurden. In anderen Familien trugen vermutlich nicht einmal die Großmütter solche Unterwäsche. Die von Nele sah nicht anders aus. Kein Wunder, dass Miranda sich heimlich selbst Dessous gekauft hatte. Nur fragte sich Nele, woher ihre Schwester das Geld gehabt hatte. Billig waren die Sachen bestimmt nicht gewesen. Doch Nele würde sich hüten, das noch einmal zu erwähnen, alle hielten sie ohnehin für eine Lügnerin.

Die Polizistin wandte sich nun Mirandas Kleiderschrank zu und inspizierte ihn. Sie bückte sich und zog von ganz unten ein zusammengerolltes Bündel ans

Licht. Sie legte es auf Mirandas Bett und entfaltete es sorgfältig. Eingewickelt in eine schwarze Hose und einen dunklen Rollkragenpullover kam eine schwarze venezianische Halbmaske zum Vorschein. Greta Edwardson gab einen erschrockenen Laut von sich.

„Sind das die Sachen, von denen Sie annahmen, Miranda hätte sie am Abend ihres Verschwindens getragen?“, fragte die Beamtin.

Greta Edwardson nickte nur stumm.

„Dann schauen Sie bitte im Schrank nach, was fehlt.“

Das war schnell erledigt, denn die Garderobe von Miranda war überschaubar. „Ein weißes Kleid fehlt“, sagte ihre Mutter tonlos. „Miranda hatte es an Mittsommer getragen.“

Sie schaute hilfesuchend zu Nele hinüber, die demonstrativ den Kopf abwandte.

„Gut, wir brauchen dann eine genaue Beschreibung dieses Kleides. Es wäre hilfreich, wenn Sie ein Foto hätten, auf dem Ihre Tochter das Kleid trägt. Gibt es sonst noch etwas, das sie bei sich hatte? Irgendwelche Schmuckstücke?“

„Sie trägt einen Ring an der linken Hand, einen schmalen Goldreif mit einem sternförmigen blauen Stein. Den zog sie nie ab. Ihre Tante hat ihn ihr geschenkt.“

Wer auch sonst, dachte Nele. Ihr Vater hielt Schmuck für überflüssigen Tand. Nur weil der Ring ein Geschenk von der Schwester seiner Frau war, hatte er nicht dagegen opponiert. Anderenfalls hätte er Miranda garantiert verboten, ihn zu tragen.

Die Polizeibeamtin wandte sich dem schmalen Bücherbord über Mirandas Bett zu, auf dem nur Schulbücher und einige Nachschlagewerke standen. Das ganze

Zimmer wirkte karg und ließ keine Rückschlüsse auf persönliche Neigungen und Interessen der beiden Mädchen zu. Es erinnerte an eine Klosterzelle.

„Hat Miranda irgendwo anders noch etwas aufbewahrt?“, fragte sie. „Schriftstücke, Souvenirs oder Geschenke von Freunden?“

„Nein, Miranda hat kein Interesse an irgendwelchem Firlefanz“, sagte Lars Edwardson. „Sie ist ein strebsames Mädchen und konzentriert sich auf die Schule. Sie will Ärztin werden.“

Will sie nicht, dachte Nele. Wenn ihr Vater sich einbildete, Mirandas Willen gebrochen zu haben, täuschte er sich. Sie hatte ihren Wunsch, Kunst zu studieren, nicht aufgegeben. Miranda konnte wunderbar zeichnen. Seit der Vater sie wegen einer Zeichnung sogar geschlagen hatte, tat sie es nur noch heimlich. Auf dem Bild war ein nackter Mann an einem Bach zu sehen gewesen. Nele kannte das Versteck, in dem Miranda ihre Zeichenutensilien und ihre Bilder aufbewahrte. Mehrmals waren die Beamten über das lose Dielenbrett gelaufen, unter dem sich ein Hohlraum befand. Sie würde es nicht verraten und auch nicht erwähnen, was sie an dem Abend ihres Verschwindens noch an Miranda bemerkt hatte. Ihr glaubte ohnehin niemand und der Schwester würde sie damit nur Ärger einhandeln. Sie hoffte nur, Miranda würde bald wieder auftauchen.

5.

Lucas Hansson hatte ein Alibi. Er hatte den Abend mit Freunden verbracht, die seine ununterbrochene Anwesenheit auf der Halloweenparty bestätigten, die im Ferienhaus eines Bekannten von Hansson stattgefunden hatte. Er habe Miranda eingeladen, behauptete er, doch sie hätte mit der Begründung abgesagt, schon etwas anderes vorzuhaben.

„Ich glaube dem Kerl kein Wort“, sagte Lars Edwardson grimmig. „Vermutlich war er wütend, weil Miranda ihm einen Korb gegeben hat. Deshalb hat er ihr aufgelauert.“

„Hör auf!“ Seine Frau Greta hielt sich die Ohren zu. „Wie kannst du nur immer wieder das Schlimmste annehmen und es auch noch aussprechen. Hast du gar kein Mitgefühl mit mir und mit Nele? Auch sie leidet furchtbar.“

„Was glaubst du denn, weshalb Miranda nicht nach Hause kommt? Über eine Woche ist sie jetzt fort. Glaubst du, sie tut das aus freien Stücken?“

Nein, das glaubte Greta Edwardson nicht, und doch sträubte sich alles in ihr dagegen, die Hoffnung aufzugeben. Ihre Schwester Wiebke kam nun täglich vorbei und stand ihr zur Seite, so gut sie konnte. Wenn sie Elin mitbrachte, zogen sich die beiden Mädchen in Neles Zimmer zurück. Da Lars Edwardson wie gewohnt seiner Arbeit nachging, konnten die beiden Frauen ungestört reden.

„Wie lange bist du noch krankgeschrieben?“, fragte Wiebke.

„Die ganze nächste Woche. Im Moment kann ich mir überhaupt nicht vorstellen, normal weiterzumachen. Nicht, solange Miranda verschwunden ist. Ich verstehe nicht, wie Lars es schafft, einfach arbeiten zu gehen, als wäre nichts passiert.“

„Sei froh, dass er es kann, vielleicht hilft es ihm, indem es ihn ablenkt.“

Wiebke machte sich daran, das Geschirr abzuwaschen, das vom Morgen noch in der Spüle stand. Greta hatte sich nicht dazu aufraffen können, half nun aber beim Abtrocknen.

„Ich bin ganz froh, wenn er nicht hier ist“, sagte sie. „Lars ist mir keine Stütze, im Gegenteil. Er redet von Miranda, als wäre sie tot. Lars war nie ein Mensch, der seine Gefühle zeigte, und ich habe das akzeptiert. Es hängt mit seinem Elternhaus zusammen, wo es kalt und streng zuging. Alles war auf Gehorsam und Pflichterfüllung ausgerichtet. Er hat mir leidgetan, wenn er davon sprach, und ich hoffte, er würde sich ändern. Am Anfang unserer Ehe sah es wirklich danach aus, er schien lockerer zu werden und unser Leben zu genießen. Aber je älter die Mädchen werden, umso mehr kommt seine strenge Seite zum Vorschein. Es wird immer schlimmer. Ich fürchte, er hat Miranda dadurch von uns weggetrieben. Sie hat es nicht mehr ausgehalten.“ Greta fuhr sich mit dem Geschirrtuch über die Augen.

„Wenigstens hast du die Hoffnung, dass sie lebt“, sagte Wiebke. „Die darfst du dir nicht nehmen lassen.“

„Nein, das werde ich nicht. Und wenn Miranda zurückkommt, wird sich einiges ändern. Ich lasse es nicht mehr zu, wie Lars die Mädchen behandelt. Im schlimmsten Falle verlasse ich ihn.“

Wiebke seufzte leise. „Ich hoffe, du wirst die Kraft dazu aufbringen. Ich wollte mich schon oft von Henrik trennen und habe es nie geschafft.“

„Aber warum nicht? Er hat dich sogar geschlagen.“

„Ja, und hinterher tut es ihm jedes Mal entsetzlich leid. Dann weint er wie ein Kind und bittet mich um Verzeihung. Weil ich Mitleid mit ihm habe, gebe ich jedes Mal nach. Er kann auch anders sein, sehr aufmerksam und liebevoll.“

„Glaubst du wirklich, er könnte sich dauerhaft ändern?“, fragte Greta skeptisch. „Immer wieder ist er bisher rückfällig geworden. Einmal muss es doch genug sein.“

„Das habe ich mir auch schon gesagt. Für mich gibt es eine absolute Grenze, und die wäre erreicht, wenn er sich an Elin vergreifen würde. Aber das ist bisher nicht passiert.“

Greta wusste darauf nichts zu erwidern. Mit zitternden Händen stellte sie den Teller ab, den sie gerade in der Hand hielt. Lars hatte es getan, er hatte Miranda geschlagen und sie war nicht eingeschritten. Sie war sogar schlimmer als ihre Schwester und nun zahlte sie den Preis dafür.

Wiebke schien ihre Gedanken zu erraten. „Wir haben wohl beide nicht das glücklichste Händchen, was Männer angeht“, sagte sie. „Das scheint in der Familie zu liegen.“

„Vermutlich hast du recht. Und die wirklich netten Männer, die ihre Frauen auf Händen tragen wie Gunnar, die ereilt dann so ein schreckliches Schicksal.“

Wiebke nickte. „Der Tod seiner Frau ist furchtbar tragisch. Wie geht es ihm jetzt?“

„Er leidet sehr, zieht sich völlig zurück. Wir sollten ihm jetzt beistehen, aber mir fehlt einfach die Kraft.“

„Das wird er sicher verstehen. Ich hoffe, die Suche nach Miranda führt bald zu einem Ergebnis und alles wendet sich zum Guten.“ Greta nickte. Der Gedanke, es könnte anders sein, war unerträglich.

6.

Göteborg heute

Der September hatte noch ein paar sonnige Tage gebracht, doch nun wölbte sich ein grauer Himmel über Göteborg und vom Meer her wehte ein kühler Wind. Das Kopfsteinpflaster in Hagas pittoresken Gassen glänzte feucht, als Polizeiinspektorin Alva Claesson morgens mit dem Rad zur Arbeit ins Polizeipräsidium fuhr. Sie fror und bereute es, nicht die Straßenbahn genommen zu haben. Obwohl sie in Göteborg geboren war, kam sie mit dem oftmals rauen Wetter hier nicht zurecht. Es musste das Erbe ihrer italienischen Mutter sein, Alva war ein Kind der Sonne und blühte nur im Sommer richtig auf. Ihr Lebensgefährte Birger war heute daheim geblieben, er hatte seine Termine wegen einer starken Erkältung für den Rest der Woche abgesagt. Er tat es vor allem seiner Patienten wegen, die er nicht anstecken wollte. Während einer Psychotherapiesitzung saß man sich fast eine Stunde lang gegenüber. Einige seiner Patienten würden da angesichts eines total verschnupften Therapeuten vermutlich ohnehin lieber die Flucht ergreifen.

Alva war an diesem Morgen die Letzte, die im Büro ankam. Ihr Kollege Sven saß hinter seinem Schreibtisch am Computer und Jördis hantierte an der Kaffeemaschine. Sie drehte sich zu Alva um und zeigte auf den durchlaufenden Kaffee. „Noch schnell zum Wachwerden, wir müssen gleich los“, sagte sie. „Es gibt Arbeit, im Waldgebiet Ruddalen wurde eine Leiche gefunden. Sie muss schon länger dort gelegen haben, es ist nur noch das Skelett übrig.“

„Okay, dann ist demnach nicht ganz sicher, ob das wirklich ein Fall für uns ist“, sagte Alva. Bei Knochen war die Bestimmung der Liegezeit nicht einfach. Vielleicht lagen sie bereits seit fünfzig Jahren oder länger dort.

„Ich denke schon, es ist ein Fall für uns“, sagte Sven, der jetzt angezogen vom Kaffeeduft hinter seinem Schreibtisch hervorkam. „Die Leiche wurde verscharrt, sie wird sich kaum selbst eingebuddelt haben. Und für prähistorische Funde ist die Gegend auch nicht gerade bekannt.“

„Wie und von wem wurde sie überhaupt gefunden?“, fragte Alva.

„Von Pilzsammlern. Wie es aussieht, hatte sich ein Fuchs in den Kopf gesetzt, seinen Bau ausgerechnet an dieser Stelle zu graben und dabei den Schädel freigelegt. Die schockierten Pilzsammler haben die Polizei benachrichtigt. Übrigens ist die Spurensicherung schon vorausgefahren. Falls ein Verbrechen vorliegt, wovon wir leider ausgehen, muss alles sorgfältig dokumentiert werden.“

„Na dann wäre das Wichtigste schon mal geklärt." Alva trank ihren letzten Schluck Kaffee aus. „Machen wir uns auf den Weg und schauen, was uns erwartet."

Sie ließen Sven den Wagen fahren, er kannte den kürzesten Weg. Ruddalen war vor allem als Sportzentrum beliebt, und er hatte mit seinen Söhnen dort in der Vergangenheit sowohl den Fußballplatz als auch die Eishalle besucht. Alva fragte sich, ob er beim Vorbeifahren daran dachte. Momentan lebten seine Söhne bei seiner Frau in Halmstadt und er sah sie nur an den Wochenenden.

„Das Waldgebiet ist nicht gerade klein und es gibt eine Menge Wanderwege", sagte er. „Wie finden wir jetzt unseren Einsatzort?"

Die Sorge erwies sich als unbegründet, ein uniformierter Beamter erwartete sie und wies ihnen den Weg. Sie sahen die weißen Schutzanzüge der Männer von der Spurensicherung schon von Weitem zwischen den Bäumen hindurchschimmern. Der Wald war an dieser Stelle dicht und urwüchsig, hätten sich die Pilzsammler nicht tief ins Unterholz gewagt, wäre die Leiche nicht entdeckt worden. Neben einer Grube war eine Plane ausgebreitet, auf der sorgfältig ausgerichtet ein beinahe vollständiges Skelett lag. Daneben kniete eine blonde Frau am Boden. Als sie sich aufrichtete, erkannte Alva die Rechtsmedizinerin Brigitte Wallenius.

„Schön dich hier anzutreffen", begrüßte Alva sie.

„Finde ich auch, so komme ich mal an die frische Luft. Ich helfe gerade dabei, das Skelett auf Vollständigkeit zu überprüfen. Das meiste ist vorhanden, nur der rechte Oberarmknochen fehlt, vermutlich haben Tiere den verschleppt. Die Leiche war nicht sehr tief vergraben. Ob die Hand- und Fußknochen vollständig sind, muss sich erst noch herausstellen." Brigitte zeigte auf eine junge Frau und einen Mann in Schutzanzügen, die die Erde der Fundstelle durchsiebten. Alva ging zu ihnen hinüber.

„Habt ihr irgendwelche Bekleidungsreste gefunden?", fragte sie. „Wenigstens einen Knopf oder eine Schuhsohle?"

Die junge Frau schüttelte den Kopf. Sie war neu bei der Spurensicherung und ihr Gesicht vor Eifer gerötet. „Nein, nicht das Geringste. Sie muss nackt vergraben worden sein. Irgendetwas wäre sonst übrig geblieben."

Schade, das würde die Identifizierung erschweren. Alva entdeckte ein buschiges Etwas neben der Grube. „Was ist das denn?", fragte sie.

„Ein alter verrotteter Fuchsschwanz", sagte die Kollegin. „Offenbar hat sich hier noch eine weitere Tragödie ereignet. Der Fuchs hat sein Leben ausgehaucht und nur sein Schwanz blieb am Ende von ihm übrig. Den Rest haben sich Aasfresser geteilt." Also war es kein Überbleibsel der Bekleidung, schade. Alva ging wieder zu Brigitte, die mit ihren behandschuhten Händen gerade die Rippen des Skeletts akribisch ausrichtete. „Was kannst du uns schon sagen?", fragte sie.

Brigitte schaute zu ihr auf. „Diese Knochen lagen erst seit wenigen Jahren hier im Boden. Ein relativ frischer Knochen ist schwerer als ein alter ausgetrockneter. Außerdem finden sich an einigen Spuren von Weichteilresten. Eine genaue Liegezeitbestimmung hängt jedoch von vielen Faktoren ab, da lege ich mich nicht fest."

Das hatte Alva auch nicht erwartet. „Aber du kannst sicher etwas zu Alter und Geschlecht der Leiche sagen."

Brigitte nickte. „Es handelt sich mit Sicherheit um eine Frau, eine sehr junge Frau, eher eine Jugendliche. Ich schätze das Alter auf vierzehn bis achtzehn. Ihr Körperbau war zierlich, das Gebiss ist vollständig und weist nur wenige Sanierungen auf. Die Weisheitszähne waren noch nicht durchgebrochen."

„Kannst du etwas zur Todesursache sagen?"

„Nein, das ist unmöglich. Der Schädel ist unversehrt, es gibt auch keine Verletzungsspuren an den anderen Knochen. Da die Weichteile fehlen, wird sich die Todesursache vermutlich nicht mehr feststellen lassen."

Alva war trotzdem mit der Auskunft zufrieden. Sie mussten jetzt nur herausfinden, wer die Tote war. Anhand ihrer Zähne sollte das möglich sein, immerhin war sie zu Lebzeiten in zahnärztlicher Behandlung gewesen. Danach würden sie weitersehen.

7.

„Sie haben Miranda gefunden, sie ist tot." Greta konnte vor Schluchzen kaum sprechen. Sie war in den drei Jahren, die seit Mirandas Verschwinden vergangen waren, sichtlich gealtert. Ihr blondes Haar war von grauen Strähnen durchzogen, um Mund und Augen hatten sich tiefe Falten eingegraben.

„Wir wissen noch nicht, ob sie es wirklich ist", versuchte Wiebke sie zu beruhigen. „Die Polizei hat erst einmal nur die Unterlagen von Mirandas Zahnarzt angefordert, sie werden aber bestimmt auch andere Fälle von vermissten Frauen überprüfen."

Das Auffinden eines Skeletts im Wald Ruddalen war durch die Presse verbreitet worden. Von dem Moment an hatte Greta keine ruhige Minute mehr gehabt. Die Anforderung der Zahnarztbefunde von Miranda ließ sie zusammenbrechen.

„Es ist nicht sicher, noch darfst du die Hoffnung nicht aufgeben", sagte Wiebke erneut. Sie war zwei Jahre älter als ihre Schwester, doch sie wirkte wesentlich jünger. Während die Schwester gealtert war, war

Wiebke aufgeblüht. In ihrem Leben hatten sich tiefgreifende Veränderungen vollzogen. Durch Greta und Lars war sie mit Gunnar in Kontakt gekommen. Anfangs war da nur gegenseitige Sympathie gewesen, doch dann war mehr daraus geworden. Diese Liebe hatte ihr endlich die Kraft verliehen, sich von ihrem Lebensgefährten Henrik zu trennen. Seit knapp einem Jahr lebten sie und Gunnar nun zusammen. Gunnar hatte ihr einen Heiratsantrag gemacht, doch Wiebke wollte noch warten. „Wir heiraten erst, wenn Miranda wieder da ist, sie soll meine Brautjungfer sein“, lautete ihr Versprechen an Greta.

Greta gönnte der Schwester ihr Glück von Herzen. Auch für Gunnar, der lange um Annika getrauert hatte, freute sie sich. Sie sahen sich nun häufiger, da er gewissermaßen zur Familie gehörte. Wiebkes fester Glaube an Mirandas Rückkehr bedeutete Greta viel und gab ihr Kraft. Lange hatte sie sich an die Vorstellung geklammert, Miranda würde irgendwo anders leben, weil sie es mit Lars nicht mehr ausgehalten hatte. Ihre große Hoffnung war, sie würde sich bei Erreichen ihrer Volljährigkeit melden, wenn ihr Vater nicht mehr über sie bestimmen konnte. Diese Hoffnung war nun durch den Leichenfund ins Wanken geraten.

„Wie läuft es im Moment zwischen Nele und Lars?“, fragte Wiebke, um die Schwester auf andere Gedanken zu bringen.

Greta zuckte mit den Schultern. „Nicht gut, sie reden kaum miteinander. Lars ist stur, aber sie kann es auch sein. Nach seinem Willen soll sie Medizin studieren oder wenigsten einen Beruf in der Krankenpflege erlernen. Er denkt dabei wohl vor allem an seine eigene Versorgung im Alter. Genauso hat er es mit Miranda gemacht und ihre eigenen Wünsche ignoriert. Bei Nele wird er das nicht schaffen. Sie will Informatik studieren. Lars hat ihr sogar einen eigenen Computer verweigert, aber sie hat sich durchgesetzt. Sie ist im Computerclub ihrer Schule und die haben ihr ein Gerät zur Verfügung gestellt. Das kann Lars ihr schlecht wegnehmen. Ich unterstütze sie, so gut ich kann, diese Tochter will ich nicht auch noch verlieren."

„Das wirst du nicht, Nele ist stark, sie setzt sich durch."

„Ja, das hoffe ich auch. Und wie läuft es mit Elin und Gunnar?"

Wiebke lächelte. „Wunderbar", sagte sie. „Wir beide sind noch nie so verwöhnt worden. Nicht nur materiell, Gunnar ist liebevoll und aufmerksam. Elin hat zum ersten Mal in ihrem Leben einen richtigen Vater und genießt es." Sie wollte nicht zu sehr ins Schwärmen geraten, um die Schwester nicht zu verletzen. Doch Greta reagierte verständnisvoll.

„Ihr habt es verdient, glücklich zu sein, alle drei. Ein wenig gewundert habe ich mich, dass Gunnar an dem Haus festhält. Nach allem, was dort passiert ist."

„Ach weißt du, ich kann ihn verstehen. Er hat es mit so viel Aufwand und Liebe restauriert, warum sollte er es jetzt verkaufen? Den Turm mit der steilen Treppe, auf der das Unglück passiert ist, haben wir gesperrt. Elin war fasziniert von dem Turmzimmer, sie wollte es am liebsten für sich haben. Aber das haben wir natürlich nicht erlaubt. Sie hat jetzt ein sehr schönes Zimmer mit eigenem Bad im Erdgeschoss."

„War das Turmzimmer früher Annikas Zimmer?", fragte Greta.

„Nein, es war ein Gästezimmer. Obwohl das Zimmer sehr hübsch ist, hatten sich Annika und Gunnar gegen eine ständige Nutzung entschieden wegen der unpraktischen Treppe. Aber für einen nur gelegentlichen und kurzfristigen Aufenthalt erschien es ihnen geeignet. Gunnar kann sich bis heute nicht erklären, weshalb Annika am Abend des Unglücks dort hinaufgegangen ist."

„Ich bin froh, dass du dich von den Gerüchten um das Haus nicht beeindrucken lässt", sagte Greta.

„Meinst du die Spukgeschichten? Nein, von so etwas habe ich mich noch nie beeindrucken lassen, der wahre Horror spielt sich in der Wirklichkeit ab, dazu braucht es keine Geister. Aber manche Menschen sind ja geradezu versessen auf übernatürliche Erscheinungen. Solange sie anderen damit keinen Schaden zufügen, ist es in Ordnung."

„Annika ließ sich von solchen Geschichten beeindrucken", sagte Greta. „Ich denke an das Liebespaar, das sich angeblich in der Scheune gemeinsam das Leben genommen hatte und nun dort spuken soll. Annika hat die Scheune fast nie betreten. An dem Abend, als Lucas Hansson und seine Freunde dort ihren Mummenschanz inszeniert haben, war es nur die Sorge vor einem Brand, die sie nachschauen ließ. Mit schlimmen Folgen für sie."

Wiebke nickte. „Das war natürlich tragisch. Sie muss ein sehr sensibler Mensch gewesen sein, weil sie sich auch ein Jahr später noch nicht von dem Schock erholt hatte. Es war garantiert kein Geist, der sie in der Nacht von Halloween die Treppe hinuntergestoßen hat, es war die Folge ihrer Medikamente. Was für schreckliche

Auswirkungen so ein dummer Streich doch haben kann."

„Lars war schon immer gegen Halloween", sagte Greta. „Vielleicht hatte er recht, als er Miranda an dem Abend nicht ausgehen lassen wollte."

Wiebke schwieg betroffen. Die Ablenkung funktionierte nicht mehr. Sie waren wieder bei dem Thema angelangt, das ihnen am meisten auf der Seele lastete.

8.

Nele saß am Computer und klickte sich durch die Berichte über den Leichenfund. Elin saß ein Stück von ihr entfernt auf dem Bett und wirkte ängstlich und verstört. „Wie kannst du dir das nur antun?“, fragte sie.

„Was antun?“ Nele drehte sich zu ihr um.

„Diese schrecklichen Berichte lesen.“

„Wieso nicht? Ich will wissen, was los ist. Es bringt überhaupt nichts, den Kopf in den Sand zu stecken. Noch haben sie nicht herausgefunden, wer die Tote ist.“

„Ich habe solche Angst, es könnte Miranda sein.“ Elin nestelte nervös an ihren langen blonden Haaren. „Tante Greta ist jetzt schon völlig fertig. Meine Mutter natürlich auch. Nur deinem Vater merkt man überhaupt nichts an.“

„Er hat sich schon lange mit dem Gedanken abgefunden, Miranda könnte tot sein.“ Während Nele ihre Cousine anschaute, hatte sie wie schon so oft das Gefühl, Miranda dort sitzen zu sehen. Die Ähnlichkeit war frappierend. Elin war jetzt vierzehn, so alt wie

Miranda zum Zeitpunkt ihres Verschwindens. Es war nicht nur die äußere Erscheinung, auch vom Wesen her glich sie ihr, war romantisch, verträumt und sensibel. Miranda hatte sich oft in eine Traumwelt geflüchtet, sie liebte Fabeln und Geschichten über mystische Wesen. Nele konnte damit nichts anfangen, ihre Welt waren Zahlen und Formeln. Die folgten einer strengen Logik und waren berechenbar. Wie hatte sie über Mirandas Vorliebe für die Fernsehsendung „Unerklärliche Phänomene" gelästert. Die Menschen, die dort über ihre übersinnlichen Erfahrungen berichteten, waren in ihren Augen Spinner, die auf diese Weise mal ins Fernsehen kommen wollten. Personen, die sich als Medium bezeichneten und von denen es in Schweden viele gab, hielt sie durchweg für Betrüger, die gutgläubigen Menschen das Geld aus der Tasche zogen. Elin gegenüber hatte sie es aufgegeben, ihre Zweifel zu äußern, denn auch die Cousine glaubte an solche Dinge.

Nele beendete ihre Recherche über den Leichenfund, es gab keine neuen Erkenntnisse. Die Identität des Opfers würde man sowieso nicht zuerst in den Medien preisgeben. Tief in ihrem Innern fürchtete sich Nele vor der Möglichkeit, dass plötzlich zwei Polizeibeamte mit ernsten Mienen vor ihrer Tür stehen könnten. *Wir müssen Ihnen leider eine traurige Mitteilung machen.* Schnell schob sie den Gedanken von sich weg.

„Dieser Lucas Hansson, mit dem sich Miranda damals angeblich treffen wollte, hast du eigentlich auch mitbekommen, was er heute macht?", fragte Elin.

Nele war dankbar für den Themenwechsel. „Klar weiß ich es, er ist mit seiner Eventagentur ja schon fast eine Berühmtheit." Sie sprach das letzte Wort in einem ironischen Tonfall aus. „Er hat seine Spinnereien zu einem Geschäftsmodell gemacht. Ganz verdenken kann man es ihm nicht, es gibt genug Leute, die darauf stehen. Seine Veranstaltungen sollen immer ausgebucht sein."

Elin verzog das Gesicht. „Ich finde das entsetzlich geschmacklos von ihm. Nach allem, was er angerichtet hat, nun Halloweenpartys zu veranstalten. Ich habe die Bilder gesehen, mit denen er auf seiner Website wirbt. Da waren Aufnahmen von Gehenkten dabei wie damals in der Scheune. Man müsste das verbieten, mir kommt es vor, als würde er damit angeben, einen Menschen erst in den Wahnsinn und dann in den Tod getrieben zu haben."

„Jetzt übertreibst du, Elin. Lucas Hansson tut nichts Ungesetzliches. Inzwischen gibt es jede Menge Veranstalter, die solche Partys anbieten, die Nachfrage ist riesig. Sie versuchen, sich gegenseitig mit Gruseleffekten zu übertreffen, ich habe da schon wesentlich heftigere Sachen gesehen. Was mit Gunnars Frau Annika passiert ist, dafür kann man ihn nicht verantwortlich machen. Sie war sehr viel empfindlicher als die meisten anderen Menschen."

Neles Mutter wählte für die Beschreibung der Gemütslage eines Menschen gern einen blumigen Vergleich. Annika war eine Orchidee gewesen und hatte sehr sensibel auf äußere Reize reagiert. Orchideen brauchten viel Aufmerksamkeit und Pflege, sonst gingen sie ein. Auch Miranda und Elin waren Orchideen, wunderschön anzusehen, aber gefährdet. Nele hingegen war ein Löwenzahn, robust und durchsetzungsfähig. Löwenzahn brauchte keine besondere Pflege, man konnte ihn sogar ausreißen, er kam trotzdem wieder. Auch Elins Mutter Wiebke war ein Löwenzahn. Bei ihrer eigenen Mutter war sich Nele nicht sicher, wie sie einzuordnen war. Vermutlich wusste sie es selbst nicht mehr, das Verschwinden von Miranda hatte auch ihre frühere Persönlichkeit allmählich zum Verschwinden gebracht.

„Ich würde niemals auf eine solche Party gehen, ich fürchte mich schon so genug“, sagte Elin.

„Du fürchtest dich? Aber wovor denn?“, fragte Nele erstaunt.

„Sag es bitte niemandem, aber ich habe Angst vor dem Haus, in dem wir jetzt wohnen. Ich glaube, dort spukt es.“

„Wie kommst du denn darauf?“

„Ich höre nachts oft Geräusche, unheimliche Geräusche.“

Nele schüttelte den Kopf. „Die hört man in vielen Häusern, besonders, wenn es sich um Holzhäuser handelt. Holz arbeitet nun mal. So ist wahrscheinlich der typisch schwedische Aberglaube entstanden, auf jedem Dachboden würde ein Troll sein Unwesen treiben. Das wirst du doch wohl nicht ernst nehmen.“

„Ich glaube, Häuser speichern negative Energien, wenn sich in ihnen schreckliche Dinge ereignet haben.“

Elin registrierte den ungläubigen Blick ihrer Cousine und lenkte ein. „Vergiss, was ich gesagt habe, und erwähne es vor allem nicht Mama gegenüber. Sie ist so glücklich mit Gunnar und fühlt sich wohl in seinem Haus. Sie soll sich meinetwegen keine Gedanken machen, ich komme schon klar.“

9.

Birger hustete sich die Seele aus dem Leib. Er bückte sich zu dem sichtlich irritierten Elchhund hinab und strich ihm über das dichte Fell. „Ja Veikko, da staunst du, dein Herrchen bellt besser als du.“

„Du solltest zum Arzt gehen“, sagte Alva, die gerade aus dem Bad kam. „Das klingt gar nicht gut.“

Birger winkte ab. „Ich befinde mich auf dem Wege der Besserung. Der Husten ist schon viel lockerer geworden. Nach dem Frühstück gehe ich gleich mit Veikko raus, frische Luft ist bei einer Erkältung die beste Medizin.“

Alva hatte ihre Zweifel, ob das auch auf die nasskalte Luft in Göteborg zu Herbstbeginn zutraf. Sie stellte Birger einen Krug Ingwertee mit Zitrone hin, gut für die Immunabwehr. Vorbeugend trank sie auch eine Tasse, sie durfte jetzt nicht krank werden. Mit dem Skelettfund im Wald Ruddalen hatten sie einen neuen Fall auf den Tisch bekommen, bei dem nicht abzusehen war, wie er sich entwickeln würde. Hoffentlich würden die Ermittlungen nicht zu aufwendig werden, denn ihre

Abteilung war noch immer unterbesetzt. Caroline, die in Elternzeit war, übernahm inzwischen zum Glück schon wieder Recherchearbeiten und sorgte so für etwas Entlastung.

Als sie im Büro ankam, traf Alva dort auf Sven, der wie so oft, seit er allein lebte, der Erste am Morgen war.

„Wow, du bist ja schon richtig fleißig“, sagte sie.

„Wir haben einen Treffer, wir wissen jetzt, wer die Tote ist.“ Sven fuhr sich mit der Hand durch sein störrisches rotes Haar, bis es nach allen Seiten abstand. Das tat er immer, wenn er aufgeregt war. „Aber ich glaube, ich bin auch noch auf etwas anderes gestoßen.“

Alva stellte ihre Tasche ab und ging zu Sven hinüber. „Erzähle am besten der Reihe nach. Wenn die Identität der Toten feststeht, bringt uns das einen Riesenschritt weiter.“

„Wir wissen, wer die Tote ist?“ Jördis, die gerade zur Tür hereinkam, hatte den letzten Satz gehört.

„Ja, und Sven hat uns sogar noch mehr zu berichten. Wollen wir uns an den Tisch setzen?“ Alva zeigte zum Tisch vor dem Fenster hinüber. „Ist Rurik noch nicht da?“

„Er kommt heute später, aber wir sollten trotzdem schon anfangen.“ Sven war kaum zu bremsen. Angesichts seiner Ungeduld verzichtete Alva darauf, nach Kaffee zu fragen.

„Zunächst einmal zur Identität der Toten“, sagte Sven, als alle Platz genommen hatten. „Sie heißt Sofia Dahl, zum Zeitpunkt ihres Verschwindens vor zwei Jahren war sie fünfzehn Jahre alt. Das ist sie.“ Sven war fleißig gewesen, er hatte bereits ein Foto ausgedruckt. Es zeigte ein zierliches Mädchen mit einem schmalen Gesicht, blassgrauen Augen und weißblondem schulterlangem Haar. „Sie wurde von ihren Eltern am 1. November als vermisst gemeldet. Am Abend zuvor hatte sie die Party einer Freundin besuchen wollen, war dort aber nicht aufgetaucht. Sie verschwand demnach in der Nacht zwischen dem 31. Oktober und 1. November."

„Halloween", sagte Jördis. „Wollte sie bei der Freundin Halloween feiern?"

„Das hatte sie vor, und in dem Zusammenhang ist mir etwas aufgefallen." Sven schaute auf einen Zettel, auf dem er sich Notizen gemacht und den er mit einem bunten Gewirr von Verbindungslinien versehen hatte. „Wir haben insgesamt zwölf Fälle von vermissten jungen Frauen überprüfen lassen und dabei sowohl was das Alter der Frauen als auch was den Zeitraum ihres Verschwindens betrifft, den Rahmen etwas weiter gesteckt. Mit der Altersschätzung der Toten und auch mit der ungefähren Liegezeitbestimmung der Knochen lag Brigitte richtig", sagte er. „Aber nun ist mir in dem Zusammenhang bei zwei weiteren überprüften Frauen etwas aufgefallen." Er zog das nächste Foto hervor. Jördis schaute ihn erstaunt an. „Sag mal, hast du hier übernachtet? Wann hast du das alles erledigt?"

Sven ging nicht darauf ein, er war zu sehr damit beschäftigt, seine Erkenntnisse vorzubringen. „Das ist Hilma Nilsson, vermisst gemeldet am 8. November vor einem Jahr. Der genaue Zeitpunkt ihres Verschwindens ist allerdings unklar. Die damals Vierzehnjährige lebte mit ihrer Mutter allein und galt als sehr selbstständig. Die Mutter hatte am 28. Oktober eine Reise angetreten, von der sie erst am 8. November zurückkehrte."

„Hat sie zwischendurch nicht mit der Tochter telefoniert?“, fragte Jördis.

„Nein, die Mutter sagte, ihre Tochter hätte das abgelehnt und als Beweis mangelnden Vertrauens angesehen. Daher stellte sie das Verschwinden von Hilma erst bei ihrer Rückkehr fest und konnte den genauen Zeitpunkt nicht angeben. Doch ich vermute stark, dass sie am 31. Oktober verschwunden ist.“

„Hm“, machte Jördis, ihr Blick drückte Skepsis aus.

„Ich weiß, es klingt wie reine Spekulation“, sagte Sven. „Auch gab es nach dem 1. November noch zwei angebliche Sichtungen, eine auf der Fähre nach Dänemark und eine spätere in Roskilde. Ich denke aber, es hat sich dabei um eine Verwechslung gehandelt.“

„Das passiert regelmäßig, wenn Personen vermisst werden“, stimmte Alva ihm zu. „Jedes Mal gibt es eine Menge Meldungen, wo die gesuchte Person angeblich gesehen wurde. Die meisten stellen sich dann als falsch heraus. Trotzdem macht es das im Falle von Hilma Nilsson noch schwieriger, sich auf ein bestimmtes Datum festzulegen, an dem sie verschwunden ist.“

„Ich würde es auch nicht behaupten, wenn es nicht noch einen dritten Fall gäbe“, sagte Sven. Er legte das Foto wie eine Trumpfkarte vor Alva und Jördis hin. „Das ist Miranda Edwardson. Sie verließ am 31. Oktober vor drei Jahren ihr Elternhaus, um die Halloweenparty einer Freundin zu besuchen. Sie kam jedoch nie dort an und seitdem fehlt von ihr jede Spur. Sie war zum Zeitpunkt ihres Verschwindens vierzehn Jahre alt. Alle drei Mädchen stammen aus Göteborg, alle sind sie zwischen vierzehn und fünfzehn Jahren alt, blond und sehr hübsch. Und sie verschwanden in der Nacht vom 31. Oktober auf den 1. November, wobei das im Falle von Hilma Nilsson zugegebenermaßen nur eine Vermutung ist. Ich würde jedoch fast darauf wetten, die Gemeinsamkeiten zwischen den Mädchen sind sehr auffällig. Das Auffinden der Leiche von Sofia Dahl gibt der Angelegenheit eine gewisse Brisanz. Wir haben jetzt Anfang Oktober und nicht mehr lange bis Halloween. Was, wenn erneut ein Mädchen verschwindet?“

10.

Rurik war inzwischen eingetroffen und nahm die Überlegungen von Sven sehr ernst. „Warum ist das nicht schon früher jemandem aufgefallen?“, sagte er mehr zu sich selbst als zu seinen Kollegen.

„Vermutlich weil Hilma Nilsson nicht so recht ins Profil passt.“ Alva griff nach ihrer Kaffeetasse. Nach dem Bericht von Sven hatten sie alle erst einmal einen Koffeinschub nötig. „Bei ihr steht nicht genau fest, wann sie verschwunden ist.“

Sven hatte noch mehr herausgefunden. „Im Falle der nun tot aufgefunden Sofia Dahl glaubten die Eltern, ein älterer Freund würde hinter dem Verschwinden der Tochter stecken, sie wäre mit ihm durchgebrannt.“

„Hatten sie jemanden in Verdacht, wurde ein Name genannt?“, fragte Alva.

Sven schüttelte den Kopf. „Sofia soll ziemlich verschlossen gewesen sein. Doch es gab Anzeichen, dass sie verliebt war. Ihre Mutter hat das erwähnt.“

„Haben wir es demnach mit einem Mörder zu tun, der auf sehr junge Mädchen steht, sich erst ihre Zuneigung erschleicht und sie dann an Halloween umbringt?“, dachte Jördis laut nach.

Rurik hob abwehrend die Hände. „Nun mal langsam. Bisher haben wir nur eine Leiche, die beiden anderen Mädchen können durchaus noch am Leben sein. Bei drei Toten hätten wir es mit einer Serie zu tun. Es wäre das Letzte, was wir gerade gebrauchen können.“

„Trotzdem sollten wir nicht untätig bleiben.“ Alva fand die Parallelen zwischen den drei Mädchen beunruhigend, ihr Alter, ihre Ähnlichkeit und die Umstände ihres Verschwindens. „Bald ist wieder Halloween. Wir dürfen nicht abwarten, bis es einen vierten Fall gibt.“

„Und was schlägst du vor?“, fragte Rurik. „Wir können schlecht eine Warnung herausgeben und alle jungen Frauen im Raum Göteborg auffordern, an Halloween das Haus nicht zu verlassen. Damit würden wir ungerechtfertigt Panik erzeugen.“

„Wir müssen mehr herausfinden, so schnell wie möglich.“ Alva drehte eine Strähne ihres dunklen Haares um den Zeigefinger und zog daran. Das war bei ihr ein Zeichen für angestrengtes Nachdenken. „Der Täter hat die Leiche von Sofia Dahl im Wald Ruddalen vergraben. Das heißt, er kennt sich dort aus und er war sich sicher, dass man sie dort nicht so bald finden würde. Wenn nun unsere Hypothese von einem Serienmörder richtig ist, könnte er dann nicht auch seine anderen Opfer dort versteckt haben?“

Am Tisch wurde einhellig genickt, durch die Zustimmung ermutigt setzte Alva ihre Überlegungen fort. „Im Moment ist in dem Gebiet ohnehin die Spurensicherung aktiv. Wie wäre es, die Suche auszuweiten? Wir brauchen einen Leichenspürhund.“

Rurik begrüßte den Vorschlag und versprach, sich darum zu kümmern. „Vorher haben wir aber noch eine andere traurige Pflicht“, sagte er. „Wir müssen die Eltern von Sofia Dahl benachrichtigen.“

Alva versuchte erst gar nicht, in eine andere Richtung zu schauen. Sie wusste, wer mit *wir* gemeint war. Dieser Aufgabe konnte sie sich leider nicht entziehen.

11.

Sie musste diesen Moment seit Tagen gefürchtet haben. Die Mutter von Sofia Dahl war so bleich, als wäre kein Tropfen Blut mehr in ihrem Körper. Wie eine lebende Tote stand sie in der Tür, die vor Entsetzen weit aufgerissenen Augen auf Alva und Rurik gerichtet. Alva hasste es aus tiefstem Herzen, eine Unglücksbotin zu sein. Jetzt machte die Frau mit der Hand eine unwillkürliche Bewegung, wie man ein lästiges Insekt verscheucht. Sie schloss die Augen und hielt sich am Türrahmen fest. Alva ging beherzt auf sie zu und legte den Arm um sie. „Frau Dahl, ist Ihr Mann zu Hause?"

Die Frage erübrigte sich, ein kräftig gebauter Mittfünfziger tauchte jetzt hinter der Frau auf. „Herr Dahl?", fragte Rurik. Der Mann nickte.

„Dürfen wir reinkommen?" Wortlos trat der Mann zur Seite und gab die Tür frei. Seine Frau, die immer noch von Alva gestützt wurde, und Rurik folgten ihm in ein geräumiges Wohnzimmer. Alva führte die Frau zu einem Sessel und bat ihren Mann um ein Glas Wasser. Er verließ den Raum und kam kurz darauf mit einem vollen Glas zurück. Seine Hand zitterte, als er es seiner Frau gab. Dann drehte er sich zu den Polizeibeamten um und deutete auf das Sofa. „Setzen Sie sich." Seine Stimme klang belegt. Er stellte sich hinter den Sessel seiner Frau und umfasste deren Schultern. „Sie ist es also, es ist Sofia", sagte er leise.

„Es tut uns leid, Ihnen das mitteilen zu müssen." Der Satz klang wie eine Floskel, doch Alvas Herz krampfte sich angesichts des Schmerzes der Eltern zusammen. Niemand sollte so etwas Schreckliches durchmachen müssen.

„Wissen Sie schon, wie ...?" Der Vater ließ das Ende des Satzes offen, Alva verstand ihn trotzdem.

„Nein, wir wissen nicht, wie sie gestorben ist. Es wird sich auch nicht mehr feststellen lassen."

„Dann werden wir nie erfahren, was unserem Kind zugestoßen ist. Wer ihr das angetan hat."

Alva hörte die Resignation in den Worten des Vaters. Sie wünschte, etwas Tröstliches sagen zu können, wenigstens die Versicherung, Sofia habe nicht leiden müssen. Das ersparte den Eltern, sich immer wieder auszumalen, was ihr Kind durchgemacht haben musste. Und es half ihnen, irgendwann damit abzuschließen. Doch nicht einmal diese winzige Erleichterung konnte sie ihnen verschaffen.

„Wir tun alles, um den Täter zu finden", sagte sie. Wieder so eine Floskel.

Der Vater schüttelte den Kopf, er glaubte ihr nicht. „Nach so langer Zeit. Wenn Sie ihn damals nicht gefunden haben, wie jetzt?"

Rurik kam Alva zu Hilfe. „Wir haben Sofia gefunden und lassen das Gebiet gründlich durchsuchen. Die meisten Täter hinterlassen irgendeine Spur, mag sie auch noch so geringfügig sein."

„Wenn Ihnen noch etwas einfallen sollte, was uns weiterhelfen kann, dann teilen Sie es uns bitte mit", sagte Alva. „Nicht jetzt sofort, wir können Sie später noch einmal aufsuchen", setzte sie rasch hinzu. Sie wollte den Dahls Zeit lassen, den ersten Schock zu verarbeiten.

„Wir haben damals schon alles gesagt." Zum ersten Mal meldete sich die Mutter mit zittriger Stimme zu Wort. „Sofia war ein gutes Mädchen. Alle mochten sie. Wer ihr das angetan hat, muss ein Monster sein." Sie begann zu weinen, laut und klagend wie ein verzweifeltes Kind. Alva atmete auf. Es war gut, wenn sie weinen konnte. Nichts war schlimmer als ein Schmerz, der zu gewaltig für Tränen war und den Trauernden schier erdrückte. Sie würden wiederkommen und Fragen stellen. Später, wenn die Dahls sich ein wenig gefangen hatten.

12.

„Sie haben die Tote identifiziert, es ist nicht Miranda. Greta muss erleichtert sein, wir alle sind es.“ Gunnar nahm Wiebkes Hand und drückte sie.

Erleichtert war sie, denn so war der kleine Hoffnungsfunke, Miranda könnte noch am Leben sein, wenigstens nicht völlig erloschen. Sie saßen im Erker des Zimmers, das Wiebke als den Grünen Salon bezeichnete. In der geräumigen Villa mit ihren zahlreichen Räumen, von denen nicht alle genutzt wurden, war ihr dieser der liebste. Das Pastellgrün der Sitzgarnitur und der Vorhänge fand seine Fortsetzung in den zahlreichen Grüntönen der Gartenlandschaft vor dem Fenster. Der Blick nach draußen übte eine beruhigende Wirkung auf Wiebke aus. Sie verstand, dass Gunnar sich nicht von dem Haus trennen wollte, auch sie fühlte sich hier wohl. Nie hätte sie sich träumen lassen, einmal auf einem solchen Anwesen zu leben. Der Vorbesitzer, ein exzentrischer Fabrikant, wollte sich hier einen Ort der Ruhe, Harmonie und Schönheit abseits der Hektik der Stadt schaffen, was ihm gelungen war. Ehemals hatte sich auf dem Gelände ein Bauernhof mit mehreren Gebäuden und einem Herrenhaus befunden. Das Herrenhaus hatte der Fabrikant abreißen und stattdessen eine schlossartige Villa mit einem Turm und mehreren Erkern errichten lassen. Die Scheune und die Stallungen auf dem hinteren Teil des weiträumigen Geländes wollte er ebenfalls umbauen lassen, konnte seine Pläne jedoch nicht vollenden. Sein Unternehmen wurde unrentabel, das Geld reichte nicht mehr aus, er musste das Anwesen verkaufen. Nachdem es durch mehrere Hände gegangen war, drohte es zu verfallen. Gunnar hatte sich vor sieben Jahren auf den ersten Blick in das Haus verliebt und es in den folgenden drei Jahren aufwendig sanieren lassen. Natürlich war es schrecklich, dass Annika von der Treppe zum Turm in den Tod gestürzt war. Aber das hätte auch in einem anderen Haus passieren können. Vieles hier erinnerte in positiver Weise an sie, die Inneneinrichtung war nach ihren Vorstellungen gestaltet. Wiebke bewunderte den Geschmack von Annika, die unaufdringliche Eleganz und die perfekte Harmonie, die sämtliche Räume ausstrahlten. Im Wohnzimmer stand eine gerahmte Fotografie von ihr auf dem Kamin. Annika war eine knabenhaft schlanke, aparte Frau mit dunklem Haar und dunklen Augen gewesen. Gunnar hatte ihr Bild aus dem Wohnzimmer nehmen wollen, doch Wiebke bestand darauf, es an seinem Platz zu belassen. Sie war nicht eifersüchtig auf eine Tote und sie wollte die Erinnerung an sie nicht aus diesem Haus vertreiben.

„Ich habe mir etwas überlegt“, sagte Gunnar jetzt. „Wir sollten Greta und Lars zu einem Abendessen bei uns einladen. Sie haben in den vergangenen Tagen viel durchgemacht und können Entspannung gebrauchen."

Sie hatten schon des Öfteren eine solche Einladung erwogen, doch bisher war nie der richtige Zeitpunkt dafür gewesen. In den ersten beiden Jahren nach Annikas Tod hatten Gunnar und Lars sich nur an neutralen Orten getroffen oder Lars und Greta hatten Gunnar bei sich zu Hause empfangen. Wiebke war dann ebenfalls regelmäßig dabei gewesen. In den ersten Monaten nach Wiebkes Einzug bei Gunnar war es ihr unpassend erschienen, hier die Hausherrin zu geben. Doch inzwischen lebten sie seit fast einem Jahr zusammen und es dürfte genug Zeit vergangen sein.

„Greta freut sich bestimmt." Gunnar richtete seinen Blick hinaus in den Garten, wo sich das Laub bunt zu färben begann. „Sie hat wenig Abwechslung, Lars ist nicht der Typ, der seiner Frau etwas bietet, um es mal vorsichtig auszudrücken. Manchmal frage ich mich, wie lange sie es mit ihm aushalten wird."

Wiebke lachte leise. „Die Frauen unserer Familie sind im Durchhalten geübt. So leicht geben wir eine Beziehung nicht auf."

Sie dachte an Henrik. Viele hatten ihr das Verweilen bei ihm als Schwäche ausgelegt. Doch Wiebke sah es anders. Als der Vater von Elin sie verlassen und sie allein mit dem Kind eine schwierige Zeit durchgemacht hatte, war Henrik für sie da gewesen. Er hatte ihr in jeder Beziehung geholfen, wofür sie ihm dankbar war. Sie hatten eine gute Zeit miteinander gehabt, bevor ihn der Verlust seiner Arbeit und das Trinken nach und nach veränderten. Wiebke hatte es als ihre Pflicht empfunden, ihm in dieser Krise zur Seite zu stehen, wie er ihr zur Seite gestanden hatte. Sie hatte durchgehalten, bis es ihr zu viel geworden und Gunnar in ihr Leben getreten war. Jetzt schaute er sie mit einem verschmitzten Lächeln an. „Dann habe ich gute Aussichten, dass du es auch mit mir aushalten wirst. Hoffentlich für immer."

An Wiebke sollte es nicht liegen, nichts wünschte sie sich mehr.

13.

„Gunnar und Wiebke haben uns zu sich zum Abendessen eingeladen, das ist eine gute Idee.“ Greta freute sich auf die Abwechslung. Nach der entsetzlichen Anspannung der vergangenen Tage fühlte sie sich wie befreit. Voller Mitgefühl dachte sie an die Eltern des toten Mädchens und was sie gerade durchmachen mussten. Ihr war es noch einmal erspart geblieben, wenn es auch nur ein Aufschub, und das Schicksal von Miranda weiterhin ungewiss war.

„Wiebke scheint im Haus von Gunnar jetzt richtig angekommen zu sein, das freut mich für sie“, setzte sie hinzu.

„Es ist sicher nicht schwer, in diesem Luxus anzukommen.“ Lars blätterte in einer Zeitung und schaute nicht einmal auf. „Die meisten Frauen wünschen es sich doch, in einem Schloss zu leben, ganz egal, wie viel Unglück an seinen Mauern klebt.“

„Lars, ich bitte dich, wie kannst du so etwas sagen. Wiebke war nie auf Luxus aus. Und seit wann bist du abergläubisch? Ich bin froh, dass Wiebke es nicht ist.

Gunnar hängt nun mal an dem Haus, wenn sie dort zu zweit glücklich sind, sollten wir das nicht zerreden."

War Lars etwa neidisch auf Gunnar? Das wäre ein neuer Zug an ihm. Seine Strenge und Griesgrämigkeit hatten seit Mirandas Verschwinden zugenommen, doch Neid gehörte nicht zu seinen Charaktereigenschaften. Vermutlich wollte er ihr den bevorstehenden Besuch nur verleiden, wie er es mit jedem noch so kleinen Vergnügen tat. Das war seine Art, Greta zu bestrafen. Sie hatte Miranda den Besuch der Halloweenparty gestattet und war daher in seinen Augen schuld an ihrem Verschwinden. Nun sollte sie keine Freude mehr empfinden dürfen. Dabei empfand sie die auch ohne sein Zutun höchst selten. Die angenehme Aussicht auf einen entspannten Abend bei Gunnar und Wiebke wurde von anderen Gefühlen überschattet. Seit drei Jahren waren sie nicht in dem Haus gewesen. Wie würde es sich anfühlen ohne Annika? Sie war froh, dass auch Nele eingeladen war. Früher waren sie stets ohne ihre beiden Töchter dort zu Besuch gewesen, da Annika und Gunnar keine Kinder hatten. Doch jetzt lebte Wiebkes Tochter Elin ebenfalls dort. Die beiden Mädchen würden gemeinsam mit ihnen essen und konnten sich zurückziehen, wenn es ihnen zu langweilig wurde. Nele schien sich jedenfalls darauf zu freuen. Greta seufzte. Wenigsten eine in der Familie ging unbefangen mit dieser Einladung um.

14.

Tatsächlich freute Nele sich auf den Besuch bei Gunnar und Wiebke. Sie war neugierig auf das Haus. Es wurde auch Zeit, dass ihre Eltern sie endlich mal mitnahmen. Früher hatten sie an solchen Abenden eine Nachbarin gebeten, nach ihr und Miranda zu sehen. Peinlich war das gewesen. Selbst als Miranda schon dreizehn und Nele zehn gewesen waren, hatten ihre Eltern sie wie Säuglinge behandelt und einen Babysitter beauftragt.

„Bist du fertig Nele, wir wollen gleich los“, rief ihre Mutter.

„Ja, ich komme schon.“ Nele ging in die Diele, wo ihre Eltern bereits die Mäntel anzogen. Ihr Vater warf einen missbilligenden Blick auf Neles Jeans im Destroyed Look.

„Willst du so gehen? Mit dieser zerrissenen Hose? Zieh dir für den Besuch gefälligst etwas Anständiges an.“

„Lars, bitte. Es ist in Ordnung, wie sie angezogen ist“, mischte ihre Mutter sich ein. „Die jungen Mädchen tragen das jetzt alle so. Wir gehen nicht zu einem offiziellen Empfang, sondern möchten mit meiner Schwester und einem alten Freund zwanglos zu Abend essen. Danach werden die beiden Mädchen sich ohnehin allein amüsieren wollen."

„Gunnar ist nicht nur ein Freund, er ist auch mein Arbeitgeber. Ich möchte keinen schlechten Eindruck auf ihn machen."

„Lars, was soll das jetzt, du hältst uns mit dieser Diskussion nur auf. Gunnar ist schon so gut wie verwandt mit uns. Einen schlechten Eindruck macht es nur, wenn wir zu spät kommen." Greta nahm Neles Parka vom Garderobenhaken und reichte ihn ihr. Nele unterdrückte ein Grinsen. Ihre Mutter ergriff seit einiger Zeit nicht nur ständig ihre Partei, sie schaffte es sogar ab und zu, sich gegen den Vater durchzusetzen. Das gefiel ihr. Mit grimmiger Miene ging Lars Edwardson voraus, die Fahrt in ihrem alten Volvo verlief schweigend. Wenigstens versuchte er nicht, die Diskussion über Neles Bekleidungsstil fortzusetzen.

Sie erreichten ihr Ziel nach fünfzehn Minuten. Das Anwesen von Gunnar grenzte direkt an das Naturschutzgebiet Delsjö. Es lag etwas erhöht und man hatte eine herrliche Aussicht auf den See. Doch noch überwältigender war der Anblick der weißen Villa. Die letzten Strahlen der Abendsonne tauchten die Fassade in ein rosiges Licht. Wie ein Märchenschloss sah das Gebäude aus, verwunschen und geheimnisvoll.

„Wow, so schön habe ich es mir nicht vorgestellt." Nele war nicht leicht zu beeindrucken, doch der Wirkung des Gebäudes mit seinem Turm und den verspielten Erkern konnte sie sich nicht entziehen.

„Es ist wirklich wunderschön", stimmte ihre Mutter ihr zu. „Und der herrliche Garten erst. Erstaunlich, wie es hier um diese Jahreszeit noch blüht."

Während Greta und Lars über einen breiten Kiesweg auf das Haus zusteuerten, blieb Nele zurück. Greta drehte sich nach ihr um und sah sie völlig in sich versunken zwischen den Rabatten stehen. „Nele, kommst du?"

Nele schien sich vom Anblick der blühenden Pracht nicht losreißen zu können, was Greta wunderte. Normalerweise interessierte Nele sich nicht für Blumen. Sie könne eine Tulpe nicht von einem Radieschen unterscheiden, hatte Miranda oft über die Schwester gelästert. Miranda dagegen kannte sich in der Natur bestens aus. Schnell verscheuchte Greta den Gedanken. Heute wollte sie an etwas anderes denken, nicht nur an ihr verschwundenes Kind.

Wiebke hatte ihre Ankunft bemerkt, sie öffnete die Tür und umarmte ihre Schwester. Auch dem Schwager schenkte sie eine flüchtige Umarmung, die er stocksteif über sich ergehen ließ. Dann schaute sie sich suchend nach ihrer Nichte um. „Wo ist denn Nele? Sie wollte doch mitkommen."

Greta entdeckte ihre Tochter in einer Ecke des Gartens, wo sie ein Beet mit niedrigen Dahlien betrachtete. „Ich weiß nicht, was heute mit ihr los ist. Euer Garten muss sie verhext haben."

Gunnar, der ebenfalls aus der Tür getreten war und nun neben Wiebke stand, lächelte geschmeichelt. „Das geht vielen Besuchern so. Der Garten geht hinter dem Haus noch weiter. Wollt ihr ihn sehen, solange es noch hell genug ist?"

Lars schien wenig erbaut zu sein, da er und Greta den Garten bereits kannten, doch Nele, die gerade näher kam, hatte Gunnars Vorschlag gehört. „Ja bitte, sehr gern.“

Gunnar und Wiebke gingen voran, während Greta über die plötzliche Pflanzenbegeisterung ihrer Tochter nur den Kopf schütteln konnte. Die Gartengestaltung hinter dem Haus unterschied sich deutlich von der davor. Herrschten vorn strenge Formen, die an einen Barockgarten erinnerten, war der hintere Teil im Stil eines englischen Gartens gehalten. Zwischen Koniferen und Rhododendren öffneten sich an mehreren Stellen überraschende Ausblicke auf versteckte Statuen.

„Es muss eine Wahnsinnsarbeit sein, das alles in Schuss zu halten“, bemerkte Lars.

Gunnar lachte. „Kaum vorstellbar, dass ein einzelner Mann all das bewerkstelligt, aber so ist es. Unser Gärtner mag ein komischer Kauz sein, doch er ist eine Perle, wenn es um die Pflege des Gartens geht. Wir haben ihn damals gewissermaßen zusammen mit dem Anwesen gekauft. Das Haupthaus drohte zu verfallen, doch der Garten war tadellos in Schuss. Nachdem der letzte Besitzer vor uns das Haus aufgegeben und den Gärtner entlassen hatte, blieb der einfach im Gärtnerhaus wohnen und kümmerte sich weiterhin um den Garten, obwohl ihn niemand für seine Arbeit bezahlte.“

„Aber wovon hat er gelebt?“, fragte Greta.

„Er bezieht eine Rente wegen einer Behinderung. Volke ist Autist und hat auch noch einige andere Einschränkungen. Wir kommen gut mit ihm aus, vorausgesetzt, wir lassen ihm bei der Gartengestaltung freie Hand. Jede Art von Einmischung duldet er nicht.

Einmal hatte Annika eigenmächtig eine Duftrose umgepflanzt, da ist er richtig böse geworden."

„Das kann ich verstehen", platzte Nele heraus.

„Wieso kannst du das verstehen?" Lars schüttelte den Kopf. „Als Arbeitgeber darf man ja wohl seine eigenen Wünsche verwirklichen."

„Aber doch nicht so." Nele wurde richtig eifrig. „Seht ihr denn nicht, wie dieser Garten angelegt ist? Alles hier folgt mathematischen Prinzipien. Die Anordnung der Farben auf den Beeten ist genau berechnet und sämtliche Wege sind nach dem Prinzip des Goldenen Schnitts angelegt."

Greta schüttelte amüsiert den Kopf. „Daher also deine Faszination für den Garten. Die Mathematikerin in dir kommt mal wieder durch."

Sie waren am Ende des Gartens angelangt. Links schimmerte ein spitzer Giebel zwischen den Bäumen hindurch. Gunnar zeigte darauf. „Das ist übrigens das Gärtnerhaus. Daneben gibt es noch zwei Gewächshäuser." Neugierig ging Nele ein Stück näher. Das Haus war klein und verwinkelt, wie ein Hexenhaus kam es ihr vor. Unter einem Busch fiel ihr ein Schälchen mit Hirsebrei und Weißbrot auf. „Für wen ist das?", fragte sie verwundert. „Hält der Gärtner irgendwelche Haustiere?"

„Nein, das ist für die Trolle und Elfen", erwiderte Gunnar lachend. „Volke glaubt fest an deren Existenz. Eventuell ist da wirklich was dran und sie helfen ihm heimlich, den Garten in Schuss zu halten."

Nele dachte daran, wie sie und Miranda früher an Weihnachten ebenfalls Schälchen mit süßem Brei für die Trolle vor die Haustür gestellt hatten, bis ihr Vater den Unsinn untersagte. Trotzdem hatte Miranda es manchmal heimlich gemacht. Die Schälchen waren am Morgen immer blitzblank gewesen.

Sie schlenderten auf einem Weg zurück, der parallel zum Haupthaus verlief und an einer Scheune endete.

„Was ist dort drin?", fragte Nele neugierig.

„Nichts, das Gebäude soll irgendwann abgerissen werden", sagte Gunnar schnell. Greta war Neles Frage peinlich. Ein Gespräch über die Scheune, mit der Annikas Unglück begonnen hatte, wollte sie auf jeden Fall verhindern. „Ein Stück daneben gibt es noch etwas zu sehen", lenkte sie schnell ab. „Eine Kutschensammlung in einem der ausgebauten Ställe."

„Wollen wir jetzt nicht lieber reingehen?", fragte Gunnar. „Es wird schon dämmrig und an den verstaubten Kutschen gibt es nicht viel zu sehen."

Aber Neles Neugier war geweckt. „Ach bitte, ich möchte sie sehen. Wir können ja ganz schnell machen."

„Ich weiß gar nicht, wo der Schlüssel ist", sagte Gunnar widerstrebend. „Den müsste ich erst suchen."

„Schade, aber darf ich wenigstens mal durchs Fenster schauen?"

„Von mir aus, nur wirst du da nicht viel erkennen."

Nele war schon auf dem Weg zu dem ausgebauten Stall und Greta war es unangenehm, sie auf die Idee gebracht zu haben. Die Fenster des lang gestreckten Gebäudes waren durch Sprossen in viele kleine Rechtecke unterteilt. Nele legte beide Hände seitlich ans Gesicht und spähte durch das mittlere Fenster. „Das sind ja richtig viele Kutschen, der reinste Fuhrpark", sagte sie.

„Leider", seufzte Gunnar. „Ando Ekman, der Fabrikant, der das Schloss bauen ließ, war ein leidenschaftlicher Sammler. Zwanzig Kutschen stehen hier rum, ich wäre sie gern los. Aber das ist leider schwierig."

„Wieso schwierig?", fragte Lars erstaunt. „Dafür gibt es doch bestimmt immer noch Liebhaber."

„Das schon, aber die sind wählerisch. Sie wollen Gefährte, an denen alles original ist. Das trifft auf die Kutschen da drinnen nicht zu, sie wurden auf sehr eigenwillige Weise restauriert und verschönt." Bei den letzten Worten zeichnete Gunnar mit beiden Händen Gänsefüßchen in die Luft.

„Da steht eine ganz goldene Kutsche, die sieht richtig wertvoll aus", sagte Nele, die noch immer mit der Nase an der Fensterscheibe klebte.

„Ist sie aber nicht", bemerkte Gunnar trocken. „Der goldfarbene Anstrich war auch eine der kitschigen Ideen von Ekman. Das Wappen auf dem Schlag ist ebenfalls ein Fantasieprodukt, passend zu seinem Schloss. Drinnen gibt es noch mehr zu sehen, zum Beispiel einen Rittersaal mit jeder Menge Rüstungen. Wir sollten jetzt wirklich reingehen."

Nele konnte sich nur schwer vom Anblick der goldenen Kutsche losreißen. Das Wappen auf der Tür zeigte zwei brennende, von Pfeilen durchbohrte Herzen. Sie glaubte, es schon einmal gesehen zu haben, konnte sich aber nicht erinnern, wo das gewesen war.

15.

Wiebke hatte den Tisch im Esszimmer liebevoll gedeckt. Es lag direkt neben der chromblitzenden Küche, dem mit Abstand am modernsten eingerichteten Raum des Hauses. Die ursprüngliche Küche befand sich im Keller, sie war riesig und es gab dort einen antiken, mit Holz und Kohle zu befeuernden Herd, außerdem eine Kühlkammer und einen Speisenaufzug. Letzterer führte in den Rittersaal hinauf, wo der frühere Schlossherr größere Gesellschaften zu bewirten pflegte. Greta war froh, an diesem Abend nicht dort sitzen zu müssen. Rings um den Saal waren alte Rüstungen gruppiert und man konnte den Eindruck gewinnen, von ihnen beobachtet zu werden. Das neue Esszimmer strahlte dagegen Behaglichkeit aus. Der große Tisch, die bequemen Stühle mit Armlehnen und die mit üppigen Schnitzereien verzierte Anrichte stammten noch aus der ursprünglichen Ausstattung des Hauses.

„Erstaunlich, wie viel vom alten Inventar erhalten geblieben ist“, sagte Greta.

„Das ist kein Wunder“, erwiderte Gunnar lebhaft. „Das Haus wurde mehrfach versteigert, die Innenausstattung jedes Mal gleich mit. Wer hat schon den Platz, solche Möbelstücke wie diese Anrichte bei sich aufzustellen? Mal abgesehen davon, dass man sie kaum die Treppe runtertragen könnte. Sie ist aus einem Stück gearbeitet und sauschwer.“ Er lachte leise. „Einige Möbel waren in keinem guten Zustand, aber ich habe vieles aufarbeiten lassen.“ Man merkte ihm den Stolz deutlich an, Gunnar hatte sein Herzblut in dieses Haus gesteckt.

Wiebke, die gerade die Vorspeise auftrug, sah sich suchend um. „Wo sind denn Nele und Elin?“

„Elin wollte Nele noch schnell ihr Zimmer zeigen, sie kommen bestimmt gleich wieder“, sagte Greta. Wie aufs Stichwort erschienen die beiden Mädchen in der Tür. „Soll ich noch was reintragen helfen?“, fragte Elin.

„Nein, setzt euch, wir fangen jetzt mit der Suppe an.“ Wiebke zeigte auf die beiden freien Stühle zwischen Gunnar und Lars.

Die Suppe war leicht und schmackhaft, danach trug Wiebke eine Brottorte, Lachs mit Dillsoße und gefüllte Eier auf. Sie stellte Weingläser für die Erwachsenen hin, doch Lars wies sein Glas sogleich zurück. „Für mich bitte keinen Alkohol, ich muss noch fahren.“

„Natürlich, wir haben auch Saft da“, sagte Wiebke.

Elin und Nele tauschten einen Blick. Nele räusperte sich. „Morgen ist doch keine Schule, darf ich bei Elin übernachten?“, fragte sie.

„Ihr könntet gern alle hier übernachten, wir haben gemütliche Gästezimmer“, sagte Gunnar. „Dann darf Lars auch trinken.“

Lars schüttelte entschieden den Kopf. „Nein, auf keinen Fall, wir fahren nach Hause. Und Nele kommt mit.“ Seine Ablehnung war so barsch, dass es schon unhöflich wirkte.

„Lass Nele doch hier übernachten“, widersprach Greta. „Natürlich nur, wenn auch Elin das möchte.“

„Ach ja bitte, unbedingt.“ Mit einem flehentlichen Ausdruck schaute Elin Lars an.

Greta antwortete an seiner Stelle. „Dann ist es abgemacht. Ich hole Nele morgen hier ab.“

„Ja, aber nicht zu früh, gegen Abend reicht völlig aus.“ Elin kicherte und Nele stimmte ein. Schadenfroh registrierte sie das verbissene Gesicht ihres Vaters.

„Kannst du mir mal bitte die Dillsoße rüberreichen“, forderte Greta ihren Mann auf. „Der Lachs ist übrigens köstlich, Wiebke.“

Danach drehten sich die Gespräche vor allem um das Essen. Nele hielt sich zurück, sie achtete neuerdings ängstlich darauf, weiterhin in ihre Jeans zu passen. Während sie nur an den Speisen nippte, musterte sie die Erwachsenen und stellte Vergleiche an. Ihr Vater war mit seinen zweiundvierzig Jahren nur vier Jahre älter als Gunnar, doch man würde den Altersabstand zwischen ihnen auf mindesten zehn Jahre schätzen. Das Haar von Lars Edwardson lichtete sich in der Stirn bereits, er hatte eine fahle Haut und einen Bauchansatz. Seine hängenden Schultern und die mürrisch herabgezogenen Mundwinkel ließen ihn zusätzlich alt aussehen. Gunnar wirkte dagegen wie das blühende Leben. Das volle blonde Haar war modisch geschnitten, Gesicht und Arme gebräunt. Seinem schlanken athletischen Körper war die regelmäßige sportliche Betätigung anzusehen. Vor allem aber strahlte Gunnar

Energie und gute Laune aus, wodurch er noch jünger wirkte. Nele konnte sich gut vorstellen, dass sich die Frauen angesichts seines guten Aussehens und seines stattlichen Vermögens um ihn rissen. Trotzdem hatte er sich nicht für ein zwanzigjähriges Model, sondern für ihre Tante Wiebke entschieden. Nele mochte ihre Tante sehr und gönnte ihr das Glück, aber ein wenig verwunderte sie es schon. Wiebke war ein Jahr älter als Gunnar und sah zweifellos gut aus, war aber keine auffällige Erscheinung. Heute trug sie ihr schulterlanges blondes Haar offen, wodurch sie beinahe mädchenhaft wirkte. Auf jeden Fall sah sie besser aus als Neles zwei Jahre jüngere Mutter, in deren Gesicht die Sorge um das Schicksal von Miranda seine Spuren hinterlassen hatte. Zwei tiefe Furchen zogen sich von der Nase zu den Mundwinkeln hinab, was ihr einen verhärmten Ausdruck verlieh.

„Nele, du hast ja kaum etwas gegessen, nimm dir doch noch ein Stück von der Brottorte“, forderte Tante Wiebke sie jetzt auf.

„Danke, aber ich lasse lieber noch Platz für den Nachtisch“, sagte Nele.

„Genau das ist auch mein Plan.“ Gunnar zwinkerte ihr zu und schob seinen Teller beiseite.

„Es war alles köstlich, aber ich bin ebenfalls satt.“ Greta faltete ihre Serviette zusammen und legte sie neben den Teller. Lars tat es ihr gleich.

„Wenn das so ist, hole ich jetzt den Nachtisch.“ Wiebke gab Elin einen Wink, ihr beim Auftragen zu helfen. Gunnar erhob sich ebenfalls und folgte den beiden in die Küche. Es gab Pfannkuchen mit Eis und Karamellsoße. Angesichts dieses köstlichen Desserts gab Nele ihre Zurückhaltung auf. Als alle aufgegessen hatten, schlug Wiebke einen Umzug in den Grünen Salon vor, wo es Kaffee geben würde. Für Nele und Elin war es das Signal, sich in das Zimmer von Elin zurückzuziehen. Auf dem Weg dorthin drückte Elin fest Neles Hand. „Ich bin so froh, dass du heute bei mir schläfst. Letzte Nacht habe ich wieder diese Geräusche gehört. Ich glaube, ich halte das nicht mehr lange aus."

16.

„Ich finde es nicht gut, dass Nele wieder ihren Willen bekommen hat.“ Lars Edwardson schaute Greta vorwurfsvoll an. „Jetzt fällt sie Gunnar und Wiebke zur Last.“

„Aber ich bitte dich, wie kommst du denn darauf?“ Wiebke stellte ihre Kaffeetasse ab und schüttelte den Kopf. „Sie fällt uns überhaupt nicht zur Last, im Gegenteil. Ich bin froh, wenn sie hier schläft, vor allem wegen Elin. Elin fremdelt noch immer mit dem Haus. Ich glaube, sie fürchtet sich, obwohl sie es nicht direkt zugibt.“

„Ach, tatsächlich?“ Greta wandte den Blick vom Fenster ab. Draußen beleuchteten geschickt platzierte Strahler einzelne Bäume und Sträucher. Sie tauchten den Garten in ein magisches Licht. „Wovor fürchtet sie sich?“

„Wenn ich das nur wüsste.“ Wiebke zuckte hilflos mit den Schultern.

„Vielleicht hat sie sich von Volke anstecken lassen. Er fürchtet sich vor Gespenstern und sieht hinter jeder

Ecke eins lauern. Wenn ich herausbekomme, dass er Elin Angst macht, dann feuere ich ihn, egal wie genial er als Gärtner ist.“ Gunnars Verärgerung erstaunte Greta, sonst sah er die Dinge immer locker und entspannt. Natürlich war seine Sorge um das Wohlbefinden von Elin, die nicht seine leibliche Tochter war, rührend.

„Volke hat ganz bestimmt nichts damit zu tun“, beschwichtigte Wiebke. „Er spricht mit niemandem und wenn doch, bringt er kaum einen zusammenhängenden Satz heraus. Maria hatte anfangs auch Angst vor ihm, doch inzwischen scheint sie sich gut mit ihm zu verstehen.“ Maria war der dienstbare Geist des Hauses, gemeinsam mit ihrer Tochter Valentina sorgte sie für Ordnung und Sauberkeit in sämtlichen Zimmern.

„Kein Wunder“, entgegnete Gunnar. „Maria fürchtet sich auch vor Geistern. Deshalb sagen ihr seine Beschwörungsrituale vermutlich zu.“

„Jeder darf denken und glauben, was er will.“ Wiebke wollte das Thema gern abschließen. „Auf keinen Fall darfst du Volke rauswerfen, er würde eingehen wie eine Pflanze, die man mit den Wurzeln herausreißt. Dieser Garten ist sein Leben.“

„Dieses Haus ist jetzt das Zuhause von Elin. Sie soll sich hier wohlfühlen“, beharrte Gunnar.

„Sie fühlt sich wohl, ganz bestimmt. Ich denke, sie ist nur noch nicht richtig angekommen. In ihrem Leben hat es schon einige Veränderungen gegeben. Auch ich habe Zeit gebraucht, um zu begreifen, dass das hier alles jetzt wirklich wahr und von Dauer ist.“ Wiebke schaute Gunnar an, der daraufhin ihre Hand nahm und sie zärtlich anlächelte. Greta musste den Blick abwenden. Sie war nicht neidisch, kam sich aber wie eine

Voyeurin vor. Das war alles so überwältigend, dieser stilvolle Salon, der prächtige Garten vor dem Fenster, und der attraktive Mann, der ihre Schwester vergötterte und deren Tochter verwöhnte. Natürlich hatte auch Wiebke schon schwere Zeiten durchgemacht, und doch fühlte sich Greta vom Schicksal benachteiligt.

„Weiß Elin über die Geschichte des Hauses Bescheid?“, fragte Lars plötzlich. „Vielleicht fürchtet sie sich wegen der Dinge, die sich hier zugetragen haben.“

Greta hätte ihrem Mann am liebsten einen Tritt vors Schienbein verpasst, nur leider war es dazu zu spät und der Schaden bereits angerichtet. Lars konnte ein Trampel sein, was er gerade wieder anschaulich unter Beweis stellte. Zum Glück verstand es Gunnar, das Thema elegant abzubiegen. „Das glaube ich nicht“, sagte er. „Die Sache mit dem toten Liebespaar in der Scheune ist schließlich über hundert Jahre her. Damals war das hier noch ein richtiger Bauernhof. Was sich tatsächlich zugetragen hat, weiß niemand genau, die Geschichte hat sich inzwischen zu einer Art modernen Sage entwickelt. Mal haben sich die beiden dort vergiftet wie Romeo und Julia, mal wurden sie angeblich erhängt aufgefunden, dann wieder soll der Mann die Frau aus Eifersucht erwürgt und sich selbst erhängt haben. Einer anderen Variante zufolge wurden sie beide vom eifersüchtigen Ehemann der Frau erschlagen. Und am Ende ist möglicherweise alles erfunden. Möchte vielleicht jemand einen Whisky?“

Gunnar wollte dem Gespräch dadurch eine andere Wendung geben, doch Lars erwies sich als beharrlich. „Wo war eigentlich euer Gärtner, als Lucas Hansson und die anderen Jugendlichen ihren Spuk in der

Scheune veranstaltet haben? Ich denke, er wohnt hier auf dem Grundstück."

„Lass gut sein, Lars, wir sollten jetzt nicht darüber reden." Greta griff nach dem Arm ihres Mannes, er schüttelte ihre Hand unwillig ab. Sie konnte es nicht fassen, wie unsensibel er sich benahm. Die Stimmung im Raum drohte zu kippen. Jeder musste nun automatisch daran denken, welche Folgen jener üble Scherz für Annika gehabt hatte. Wollte er jetzt etwa noch über ihren Tod und über das Verschwinden von Miranda am gleichen Abend reden? Greta schämte sich für ihren Mann. Gunnar schien ebenfalls zumindest befremdet zu sein, wahrte aber die Fassung. „Das Gärtnerhaus befindet sich ein ganzes Stück von der Scheune entfernt. Weil der Weg einen leichten Bogen beschreibt, sieht man sie von Volkes Haus nicht. Außerdem kommt man an die Scheune auch von hinten heran", sagte er. „Volke konnte nichts bemerken."

„Sollte man an Halloween nicht besonders aufmerksam sein? Da kann viel passieren." Greta schoss bei diesen Sätzen von Lars das Blut ins Gesicht. Es ging ihm nicht um den Gärtner, das war gegen sie, die leichtsinnige Mutter, gerichtet. Der Stuhl unter ihr schien zu schwanken.

„Volke ist unser Gärtner, für Wachdienste wird er nicht bezahlt." Gunnars Stimme hatte Schärfe angenommen. „Dafür wäre er völlig ungeeignet, sobald es dunkel wird, verkriecht er sich in seinem Haus. An Halloween ganz besonders. So und jetzt genug von den alten Geschichten."

Als Gunnar zum zweiten Mal fragte, ob jemand einen Whisky möchte, stimmte Greta als Erste zu. Sie brauchte den jetzt unbedingt. Lars hatte es geschafft, ihr die Stimmung zu verderben und sie auf gar nicht subtile Weise an Miranda und an ihre angebliche Schuld zu erinnern.

17.

Elin und Nele saßen im Zimmer von Elin auf dem Bett und schauten sich Videos mit Schminktipps an. Nele hatte bald genug davon. „Mach das aus“, sagte sie. „Ich kann damit nichts anfangen. Mein Vater würde ausflippen, wenn ich mich so zurechtmachen würde.“

„Dein Vater ist ganz schön streng.“ Elin schaltete den Laptop aus und klappte ihn zu.

Nele seufzte. „Das kannst du laut sagen. Er war schon immer so, aber nach dem Verschwinden von Miranda wurde es richtig schlimm.“

„Glaubst du, sie ist weggelaufen und lebt jetzt irgendwo anders?“

„Ich hoffe es. Meine Mutter glaubt fest daran und denkt, sie kommt irgendwann zurück. Sie war sogar bei einem Medium. Die Frau hat ihr gesagt, Miranda halte sich versteckt, bis der richtige Zeitpunkt gekommen sei. Ich glaube ja nicht an so etwas, aber meine Mutter hat es beruhigt, deshalb war es okay.“

Elin nickte versonnen. Nele konnte den Blick nicht von ihr abwenden. Sie sah Miranda unglaublich ähnlich. Jetzt, im warmen Licht der kleinen Tischlampe, war die Täuschung fast perfekt. Sie hatte das gleiche leuchtend blonde Haar, die feinen Gesichtszüge und die großen blauen Augen wie die Schwester.

„Es muss schwer sein mit so einem strengen Vater“, sagte Elin. „Ich habe mir immer einen Vater gewünscht, aber man kann auch Pech haben. Henrik war lange Zeit fast so etwas wie ein Vater für mich. Aber als er anfing zu trinken, änderte sich das. Zu mir war er zwar nie grob, aber er hatte von da an kein Interesse mehr an mir. Bei Alkoholikern dreht sich alles nur noch darum, wo sie den nächsten Schluck herbekommen. Außerdem wurde das Geld knapp. Als er dann anfing, Mama anzubrüllen und sogar zu schlagen, habe ich ihn gehasst.“

„Und wie ist es jetzt mit Gunnar?“, fragte Nele, obwohl sie die Antwort bereits ahnte.

„Mit Gunnar ist es einfach toll. Er ist unglaublich nett zu Mama und zu mir. Dabei benimmt er sich mir gegenüber nicht wie ein Vater, sondern eher wie ein großer Bruder. Er behandelt mich wie eine Erwachsene, macht mir keine Vorschriften und verwöhnt mich.“

Man musste sich nur in Elins Zimmer umschauen, um das festzustellen. Eigentlich war es kein Zimmer, sondern eher ein Appartement. Elin hatte ein eigenes Bad und das Wohnzimmer bestand aus zwei Räumen, die durch einen Rundbogen miteinander verbunden waren. In dem kleineren Raum war Elins Bett untergebracht, ein riesiges Himmelbett, in dem sie heute Nacht beide bequem Platz finden würden. Das Wohnzimmer war geräumig und wies zwei Erker auf. In einem stand Elins Schreibtisch, an dem sie ihre Hausaufgaben erledigte, in dem anderen eine Ottomane mit einem kleinen Tisch. Hinter der Ottomane gab es ein fest eingebautes Bücherregal. Die Mitte des Raumes bildete eine ausladende Sitzgarnitur.

„Du hast es wunderschön hier“, sagte Nele. „Ich verstehe nicht, wie man sich in dieser Umgebung fürchten kann.“

Schlagartig verdunkelte sich Elins Miene. „Warte nur ab, bis du heute Nacht die Geräusche hörst. Das ist so unheimlich.“

„Ich weiß nicht, was daran unheimlich sein soll.“ Nele zuckte mit den Schultern. „In alten Häusern knackt und poltert es manchmal, das habe ich dir doch schon gesagt.“

„Das ist kein Knacken, es ist etwas anderes. Es kommt von unten aus dem Keller.“

„Aus dem Keller? Da ist doch die alte Küche.“ Nele erinnerte sich an das Tischgespräch von vorhin. Tante Wiebke hatte die Küche erwähnt.

„Da ist nicht nur die Küche, es gibt einen weiteren Raum. Früher kam das Wasser für dieses Haus aus einem eigenen Brunnen, der befindet sich ebenfalls im Keller. Gunnar sagt, der Brunnen ist sehr tief und gefährlich. Deshalb ist die Tür, hinter der er sich befindet, immer abgeschlossen und zusätzlich mit einem Riegel gesichert. Dort hat niemand etwas zu suchen, aber manchmal höre ich in der Nacht Schritte und die Tür in den Angeln quietschen.“

„Und du meinst, da geht jemand in den Brunnenraum? Wozu denn? Denkst du etwa, die Trolle kochen sich nachts eine Mahlzeit in der alten Küche und holen sich dafür Wasser aus dem Brunnen?“

„Nele, das ist nicht komisch. Ich habe mal versucht, mit Mama darüber zu reden, aber ich fürchte, sie hat das falsch aufgefasst. Sie ist so glücklich hier und war richtig enttäuscht, als ich davon anfing. Kurz zuvor hatte es Ärger mit Volke gegeben, an dem ich auch schuld war. Sie soll nicht denken, ich will unser neues Leben schlechtreden. Das will ich wirklich nicht, ich mag Gunnar und die Art, wie wir alle zusammen sind. Es ist nur dieses Haus, das mir Angst macht."

„Volke ist doch der Gärtner", sagte Nele. „Was für Ärger hattest du mit ihm?"

Elin zuckte mit den Schultern. „Ich habe mir überhaupt nichts dabei gedacht, ich wollte mir nur einen Blumenstrauß ins Zimmer stellen. Also bin ich in den Garten gegangen und habe ein paar Blüten abgeschnitten. Ich meine, die Beete sind so üppig, es fiel gar nicht auf. Aber Volke ist fuchsteufelswild geworden, als er es gesehen hat. Er hat mir die Schere aus der Hand gerissen, einen Moment lang dachte ich, er geht damit auf mich los. Aber er hat nur geschimpft, ich habe nicht mal die Hälfte verstanden. Seitdem habe ich hier keine Blume mehr angerührt."

Nele grinste. „Das ist auch besser so. Du hast seine perfekte Ordnung auf den Beeten angetastet, das geht wirklich nicht."

Elin schaute sie verständnislos an und schien nicht recht zu begreifen, was die Cousine meinte. Auch darin erinnerte sie Nele an Miranda. Miranda hatte ebenfalls Blumen geliebt, aber mit Mathematik nicht viel am Hut gehabt.

„Volke ist mir jedenfalls unheimlich." Elin strich sich ihr langes Haar aus dem Gesicht. „Seit der Sache mit den Blumen hat er was gegen mich. Er starrt mich ganz böse an, wenn er mich sieht. Und einmal hat er etwas gesagt, das klang wie: *Du sollst weg hier.* Da habe ich richtig Angst vor ihm bekommen."

„Das geht ja nun wirklich nicht", empörte sich Nele. „Hast du es Gunnar gesagt?"

„Nein, Mama hat gesagt, der Mann ist harmlos und ich soll keinen Aufstand machen. Er ist schon länger hier als wir, es macht keinen guten Eindruck, wenn wir ihn vertreiben, nachdem wir kaum eingezogen sind. Irgendwie hat sie natürlich recht."

Elin schien das Thema inzwischen unangenehm zu sein. „Wollen wir uns noch einen Film anschauen?", schlug sie vor. Nele hatte nichts dagegen. Gut drei Stunden später ließen sie sich müde in das breite Bett sinken. In der Nacht wurden sie von keinerlei Geräuschen gestört. Falls es hier wirklich Geister gab, verhielten sie sich ausnahmsweise ruhig.

18.

Der Anruf kam von der Rezeption, Alva nahm ihn an ihrem Schreibtisch entgegen. „Hier ist jemand für euch“, sagte die Kollegin, die an diesem Morgen Dienst hatte. „Eine junge Frau, die eine Aussage machen möchte. Es geht um die Tote, die im Wald bei Ruddalen gefunden wurde. Und um noch eine andere vermisste Frau, wenn ich das richtig verstanden habe.“

„Wunderbar, dann schick sie bitte gleich zu uns rauf.“ Alva war hoch motiviert, mit der Zeugin zu sprechen. Seit die Leiche von Sofia Dahl gefunden worden war, lief eine fieberhafte Suche nach Hinweisen auf den Täter. Auch die Bevölkerung wurde um Mithilfe gebeten. Sofias Foto erschien in allen Medien, dazu wurden die immer gleichen Fragen gestellt. Wer hatte die junge Frau zuletzt lebend gesehen? Wer konnte etwas über ihre Kontakte sagen? Alles mit dem Zusatz, Angaben würden auf Wunsch vertraulich behandelt. Die bisherige Ausbeute war mager. Umso größere Hoffnungen setzte Alva in die Zeugin, die sich gerade gemeldet hatte.

Die Frau, die kurz darauf das Büro betrat, war sehr jung und wirkte schüchtern. Fast sah es aus, als würde sie ihren Entschluss, eine Aussage zu machen, schon bereuen.

Alva ging ihr entgegen und stellte sich vor. „Alva Claesson, ich bearbeite den Fall von Sofia Dahl. Sie haben die Tote gekannt?"

„Nein, nicht diese Frau, eine andere." Eine flüchtige Röte überzog ihr sommersprossiges Gesicht. Sie fühlte sich sichtlich unwohl.

„Setzen Sie sich erst einmal", forderte Alva sie auf und wies auf den Tisch vor dem Fenster. Die Frau setzte sich gehorsam, Alva nahm gegenüber Platz.

„Sagen Sie mir bitte Ihren Namen."

„Emelie Morten." Sie streifte die Kapuze ihres Hoodies ab, das Haar darunter war leuchtend rot.

„Gut, was führt Sie zu uns, Frau Morten? Sie wollten eine Aussage machen."

Emelie biss sich auf die Unterlippe und nickte. „Eigentlich möchte ich eine Aussage korrigieren, die ich vor drei Jahren gemacht habe. Es ging um Miranda Edwardson. Sie ist seit damals verschwunden."

Alva wusste sofort, von wem sie sprach. Sie hatte die Akten der beiden anderen jungen Frauen, die ebenfalls an Halloween verschwunden waren, gründlich studiert. Auch der Name Emelie Morten sagte ihr jetzt etwas.

„Sie sind die Freundin, zu deren Party Miranda Edwardson damals eingeladen war, zu der sie dann aber nicht erschienen ist. Stimmt das?"

„Ja, ... nein, also ich meine, es war anders. Ich habe damals nicht die Wahrheit gesagt." Sie wirkte betreten und wagte es kaum, Alva anzuschauen.

„Sie werden Ihre Gründe dafür gehabt haben. Doch es ist erfreulich, wenn Sie sich nun entschlossen haben, Ihre Aussage richtigzustellen."

Emelie nickte. „Es ist wegen der Toten. Ich dachte immer, Miranda kommt irgendwann zurück und deshalb muss ich bei dem bleiben, was ich damals gesagt habe. Um sie zu schützen. Aber jetzt glaube ich, ihr könnte etwas zugestoßen sein wie der anderen jungen Frau. Deshalb will ich die Wahrheit sagen." Sie atmete hörbar aus.

„Möchten Sie einen Kaffee?", fragte Alva.

„Ja gern."

Wie ein guter Geist kam Jördis herbeigeschwebt und stellte zwei Tassen auf den Tisch, aus denen ein verführerischer Duft aufstieg.

„Danke", sagte Alva. „Du bist ein Schatz." Mit einem Lächeln ging Jördis an ihren Schreibtisch zurück.

Durch den Kaffee entspannte sich die Atmosphäre ein wenig.

„Erzählen Sie am besten der Reihe nach." Alva trank einen Schluck und schaute Emelie über den Rand der Tasse hinweg erwartungsvoll an.

„Also ich habe an dem Abend wirklich eine Party bei mir zu Hause gegeben", sagte sie. „Ich hatte Miranda auch eingeladen, schließlich war ...", sie zögerte weiterzusprechen. „Schließlich ist sie meine Freundin", sagte sie dann. „Miranda hat aber kurz vorher abgesagt und mich um etwas gebeten. Sie hatte eine andere Verabredung mit jemandem, dessen Namen sie mir nicht verraten wollte. Ich sollte sagen, sie wäre auf meiner Party gewesen, falls ihre Eltern nachfragen sollten. Ihr Vater ist nämlich furchtbar streng. Ich habe es ihr versprochen. Als es hieß, sie wäre verschwunden und die Polizei mich befragt hat, bin ich dabei geblieben, dass sie zu meiner Party wollte. Ich konnte schlecht sagen, sie wäre dort gewesen, aber ich konnte auch unmöglich verraten, was sie wirklich vorhatte. Ihr Vater durfte das nicht erfahren. Ich habe ganz fest geglaubt, sie würde bald wieder auftauchen. Als immer mehr Zeit verging, wusste ich nicht, was ich machen soll. Bis jetzt dieses andere tote Mädchen gefunden wurde." Sie sah aus, als würde sie gleich in Tränen ausbrechen.

„Es ist gut, dass Sic gckommen sind", sagte Alva. „Für die Wahrheit ist es nie zu spät. Haben Sie irgendeine Idee, wer derjenige war, mit dem sich Miranda treffen wollte?"

„Nein, sie hat es mir nicht gesagt."

„Das erwähnten Sie bereits. Aber Sie waren Ihre Freundin, da weiß man einiges voneinander. Zumindest könnten Sie eine Ahnung gehabt haben, um wen es sich handelt."

Emelie führte ihre Tasse an den Mund, es war offensichtlich, dass sie Zeit gewinnen wollte.

„Wir behandeln Ihre Angaben selbstverständlich vertraulich", fügte Alva hinzu.

Emelie schien sich zu einem Entschluss durchzuringen. „Ich möchte nichts Falsches sagen, vor allem kein Gerücht in die Welt setzen. Miranda hat gesagt, ihr Vater würde sie umbringen, wenn er herausfindet, mit wem sie sich trifft. Außerdem sagte sie, derjenige wäre älter als sie und niemand aus unserer Klassenstufe. Deshalb vermute ich, es könnte Lucas Hansson gewesen sein. Er war damals in der zwölften Klasse und gerade achtzehn geworden."

„Weshalb nehmen Sie das an? Was spricht dafür?"

„Na ja, der Lucas hatte schon ein Auge auf sie geworfen. Miranda ließ niemanden an sich ran, ich meine, keine Jungs. Dabei waren fast alle hinter ihr her, hübsch wie sie war. Es gab sogar Wetten, wer sie bekommt. Das scheint Lucas zusätzlich gereizt zu haben."

„Und Miranda? Interessierte sie sich für Lucas?"

Emelie schob ihre Tasse auf dem Tisch hin und her. Sie wirkte unsicher. „Das war bei ihr schwer zu sagen", erwiderte sie schließlich. „Miranda konnte ihre Gefühle gut verstecken. Aber wenn es jemanden gab, auf den ihr Vater eine derartige Wut hatte, dann war das Lucas Hansson. Der war mal beim Chef von Mirandas Vater eingebrochen und soll dessen Frau fast zu Tode erschreckt haben. Deshalb hätte Miranda nie zugegeben, Lucas treffen zu wollen. Nicht mal mir gegenüber."

„Demnach wäre Miranda ein ziemliches Risiko eingegangen, falls Ihre Vermutung stimmt", sagte Alva. „Hätten Sie ihr das zugetraut?"

Wieder dachte Emelie nach, bevor sie antwortete. „Miranda hatte Angst vor ihrem Vater, doch sie war garantiert auch wütend auf ihn, selbst wenn sie das nie direkt zeigte. Der Mann ist ein richtiges Ekel, wie er Miranda behandelt hat, das war einfach nicht normal. Er hat über sie bestimmt, als wäre sie sein Eigentum und kein Mensch mit einem eigenen Willen. Ich könnte mir vorstellen, dass sie sich aus Trotz mit Lucas treffen wollte."

Mehr konnte Emelie zu dem Thema nicht sagen. Zwar beruhte vieles nur auf Vermutungen von ihr, doch Alvas Bild von Miranda und ihrer häuslichen Situation hatte dadurch schärfere Konturen angenommen. Sie bedankte sich bei Emelie und versicherte ihr nochmals, all ihre Angaben vertraulich zu behandeln. Nachdem die junge Frau den Raum verlassen hatte, wandte sie sich Jördis zu, die von ihrem Schreibtisch aus aufmerksam zugehört hatte. „Was hältst du davon?“, fragte sie.

„Ich fand die Aussage bemerkenswert. Miranda Edwardson wollte sich am Abend ihres Verschwindens mit jemandem treffen und die Freundin sollte ihr ein Alibi liefern, weil die Eltern es nicht wissen durften. Bei Sofia Dahl war es ähnlich. Auch sie wollte angeblich die Party von Freunden aufsuchen, wo sie nie ankam. Ihre Eltern vermuteten einen Freund, den sie vor ihnen geheim hielt.“

„Leider ist dieser Freund nach wie vor der große Unbekannte, auf den wir nicht den geringsten Hinweis haben.“ Alva schob ein paar Akten beiseite und setzte sich auf die Kante des Schreibtischs. „So plausibel es klingt, was Emelie Morten über Lucas Hansson gesagt hat, er kann es nicht gewesen sein. Sein Alibi wurde schon damals überprüft.“

Jördis zog die Nase kraus. „Es stammte von gleichaltrigen Freunden, mit denen er angeblich gefeiert hatte. Wie viel so eine Aussage wert ist, haben wir eben gesehen. Da wird schnell mal gelogen, um einem Freund oder einer Freundin einen Gefallen zu erweisen.“

„Sehe ich auch so“, stimmte Alva ihr zu. „Es könnte sich lohnen, diesen Lucas Hansson noch einmal gründlich unter die Lupe zu nehmen. In einer halben Stunde hat Rurik eine Teambesprechung anberaumt, da schlagen wir es gleich vor.“

19.

„Ihr meint, es könnte Sinn machen, Lucas Hansson erneut zu befragen? Warum nicht? Schließlich haben wir sonst keine Hinweise auf einen möglichen Täter." Rurik strich sich nachdenklich übers Kinn. Er musste am Morgen in Eile gewesen sein, entweder hatte er sich gar nicht oder nur nachlässig rasiert. „Sollte das Alibi von Hansson wackeln, wäre das eine Spur. Interessant ist, ob er auch Sofia Dahl gekannt hat. Danach solltet ihr ihn ebenfalls fragen."

Er schaute Alva und Jördis an, die gleichzeitig zustimmend nickten.

„Wir haben die Zeit zwischen dem Gespräch mit der Zeugin und unserer Besprechung genutzt, um uns schon mal über Lucas Hanssons gegenwärtige Aktivitäten zu informieren", sagte Alva. „Das war erfreulich leicht, im Netz gibt es jede Menge Informationen über ihn. Er ist jetzt 21 Jahre alt und scheint recht geschäftstüchtig zu sein. Wenn man den Angaben auf seiner Website glauben darf, ist er mit einer Eventagentur sehr erfolgreich. Es werden Veranstaltungen für Gruppen ab zehn Personen bis hin zu Events mit fünfzig und mehr Personen angeboten. Sein Schwerpunkt scheint auf Halloween zu liegen, darauf deuten jedenfalls die Fotos hin, die er hier von Veranstaltungen eingestellt hat. Sieht ganz schön gruselig aus. Es ist auch von einem multimedialen Einsatz von Licht, Ton und Video die Rede. Ausgebildete Schauspieler sollen für besondere Überraschungsmomente sorgen."

„Ich kann mir lebhaft vorstellen, wie diese Überraschungsmomente aussehen." Rurik schüttelte unwillig den Kopf. „Da bezahlen Leute Geld dafür, sich von irgendwelchen Statisten mit einem Bettlaken über dem Kopf erschrecken zu lassen. Ich kann dem ganzen Quatsch nichts abgewinnen. In meiner Kindheit hat noch niemand von Halloween geredet."

„Daran merkst du mal wieder, wie alt du schon bist", frotzelte Sven. „Das wurde hier in Schweden erst um 1990 populär. Danach setzte es sich relativ schnell durch."

„Sicher sehr zur Freude der Süßwarenindustrie, die dadurch einen netten Gewinnzuwachs verzeichnet", warf Jördis ein.

Sven zuckte mit den Schultern. „Klar, das streite ich gar nicht ab. Meine beiden Jungs freut es jedenfalls und viele andere Kinder ebenfalls. Die können nun zweimal im Jahr Süßigkeiten einsammeln, erst zu Ostern und dann zu Halloween."

„Als ob unsere Ostertradition nicht ausreichen würde", murrte Rurik. „Es sieht wenigstens niedlich aus, wenn die Kinder mit Kopftüchern und Schürzen als Osterhexen verkleidet von Tür zu Tür ziehen und dabei auch noch kleine Geschenke verteilen. Aber muss man sich einen Totenschädel aufsetzen und Leute erschrecken?"

„Ach Rurik, man kann die Ausbreitung neuer Moden nicht aufhalten. Es gibt Schlimmeres als Halloween." Alva wollte nicht länger über Sinn und Unsinn dieses Brauches streiten.

„Na schön", lenkte Rurik ein, „aber ich frage mich, wie die Eventagentur von Hansson sich rentieren kann, wenn er sich mit seinen Veranstaltungen auf einen einzigen Tag des Jahres konzentriert." Bevor Alva darauf antworten konnte, ergriff Sven das Wort.

„Wer spricht denn von einem einzigen Tag? Das wird viel ausufernder begangen. Du interessierst dich offensichtlich nicht dafür, aber die Feiern haben schon wieder begonnen, die ersten offiziellen Veranstaltungen gab es bereits am 7. Oktober. Und auch im Vergnügungspark Liseberg gehen die Veranstaltungen mindestens über sechzehn Tage. Das wäre anders gar nicht zu bewältigen bei dem Andrang, der dort herrscht."

„Kein Wunder, die lassen sich richtig was einfallen." Jördis lächelte verschmitzt. „Wart ihr schon mal in dem Geisterhotel dort?"

„Ich habe schon viel davon gehört, war aber noch nicht drin", sagte Alva. „Eigentlich möchte ich das auch nicht."

„Wieso denn nicht?", wunderte sich Sven. „Sag jetzt bitte nicht, du würdest dich fürchten."

„Fürchten nicht, aber mir missfällt das Konzept. Sie arbeiten dort mit Animateuren, die dazu da sind, die Leute zu erschrecken. Ich kann es absolut nicht ausstehen, wenn mich jemand hinterrücks berührt. Da können die Reflexe mit mir durchgehen. Es ist also eine reine Sicherheitsmaßnahme von mir, mich davon fernzuhalten. Sonst schlage ich noch einem Gespenst die Nase ein."

„Das solltest du wirklich nicht tun", lachte Sven. „Das gäbe eine Schlagzeile, die dem Polizeipräsidenten sicher missfallen würde. Mir ist dort auch mal was recht Spezielles passiert. Ich war mit einer Bekannten da und dummerweise hatten wir uns vorher nicht über das Thema informiert. Das wechselt nämlich ab und zu. Mal sind Horrorclowns ausgebrochen und treiben in dem Hotel ihr Unwesen, mal sind es geisteskranke Serienmörder. Als ich mit meiner Bekannten dort war, hatten sie gerade das Thema Monsterspinnen. Mich hat es nicht sonderlich beeindruckt, doch meine Bekannte hat eine Spinnenphobie, von der ich nichts wusste. Jedenfalls bekam sie eine Panikattacke und musste anschließend von Sanitätern betreut werden. Ich glaube, das Spinnenthema wurde inzwischen abgeschafft."

„Besser so, bestimmt wollen sie sich vor Schadenersatzansprüchen schützen", sagte Alva. „Aber um auf Lucas Hansson zurückzukommen, er bietet auch andere Events an, nicht nur speziell auf Halloween zugeschnitten. Hier gibt es zum Beispiel ein Angebot, das sich besonders an Touristen richtet. Ich lese mal vor: *Lernen Sie bei einem romantischen Trip durch die Wälder die Sagenwelt Schwedens kennen. Finden Sie allein den richtigen Weg und lassen Sie sich dabei von Naturgeistern leiten. Doch Vorsicht, nicht alle sind Ihnen freundlich gesonnen.*"

„Klingt nach einer Art Schnitzeljagd mit Trollen." Sven grinste. Das wäre vielleicht was für meine Jungs. Mir wäre es zu albern.

„Ich glaube, wenn Lucas Hansson es in Szene setzt, wird es eher gruselig als albern.“ Alva klappte ihren Laptop zu. „Also ist es abgemacht, ich statte ihm zusammen mit Jördis einen Besuch ab. Hat jemand Einwände?“

„Nö, macht ihr das mal ruhig“, stimmte Sven zu. „Geisterjagd ist nicht mein Ding.“

20.

Die von Lucas Hansson angegebene Firmenadresse befand sich in einem Geschäftshaus in Hafennähe. Alva und Jördis studierten draußen die Klingelschilder und fanden sich schließlich in einem beengten Büro im Erdgeschoss wieder. Die gesamte Einrichtung bestand aus zwei Schreibtischen und einem Regal, auf dem eine Grünpflanze ums Überleben kämpfte. Die Computer auf den Schreibtischen waren jedoch die neuesten Modelle, wie Alva mit kundigem Blick registrierte. Hinter einem von ihnen saß ein junger Mann mit einer Glatze und mindestens zehn Piercings im Gesicht. Er arbeitete konzentriert weiter und ignorierte die Besucherinnen, bis Alva sich schließlich räusperte.

„Was kann ich für euch tun?“, fragte er und schaute dabei endlich auf. Seine Augen hatten eine ungewöhnliche Farbe, ein dunkles Violett.

„Wir möchten zu Lucas Hansson.“

„Der ist nicht hier“, lautete die lapidare Antwort.

Alva beschloss spontan, sich nicht als Polizeibeamtin auszuweisen. Womöglich würden sie dann nicht erfahren, wo Hansson sich aufhielt.

„Wo finden wir ihn?“, fragte sie nur.

„Der überwacht gerade die Vorbereitungen für ein Event.“

„Und wo findet das statt?“

„Hört mal, er möchte dabei nicht gestört werden. Seid ihr Kundinnen? Dann könnt ihr mir sagen, was ihr wollt.“

„Wir müssen ihn persönlich sprechen.“ Alva hatte bereits die Hand in der Tasche, um nun doch ihren Dienstausweis zu zücken, als Hanssons sichtlich genervter Kollege es sich anders überlegte und ihnen eine Adresse im Stadtteil Hammarkullen nannte. „Das ist ein ehemaliges Modegeschäft, das pleitegegangen ist“, fügte er noch hinzu.

„Na also, ging doch.“ Jördis lief voran zu ihrem Wagen und setzte sich hinters Steuer. Sie hatten sich für eins der zivilen Fahrzeuge entschieden, um kein unnötiges Aufsehen zu erregen. In dem Skoda roch es nach Zigarettenrauch, worüber Alva verärgert die Nase rümpfte. Sie fand es rücksichtslos, in einem Auto zu rauchen, das auch von anderen Kollegen genutzt wurde.

Hammarkullen wirkte an diesem trüben Tag noch trostloser als sonst. Sie fuhren an grauen Wohnblöcken vorbei und hätten das ehemalige Modegeschäft beinahe übersehen, weil die Schaufenster mit Brettern vernagelt waren.

„Tolle Location“, sagte Jördis ironisch. „Aber passt vermutlich zu Halloween.“

Die Tür war nicht abgeschlossen, also traten sie einfach ein. Nachdem Alva einen Vorhang beiseitegeschoben hatte, mussten sich ihre Augen erst einmal an das Halbdunkel des Raumes dahinter gewöhnen. Er war mit Gestalten bevölkert, die allesamt reglos verharrten. Auf den zweiten Blick erwiesen sie sich als schaurig verkleidete Schaufensterpuppen. Den meisten fehlten irgendwelche Extremitäten, einer sogar der Kopf. An Kunstblut war bei keiner gespart worden.

„Der da oben sieht ziemlich echt aus. Hoffen wir mal, er ist es nicht." Jördis zeigte nach oben, wo ein Körper von der Decke baumelte, den Kopf in einem merkwürdigen Winkel zur Seite verdreht. Das Gesicht konnte man nicht erkennen, es wurde von langem Haar verdeckt.

Alva berührte den Gehenkten an den Füßen. „Auch eine Puppe", stellte sie fest. „Das Aufhängen scheint eine Spezialität von Hansson zu sein. Gucken wir mal, ob er hier irgendwo steckt." Sie hatte hinten an der Wand einen Vorhang entdeckt, der in einen weiteren Raum zu führen schien. Dahinter war leises Stimmengemurmel zu hören.

„Lass uns dort nachschauen." Alva ging voran und schob den Vorhang beiseite. Der Raum dahinter war besser beleuchtet, an einem Tisch saßen ein Mann und eine junge Frau, die erstaunt aufblickten, als sie Alva und Jördis eintreten sahen. Im Hintergrund fummelte ein anderer Mann an einer Musikanlage herum. Alva erkannte in dem Mann am Tisch sofort Lucas Hansson, sie hatte sein Foto auf der Website gesehen.

„Guten Tag, Entschuldigung wenn wir stören", sagte sie.

„Was wollt ihr denn hier?“, fragte Hansson ungehalten. „Wer schickt euch?“

Diesmal spielte Alva sofort mit offenen Karten. Sie hielt ihm ihren Ausweis hin. „Alva Claesson, Polizei Göteborg. Das hier ist meine Kollegin Jördis Holm. Und Sie sind Lucas Hansson, nehme ich an.“

Hansson nickte, er wirkte alles andere als erfreut. Alva registrierte sein gutes Aussehen, die athletische Figur, die markanten Gesichtszüge unter dem dichten blonden Haar und die wachsamen grauen Augen. Frühere Zeugen hatten ihn als Mädchenschwarm bezeichnet, was sie durchaus nachvollziehen konnte. Das Mädchen neben ihm am Tisch musterte die Polizistinnen erschrocken.

„Wir haben nur ein paar Fragen“, versuchte Alva die Situation zu entspannen. „Können wir hier irgendwo ungestört reden?“

Hansson schaute das Mädchen an. „Wir haben alles Notwendige besprochen“, sagte er. „Wenn du noch Fragen haben solltest, kannst du mich anrufen.“

„Ja, in Ordnung, ich gehe dann mal.“ Sie griff nach einer Tasche und einer Jacke, die hinter ihr über der Stuhllehne hingen. Alva schaute ihr nach, als sie eilig den Raum verließ. Ihr weißblondes Haar schimmerte fast silbern, ihre Haut war ungewöhnlich blass. Alva schätzte sie nicht älter als vierzehn oder fünfzehn.

Der Mann an der Musikanlage hatte seine Arbeit ebenfalls unterbrochen und entfernte sich auf einen Wink von Hansson, der nun lässig auf die freien Stühle zeigte. „Setzen Sie sich und sagen Sie mir, um was es eigentlich geht.“

Alva und Jördis folgten der Aufforderung. „Wir haben einige Fragen zu Miranda Edwardson“, leitete Alva das Gespräch ein.

Bei der Nennung des Namens stöhnte Hansson laut auf. „Bitte nicht schon wieder. Ich habe vor drei Jahren alles gesagt, was es dazu zu sagen gab, und das war verdammt wenig. Im Verlauf der Jahre ist nicht mehr daraus geworden. Was soll das Ganze also?“

„Überlassen Sie es bitte uns, was wir mit den Informationen anfangen, und beantworten Sie einfach unsere Fragen.“ Alva hielt seinem Blick stand, bis er die Augen abwandte.

„Na schön, von mir aus. Was wollen Sie wissen?“

„Sie hatten Miranda Edwardson vor drei Jahren für den Abend des 31. Oktober zu einer Party eingeladen. Wo sollte diese Party stattfinden?“

„Im Gästehaus eines Freundes. Auch das habe ich damals schon gesagt. Ihre Kollegen hatten sich die Adresse geben lassen.“ Es stimmte, Alva wusste es aus den Unterlagen. Genervt von Hanssons arrogantem Auftreten, konnte sie sich die nächste Frage nicht verkneifen.

„Sie hatten die Genehmigung der Eltern dieses Freundes dazu eingeholt, anders als im Jahr zuvor für die Scheune der Bloms?“

„Fangen Sie jetzt auch noch mit dieser alten Geschichte an?“ Sein Gesicht lief vor Ärger rot an. „Dafür habe ich Sozialstunden aufgebrummt bekommen, damit sollte das erledigt sein. Es war lächerlich wegen einer alten Scheune, um die sich bis dahin niemand gekümmert hatte, für Hausfriedensbruch bestraft zu werden. Dass die Frau da plötzlich auftaucht, konnten wir nicht ahnen. In den Jahren davor ...“

Er stutzte und hätte seine unbedachten Worte wohl gern zurückgenommen, doch es war zu spät.

„In den Jahren zuvor waren Sie also auch schon in der Scheune“, ergänzte Alva.

„Das habe ich nicht gesagt.“

„Kommen Sie Herr Hansson, verkaufen Sie mich nicht für dumm. Sie haben sich gerade verraten.“

„Und wenn schon“, erwiderte er trotzig. „Beweisen können Sie es nicht.“

„Darum geht es mir auch nicht. Lassen Sie uns über Miranda Edwardson reden. Sie hatten sie also eingeladen zu einer Feier, die in einem kleinen Kreis stattfand, mit zehn Personen, von denen am Ende nur acht erschienen sind. Warum wollten Sie Miranda dabeihaben? Waren Sie in das Mädchen verliebt? Hofften Sie, ihr näherzukommen? Oder war da bereits etwas zwischen Miranda und Ihnen?“

„Das ist doch alles totaler Blödsinn“, schnaubte Hansson. „Das mit der Einladung stimmt so nicht. Ich habe sie gefragt, ob sie eventuell kommen möchte, aber sie hat sofort abgelehnt. Sie sagte, sie wäre bereits bei einer Freundin eingeladen. Damit war die Sache für mich erledigt.“

„Es muss einen Grund gegeben haben, weshalb Sie sie überhaupt einladen wollten.“

„Ja zum Teufel. Ich wollte dem kleinen Bruder meines Freundes damit einen Gefallen tun. Der war total verknallt in Miranda. Hätte vom Alter her auch gepasst, er war damals fünfzehn und sie vierzehn.“

„Ihnen wäre sie demnach zu jung gewesen?“ Alva ließ ihre Zweifel deutlich durchblicken. Sie dachte an das Mädchen, das soeben den Raum verlassen hatte.

Hansson sog hörbar die Luft ein. „Ich hätte niemals versucht, was mit Miranda anzufangen. Ich war schließlich nicht lebensmüde. Ihr Vater hat einen an der Klatsche, der hat sie regelrecht observiert. Der lauerte manchmal vor der Schule hinter einem Baum und hat aufgepasst, mit wem sie rauskommt. Miranda muss das gewusst haben, sie traute sich kaum, mit einem Jungen zu reden, geschweige denn etwas mit jemandem anzufangen. Keine Ahnung, was der Alte gemacht hätte, wenn er dahintergekommen wäre. Auf so etwas hatte ich keine Lust."

Alva musste diese Information erst einmal sacken lassen. Sie würden das Verhältnis von Lars Edwardson zu seiner Tochter gründlicher analysieren müssen. Doch jetzt hatte sie erst noch eine andere Frage.

„Sagt Ihnen der Name Sofia Dahl etwas? Kannten Sie die junge Frau?"

Hansson wirkte zunächst ratlos, doch plötzlich weiteten sich seine Augen. „Ist das nicht die Tote aus dem Wald bei Ruddalen? Wollen Sie mir das jetzt auch noch anhängen? Ich habe den Namen noch nie zuvor gehört und habe nichts mit ihrem Tod zu tun. Mit dem Verschwinden von Miranda Edwardson ebenfalls nicht. War es das jetzt?"

„Fürs Erste war es das, danke für Ihre Zeit." Alva erhob sich.

„Ist dir an dem Mädchen, das vorhin bei ihm war, was aufgefallen?", fragte Jördis, als sie wieder draußen standen.

Alva nickte. „Sie sieht der toten Sofia Dahl und den beiden vermissten Mädchen ähnlich und sie dürfte im gleichen Alter sein. Wir sollten Hansson im Auge behalten."

21.

„Lucas Hansson steht also auf sehr junge blonde Mädchen.“ Rurik strich sich übers Kinn, das an diesem Morgen tadellos rasiert war. „Das allein hat überhaupt noch nichts zu besagen.“

„Sie ist genau der gleiche Typ wie Sophia Dahl und die beiden anderen verschwundenen Mädchen“, warf Jördis ein.

„Das mag sein, es liefert uns aber keine Handhabe gegen ihn. Ich wünschte, es wäre anders.“ Rurik zuckte mit den Schultern.

„Die verschwundene Miranda Edwardson könnte durchaus auf seiner Party gewesen sein.“ Alva wollte den Verdacht, den sie gegen Lucas Hansson hegte, nicht zu schnell fallen lassen. „Die Aussage ihrer Freundin Emelie passt dazu. Miranda hatte ihr eine Absage erteilt, weil sie zu einer anderen Verabredung gehen wollte. Von einem älteren Jungen oder Mann war die Rede, den ihr Vater keinesfalls akzeptieren würde. Es könnte Hansson gewesen sein, der immerhin zugegeben hat, Miranda eingeladen zu haben. Was, wenn sie doch bei ihm war und dann irgendetwas passiert ist?“

„Dann würden acht andere Personen Hansson seit drei Jahren decken, ohne sich zu verplappern.“ Sven zog ein skeptisches Gesicht. „Natürlich ist das nicht ausgeschlossen“, fügte er hinzu. „Wir wissen nicht, wie groß der Einfluss von Hansson auf die anderen ist. Vielleicht sind auf der Party Dinge vorgefallen, an denen alle beteiligt waren und die nicht herauskommen dürfen. Wäre doch möglich.“

„Gut, das ist ein Argument.“ Rurik nickte Sven anerkennend zu. „Es kann sich lohnen, alle, die damals dabei waren, nochmals zu befragen. Loyalitäten verändern sich mit den Jahren und der innere Druck, der durch eine verschwiegene Schuld entsteht, wird größer. Wir werden uns darum kümmern. Sonst noch Vorschläge?“

Rurik stand auf und schaltete das Licht an. Sie saßen im Besprechungsraum, der Himmel vor dem Fenster war fast schwarz und tauchte den Raum in Dunkelheit.

„Lars Edwardson, den Vater von Miranda, sollten wir uns ebenfalls näher ansehen“, sagte Alva. „Ich fand merkwürdig, was Hansson über ihn gesagt hat.“

„Merkwürdig ist gelinde ausgedrückt.“ Jördis strich sich das Haar aus dem Gesicht. Es war gewachsen, für einen Zopf aber noch zu kurz. „Das Verhalten dieses Mannes ist einfach nicht normal. Er hatte seiner vierzehnjährigen Tochter den Umgang mit Jungs verboten. Das allein war schlimm genug. Aber zu überwachen, mit wem sie aus dem Schulhaus kommt, das ist krankhaft. Mich würde nicht wundern, wenn sie durchgebrannt ist, um seiner Unterdrückung zu entgehen.“

„Es wäre die glücklichere Lösung für das Mädchen." Sven zeichnete mit dem Finger Muster auf die Tischplatte. „Dann würde sie jetzt irgendwo mit ihrem älteren Freund leben, der in dem Falle nicht mit Hansson identisch wäre. Aber ich fürchte, ihre Geschichte hat einen traurigen Ausgang genommen."

„Du meinst, der Vater könnte dahinterstecken?", fragte Jördis. „Er hat mitbekommen, was die Tochter an dem Abend tatsächlich vorhatte, er ist ihr gefolgt und hat sie zur Rede gestellt. Es kam zum Streit, der für Miranda tödlich endete."

„So ungefähr", sagte Sven. „Meine Vermutung geht noch in eine andere Richtung. Hat Edwardson seine Tochter nur überwacht, weil er sich um ihre Tugend sorgte? Oder gingen seine Motive weiter? War da Eifersucht im Spiel, weil er selbst Gefühle für sie hegte, die ein Vater nicht hegen sollte?"

„Das ist vorstellbar", stimmte Jördis ihm zu. „Nur wäre das Ergebnis am Ende das gleiche. Er wollte sie aufhalten und tötete sie aus Versehen."

„Nicht unbedingt", sagte Sven. „Er muss sie nicht zwangsläufig getötet haben. Eventuell sorgte er nur dafür, dass niemand außer ihm ihr jemals wieder nahekommen kann, indem er sie irgendwo einsperrte und seitdem gefangen hält."

Schweigen senkte sich über den Tisch, alle hingen ihren Gedanken nach. Sie dachten an die Fälle von jungen Frauen, die von ihren eigenen Vätern eingesperrt, vergewaltigt und wie Sklavinnen gehalten worden waren. Frauen, die in ihren einsamen Verliesen sogar mehrere Kinder zur Welt gebracht hatten. Und all das war jahrelang von der Umwelt unbemerkt geblieben.

Alva fasste sich als Erste. „Wir müssen mit Edwardson sprechen“, sagte sie. „Wir müssen herausfinden, wie genau der Abend, an dem Miranda verschwand, abgelaufen ist.“

22.

Alva und Jördis hatten einen Termin bei den Edwardsons zu Hause vereinbart. Eine Vorladung war ihnen zu formell erschienen und hätte unter Umständen Misstrauen erregt. Das wollten sie auf jeden Fall vermeiden. Außerdem war es immer günstig, sich ein Bild vom persönlichen Umfeld einer potenziell verdächtigen Person zu machen. Nur durfte Edwardson von diesem Verdacht vorerst nichts ahnen.

Das Haus, in dem die Familie lebte, war ein Wohnblock aus den Achtzigerjahren. Jördis schaute an der Fassade hinauf. „Dritter Stock rechts", sagte sie. „Dort brennt Licht, sie sind da." Sie zog ein Gummiband aus der Tasche und raffte ihr Haar am Hinterkopf zusammen. In der feuchten Luft kräuselte es sich und umrahmte ihr Gesicht wie ein Glorienschein.

„Dann wollen wir mal." Alva ging voran. Frau Edwardson empfing sie an der Wohnungstür und bat die Polizistinnen in ein Zimmer, das seltsam unbewohnt wirkte. *Karg* war das erste Wort, das Alva zu der Einrichtung einfiel. Zwar waren die soliden Möbel von guter Qualität, doch es gab kein Bild, keine Grünpflanze und keine persönlichen Gegenstände, die auf Vorlieben der Bewohner schließen ließen. Lars Edwardson saß auf einem hellgrauen Sofa und erhob sich, um Alva und Jördis zu begrüßen. Er deutete auf die beiden Sessel gegenüber. „Setzen Sie sich bitte." Seine Frau Greta nahm neben ihm auf dem Sofa Platz. Sie wirkte so freudlos wie das Zimmer um sie herum, doch ihre ursprüngliche Schönheit war unter dem grauen Schleier der Traurigkeit, der sie umhüllte, noch zu erkennen. In jungen Jahren musste sie wie Miranda ausgesehen haben. Hatte Edwardson in Miranda die Frau wiedererkannt, in die er sich in jungen Jahren verliebt hatte, und war er ihr deshalb verfallen? Alva ermahnte sich, ihre Gedanken im Zaum zu halten. Vorurteile waren in Ermittlungen nicht angebracht.

„Gibt es etwas Neues von Miranda?" Die Stimme von Greta Edwardson klang zittrig. Die Angst, die das Auffinden der Toten im Wald Ruddalen in ihr ausgelöst hatte, war noch nicht völlig abgeklungen. Es war zum Glück nicht Miranda gewesen, doch die Nachricht von der anhaltenden Suchaktion in dem Gebiet war ihr nicht entgangen. Alva beeilte sich, sie zu beruhigen.

„Nein, es gibt keine Neuigkeiten. Jedenfalls keine, die Sie beunruhigen sollten. Wir möchten mit Ihnen noch einmal über den Abend sprechen, an dem Miranda verschwand."

„Wozu soll das gut sein?", fragte Lars Edwardson brüsk. „Gleich nachdem Miranda verschwunden war, haben wir der Polizei alles erzählt. Wir hatten damals das Gefühl, es wurde nicht besonders intensiv nach ihr gesucht. Inzwischen sind drei Jahre vergangen, was wollen Sie jetzt noch herausfinden?"

„Manchmal ergeben sich nach Jahren neue Ansätze, weil Personen ihr Schweigen brechen.“ Alva fixierte Edwardson, der die Arme auf der Brust verschränkt hatte und ihr sein vorstehendes Kinn trotzig entgegenstreckte mit einem festen Blick. „So ist es auch im Falle von Mirandas Verschwinden. Ihre Freundin Emelie Morten hat ihre frühere Aussage geändert. Demnach hatte Miranda nie vor, zu ihrer Party zu kommen.“

Greta Edwardson gab einen überraschten Laut von sich, der wie die Klage eines verletzten Vogels klang. „Das verstehe ich nicht“, stammelte sie. „Was sollte sie sonst vorgehabt haben?“

„Wollen Sie behaupten, unsere Tochter hat uns belogen?“ Lars Edwardson funkelte Alva empört an.

„Ich behaupte nichts, sondern stelle nur die Fakten fest“, erwiderte sie. „Mädchen in Mirandas Alter haben ihre kleinen Geheimnisse, das ist nicht außergewöhnlich. Freundinnen sind dazu da, diese Geheimnisse zu schützen. Emelies Aussage erscheint absolut glaubwürdig.“

„Das haben Ihre Kollegen damals auch angenommen, als Emelie angab, Miranda wäre an dem Abend ihres Verschwindens bei ihr eingeladen gewesen. Jetzt behauptet sie das Gegenteil und Sie glauben ihr ebenfalls. Ich weiß nicht, was diese Emelie damit erreichen will. Uns hat Miranda jedenfalls versichert, sie würde zu dieser Party gehen. Wir vertrauen dem Wort unserer Tochter mehr als dem ihrer Freundin. Wir haben unsere Tochter zur Aufrichtigkeit erzogen.“ Edwardson schaute seine Frau an, um sich ihrer Unterstützung zu versichern. Zwar nickte sie, wirkte jedoch unsicher.

„Hat Emelie auch gesagt, was Miranda sonst an dem Abend vorhatte?“, fragte sie zaghaft.

Nun kam der heikelste Punkt ihrer Mission und Alva wählte ihre Worte mit Bedacht. „An so einem Abend wie Halloween finden viele Feiern statt. Wir wissen, dass Miranda mindestens noch eine weitere Einladung bekommen hat. Sie hatte ursprünglich vor, zu Emelie zu gehen, sich dann aber umentschieden. Es scheint einen Freund gegeben zu haben, einen älteren Freund. Seinen Namen hat Miranda ihrer Freundin nicht verraten. Mit ihm wollte sie sich an jenem Abend treffen.“

„Woher wollen Sie wissen, dass Emelie nicht lügt?“ Edwardson wollte die Möglichkeit, seine Tochter könnte einen Freund gehabt haben, einfach nicht akzeptieren. „Und wieso sagt sie das jetzt erst und nicht schon vor drei Jahren?“

„Es ist wegen der Toten im Wald, nicht wahr?“ Greta Edwardson wurde einen Schein bleicher. „Sie hat auch geglaubt, es könnte sich um Miranda handeln und ihr Freund hätte vielleicht etwas damit zu tun.“

Die Frau dachte mit, stellte Alva anerkennend fest. Auch schien sie im Gegensatz zu ihrem Mann die Vorstellung, Miranda könnte einen Freund gehabt haben, zu akzeptieren.

„Haben Sie eine Vermutung, wer dieser Freund sein könnte?“ Alva wandte sich nun bewusst an die Mutter.

„Wenn es ihn überhaupt gibt“, konnte sich Lars Edwardson nicht verkneifen einzuwerfen. Seine Frau schüttelte ratlos den Kopf.

„Ich habe keine Ahnung, wirklich nicht.“

„Gab es keine Hinweise, keinen Namen, den Miranda beiläufig erwähnte?“

„Miranda war ..., sie ist sehr verschlossen.“ Die Hoffnung, ihre Tochter könnte noch am Leben sein, sprach aus diesem Satz. Alva wünschte nichts sehnlicher, als dass es so wäre.

„Vielleicht weiß Mirandas Schwester etwas über diesen Freund“, sagte Alva. „Geschwister vertrauen einander manches an.“

„Das glaube ich nicht. Nele ist drei Jahre jünger als Miranda, sie war damals erst elf. Wenn Miranda sich nicht mal ihrer besten Freundin anvertraut hat, wird sie Nele erst recht nichts gesagt haben.“

Alva hätte trotzdem gern den Versuch unternommen, mit Nele zu sprechen.

„Sie ist nicht da.“ Lars Edwardson presste die Lippen zu einem schmalen Strich zusammen.

„Sie ist Mitglied in einem Club junger Informatiker, an zwei Abenden in der Woche ist sie dort“, sagte Greta. Am Gesichtsausdruck ihres Mannes war seine Missbilligung deutlich abzulesen. Auch Neles Verhältnis zu ihrem Vater schien nicht frei von Konflikten zu sein. Alva beschloss, das Gespräch mit Nele zu einem späteren Zeitpunkt zu führen. Vielleicht wusste das Mädchen ja doch etwas. Jetzt wandte sie sich erst einmal dem nächsten heiklen Punkt zu. „Ich würde den Tag, an dem Miranda verschwand, gern noch einmal mit Ihnen durchgehen“, sagte sie. „Wann genau ist sie an dem Abend von hier aufgebrochen?“

„Das war um 18:30 Uhr“, beantwortete Greta Edwardson ihre Frage. „Ich weiß das genau, weil um die Zeit eine Fernsehserie begann, die ich regelmäßig verfolge. Sie machte die Tür zum Wohnzimmer auf und winkte mir zu.“ Greta Edwardson schluckte. Es war das letzte Bild, das sie von ihrer Tochter hatte. Ein flüchtiges Winken von der Tür aus, um sie nicht beim Fernsehen zu stören. Sie war schon im Mantel gewesen. Darunter musste sie das weiße Kleid getragen haben, ein Umstand, der Greta noch immer Rätsel aufgab. Warum hatte sie sich umgezogen?

„Wo waren Sie zu dem Zeitpunkt, Herr Edwardson?“, fragte Alva.

„Ich war nicht da, weil ich kurz zuvor einen Anruf bekommen hatte. In einem der von mir verwalteten Geschäftshäuser war eine Scheibe eingeschlagen worden, vermutlich von betrunkenen Jugendlichen, die an dem Abend außer Rand und Band waren. Es passiert auch so schon genug, aber an Halloween ist es immer besonders schlimm. Verbieten sollte man den Blödsinn.“

Alva ging nicht auf seine letzte Bemerkung ein. „Was haben Sie getan, als Sie bei dem Geschäftshaus ankamen?“

„Na was schon, meine Arbeit. Ich habe das Fenster mit Brettern gesichert.“

„Wie lange hat das etwa gedauert?“

„Keine Ahnung, ich habe nicht auf die Uhr geschaut.“

„Aber Sie wissen bestimmt, wann Sie an dem Abend wieder zu Hause waren.“

„Das war kurz nach 22 Uhr, da bin ich mir sicher“, antwortete seine Frau für ihn.

„Sie waren demnach dreieinhalb Stunden fort“, stellte Alva fest. „Hat das Abdichten des Fensters so lange gedauert?“

„Natürlich nicht.“ Edwardson wirkte verärgert. „Das war rasch erledigt. Ich habe mich in mein Auto gesetzt und das Haus beobachtet, weil ich vermutete, die Jugendlichen würden zurückkommen."

Alva verkniff sich die Frage, ob das jemand bezeugen könne. Sie begnügte sich damit, sich die Anschrift des Geschäftshauses und den Namen des Anrufers geben zu lassen. Als sie und Jördis sich danach verabschiedeten, sandte Edwardson ihnen wütende Blicke hinterher.

23.

Alva erstattete den Kollegen Bericht über das Gespräch mit den Edwardsons. „Lars Edwardson hätte an dem betreffenden Abend genügend Zeit gehabt, seiner Tochter zu folgen und sie verschwinden zu lassen, tot oder lebendig. Er hat für dreieinhalb Stunden kein Alibi. Der Zeuge, von dem der Anruf bezüglich der zerbrochenen Fensterscheibe in einem Geschäftshaus kam, konnte sich nicht an den genauen Zeitpunkt erinnern. Er sagte, es hätte dort des Öfteren Sachbeschädigungen gegeben, über die er Edwardson informiert habe. Ob das auch am Abend des 31. Oktobers vor drei Jahren der Fall gewesen sei, wisse er nicht. Anschließend will Edwardson über zwei Stunden in seinem Auto gesessen und das Haus beobachtet haben, was natürlich erst recht niemand bezeugen kann."

„Das macht ihn hochgradig verdächtig", ergänzte Jördis. „Er hat äußerst genervt auf unsere Fragen reagiert. Warum ist das vor drei Jahren niemandem aufgefallen? Damals waren viele Spuren noch frisch, die inzwischen kalt geworden sind."

„Es gab keinen Grund, ihn zu verdächtigen.“ Rurik goss sich einen zweiten Kaffee ein. Eigentlich sollte er seinen Konsum mit Rücksicht auf seinen Blutdruck einschränken, hielt sich aber nicht daran. Ohne Kaffee konnte er nicht denken. Und wenn Alva ihn aufbrühte, verdiente der Kaffee seinen Namen sogar, anders als das Gesöff aus dem Automaten. „Das war damals ein normaler Vermisstenfall. Ein junges Mädchen, das nicht pünktlich von einer Feier zurückkommt, gibt erst einmal keinen Anlass zur Panik. Da wartet man in der Regel ab. In den meisten Fällen tauchen diejenigen am nächsten Tag verkatert und mit einem schlechten Gewissen wieder auf. Als es bei Miranda Edwardson nicht der Fall war, haben sich die Kollegen die genaueren Umstände ihres Verschwindens natürlich angesehen. Die strenge Erziehungshaltung des Vaters und die Andeutungen der Schwester, Miranda hätte einen älteren Freund gehabt, ließen ein freiwilliges Untertauchen vermuten. Natürlich wurde nach ihr gesucht, sie war schließlich erst vierzehn. Den Vater hatte niemand in Verdacht.“

„So richtig passt er nicht ins Bild“, meldete sich Sven zu Wort. „Wir suchen nach einem Täter, der sowohl Sofia Dahl als auch Miranda Edwardson auf dem Gewissen hat. Sollte Edwardson dann auch Sofia umgebracht haben?“

„Stopp, jetzt preschst du zu weit vor.“ Rurik hob abwehrend die Hand. „Eine mögliche Verbindung zwischen den beiden Fällen ist nur eine vage Hypothese, der wir nachgehen wollen. Ob diese Verbindung überhaupt existiert, ist völlig unklar. Wir müssen für alles offenbleiben. Deshalb werden wir die beiden Fälle zunächst unabhängig voneinander betrachten. Die dritte

Frau, von der wir nicht einmal wissen, wann genau sie verschwunden ist, lassen wir erst einmal ganz außen vor. Konzentrieren wir uns auf Miranda Edwardson. Der Vater hat nicht nur kein Alibi, er betreut außerdem Immobilien, die in ganz Göteborg verstreut sind. Da gibt es garantiert Tiefgaragen und Keller mit schwer zugänglichen Räumen, in denen sich manches verstecken lässt. Wir müssen das überprüfen."

„Sisyphus lässt grüßen", stöhnte Sven.

„Du musst es nicht allein machen, wir holen uns Verstärkung." Rurik fixierte die Thermoskanne und schien über eine dritte Tasse nachzudenken, entschied sich dann aber dagegen.

„Die Eltern von Sofia Dahl müssen nochmals befragt werden, nicht nur sie, sondern auch andere Personen aus dem Umfeld des Mädchens, Mitschüler, Freundinnen, jeder, der etwas über einen Freund von Sofia wissen könnte. Lucas Hansson behauptet, das Mädchen nicht gekannt zu haben, darauf werden wir uns nicht verlassen. Auch er bleibt verdächtig."

„Was macht eigentlich die Suche im Wald Ruddalen?", fragte Alva.

„Zwei Leichenspürhunde sind im Einsatz, da das Gebiet ziemlich groß ist, kann sich die Suche hinziehen. Es ist anstrengend für die Hunde, um Leichen aufzuspüren, müssen sie alle anderen Gerüche ausblenden. Deshalb brauchen sie regelmäßige Pausen."

„Vielleicht kann euer Veikko das Team verstärken", witzelte Sven.

Alva grinste. „Das nicht, aber ich weiß was Besseres. Morgen bringe ich ihn mit ins Büro, damit du deine Hundephobie endlich in den Griff bekommst."

24.

Elin stand am Fenster ihres Zimmers und schaute hinaus in den Garten. In der Nacht hatte es Frost gegeben, auf dem Beeten schimmerte der Reif wie ein zartes Gespinst aus unzähligen Kristallperlen. Elin zuckte zusammen, als Volke plötzlich hinter einer großen Konifere auftauchte und in ihre Richtung starrte. Hastig trat sie vom Fenster zurück. Der Gärtner war ihr nach wie vor unheimlich und sie wurde den Eindruck nicht los, dass er ihr auflauerte. Dabei sah Volke nicht einmal schlecht aus. Er war groß, hatte einen muskulösen Körper, dunkles Haar und regelmäßige Gesichtszüge. Das Unheimliche an ihm waren seine ungewöhnlich hellen Augen, die alles und jeden wie mit Röntgenstrahlen zu durchdringen schienen. Wenn Volke sie anschaute, überlief Elin jedes Mal ein Kälteschauer. Wann immer es möglich war, ging sie ihm aus dem Weg. Jetzt sah sie, wie er eine Karre vor sich herschob. Darin lagen Blumenzwiebeln, die er offenbar in den Boden bringen wollte. Es gab einige Beete im Garten, auf denen im Frühjahr Narzissen,

Tulpen und Hyazinthen blühten. Ihre Mutter liebte diese Frühlingsboten ganz besonders und hatte sich ein solches Beet vor dem Fenster des Esszimmers gewünscht, damit sie den Anblick auch von drinnen genießen konnte. Wie es aussah, war Volke dabei, diesen Wunsch zu erfüllen. Gunnar musste es ihm gesagt haben. Elin lächelte bei dem Gedanken. Gunnar war unglaublich lieb, er versäumte keine Gelegenheit, ihr oder ihrer Mutter eine Freude zu machen. Es könnte alles wunderschön sein, wenn da nur nicht diese Angst wäre. In der Nacht hatte Elin wieder die Geräusche gehört, erst die Schritte und dann das leise Quietschen einer Tür. Es war aus dem Keller unter ihr gekommen, daran gab es keinen Zweifel. Jemand, der dort nichts zu suchen hatte, schlich nachts im Haus umher. Wenn es sich um keinen Geist handelte, konnte es natürlich auch Volke sein. Dieser Gedanke war Elin erst neulich gekommen, obwohl er eigentlich naheliegend war. Volke lebte schon länger auf dem Gelände als Gunnar und war eine Zeit lang sogar der einzige Bewohner gewesen. Garantiert hatte er sich Zugang zum Haus verschafft und verfügte über Schlüssel für sämtliche Räume. Elin nahm sich vor, mit Gunnar darüber zu sprechen, obwohl ihre Mutter das ausdrücklich nicht wollte. Sie solle keine Unruhe stiften und würde die Geräusche nur geträumt haben, bekam sie von ihr regelmäßig zu hören.

Elin wurde aus ihren Gedanken gerissen, als sie Nele entdeckte, mit der sie verabredet war. Sie stand bei Volke, der jetzt am Boden kniete und mit einem Ausstecher schnell und effektiv die Knollen steckte. Wieso kam Nele nicht ins Haus, sondern beobachtete Volke wie hypnotisiert bei der Arbeit? Was gab es daran zu sehen, wie er Löcher in den Boden stanzte und die Blumenzwiebeln hineinfallen ließ? Zögernd öffnete Elin das Fenster und rief Neles Namen. Sie musste es ein zweites Mal tun, derart vertieft war die Cousine in die Betrachtung der Arbeit des Gärtners. Endlich drehte sie sich um und Elin gab ihr durch Winken zu verstehen, sie solle ins Haus kommen. Beinahe widerstrebend folgte Nele der Aufforderung.

„Was gab es denn da bei Volke Spannendes zu sehen?“, fragte Elin. „Der buddelt doch nur Blumenzwiebeln ein.“

„Ja, aber nicht irgendwie, er hat sich für die Anordnung ein kompliziertes geometrisches Muster ausgedacht. Ich habe eine Weile gebraucht, bis ich herausgefunden hatte, nach welcher Formel er das macht.“

Elin schaute ihre Cousine ungläubig an. „Ist das dein Ernst? Du suchst nach Formeln in den Blumenbeeten? Wenn Volke da wirklich Berechnungen anstellt, finde ich das ganz schön abartig. In der Natur sollte alles dem Zufall überlassen werden, dann sieht es am schönsten aus. Da hat Mathematik nichts zu suchen.“

Elin ließ sich auf ihr breites Sofa fallen und klopfte mit der flachen Hand auf den Sitz neben sich. Doch Nele blieb stehen und redete eifrig weiter. „Du irrst dich, in der Natur ist vieles nach mathematischen Prinzipien aufgebaut. Die Blüte der Sonnenblume und vieler anderer Pflanzen zum Beispiel. Du hast doch bestimmt schon von der Fibonacci-Folge gehört?“

Elin winkte lachend ab. „Nein, habe ich nicht. Und falls doch habe ich es vergessen. Mathe ist einfach nicht mein Ding, verschone mich bitte damit. Ich möchte in Zukunft auf keinen Fall beim Anblick von

Blumen an Zahlen und Formeln denken müssen. Dann würde ich nie wieder in den Garten gehen.“

Nele gab seufzend auf. Sie fand Mathematik unglaublich spannend, würde Elin aber nicht dafür begeistern können. Auch darin erinnerte die Cousine sie an Miranda, die ganz für ihre Kunst gelebt und mit Mathe gehadert hatte. Obwohl sie drei Klassenstufen über ihr war, hatte sie sich von der kleinen Schwester oft die Hausaufgaben erklären lassen. Nele spürte einen Stich in der Brust, als sie daran dachte. Wieder wurde ihr bewusst, wie sehr sie ihre Schwester vermisste.

„Möchtest du was trinken?“, fragte Elin. „Gebäck ist auch da. Wir können uns stärken, bevor wir aufbrechen. Gunnar fährt uns, wohin wir wollen. Er arbeitet heute von zu Hause aus, wir müssen ihm nur Bescheid sagen, wenn wir so weit sind.“

Das war typisch für Gunnar, dachte Nele. Für Elin, die nicht mal seine richtige Tochter war, stellte er sogar seine Arbeit zurück. Ihr Vater würde das niemals für sie tun. Sie hatten einen Einkaufsbummel geplant, bei dem Nele sich vor allem aufs Schauen beschränken würde. Ihr Taschengeld war wesentlich knapper bemessen als das von Elin.

„Wie bist du überhaupt hergekommen?“, fragte Elin.

„Wie schon? Mit dem Bus, meine Eltern arbeiten nicht von zu Hause aus. Und wenn es so wäre, hätte mein Vater mich garantiert nicht hergefahren. Ihr seid hier nicht aus der Welt, auch wenn es sich so anfühlt. Wir müssen Gunnar nicht stören. Mit dem Bus sind wir in einer Viertelstunde im Zentrum.“

Elin zuckte mit den Schultern. „Sicher, aber Gunnar macht es gern.“ Sie ging aus dem Zimmer und kam mit einem Tablett zurück, auf dem eine Kanne, zwei

Tassen und ein Teller mit Gebäck standen. „Blaubeertee, den magst du doch auch“, sagte sie, während sie alles auf dem Tisch verteilte. „Und nun erzähl erst mal, was es bei euch Neues gibt.“

„Nichts Gutes“, erwiderte Nele finster.

Mit einem erschrockenen Ausdruck im Gesicht stellte Elin die Tasse ab, die sie gerade zum Mund führen wollte. „Ist etwas passiert?“

„Ja, es gibt ziemlichen Stress. Die Polizei war da und hat mit meinen Eltern geredet. Nun wollen sie auch mit mir sprechen, aber mein Vater ist dagegen und will es verbieten.“

„Darf er das überhaupt? Kann die Polizei das nicht einfach anordnen, wenn sie Fragen an dich haben? Möglicherweise darf er dabei sein, weil du noch nicht volljährig bist. Aber ganz verbieten kann er es sicher nicht.“ Elin nippte nachdenklich an ihrem Tee. „Ich frage mich, was sie von dir wissen wollen. Es kann doch wieder nur um Miranda gehen.“

„Ja, schon, aber es ist diesmal anders.“ Nele zögerte, entschloss sich dann aber, Elin die Wahrheit zu sagen. Niemandem fühlte sie sich seit dem Verschwinden ihrer großen Schwester mehr verbunden als der Cousine. „Ich habe heimlich einen Streit meiner Eltern belauscht. Es klang, als würde die Polizei meinen Vater verdächtigen, Miranda etwas angetan zu haben.“

„Wirklich? Du hast dich auch bestimmt nicht verhört?“

„Nein, sie haben sogar schon sein Alibi für den Abend, als Miranda verschwand, überprüft. Er hat keins, weil er da mehrere Stunden nicht zu Hause war.“

„Das ist ja krass. Du glaubst hoffentlich nicht, da könnte was dran sein? Onkel Lars mag streng sein, aber er ist doch kein Mörder, der sein eigenes Kind umbringt."

„Nein, natürlich nicht. Du darfst mit niemandem darüber reden, nicht mal mit deiner Mutter und Gunnar, versprichst du mir das? Ich habe solche Angst, es könnte sich herumsprechen. Wie stünden meine Eltern dann da und ich auch? Alle würden in der Schule mit den Fingern auf mich zeigen."

„Ich werde schweigen wie ein Grab, das schwöre ich", sagte Elin feierlich. „Von mir erfährt niemand auch nur ein Sterbenswort."

Nele nahm sich vor, ebenfalls zu schweigen, wenn die Polizei sie befragen sollte. Sie würde nichts über das angespannte Verhältnis zwischen Miranda und ihrem Vater verlauten lassen. Und sie würde die Zeichnungen unter dem Brett im Fußboden nicht erwähnen, die sie seit Mirandas Verschwinden nicht angerührt hatte.

25.

Der Mann war gekleidet wie ein Jogger, der zufällig durch den Wald Ruddalen lief. Alva konnte er nicht täuschen, sie roch es förmlich, wenn Reporter in allen möglichen Verkleidungen versuchten, sich einem Tatort zu nähern. Im Laufe ihrer Dienstzeit hatte sie in der Hinsicht schon einiges erlebt. Sie schlichen in weiße Kittel gehüllt in Krankenhäuser, kamen als Straßenbauarbeiter daher, und ein besonders dreister Journalist hatte sich sogar als Streifenpolizist getarnt, was ihm letztendlich eine Anzeige einbrachte. Jetzt kam der Jogger direkt auf sie zugelaufen. Obwohl sie Zivil trug, musste er sie erkannt haben. Alvas Gesicht tauchte des Öfteren auf Pressekonferenzen und in Zeitungsberichten auf, was ihr überhaupt nicht recht war. Auch in der gegenwärtigen Situation empfand sie es als Nachteil.

„Entschuldigung, da vorn ist abgesperrt, wissen Sie weshalb?“ Er schaute sie aus braunen Augen treuherzig an.

„Es handelt sich um einen Polizeieinsatz, Sie sollten den Bereich besser meiden“, sagte Alva.

„Polizeieinsatz? Weshalb denn? Ich weiß natürlich von dem Leichenfund hier, das stand schließlich in allen Zeitungen. Aber das ist über eine Woche her, da sollte die Leiche doch inzwischen abtransportiert sein.“ Er versuchte es mit einem arglosen Lächeln, das bei Alva nicht verfing.

„Es geht um mögliche Spuren.“

Der Mann ließ sich von ihrer brüsken Art nicht beeindrucken.

„Spuren?“, fragte er ungläubig. „Die Tote wurde vor zwei Jahren hier vergraben. Was für Spuren will man da jetzt noch finden?“ Sein Blick hatte nun etwas Lauerndes. Alva verkniff sich eine gereizte Reaktion. Auf keinen Fall durfte er auch nur erahnen, wonach sie wirklich suchten. Dann würden schon morgen die ersten Zeitungen die Hypothese von weiteren Mordopfern in die Welt hinausposaunen und sie hätten ein Problem. Also rang Alva sich zu einer verbindlichen Antwort durch.

„Man kann nach so langer Zeit durchaus noch Spuren finden. In einem Fall war es ein Spaten, den der Täter einige Hundert Meter vom Tatort entfernt im Wald entsorgt hatte. Obwohl der Mord fünf Jahre zurücklag, brachte das die Polizei auf seine Spur.“

Der Mann nickte, er schien es ihr abzukaufen. Die beiden Hunde hatte er offenbar nicht bemerkt. Ein belgischer Schäferhund und ein Weimaraner, beides ausgebildete Leichenspürhunde, waren mit ihren Hundeführern momentan in einem besonders unwegsamen Waldstück unterwegs. Die Ermittler hatten den zu durchsuchenden Bereich in Abschnitte eingeteilt, die nacheinander systematisch abgesucht wurden. Fast die Hälfte war inzwischen geschafft.

Alva entdeckte Sven, der nach ihr Ausschau zu halten schien. Sie gab ihm einen heimlichen Wink, den er sofort verstand. Erst als der neugierige Mann verschwunden war, gesellte sich Sven zu ihr.

„Wer war der Vogel?“, fragte er.

„Ein Journalist, der sich als harmloser Jogger getarnt hatte.“

Sven grinste. „Hat ja super funktioniert. Ob er dich erkannt hat?“

Alva zuckte mit den Schultern. „Keine Ahnung. Hauptsache er schreibt keinen Mist. Das können wir überhaupt nicht gebrauchen. Gibt es was Neues?“

„Einer der Hunde scheint was gefunden zu haben.“ Sven deutete mit einer Kopfbewegung hinter sich. „Eventuell ist es nur ein totes Eichhörnchen.“

Sofort verspürte Alva ein leichtes Ziehen in der Magengrube. Sie glaubte nicht an ein Eichhörnchen, der unglaubliche Geruchssinn der Hunde war legendär. Einer hatte mal im leeren Kofferraum eines Autos, der zuvor gründlich gereinigt worden war, Leichengeruch angezeigt. Tatsächlich stellte sich heraus, dass darin zwei Tage zuvor eine Leiche transportiert worden war. Seine Reinigungsaktion hatte dem Täter nichts gebracht.

Alva folgte Sven in die beschriebene Richtung. Das Gelände hier war schwer zugänglich, große Steinblöcke versperrten den Weg, der mit dichtem Moos bedeckt war. Einmal glitt Alva aus und wäre gestürzt, wenn Sven sie nicht rechtzeitig festgehalten hätte. Zwischen herabhängenden Ästen kämpften sie sich voran. Alva sah den Hund erst, als sie direkt vor ihm stand. Das graubraune Fell des Weimaraners verschmolz perfekt mit der Umgebung. Majestätisch wie eine Sphinx, den Kopf wachsam erhoben, lag das große Tier neben seinem Hundeführer, der jetzt auf die Stelle zwischen zwei Steinblöcken deutete. „Direkt hier hat er angezeigt“, sagte der. „Ihr solltet graben, Odin hat sich noch nie geirrt.“

Zwei Stunden später stand fest, dass er mit seiner stolzen Behauptung richtig gelegen hatte. Um die inzwischen ausgehobene Grube herum bewegten sich die Männer der Spurensicherung in ihren weißen Anzügen. Auch die Rechtsmedizinerin Brigitte Wallenius war wieder vor Ort und sortierte die Skelettteile auf einer Plane. Alva fühlte sich wie beim Anschauen eines Films, den sie bereits kannte. Es war das gleiche Szenario wie beim Auffinden der Leiche von Sofia Dahl. Auch diesmal war der Körper nicht allzu tief vergraben gewesen und fast vollständig skelettiert. Allerdings hafteten an einigen Gliedmaßen noch eingetrocknete Weichteilreste.

Brigitte schaute von ihrer Arbeit auf, als sie Alva entdeckte. „Du willst sicher eine erste Einschätzung“, sagte sie. „Es handelt sich mit Sicherheit um eine junge Frau zwischen vierzehn und achtzehn Jahren von eher zierlicher Statur. Die Gelenke weisen kaum Abnutzungen auf, das Gebiss ist bis auf einen Backenzahn hinten rechts vollständig.“

„Und wie schätzt du die Liegezeit?“, fragte Alva.

Brigitte runzelte die Stirn. „Du weißt, wie schwer es ist, sich da festzulegen. Zwischen drei Jahren und einem Jahr würde ich grob schätzen. Der Erhaltungszustand des Skeletts spricht dafür. Die Tote, die wir kürzlich geborgen haben, lag seit zwei Jahren hier, wie wir inzwischen wissen. Die Umgebungsbedingungen sind bei beiden Leichen vergleichbar. Und dieses Skelett hier ist etwas besser erhalten. Aber wie gesagt, ich lege mich da nicht fest. Kleinste Unterschiede in der Bodenbeschaffenheit können große Auswirkungen haben. Ihr müsst euch gedulden, bis die Identität der Toten feststeht."

Auch ohne die Identität der Toten zu kennen, war sich Alva fast sicher. Sie hatten die Leiche einer zweiten Frau gefunden, die an Halloween verschwunden war. Nun mussten sie nur herausfinden, um welche es sich handelte. Sie ging hinüber zu den Kollegen von der Spurensicherung, die mit Pinseln und Sieben an der flachen Grube zugange waren.

„Irgendwelche Bekleidungsreste, Schmuckstücke, Haarspangen oder sonst etwas, das uns weiterhelfen könnte?", fragte sie hoffnungsvoll.

Lucas Marklund, der Chef der Spurensicherung, richtete sich zu seiner vollen imposanten Größe auf. Die Kapuze bedeckte seine Glatze, der weiße Anzug verdeckte seine zahlreichen Tattoos. „Nichts dergleichen, nicht mal ein Knopf. Wie die andere scheint auch sie nackt begraben worden zu sein."

Frustriert richtete Alva ihren Blick auf die Grube. Gerade zog eine Mitarbeiterin der Spurensicherung ein längliches schmutzverkrustetes Gebilde daraus hervor. Im ersten Moment hielt Alva es für eine Wurzel. „Was ist das?", fragte sie.

„Scheint von einem Tier zu stammen." Die Kollegin zuckte mit den Schultern. „Ein Fuchsschwanz würde ich sagen." Sie machte Anstalten, ihn beiseitezuwerfen.

„Halt", rief Alva, bei der plötzlich sämtliche Alarmglocken schrillten. „Das muss eingepackt werden."

„Wie jetzt?“ Marklund schaute sie entgeistert an. „Ein Fuchs wird die Frau wohl kaum gemeuchelt und anschließend hier verbuddelt haben.“

Alva war nicht nach Scherzen zumute. „Am Fundort der anderen Toten lag ebenfalls ein Fuchsschwanz“, sagte sie. Ein Fuchsschwanz, den sie nicht weiter beachtet hatten, was sie nun bereute.

Marklund war ernst geworden. „Das ist in der Tat merkwürdig. Aber welche Bedeutung könnte es haben? Ist der Täter ein Jäger?“

„Oder die Opfer sind unerlöste Huldras“, murmelte die Kollegin, die noch immer am Rande der Grube hockte und den Fuchsschwanz in die Höhe hielt. Alva hörte kaum hin, sie hatte gerade etwas Neongrünes hinter einem Busch direkt neben sich hervorblitzen sehen. Das war der Jogger von vorhin! Er musste ihr und Sven heimlich gefolgt sein. Alva hetzte los, ohne auf die verwunderten Rufe ihrer Kollegen zu achten. Sie hörte das Unterholz laut rascheln und knacken, während der Mann im Laufschritt vor ihr flüchtete. Immer wieder sah sie seinen Kopf und Rücken zwischen den Bäumen auftauchen, ohne ihm wirklich näherzukommen. Ein Zweig schlug ihr schmerzhaft ins Gesicht und für einen Augenblick stand sie wie blind da und rieb sich die brennenden Augen. Gleich darauf hörte sie, wie ein Motor aufheulte und ein Wagen davonfuhr. Der Kerl war ihr entkommen. Sie fragte sich, wie viel er wohl gesehen und von ihren Gesprächen verstanden hatte.

26.

Birger, dem es besser ging, hatte seinen ersten Arbeitstag nach der Krankheitspause hinter sich gebracht und auch schon einen Spaziergang mit Veikko unternommen. Er war gerade dabei, den Hund zu füttern, als Alva zur Tür hereinkam. Veikko war hin- und hergerissen zwischen den verlockenden Düften aus dem Fressnapf und dem Anblick seines Frauchens. Seine Loyalität siegte über seinen Appetit und er lief zu Alva, um sie zu begrüßen. Sie ging neben ihm in die Hocke und drückte das Gesicht in sein weiches Fell. „Ach Veikko, wie schön, zu Hause zu sein.“ Als sie sich erhob, musterte Birger sie prüfend. „Du siehst ziemlich fertig aus. Und was ist das hier?“ Er fuhr mit dem Daumen behutsam über ihre Wange. „Hast du dich da verletzt?“

„Ach, das ist nur ein Kratzer von einem Zweig, der im Wege war“, wiegelte Alva ab. „Ich war den ganzen Tag in Ruddalen und musste einem Reporter hinterherhetzen, der uns belauscht hatte. Alles kaum der Rede wert angesichts der sonstigen Katastrophen.“

„Welcher Katastrophen? Ist etwas passiert?“

Alva nickte. „Das Schlimmste, was wir uns ausgemalt hatten, ist eingetreten. Wir haben heute die zweite Leiche im Wald Ruddalen gefunden. Wieder eine junge Frau. Und noch ist nicht das ganze Gebiet abgesucht.“

„Das klingt wirklich nicht gut. Setz dich erst mal hin und ruh dich aus, ich mache uns Abendessen. Mit Veikko war ich schon draußen.“

„Danke, ich glaube, ich brauche jetzt erst mal eine Dusche.“

Während Alva das heiße Wasser über ihren Körper laufen ließ, stellte sie sich vor, allen Dreck des Tages von sich abzuspülen. Wenn es doch nur so einfach wäre. All die Grausamkeit, die Tag für Tag in ihr Leben drängte, ließ sich nicht mit Wasser und Seife bekämpfen. Sie fragte sich, wie lange sie das aushalten würde.

Als sie in ein Badetuch gehüllt aus der Dusche kam, war Birger schon dabei, den Tisch zu decken. Er legte Servietten neben die Teller und hatte sogar zwei Kerzen angezündet. Bei dem Anblick entspannte sich Alva. Birger war die größte Stütze in ihrem Leben, er und Veikko. Sie beeilte sich, ihr Haar zu föhnen und sich frische Sachen anzuziehen. Dann saßen sie sich am Tisch gegenüber, das Licht der beiden Kerzen spiegelte sich in den Fensterscheiben und tauchte alles in ein warmes Licht. Veikko lag auf Alvas Füßen. Das Zimmer wurde zu einer Insel der Geborgenheit, der das Böse da draußen nichts anhaben konnte. Im schweigenden Einvernehmen dehnten sie die Mahlzeit ausgiebig aus. Erst als sie später nebeneinander auf der Couch saßen, begann Alva zu reden.

„Eure Hypothese vom Halloween-Mörder hat damit neue Nahrung bekommen“, sagte Birger.

„Ja leider, obwohl natürlich noch nichts bestätigt ist. Erst müssen wir die Tote identifizieren. Doch allein der Auffindeort und das jugendliche Alter der beiden Toten lassen einen Zusammenhang vermuten. Und da ist noch etwas, etwas Seltsames. Bei beiden Toten haben wir einen Fuchsschwanz gefunden.“

„Einen Fuchsschwanz? Wo genau lag der? War er mit den Toten vergraben worden.“

Alva seufzte. „So genau kann ich das leider nicht sagen. Am ersten Fundort war das nicht auszumachen, weil Tiere die Grube aufgescharrt hatten. Genauer gesagt war es wohl ein Fuchs gewesen, der dort einen Bau graben wollte. Der Fuchsschwanz lag in der Nähe des freigelegten Schädels, ob er sich ursprünglich in dem Grab befunden hatte, war nicht mehr festzustellen. Wir haben dem keine Bedeutung beigemessen. Fuchsbau und Fuchsschwanz, es passte irgendwie. Da lag die Vermutung nahe, ein Fuchs wäre in der Nähe seines Baus zu Tode gekommen und von Aasfressern bis auf seinen Schwanz verzehrt worden. Aber heute war es anders, der Fuchsschwanz hatte eindeutig neben dem Skelett in der Grube gelegen. Ich halte das nicht für einen Zufall.“

„Nein, nach einem Zufall sieht das nicht aus. Eher so, als hätte der Täter einen Fuchsschwanz zu seinen Opfern ins Grab gelegt“, stimmte Birger zu.

„Die entscheidende Frage ist, weshalb er das getan haben könnte. Fällt dir etwas dazu ein?“

Birger schaute nachdenklich in die Kerzenflammen. Sie hatten den Tisch abgeräumt, die Kerzen aber stehen lassen. „Es kommt nicht darauf an, was mir dazu einfällt, sondern was der Täter damit verbindet“, sagte er. „Das kann etwas sehr Persönliches sein, das nur ihm bekannt ist. In dem Falle haben wir kaum eine Chance, es herauszufinden. Sagen kann ich etwas zur Symbolik des Fuchses in der christlichen Mythologie. Dort war er die Verkörperung des Bösen, wurde manchmal sogar mit dem Teufel gleichgesetzt. Der Fuchs steht für Bosheit und Heimtücke, aber auch für Sünde und Verführung.“

„Sünde und Verführung“, wiederholte Alva. „Das würde passen. Hat der Täter sich durch die erotische Ausstrahlung der jungen Frauen bedroht gefühlt und sie deshalb bestraft?“

Birger berührte mit den Lippen sanft ihren Hals. „Weil wir gerade von Verführung sprechen, es ist spät, wir sollten ins Bett gehen.“

Alva drehte den Kopf zur Seite, ihr war gerade ein Gedanke gekommen. Unmittelbar, bevor sie den lauernden Reporter entdeckt und ihn verfolgt hatte, war eine Bemerkung gefallen, die wichtig gewesen sein könnte. Sie war kurz davor, sich zu erinnern, doch die Überzeugungskraft von Birgers Lippen war stärker. Morgen war auch noch ein Tag, der Fall musste warten.

27.

Die Stimmung im Besprechungsraum war so trüb wie der Himmel vor dem Fenster. Sie hatten sich gleich zu Dienstbeginn hier zusammengefunden, überraschenderweise war auch Caroline anwesend.

„Ich habe eine private Betreuung für Elsa gefunden“, sagte sie. „Erst einmal für zwei halbe Tage in der Woche, wenn Elsa sich gut einlebt, kann ich es ausweiten. Ich würde die gewonnene Zeit vor allem gern dafür nutzen, an Besprechungen teilzunehmen, damit ich so viele Informationen wie möglich über die aktuellen Fälle bekomme. Recherchearbeiten erledige ich weiterhin gern von zu Hause aus.“

„Das ist lobenswert und freut uns sehr“, sagte Rurik. „Wir können jede Hilfe gebrauchen, besonders von einer erfahrenen Ermittlerin wie dir.“

Caroline lächelte dankbar, ihr war anzusehen, wie das Lob sie freute. Auch Alva freute sich, sie hier zu sehen. Caroline hatte sich zu ihrem Vorteil verändert, war weicher, einfühlsamer und umgänglicher geworden. Sie war nicht mehr so sorgfältig gestylt wie früher und wirkte in ihrer Natürlichkeit sogar noch schöner als zuvor. „Dann wollen wir uns mal unserem aktuellen Fall zuwenden“, sagte Rurik. „Zwei tote junge Frauen. Ich hoffe, es werden nicht noch mehr gefunden. Bis jetzt ist es keine Serie, obwohl alles auf denselben Täter hindeutet. Die Opfer gleichen sich vom Alter und von der Statur her, sie wurden in räumlicher Nähe zueinander und auf ähnliche Weise begraben. Die Identität des zweiten Opfers werden wir vielleicht sehr bald erfahren. Wir hatten schon nach Auffinden der ersten Leiche die Zahnarztbefunde aller infrage kommenden vermissten Frauen angefordert.“

„Sollte es eine dieser Frauen sein, haben wir eine weitere Gemeinsamkeit. Sie wären beide um oder direkt an Halloween verschwunden.“ Diese Bemerkung von Sven trug nicht gerade zur Verbesserung der Laune der Anwesenden bei, denn jeder wusste, was das bedeutete. Bis Halloween blieb ihnen nicht mehr viel Zeit.

Rurik räusperte sich. „Warten wir die Identifizierung ab und halten uns an die Fakten, die wir kennen. Welche neuen Hinweise auf den Täter haben wir?“

„Den Fuchsschwanz, den er bei beiden Leichen zurückgelassen hat“, sagte Alva.

Rurik legte die Stirn in Falten. „Ist das sicher? Ich meine, gibt es auch eine andere Erklärung?“

„Es ist höchst unwahrscheinlich, dass direkt an beiden Leichenfundorten ein Fuchs verendet ist, von dem nur sein Schwanz zurückblieb. Beim ersten Mal haben wir angenommen, es könnte so gewesen sein. Auch deshalb, weil er neben der Grube lag. Aber dort lag der Schädel der Toten ebenfalls. Beides war von Tieren ausgebuddelt worden.“ Alva ärgerte sich noch immer darüber, die Zusammenhänge nicht sofort richtig erkannt zu haben. Sie hatte sogar schon veranlasst, am ersten Fundort nochmals nach dem Schwanz zu suchen, den sie achtlos beiseite geworfen hatten. „Bei der zweiten Toten lag der Fuchsschwanz eindeutig mit in der Grube. Meiner Ansicht nach hat der Täter ihn beiden Opfern ganz bewusst ins Grab gelegt."

„Für mich klingt das einleuchtend." Sven schenkte sich Kaffee nach. Er war wieder sehr früh im Büro gewesen und hatte tiefe Schatten unter den Augen. „Der Täter scheint mit dieser Grabbeigabe ein Markenzeichen setzen zu wollen. Nach dem Motto: Seht her, das ist mein Werk."

„Nein, ich sehe das anders", widersprach Alva. „Wenn der Täter damit prahlen wollte, hätte er die Leichen entsprechend präsentiert, damit sie auch gefunden werden. Genau das hat er nicht getan. Er versteckte sie vielmehr so sorgfältig, dass sie nur durch einen Zufall entdeckt wurden. Zweifellos hat der Fuchsschwanz für ihn eine symbolische Bedeutung. Doch diese Bedeutung will er nicht mit der Öffentlichkeit teilen, sie geht in seinen Augen nur ihn etwas an."

„Sieh an, da spricht die Partnerin eines Psychologen. Birgers Denkweise färbt immer mehr auf dich ab." Jördis sagte es nicht spöttisch, sondern anerkennend.

„Stimmt", gab Sven ihr recht. „Wenn wir schon bei psychologischen Analysen sind, sollten wir uns fragen, welchen Symbolwert der Fuchsschwanz für den Täter haben könnte. Der Fuchs gilt als schlau, will er damit seine Schlauheit unterstreichen? Was meint Birger dazu? Ich wette, du hast ihn gefragt." Er schaute Alva an.

„Hab ich tatsächlich. Birger bezog sich bei seiner Analyse auf die christliche Mythologie, die im Fuchs ein teuflisches Tier sieht, das Bosheit und Hinterlist, außerdem Sünde und Verführung verkörpert. Meiner Ansicht könnte da etwas dran sein. Die Mädchen waren jung. Sofia Dahl, die bereits identifiziert werden konnte, würde ich auch als ausgesprochen hübsch bezeichnen. Der Täter könnte sich von der erotischen Ausstrahlung dieser jungen Frauen gleichzeitig angezogen und bedroht gefühlt haben. Weil er sie für sein Gefühlschaos verantwortlich machte, mussten sie sterben."

„Schön und gut, es lässt sich aber auch einfacher erklären", brummte Rurik. „Er könnte die jungen Frauen erst missbraucht und dann zum Schweigen gebracht haben, damit sie ihn nicht auffliegen lassen. Lars Edwardson ist für mich als Verdächtiger immer noch im Rennen. Möglicherweise hatte er nicht nur ein Auge auf die eigene Tochter, sondern generell auf junge Mädchen geworfen." Rurik schielte sehnsüchtig zur Kaffeekanne, beherrschte sich aber. Märta hatte sich bereits unzufrieden über seine Blutdruckwerte geäußert. Sollte er das nicht in den Griff bekommen, würde sie ihn auf Diät setzen, was er lieber nicht riskieren wollte. Märta konnte in ihrer Sorge um seine Gesundheit unerbittlich sein.

Die Besprechung neigte sich dem Ende zu. Alva wurde das Gefühl nicht los, es fehlte noch etwas Wichtiges. Was war das nur für eine Bemerkung gewesen, die ihr nicht einfallen wollte? Vielleicht erinnerte sich Sven ja daran. Sie wandte sich direkt an ihn. „Erinnerst du dich an einen bestimmten Satz, der gestern am Leichenfundort gefallen ist? Ich war abgelenkt, weil ich gerade den aufdringlichen Reporter entdeckt hatte. Eine Mitarbeiterin der Spurensicherung, die neben der Grube hockte, sagte genau in dem Moment etwas. Es hatte mit dem Fuchsschwanz zu tun.“

Sven runzelte die Stirn und schien angestrengt nachzudenken. „Das ist schwierig“, sagte er. „Ich war ebenfalls abgelenkt, weil ich dich plötzlich lospreschen sah und mich gefragt habe, was mit dir los ist. Aber warte mal.“ Plötzlich hellte sich seine Miene auf. „Sie sagte wohl, die Tote könnte eine Huldra gewesen sein. Das dürfte sie eher scherzhaft gemeint haben, obwohl die Situation absolut nicht lustig war.“

„Aber wie kam sie darauf?“, grübelte Alva. Jetzt konnte sie sich auch wieder an den Satz erinnern. „Auch das Wort *unerlöst* hat sie in dem Zusammenhang gebraucht. Natürlich weiß ich, was eine Huldra ist, schließlich bin ich hier aufgewachsen. Aber was hat der Fuchsschwanz damit zu tun?“

„Eine Menge hat er damit zu tun“, ließ sich Caroline vom Ende des Tisches vernehmen. Bis jetzt hatte sie sich nur eifrig Notizen gemacht, ohne sich an der Diskussion zu beteiligen.

„Die Huldra ist nicht nur eine wunderschöne Waldfee, die über den Schutz der Natur wacht, sie hat auch eine dunkle Seite“, erklärte sie. „Als hinterlistige Verführerin trägt sie einen Fuchsschwanz, den sie sorgsam unter ihrer Kleidung versteckt. Sie setzt alles daran, junge Männer in ihren Bann zu ziehen. Kann sie einen Mann dazu bringen, sie in der Kirche zu heiraten, dann fällt der Fuchsschwanz ab und sie wird ein Mensch.“

Sven schaute Caroline überrascht an. „Wow, das wusste ich nicht. Wie Alva scheine auch ich Nachholebedarf in skandinavischer Mythologie zu haben. Fragt sich nur, ob unser Täter sich damit auskennt."

„Einer kennt sich auf jeden Fall damit aus", platzte Alva heraus. „Lucas Hansson. Er bietet Events an, bei denen er Touristen mit der schwedischen Sagenwelt bekannt machen will. In seiner Werbung spricht er sogar wörtlich von Begegnungen mit Naturgeistern. Wieso ist mir das nicht sofort eingefallen? Ich glaube, als Jördis und ich bei ihm waren, haben wir sogar eine Huldra gesehen." Alva dachte an das Mädchen mit dem weißblonden Haar, das eilig den Raum verlassen hatte. Auch Lucas Hansson blieb verdächtig, vielleicht sogar mehr als Edwardson.

28.

„Endlich haben wir die Gaststätte sicher, das wurde aber auch Zeit.“ Lucas Hansson tat, als würde er sich den Schweiß von der Stirn wischen. „Der Halsabschneider von Wirt wollte nur den Preis hochtreiben. Dabei kann er froh sein, wenn wir seine Hütte für einen Abend mieten. Im Sommer mag er sich ja an den Kanuten, die durch das Vättlefjäll paddeln, eine goldene Nase verdienen. Doch jetzt ist die Saison vorbei.“

Sein Kumpel Leon nickte. „Ich dachte schon, wir müssen kurzfristig umdisponieren, das wäre echt blöd gewesen. Zwar gibt es in und um Göteborg genug Waldgebiete, in denen man so eine Wanderung veranstalten kann, nur haben wir schon alles genau geplant. Und nach Delsjö hättest du ja wohl eher nicht gewollt.“

Die Spitze prallte an Lucas ab, er grinste Leon höhnisch an. „Warum denn nicht? Bloß weil die Scheune in der Nähe liegt, wegen der Blom, dieser Spinner, mich angezeigt hat? Wenn ich die Möglichkeit hätte, würde ich da sofort erneut ein Event veranstalten.

Schon um den Blom zu ärgern. Der macht mir im Moment wieder mal Probleme, er kann es nicht lassen."

„Wegen der Scheune?", fragte Leon überrascht. „Das ist doch vier Jahre her."

„Ach, vergiss es", sagte Lucas, rang sich dann aber doch zu einer Erklärung durch. „Blom und Edwardson, der Vater von Miranda Edwardson, hängen zusammen. Sie behaupten, ich hätte was mit dem Verschwinden von Miranda zu tun. Sogar die Polizei war in dieser Woche wieder hier, das stinkt mir ganz gewaltig."

„Kann ich verstehen. Aber Blom muss nichts damit zu tun haben und der Vater von Miranda auch nicht. Im Wald Ruddalen wurde eine zweite Leiche gefunden. Da sind jetzt alle aufgescheucht und die Polizei geht alten Vermisstenfällen nach. Bestimmt haben sie dich deshalb noch mal vernommen."

„Hoffentlich geben sie bald Ruhe, ich habe ihnen oft genug erklärt, dass ich nichts weiß." Lucas hatte keine Lust, weiter über das Thema zu reden. „Lass uns jetzt das Programm für Samstag durchgehen. Es ist die letzte Trollwanderung in diesem Jahr, danach konzentrieren wir uns ganz auf die Halloween-Events, die machen entschieden mehr Spaß. Wie viele Personen sind eigentlich angemeldet?"

„Zweiunddreißig, zwanzig Erwachsene und zwölf Kinder." Die Trollwanderungen, wie sie im internen Sprachgebrauch hießen, waren speziell auf Familien mit Kindern zugeschnitten. Die Teilnehmer mussten dabei einen Weg durch den Wald finden, mit Naturgeistern Kontakt aufnehmen und deren Fragen beantworten.

„Bist du die Wege schon mal abgelaufen?", fragte Lucas.

„Ja klar." Sein Kumpel nickte. „Wenn sie von Anfang an richtig laufen, sind sie spätestens in neunzig Minuten bei der Gaststätte. Maja hat Fragen vorbereitet, die nicht allzu schwer sind." Maja war die Schwester von Leon, sie sollte erstmalig in die Rolle der Huldra schlüpfen. Leon würde wie schon in den Jahren zuvor den Troll spielen.

„Trotzdem gibt es immer Teilnehmer, die von nichts eine Ahnung haben. Was machen wir mit denen?" Lucas hatte sich bei den Vorbereitungen völlig auf Leon verlassen.

Der lachte. „Die schicken wir zur Strafe in die Irre. Ich habe einen fantastischen Weg ausgekundschaftet, das ist ein Rundkurs, der führt nach zehn Minuten wieder zum Ausgangspunkt zurück. Sie werden Augen machen, wenn sie merken, dass sie im Kreis gelaufen sind. Öfter als dreimal werden wir es aber nicht machen, irgendwann sollen schließlich alle in der Gaststätte ankommen. Da gibt es dann ein zünftiges Essen und Süßigkeiten für die lieben Kleinen."

„Apropos liebe Kleine: Versuche ihnen in deiner Rolle als Troll nicht zu viel Angst einzujagen. Beim letzten Mal haben sich zwei Mütter beschwert, wir hätten ihre Kinder traumatisiert." Lucas verdrehte die Augen.

„So ein Quatsch. Die waren bestimmt aus ganz anderen Gründen sauer." Leon tat, als wäre ihm gerade ein Einfall gekommen. „Weißt du was? Wir sollten auch den Müttern was bieten. Wie wäre es, wenn du diesmal ebenfalls eine Rolle übernimmst? Ich dachte an den Näcken. Wasser gibt es im Vättlefjäll schließlich reichlich. Du setzt dich nackt an den Rand eines Baches und fiedelst auf der Geige. Das wird den Frauen gefallen."

„Nee, lass mal. Erstens wäre es mir zu kalt, zweitens kann ich nicht Geige spielen und drittens müsste ich die Damen dann ersäufen, wenn ich in der Rolle bleiben wollte. Das macht der Näcken nun mal, hinterlistig wie er ist. Wir machen es wie jedes Mal und zum Glück zum letzten Mal in diesem Jahr. Danach widmen wir uns den lohnenderen Events."

29.

Greta Edwardson schien endlich zu schlafen. Leise zog Wiebke die Tür zum Schlafzimmer ihrer Schwester zu. Es war eine Tragödie, gerade hatte Greta sich wieder ein wenig erholt gehabt, da tauchte die Meldung vom nächsten Leichenfund im Wald Ruddalen auf. Nun begann alles von vorn, die Ungewissheit, das Warten und die Angst. Greta war mit ihren Nerven völlig am Ende und Lars war ihr in dieser Situation keine Stütze. Stoisch ging er seiner Arbeit nach und wirkte vollkommen unberührt. Wiebke dagegen wich nicht von Gretas Seite. Sie hatte die Schwester überreden können, ein Schlafmittel zu nehmen, das nun seine Wirkung entfaltete. Zuvor hatte Wiebke gekocht und gemeinsam mit Greta, Elin und Nele zu Mittag gegessen. Das heißt, gegessen hatte beinahe nur sie selbst, wenn sie auch jeden Bissen hinunterwürgen musste. Greta hatte das Gemüse und die Kartoffeln nur von einer Seite ihres Tellers auf die andere geschoben, mit Nele und Elin war es nicht viel anders gewesen. Natürlich ging Wiebke die Situation ebenfalls nahe, doch sie versuchte, einen Hauch von Normalität zu wahren. Wenn sie jetzt alle zusammenbrachen, war niemandem geholfen. Vielleicht ging der Kelch ja auch dieses Mal an ihnen vorüber und die Tote war nicht Miranda. Es gab schließlich noch andere junge Frauen, die vermisst wurden. Damit versuchte Wiebke sich Mut zuzusprechen. Die Klingel hatte sie abgestellt, nachdem am Vormittag zwei Zeugen Jehovas vor der Tür gestanden und bei Greta eine Panikattacke ausgelöst hatten. Falls tatsächlich die Polizei auftauchen sollte, mussten sie sich durch Klopfen bemerkbar machen. Wenn es wirklich dazu käme, würde Wiebke sie an der Tür empfangen, diesen Dienst war sie der Schwester schuldig.

Nele und Elin saßen derweil in Neles Zimmer, das sie früher mit ihrer Schwester geteilt und in dem sie seither nichts verändert hatte. Es wäre ihr wie Verrat vorgekommen. Obwohl die Angst um Miranda wie ein dunkler Schatten über ihnen schwebte, mieden sie das Thema. Elin sprach stattdessen über die Angst, die sie noch immer in ihrem neuen Zuhause empfand.

„Ich habe einen spannenden Beitrag von einem Geisterjäger über Spukerscheinungen gehört“, sagte sie. Nele unterließ es, die Augen zu verdrehen, um die Cousine nicht zu kränken. Sie würde nie verstehen, wie Menschen an Geister glauben konnten.

„Er hatte eine wirklich interessante Erklärung“, fuhr Elin fort. „Spuk würde nicht von außen kommen, sondern von den Menschen, die ihn erleben, unbewusst selbst erzeugt werden. Er ist Ausdruck ihrer Ängste und Probleme, die sich dadurch materialisieren.“

„Das ist doch schon immer mein Reden gewesen." Nele zuckte mit den Schultern. „Wer sich vor ihnen fürchtet, der sieht Gespenster, obwohl keine da sind."

„Nein, so ist das nicht gemeint", widersprach Elin lebhaft. „Die Phänomene sind real. Türen öffnen sich, das Licht geht plötzlich an und aus, es fliegen sogar Gegenstände durch die Luft."

„Das würde ich nicht als Spuk bezeichnen, sondern als Probleme mit der Statik und der Elektrik des Hauses." Nele hatte genug von dem Thema. Es lenkte sie nicht ab, es regte sie auf. Warum suchten Menschen nicht nach naheliegenden Erklärungen, statt sich solchen Blödsinn einreden zu lassen? Wenn Elin davon anfing, ging sie ihr einfach auf die Nerven, so gern Nele ihre Cousine ansonsten mochte. Auch Miranda hatte diesen Hang zum Übersinnlichen gehabt. Miranda! Der Gedanke an die Schwester, den sie seit Stunden zu verdrängen suchte, meldete sich mit aller Macht und ließ Nele aufspringen. Sie ging hinüber zu dem Tisch, auf dem ihr Computer stand und schaltete ihn an.

„Was machst du da?", fragte Elin ängstlich. „Willst du nach neuen Nachrichten suchen? Lass es bitte, es regt dich nur auf."

„Nichts zu wissen, regt mich noch viel mehr auf." Nele scrollte sich durch die Nachrichtenseiten der großen Boulevardzeitungen. Sie stutzte, als sie eine reißerisch aufgemachte Überschrift entdeckte, die ganz neu war. Mit angehaltenem Atem las sie, ohne auf Elins besorgte Fragen zu reagieren. Sie hatte den Artikel noch nicht zu Ende gelesen, da entfuhr ihr ein lautes Stöhnen.

„Nele, was ist los? Was hast du gefunden?" Elin berührte Neles Schulter.

Als sie sich umdrehte, war Neles Gesicht tränenüberströmt.
„Miranda, die Tote ist Miranda“, schluchzte Nele.
„Aber wieso, steht das etwa in dem Artikel? Wird ihr Name genannt?“
„Nein, das nicht. Aber es ist Miranda, ich bin mir ganz sicher.“

30.

„Wenn ich den Schmierfinken erwische, drehe ich ihm den Hals um.“ Rurik war hochrot im Gesicht, die Ader an seiner rechten Schläfe pulsierte bedrohlich. Alva machte sich ernsthafte Sorgen um den Blutdruck ihres Chefs. Dabei regte sie sich nicht weniger als er über den unsäglichen Artikel auf, der gerade einen Siegeszug durch sämtliche große Boulevardzeitungen antrat. Der *Expressen* lag aufgeschlagen auf dem Tisch im Besprechungsraum, die Schlagzeile nahm fast eine halbe Seite ein: *Die Huldra-Morde im Wald Ruddalen*

„Allein schon die Überschrift ist irreführend“, ereiferte sich nun auch Sven. „Als wären direkt im Wald Ruddalen tatsächlich Huldras ermordet worden. Genauso stellt es dieser Spinner dann auch im weiteren Text dar. Hört euch das bloß mal an:

Was geschah im idyllischen Ruddalen, das vor allem für seine unberührte Natur bekannt ist? Auf den Wanderwegen suchen geplagte Städter gern Ruhe und Erholung, dort sind Beeren- und Pilzsammler genauso unterwegs wie Vogelliebhaber, um die zahlreichen hier lebenden Arten zu beobachten. Doch zu nächtlicher Stunde müssen sich in dem Waldgebiet grausame Szenen abgespielt haben, worauf die kürzlich geborgenen Leichen zweier junger Frauen schließen lassen. Sie wurden nackt verscharrt, ein Fuchsschwanz diente ihnen als einzige Grabbeigabe. Es könnte ein Hinweis auf heidnische Rituale sein, die hier zelebriert wurden. Die Kriminalpolizei vermutet, die Frauen wären dabei als Huldras verkleidet gewesen, daher der Fuchsschwanz."

Es folgte eine längere Abhandlung über die Huldra in der skandinavischen Mythologie, die Sven seinen Kollegen ersparte. Rurik schien schon wieder kurz vor einem Schlaganfall zu stehen.

„Die Kriminalpolizei vermutet", wetterte er. „Das klingt, als hätten wir eine Pressekonferenz über heidnische Rituale und Huldras gegeben. Wie kommt er überhaupt zu dieser Behauptung?"

„Er hat uns belauscht, als die zweite Leiche geborgen wurde", sagte Alva. Sie strich sich mit dem Finger über eine verschorfte Stelle neben dem rechten Auge. Wenn der blöde Zweig nicht gewesen wäre, hätte sie den Kerl garantiert eingeholt. So war er ihr leider entwischt. Die Antwort auf die Frage, wie viel er von den Gesprächen vor Ort mitbekommen hatte, fand sich nun in diesem Artikel. Die locker hingeworfene Bemerkung einer Kollegin, die Alva fast entgangen wäre, hatte der skrupellose Reporter begierig aufgesogen. Unglücklicherweise war es ihm sogar gelungen, ein Foto zu schießen. Darauf war eine Gestalt in einem weißen Schutzanzug zu sehen, die neben dem offenen Grab kniete und etwas in die Höhe hielt.

„Das Foto wurde bearbeitet“, stellte Alva wütend fest. „Unseriöser geht es nicht mehr.“ Tatsächlich war das Objekt in der Hand der Frau deutlich als buschiger Schweif zu erkennen, was in der Realität nicht der Fall gewesen war. Alva hatte es zunächst für eine Wurzel gehalten.

„Diese Information hätte nicht an die Öffentlichkeit gelangen dürfen.“ Rurik rieb sich die Augen und wirkte plötzlich erschöpft. „Wir werden eine Pressekonferenz abhalten müssen und uns überlegen, wie wir damit umgehen. Für ein vollständiges Dementi ist es zu spät.“

„Vielleicht hat diese Indiskretion auch eine gute Seite.“ Alle schauten überrascht zu Jördis, von der die Bemerkung gekommen war. „Na ja“, fuhr sie fort, „falls irgendein Perverser junge Frauen zu Spielchen auffordert, bei denen sie sich entsprechend verkleiden müssen, sind sie jetzt gewarnt. Ich würde mir jedenfalls keinen Fuchsschwanz anheften lassen.“

Rurik schüttelte den Kopf. „Das beruhigt mich überhaupt nicht. Wir wissen nicht, ob die Frauen kostümiert waren oder ob der Täter den Fuchsschwanz erst nachträglich platzierte. Das mit den Huldras ist nur eine vage Hypothese, die ich für kompletten Quatsch halte. Umso ärgerlicher ist es, dass sie bereits in die Welt hinausposaunt wurde. Steht inzwischen eigentlich die Identität des zweiten Opfers fest?“

„Nein, aber falls es eine der beiden anderen vermissten Frauen ist, werden wir es heute hoffentlich noch erfahren“, sagte Alva.

31.

„Nun mal ganz ruhig, Mädchen.“ Wiebke legte den Arm um die noch immer weinende Nele. Sie hatte den Artikel inzwischen ebenfalls gelesen und wurde nicht schlau daraus. „Wie kommst du darauf, die Tote könnte Miranda sein? Es wird kein Name genannt.“

„Ich weiß es. Der Fuchsschwanz, Miranda hat so einen Fuchsschwanz unter ihrem Kleid getragen. An dem Abend, als sie verschwand. Sie hatte ihn am Slip befestigt.“ Nele zog ein zerknittertes Taschentuch aus ihrer Hosentasche und putzte sich geräuschvoll die Nase. „Ich habe nicht verstanden, was das sollte, und sie wollte es mir auch nicht sagen. Für diesen ganzen Elfen- und Geisterkram habe ich mich nie interessiert, aber Miranda schon.“

Elin hatte ihre Mutter gerufen, weil sie sich angesichts von Neles Verzweiflungsausbruch keinen Rat gewusst hatte. Nun hielt Wiebke ihre schluchzende Nichte im Arm, während Elin vom Bett gegenüber mit offenem Mund zuhörte.

„Miranda hatte sich demnach an Halloween als Huldra kostümiert.“ Wiebke versuchte, ganz ruhig zu bleiben. „Habt ihr das der Polizei damals gesagt?“

Nele schüttelte heftig den Kopf. „Ich wusste überhaupt nicht, was ihr Kostüm darstellen sollte. Als ich es der Polizei erzählen wollte, ist Papa furchtbar wütend geworden. Dabei hatte ich nur das weiße Kleid und die Spitzenunterwäsche erwähnt, da flippte er schon aus. Er hat gesagt, ich würde lügen und Miranda als Flittchen hinstellen. Da habe ich den Mund gehalten.“

„Als Flittchen?“, fragte Wiebke überrascht. „Nur weil sie Spitzenunterwäsche trug?“

„Na ja, es war ein Stringtanga, das habe ich auch gesagt.“

„Und den Fuchsschwanz hast du nicht erwähnt?“

„Nein, dazu bin ich gar nicht gekommen. Papa hat mich aus dem Zimmer geschickt.“

Wiebke nickte, sie konnte sich die Reaktion ihres Schwagers gut vorstellen. Am liebsten hätte er Miranda einen Keuschheitsgürtel umgelegt. Um Neles Tugend schien er sich weniger Sorgen zu machen, doch sie interessierte sich auch mehr für Computer als für Jungs.

„Haben deine Eltern nicht gesehen, was Miranda anhatte, als sie das Haus verließ?“

„Papa war nicht da.“ Nele schniefte. Sie erwähnte nicht, dass die Polizei ihn deshalb zu verdächtigen schien. Nicht einmal ihre Tante Wiebke, der sie sonst vieles anvertraute, durfte das wissen. Und Elin, die als Einzige davon wusste, hatte Stillschweigen geschworen. „Mama saß im Wohnzimmer und hat ferngesehen, als Miranda ging. Sie hatte schon den Mantel an. Mama glaubte, Miranda hätte an dem Abend eine schwarze Hose und einen schwarzen Pullover getragen, dazu eine schwarze Halbmaske. Das waren die Sachen, die sie ihr vorher gezeigt hatte. Erst als die Polizei Hose, Pullover und Maske ganz unten im Schrank versteckt fand und Mirandas weißes Kleid fehlte, glaubte Mama mir."

„Aber den Fuchsschwanz hast du trotzdem nicht erwähnt?"

„Nein, dann wäre es auch wieder um die Unterwäsche gegangen. Ich wollte Miranda keine Schwierigkeiten machen. Ich dachte, sie taucht bestimmt bald wieder auf." Nele weinte nun noch heftiger und Wiebke drückte sie fester an sich.

„Mirandas Kostümierung an jenem Abend beweist noch gar nichts." Wiebke streichelte Neles Arm. „Ich kenne mich mit den Moden unter jungen Leuten nicht gut aus und damit, was man zu einer Halloweenparty trägt schon gar nicht", sagte sie. „Vielleicht war diese Verkleidung als Huldra gerade total angesagt oder ist es immer noch? Wir sind hier schließlich in Schweden, warum sollte unsere ureigne Geisterwelt zu solchen Anlässen keine Rolle spielen? Was ich damit sagen will: Noch wissen wir nicht, ob es sich bei der Toten um Miranda handelt. Es kann auch ein anderes junges Mädchen sein, lass uns abwarten. Deiner Mutter solltest du auf keinen Fall etwas von deiner Vermutung erzählen. Es geht ihr sehr schlecht und es wäre nicht gut, wenn sie sich völlig umsonst zusätzlich aufregen würde. Kann ich mich auf euch verlassen?" Sie schaute nun auch Elin an und beide Mädchen nickten gehorsam.

32.

„Wir wissen jetzt, wer die Tote ist.“ Rurik betrat schwungvoll den Raum, in dem Alva, Jördis und Sven hinter ihren Computern saßen. „Zwar wird zur Sicherheit noch ein DNA-Abgleich vorgenommen werden, aber der Vergleich mit den Zahnarztunterlagen brachte ein eindeutiges Ergebnis. Es handelt sich um die zum Zeitpunkt ihres Verschwindens vierzehnjährige Hilma Nilsson.“

„Es ist demnach das Mädchen, bei dem der Zeitpunkt ihres Verschwindens nicht auf den Tag genau festgestellt werden konnte“, sagte Sven. „War die Mutter nicht auf einer Reise und hatte das Mädchen allein daheim gelassen?“

„Stimmt, die Mutter war auf einer Dienstreise. Thea Nilsson ist eine erfolgreiche und gefragte Wissenschaftlerin. Sie leitet eine Forschungsgruppe an der Technischen Universität und forscht zu neuen Umwelttechnologien. Sie fährt regelmäßig zu Kongressen und betreut ähnliche Projekte im Ausland. So war es auch im Oktober vor einem Jahr. Sie folgte einer Einladung nach Südafrika."

„Dann lag Brigitte mit ihrer Schätzung wie so oft richtig." Alva schaltete ihren Computer aus und lehnte sich auf dem Stuhl zurück. „Das Mädchen wurde vor einem Jahr umgebracht."

„Sophia Dahl vor zwei Jahren, Hilma Nilsson vor einem Jahr", ergänzte Sven mit düsterer Miene. „Ein weiteres Opfer in diesem Jahr sollte es möglichst nicht geben."

„Und was, wenn es vorher schon andere Opfer gab?" Nach dieser Bemerkung von Jördis wurde es sehr still im Raum. „Wenn vor drei, vier und fünf Jahren auch schon Mädchen vom selben Täter ermordet wurden? Noch ist das Gebiet Ruddalen nicht vollständig abgesucht. Auch könnten noch anderswo Opfer verscharrt worden sein."

Rurik hob mit einer Geste der Abwehr beide Hände. „Nun male bitte nicht den Teufel an die Wand. Wir haben zwei Opfer, und damit noch keine Serie. Ich hoffe, es bleibt dabei. Der Artikel über die Huldras hat bereits für genügend Unruhe gesorgt. Ich muss deshalb auch gleich zum Polizeichef und mit ihm die Pressekonferenz vorbereiten. Wir sind dringend darauf angewiesen, Schadensbegrenzung zu betreiben. Leider kann ich deshalb nicht zur Mutter von Hilma Nilsson fahren, das muss jemand anders erledigen." Sein Blick wanderte zu Alva, die sich innerlich bereits wappnete.

„Ich denke, ich könnte das übernehmen", sagte Jördis plötzlich. „Alva hat es bei Sofia Dahl gerade hinter sich gebracht, ich finde, einmal in der Woche reicht."

„Einverstanden", sagte Rurik. „Wir müssen uns alle daran gewöhnen, so unangenehm es auch ist. Du kannst

Sven mitnehmen. Ihr werdet Thea Nilsson zu Hause antreffen, das habe ich bereits herausgefunden. Sie ist gerade wieder von einem Kongress zurückgekehrt und hat im Anschluss zwei freie Tage genommen. Die Adresse befindet sich in Älvstranden."

Die Erwähnung des mondänen Stadtteils von Göteborg weckte bei Sven ungute Erinnerungen. Zum Glück hatte Alva niemandem ein Sterbenswort von seinem beschämenden Auftritt dort erzählt. Über ein halbes Jahr lag das nun inzwischen zurück und seitdem hatte sich vieles in seinem Leben verändert. Leider nicht zum Guten.

Das sechsstöckige Haus, in dem sich die Wohnung von Thea Nilsson befand, war neueren Datums. Die Fassade war blendend weiß und die großzügig dimensionierten Balkons auf der Flussseite mussten einen großartigen Ausblick ermöglichen. Jördis verspürte einen leisen Anflug von Wehmut. So eine Wohnung würde sie sich niemals leisten können. Doch dann dachte sie daran, in welcher Mission sie hier war. Bestimmt würde Thea Nilsson im Gegenzug für das Leben ihrer Tochter gern auf Geld und Luxus verzichten. Leider erlaubte das Schicksal keine Tauschgeschäfte.

„Bereit?", fragte Sven, als sie vor der Wohnungstür standen. „Noch mal tief durchatmen, du schaffst das. Soll ich reden?"

„Nein, lass mich das machen. Ich wollte es schließlich so." Sven nickte und betätigte die Klingel. Die Frau, die ihnen öffnete, trug ein elegantes hellgrünes Wickelkleid, hatte das blonde Haar zu einem lockeren Knoten hochgesteckt und war dezent geschminkt. Sie sah aus, als sei sie im Begriff auszugehen. Jördis konnte sich nicht vorstellen, an einem freien Tag in der eigenen Wohnung so umherzulaufen. Wenn sie frei hatte, machte sie es sich in einem labberigen T-Shirt, Leggins und dicken Socken bequem. Thea Nilsson trug sogar zu Hause elegante Pumps.

„Polizei Göteborg, mein Name ist Jördis Holm, das ist mein Kollege Sven Falk“, sagte sie. „Dürfen wir reinkommen?“

Falls Thea Nilsson erschrak, ließ sie es sich nicht anmerken. Sie ging voran in ein großes lichtdurchflutetes Wohnzimmer, das mit Designermöbeln ausgestattet war. Jördis und Sven durften auf einem mit blauem Samt bezogenen Sofa Platz nehmen, dessen Lehne den Schwung einer Welle nachahmte. Jördis wartete, bis Thea Nilsson sich in einen Sessel gegenüber gesetzt hatte.

„Frau Nilsson, wie müssen Ihnen leider eine traurige Mitteilung machen.“ Jördis wartete auf eine Reaktion, die nicht erfolgte. „Es geht um Ihre Tochter Hilma“, fuhr sie fort. „Wir haben ihren Zahnstatus mit dem der in Ruddalen aufgefundenen Toten verglichen. Die Übereinstimmung lässt leider nur den Schluss zu, dass es sich bei der Toten um Hilma handelt.“

„Ich habe es geahnt.“ Thea Nilsson ließ ihren Blick aus dem bodentiefen Fenster schweifen, durch das man die Schiffe auf dem Fluss beobachten konnte. Es war ein friedliches Bild und stand in einem scharfen Kontrast zu dem, was drinnen gerade besprochen wurde. „Ich habe es die ganze Zeit gefühlt, dass sie nicht mehr am Leben ist. Hilma war klug und verantwortungsbewusst, niemals wäre sie freiwillig weggelaufen. Und hätte jemand sie gefangen gehalten, dann würde sie Mittel und Wege gefunden haben, sich bemerkbar zu machen. Sie konnte nur tot sein."

„Es tut uns leid, Frau Nilsson", sagte Jördis. Sie wollte das Gespräch auf den DNA-Abgleich bringen, der routinemäßig noch erfolgen sollte. Doch sie fand kein Gehör, Thea Nilsson setzte ihren Monolog fort.

„Wissen Sie, was am schlimmsten ist? Ich weiß nicht einmal, wann genau sie gestorben ist. Auf ihrem Grabstein wird kein Todesdatum stehen. Daran bin ich schuld, weil ich sie alleingelassen habe. Man wird mich für eine kaltherzige Karrieristin und verantwortungslose Mutter halten. Aber so einfach ist das nicht. Mir ist mein Erfolg nicht in den Schoß gefallen, ich habe ihn mir hart erkämpft. Schon mit zehn Jahren musste ich Verantwortung für meine kranke Mutter und meinen kleinen Bruder übernehmen. Der Mann, den Vater zu nennen ich mich weigere, hatte sich aus dem Staub gemacht. Neben der Schule habe ich den Haushalt und die Behördengänge gemanagt. Und wissen Sie was? Es hat mir nicht geschadet. Ich habe gelernt, nie auf Hilfe zu warten, sondern mich auf meine eigene Kraft zu verlassen. Hilma war nicht geplant und ihr Erzeuger hat nie von ihrer Existenz erfahren. Aber ich habe meine Tochter über alles geliebt. Ich glaubte, indem ich ihr so viel Freiheit wie möglich lasse, erweise ich ihr den größten Gefallen. Sie hat mein Vertrauen nie enttäuscht, sie war ein wunderbares Mädchen." Nun kamen endlich die Tränen, die sie bisher zurückgehalten hatte, und sie flossen reichlich.

Jördis ließ ihr Zeit, bis sie sich ein wenig gefasst hatte. Sie wollte ihre nächste Frage keinesfalls wie einen Vorwurf klingen lassen. „Während Ihrer Abwesenheit hatte Hilma Herbstferien“, sagte sie. „Hat sie Ihnen gesagt, was sie in dieser Zeit vorhatte?“

Thea Nilsson tupfte sich mit einem Taschentuch das Gesicht ab. „Sie wollte in der Boutique einer Bekannten helfen und sich so ein wenig Taschengeld verdienen“, sagte sie. „Sie hätte das nicht gemusst, sie bekam von mir, was sie brauchte. Doch Hilma war stolz, wenn sie sich selbst etwas erarbeiten durfte.“

„Hat sie dann wirklich dort geholfen?“, wollte Jördis wissen. So konnten sie herausfinden, wann Hilma noch gelebt hatte. Doch sie wurde enttäuscht.

„Sie hat sich dort überhaupt nicht gemeldet. Ich habe sofort bei der Bekannten nachgefragt, als ich Hilma bei meiner Rückkehr nicht zu Hause antraf. Auch sonst konnte mir niemand helfen. Am 30. Oktober, dem Tag, an dem die Herbstferien begannen, war sie noch mit Freundinnen im Kino gewesen. Am nächsten Tag traf eine Nachbarin Hilma nachmittags auf dem Flur, als sie gerade das Haus verlassen wollte. Danach hat sie niemand mehr gesehen. Die späteren Meldungen, sie sei auf der Fähre und in Dänemark gesehen worden, halte ich für einen Irrtum.“

In dem Punkt war Jördis völlig der gleichen Meinung. Hilma Nilsson war offenbar am 31. Oktober verschwunden, an Halloween, genau wie Sofia Dahl. Diese Überzeugung behielt sie jedoch für sich und bat abschließend nur noch um Material für den DNA-Abgleich. Sie bekamen eine Haarbürste, in der einige lange blonde Haare hingen.

„Ich wünschte, es würde sich herausstellen, die Tote ist doch nicht Hilma“, sagte die Mutter leise. „Aber da besteht wohl keine Hoffnung.“ Diese Hoffnung bestand tatsächlich nicht, doch der DNA-Abgleich war für den Abschluss des Verfahrens verpflichtend.

„Können wir jemanden für Sie anrufen, der sich um Sie kümmert?“, fragte Jördis, bevor sie sich verabschiedeten.

„Nein danke, es geht schon.“ Thea Nilsson versuchte zu lächeln, auf jene tapfere Art, die dem Betrachter das Herz zerreißt.

„Es muss entsetzlich sein, was sie gerade durchmacht“, sagte Jördis, als sie und Sven wieder im Auto saßen.

Sven nickte. „Wir müssen den Täter fassen, damit sie erfährt, was ihrem Kind zugestoßen ist. Und damit sie ein Datum auf Hilmas Grabstein schreiben kann. Es ist das Mindeste, was wir ihr schuldig sind.“

33.

Sven und Jördis fuhren zum Polizeipräsidium, um den Wagen zurückzubringen. „Du hast deine Sache übrigens gut gemacht“, sagte Sven.

„Es wird mich vermutlich noch eine Weile beschäftigen.“ Jördis schaute auf das geschäftige Treiben in den abendlichen Straßen Göteborgs. Wie viele von diesen Menschen wohl ebenfalls gerade eine schwere Last auf ihren Schultern trugen? Ob sie jemanden hatten, der ihren Kummer mit ihnen teilte?

„Thea Nilsson scheint eine einsame Frau zu sein“, sagte sie. „Es fiel mir schwer, sie allein in der Wohnung zurückzulassen.“

Sven stimmte ihr zu. „Sie ist eine starke Frau, die alles allein schaffen will. Wie sie so geworden ist, hat sie uns eindrucksvoll geschildert. Aber auch für sie gibt es Grenzen. Selbst wenn sie schon länger glaubte, ihre Tochter müsse tot sein, war da bestimmt immer noch ein kleiner Hoffnungsfunke. Den haben wir jetzt zum Erlöschen gebracht. Hoffentlich reicht ihre Kraft aus, mit der Trauer fertigzuwerden.“

Sie waren am Polizeipräsidium angekommen, Sven fuhr den Wagen in die Garage. „Bist du mit dem Roller hier?“, fragte er.

Jördis nickte. „Und du? Mit dem Auto?“

„Nein, die Schrottkarre ist mal wieder in der Werkstatt. Die Reparaturkosten übersteigen inzwischen den Wert des Wagens, aber einen neuen kann ich mir nicht leisten.“

„Ich kann dich nach Hause bringen“, bot Jördis an.

„Danke für das Angebot, aber ich will nicht nach Hause. Ich werde noch ein Stündchen arbeiten.“

Jördis runzelte die Stirn. „Findest du das normal? Inzwischen wohnst du fast im Büro. Die Überstunden bezahlt dir niemand. Weshalb machst du das?“

„Weshalb wohl? Es ist nicht lustig, abends in die leere Wohnung zu kommen.“

Jördis verkniff sich die Bemerkung, dass es bei ihr nicht anders sei. Sie war daran gewöhnt, allein zu leben, doch Sven vermisste seine Familie. Seit seine Frau mit den Kindern nach Halmstadt gezogen war, sah er seine beiden Söhne nur an jedem zweiten Wochenende. Jördis fasste einen Entschluss.

„Weißt du was? Ich habe heute auch keine Lust auf meine leere Wohnung, jedenfalls nicht gleich. Wenn du mit auf ein Bier kommst, lasse ich den Roller stehen und nehme nachher die Straßenbahn. Ich finde, wir haben uns eine kleine Belohnung verdient.“

„Das ist der beste Einfall, den ich heute gehört habe.“ Svens Freude über den Vorschlag von Jördis war deutlich zu spüren. Fast hatte sie ein schlechtes Gewissen, nicht schon früher auf die Idee gekommen zu sein, dass Sven sich offenbar nach Gesellschaft sehnte. Er schlug sogleich einen Bierkeller ganz in der Nähe vor, der für seine gute Bierauswahl bekannt war. Jördis war noch nie dort gewesen, war aber von der gemütlichen Atmosphäre des Lokals sehr angetan. Sie fanden einen Zweiertisch in einer Nische, auf dem eine brennende Kerze stand, die in einer bauchigen Flasche steckte. Sven holte an der Bar Bier für sie beide und Jördis fühlte sich ein wenig wie bei einem Date. Sie prosteten sich zu und mussten lachen, als sie danach beide einen Schaumbart auf der Oberlippe hatten. Jördis entspannte sich allmählich, sie wollte nicht mehr an das bedrückende Gespräch mit Thea Nilsson denken.

„Wirklich eine super Idee von dir, den Tag so zu beschließen", sagte Sven erneut. „Mir fällt zu Hause oft die Decke auf den Kopf. Besonders schlimm ist es an den Wochenenden."

„Aber an den Wochenenden hast du doch deine Söhne bei dir?"

Sven schüttelte den Kopf. „Nur an jedem zweiten Wochenende."

„An den anderen Wochenenden kannst du nach Halmstadt zu Gundel und den Kindern fahren. Wenigstens dann, wenn dienstlich gerade nichts anliegt."

Sven zeichnete mit dem Zeigefinger unsichtbare Muster auf die Tischplatte. „So hatte ich es mir ursprünglich auch gedacht, aber es klappt nicht. Ich glaubte, diese räumliche Trennung könnte Gundel und mir letztendlich helfen, wieder zueinanderzufinden. Aber das habe ich mir wohl schöngeredet. Die Wirklichkeit sieht anders aus."

„Wie anders? Habt ihr Streit, Gundel und du?"

Sven seufzte. „Nein, überhaupt nicht. Es läuft alles ganz freundschaftlich ab, zu freundschaftlich. Gundel sieht mich nicht mehr als Partner, sie richtet sich zunehmend in der gegenwärtigen Situation ein und scheint sich damit wohlzufühlen. Die Arbeit dort gefällt ihr, sie hat weniger Stress als früher. Ihre Eltern nehmen ihr die Kinder ab, wodurch sie Freiräume für sich hat. Natürlich ist das von meinen Schwiegereltern eiskalt kalkuliert, ich war ihnen nie gut genug, sie hoffen auf eine endgültige Trennung."

„Das darfst du dir nicht gefallen lassen." Zur Bekräftigung setzte Jördis ihr Glas fest auf dem Tisch ab. „Du bist Gundels Ehemann und der Vater eurer beiden Kinder. Du musst deinen Platz behaupten."

„Ach Jördis, das sagst du so einfach. Aber ich bin oft machtlos. Nimm bloß mal das kommende Wochenende. Ich habe Gundel gefragt, ob ich zu ihr kommen und wir alle vier gemeinsam etwas unternehmen könnten. Sie meinte darauf, es würde nicht passen, ihre Eltern hätten bereits etwas mit den Jungs geplant. Ich war natürlich sauer, aber als ich das andeutete, reagierte Gundel verständnislos. Ihre Eltern würden ihr viel helfen, dafür müssten sie auch mal mit den Kindern was unternehmen dürfen. Ich hätte Filip und Erik schließlich an jedem zweiten Wochenende für mich allein. Als ich dann vorschlug, zu zweit etwas zu unternehmen, sagte Gundel, sie wäre schon an beiden Tagen mit Freundinnen verabredet. Sie sei froh, endlich die Zeit zu haben, sich einen Freundeskreis aufzubauen. Die Spitze ging eindeutig gegen mich. Das Schlimme ist, sie hat nicht Unrecht damit."

Jördis wusste darauf nichts Tröstliches zu sagen. Es sah wirklich aus, als wolle Gundel Sven nach und nach aus ihrem Leben verdrängen.

„Genug über mich geredet", sagte er energisch. „Was ist mit dir? Wie geht es deiner Mutter?"

Jördis verzog das Gesicht. „Erinnere mich nicht, eigentlich dürfte ich jetzt nicht hier sitzen, sondern hätte schon wieder zu ihr eilen müssen."

„Verlangt sie immer noch, du sollst bei ihr einziehen? Nach der Renovierungsaktion im Sommer hatte ich das Gefühl, sie würde jetzt besser zurechtkommen."

„Es sah wirklich danach aus, aber bei ihr gibt es immer wieder Phasen, gute und schlechte. Im Moment hat sie eine ganz schlechte, und das hängt mit den von der Presse sogenannten Huldra-Morden zusammen. Sie liegt mir mal wieder damit in den Ohren, wie gefährlich mein Beruf wäre. Wenn mir etwas zustoßen würde, stünde sie ganz allein und ohne jede Stütze da. Deshalb wäre es verantwortungslos von mir, weiter als Polizistin zu arbeiten." Jördis seufzte. „Dabei ist der Anlass diesmal wirklich an den Haaren herbeigezogen. Sehe ich vielleicht wie eine Huldra aus? Ich würde höchstens als Trollfrau durchgehen."

Sven verschluckte sich bei ihrem letzten Satz beinahe an seinem Bier. „Was sagst du da? Dann müssten sich die Trollfrauen seit meiner Kindheit aber sehr verändert haben, so attraktiv waren die damals nicht."

„Ich und attraktiv." Jördis verdrehte die Augen.

„Ja, genauso ist es und so meine ich es auch", bekräftigte Sven. „Leg endlich dein verzerrtes Selbstbild ab. Du hast Witz und Charme und bist ein toller Kumpel. Aber eine sehr hübsche Frau bist du auch. Weißt du, dass ich total eifersüchtig war, als du so auf den Magnus abgefahren bist? Ich habe mich deshalb sogar im Ton vergriffen."

„Sag mal, wie viele Bier hattest du eigentlich schon?" Jördis hoffte, Sven würde nicht bemerken, dass sie rot geworden war. Doch er ging nicht auf ihre Frage ein und redete weiter.

„Damals hat Alva gesagt, die dauerhaftesten Beziehungen beginnen oft am Arbeitsplatz. Da ist was dran. Man lernt den anderen erst mal im Alltag gründlich kennen mit all seinen Stärken und Schwächen. Wenn man sich dann am Ende in ihn verliebt, dann passt es wirklich, weil man ihn akzeptiert wie er ist, auch ohne rosarote Brille. Guck dir bloß Alva und Birger an. Die beiden haben auch Zeit gebraucht, um zueinanderzufinden. Jetzt sind sie ein glückliches Paar. Ihre berufliche Zusammenarbeit spielt dabei eine nicht unwesentliche Rolle. Sie können sich über alles austauschen. Und sie akzeptieren die Belastungen, die unser Beruf mit sich bringt. Und manchmal denke ich, du bist die Frau, mit der ich all das auch haben könnte. So, jetzt habe ich es mal gesagt."

Jördis musste schlucken, bevor sie antworten konnte. „Das ist wohl mein Schicksal: Die Männer, die ich kriegen könnte, sind fast immer komplette Arschlöcher. Ist mal ein netter Mann wie du darunter, dann ist er verheiratet. Ich glaube, auf diese Erkenntnis muss ich noch ein Bier trinken."

Sven nickte und stand auf, um Nachschub zu holen. Jördis atmete tief durch. Sie ermahnte sich, das angenehme Kribbeln, das sie in ihrem Bauch verspürte, tunlichst zu ignorieren. Sven war einsam und er war frustriert. Sie würde das auf keinen Fall ausnutzen. Als er ihr später anbot, sie nach Hause zu begleiten, lehnte sie ab. Sie verabschiedeten sich mit einer freundschaftlichen Umarmung, die von Svens Seite etwas länger als notwendig ausfiel. Jördis empfand einen Anflug von Bedauern, als sie allein in die Straßenbahn stieg.

34.

Wiebke war hin- und hergerissen, während sie versuchte, einen Entschluss zu fassen. Das Warten auf die Nachricht von der Identifizierung der Toten aus dem Wald und das Bangen, es könnte sich um Miranda handeln, hatte bei allen Spuren hinterlassen. Greta war weinend zusammengebrochen. Tränen der Erleichterung hatten sich bei ihr mit der Verzweiflung über das Andauern der Ungewissheit vermischt. Ihr fehlte inzwischen die Kraft, die ständige Anspannung auszuhalten. Sie war für längere Zeit krankgeschrieben und musste Beruhigungsmittel einnehmen. Jetzt döste sie auf dem Sofa vor sich hin und Wiebke schlich sich leise in das Zimmer von Nele.

Nele saß vor dem Computer, der Bildschirm war mit Zahlen und Formeln bedeckt. „Schläft Mama?" Nele schaute nur kurz auf und wandte sich dann wieder ihrer Beschäftigung zu.

„Sie ruht nur. Ich muss mit dir reden. Was du mir über die Kostümierung von Miranda erzählt hast, lässt mir keine Ruhe. Ich finde, wir sollten es der Polizei mitteilen."

„Nein, auf keinen Fall." Nele drehte sich mit einer heftigen Bewegung zu ihrer Tante um. „Wenn Papa das erfährt, dann denkt er doch, ich würde lügen und will mich nur wichtigmachen. Du darfst es niemandem verraten, auf keinen Fall."

Wiebke seufzte. Sie setzte sich auf Mirandas Bett, das mit einer Tagesdecke bedeckt war. Dann klopfte sie mit der Hand auf den Platz neben sich. „Nele komm bitte einen Moment her und hör mir zu."

Widerstrebend klappte Nele den Laptop zu und setzte sich zu ihrer Tante.

„Die Tote ist nicht Miranda", sagte sie. „Warum sollen wir jetzt noch jemandem von dem Fuchsschwanz erzählen?"

„Weil es wichtig sein könnte, um denjenigen zu finden, der die beiden Frauen umgebracht hat." Kaum hatte sie es ausgesprochen, bemerkte Wiebke ihren Fehler. Nele verfügte über einen scharfen Verstand und zog sofort die richtigen Schlussfolgerungen. Sie funkelte ihre Tante böse an.

„Willst du damit sagen, Miranda wurde auch umgebracht und man hat sie nur noch nicht gefunden? Wie passt das zu dem, was du vorgestern gesagt hast? Da meintest du, sich an Halloween als Huldra zu verkleiden, wäre bestimmt eine neue Mode unter jungen Mädchen. Denkst du jetzt, alle, die es getan haben, wurden ermordet?"

„Nele, ich weiß nicht, was ich denken soll. Es ist schrecklich verworren. Aber ich bin der Überzeugung, wir sollten der Polizei alles mitteilen, was wir über Miranda wissen. Im Gegensatz zu deinem Vater glaube ich dir. Er muss es nicht erfahren und deine Mutter auch nicht. Die Polizei behandelt Aussagen auf Wunsch vertraulich. Ich werde dich begleiten und auf absoluter Diskretion bestehen. Sie werden sich daran halten, da bin ich mir ganz sicher.“

Nele kaute an ihrer Unterlippe. „Und was willst du Mama sagen, wo wir hingehen?“

„Ich sage ihr, wir machen einen Einkaufsbummel, um uns abzulenken. Die letzten Tage waren für uns alle hart.“

Greta stimmte erleichtert zu, als Wiebke vorschlug, mit Nele auszugehen. Sie hatte ein schlechtes Gewissen, weil sie sich so schwach fühlte und ihrer Tochter keine Stütze war. Dabei war nicht zu übersehen, wie sehr auch Nele litt. Es war gut, wenn Wiebke sich ihrer annahm.

Wiebkes Sorge, man würde sie im Polizeipräsidium lange warten lassen, erwies sich als unbegründet. Nachdem sie ihr Anliegen an der Rezeption vorgebracht hatten, wurde ihnen mitgeteilt, sie würden gleich abgeholt werden. „Polizeiinspektorin Alva Claesson wird Ihre Aussage aufnehmen“, sagte die Rezeptionistin noch, bevor sie sich dem nächsten Besucher zuwandte.

Alva war zu dem Zeitpunkt mit Jördis allein im Büro. Rurik hatte diesmal Sven zur Pressekonferenz mitgenommen, der darüber alles andere als erfreut gewesen war. Aber jeder war mal an der Reihe, so lautete die Regel. Sie würden es heute schwer haben, die Wogen zu glätten, die der Huldra-Artikel geschlagen hatte.

„Nele Edwardson und ihre Tante Wiebke Hultman, welch überraschender Besuch“, sagte Alva. „Der Vater von Nele wollte nicht, dass sie mit uns redet, und nun kommt sie selbst."

„Das Verhalten des Vaters bestärkt meinen Verdacht gegen ihn." Jördis schob eine Haarsträhne, die sich aus ihrem Knoten gelöst hatte, hinters Ohr. „Er müsste doch ein Interesse an der Aufklärung des Schicksals seiner Tochter haben. Aber das Gegenteil scheint der Fall zu sein."

„Hören wir uns erst mal an, was die Schwester und die Tante zu sagen haben. Ich gehe sie unten abholen." Alva war schon auf dem Weg zur Tür. „Wir setzen uns mit ihnen an den Tisch und gestalten das Ganze so locker wie möglich."

Jördis nickte und stellte schon mal vier Tassen und Gläser hin. Wenn man etwas zu trinken anbot, lockerte das die Atmosphäre auf.

Als Alva mit den beiden Besucherinnen eintrat, unterzog Jördis sie einer schnellen unauffälligen Musterung. Wiebke Hultman sah ihrer Schwester Greta ausgesprochen ähnlich, sie hatte das gleiche volle blonde Haar, blaue Augen und ebenmäßige Züge. Doch im Vergleich zu ihrer verhärmten Schwester sah Wiebke geradezu blühend aus. Das Mädchen an ihrer Seite war hochgewachsen, hatte das braune Haar zu einem Pferdeschwanz gebunden und trug einen weiten Pullover zu einer verwaschenen Jeans. Nele kam ganz offensichtlich nach ihrem Vater, doch sie hatte nicht seinen mürrischen, abweisenden Ausdruck geerbt. Bei ihr drückte das vorspringende Kinn Entschlossenheit aus und ihre grauen Augen blickten wachsam.

„Setzen Sie sich bitte", forderte Jördis die Besucherinnen auf. „Möchten Sie ein Wasser oder lieber einen Kaffee?"

„Oh, das ist nett. Ich nehme gern einen Kaffee“, sagte Wiebke. Nele entschied sich für Wasser.

Alva wartete, bis alle versorgt waren, dann kam sie auf den Anlass zu sprechen. „Sie möchten eine Aussage machen. Um was geht es konkret?“

Wiebke Hultman räusperte sich. „Es geht um den Abend, an dem meine Nichte Miranda verschwand. Wir möchten da etwas ergänzen, was von Bedeutung sein könnte. Nur ist es kompliziert, wir würden es deshalb gern vertraulich behandelt wissen.“

„Vertraulichkeit können wir Ihnen zusichern.“ Alva merkte, wie ihr Herzschlag sich beschleunigte. Was würde jetzt gleich kommen? Wussten Tochter und Schwägerin Belastendes über Lars Edwardson zu berichten? Dann wäre ihr Wunsch nach Vertraulichkeit nur allzu verständlich. „Möchten Sie die Aussage machen oder sind Sie nur zur Unterstützung Ihrer Nichte hier?“, fragte sie.

„Nun ja, irgendwie beides.“ Wiebke suchte nach den richtigen Worten. „Eigentlich ist es Nele, der etwas aufgefallen war. Sie hat ihre Schwester am Abend vor deren Verschwinden gesehen und gesprochen. Dabei hat sie eine Beobachtung gemacht, die sie der Polizei damals gleich mitteilen wollte, aber ihr Vater hat sie daran gehindert.“

„Er hat mich eine Lügnerin genannt und aus dem Zimmer geworfen“, schnaubte Nele. Sie schien darüber noch immer empört zu sein.

„Mein Schwager weiß nicht, dass wir hier sind“, fuhr Wiebke fort. „Nele hat sich mir anvertraut und es war meine Idee herzukommen. Doch ich will auf keinen Fall, dass Nele Probleme mit ihrem Vater bekommt.“

„Das wird sie nicht, das verspreche ich. Ihr Besuch hier bleibt unter uns.“ Alva schaute Nele an. „Möchtest du selbst erzählen oder soll deine Tante für dich sprechen?“

Nele verzog das Gesicht. „Das schaffe ich schon allein, Hauptsache mein Vater erfährt es nicht. Der würde wieder behaupten, ich hätte mir das ausgedacht. Habe ich aber nicht. Miranda hatte sich an dem Abend als Huldra verkleidet. Das heißt, ich wusste nicht, was ihre Verkleidung bedeutet, weil ich mich nie für diesen Quatsch interessiert habe. Wir haben gestritten, ich hatte gehört, wie sie mit Emelie telefoniert und was von einem älteren Freund erzählt hatte. Ich habe ihr ein bisschen Angst gemacht, ich könnte es unserem Vater verraten. Hätte ich natürlich nicht gemacht, aber Miranda hat es wohl geglaubt. Sie wollte mich versöhnen, deshalb hat sie mir gezeigt, was sie unter ihrem weißen Kleid anhatte, nämlich weiße Spitzenunterwäsche. Die hatte ich noch nie gesehen, so etwas besaß Miranda eigentlich nicht. Keine Ahnung, woher sie die hatte. Hinten an dem Stringtanga war ein Fuchsschwanz befestigt. Ich fand das ziemlich eklig. Als ich Miranda fragte, was das soll, da sagte sie, den will sie heute verlieren. Da habe ich gar nichts mehr verstanden und sie meinte, ich wäre noch zu jung dafür.“ Nele sank in sich zusammen, als hätte das Reden sie erschöpft. Mit leiser Stimme fuhr sie fort. „Dann habe ich das über die toten Frauen im Wald und die Fuchsschwänze gelesen, die bei ihnen gefunden wurden. Da dachte ich ...“ Sie schluchzte und wischte sich eine Träne aus dem Augenwinkel.

Alva hatte Mühe, tröstende Worte zu finden, denn auch ihr drängte sich ein schrecklicher Gedanke auf.

Hatte Miranda Edwardson das gleiche Schicksal wie die anderen Frauen erlitten und war nur noch nicht gefunden worden? Es sprach einiges dafür. Und gab es vielleicht sogar noch weitere Opfer?

35.

Alva musste Rurik nur anschauen und wusste sofort, dass die Pressekonferenz nicht gut verlaufen war. Auch Sven wirkte ziemlich sauer. „Die haben uns regelrecht gegrillt“, sagte er. „Alle bezogen sich plötzlich auf den Bericht einer angeblichen Sektenexpertin, deren Namen ich noch nie gehört hatte. Aurelia Njördal, sagt euch das was?“

„Weder sagt mir der Name etwas, noch habe ich von einem Bericht über Sekten gehört, den wir kennen sollten.“ Alva legte besorgt die Stirn in Falten. „Habe ich was verpasst?“

„Nicht nur du, wir alle“, sagte Rurik grimmig. „Die Dame hat sich gestern in einem Privatsender zu Wort gemeldet, auf einem der vielen Digitalkanäle, die jetzt wie Pilze aus dem Boden schießen. Normalerweise senden die wohl nur esoterischen Mist und Verschwörungstheorien. Aber nun haben sie diese selbst ernannte Sektenexpertin aufgelesen und die hatte nichts Besseres zu tun, als sich in unsere Fälle einzumischen. Als ob es auch so nicht schon kompliziert genug wäre.“

„Was hat sie gesagt, könnt ihr das mal für uns zusammenfassen?“ Jördis kam hinter ihrem Schreibtisch hervor und zeigte auf den Tisch vor dem Fenster. Sven nickte und nahm dort Platz, Rurik ließ sich mit allen Anzeichen der Erschöpfung auf einen Stuhl fallen. Als alle beisammensaßen, versuchte Sven, das Wesentliche des Berichts wiederzugeben. „Also, die Dame meinte, es würde sich um eine Sex-Sekte handeln, die die körperliche Vereinigung mit der Natur propagiert. Bei speziellen Zusammenkünften würden dann einzelne Mitglieder in die Rolle von Naturgeistern schlüpfen und als Huldra oder Näcken Sex mit anderen Sektenmitgliedern haben. Das einzig Positive an ihrem Bericht war die Behauptung, diese Orgien würden immer an Mittsommer stattfinden.“

„Was ist daran positiv?“, fragte Jördis.

„Na stell dir mal vor, sie hätte Halloween als Zeitpunkt genannt. Dann müssten wir den Wald Ruddalen komplett absperren, weil die Reporter sich dort demnächst in Scharen auf die Lauer legen würden. Von den Verrückten, die an Halloween in der Hoffnung an den Orgien teilnehmen zu dürfen, dort aufkreuzen würden, ganz zu schweigen.“

„Hat sich der Zeitpunkt des Verschwindens beider Opfer nicht längst herumgesprochen? Das sollte mich wundern“, sagte Alva.

„Sicher, doch sie ging vermutlich davon aus, die Mädchen hätten längere Zeit in der Sekte gelebt, bevor sie bei besagtem Ritual zu Tode kamen.“

„Ich halte das alles für ausgemachten Blödsinn“, polterte Rurik dazwischen. „Die Dame wollte unbedingt ins Fernsehen. Wir kennen das doch: Egal was passiert, sofort wimmelt es von selbst ernannten Experten, die ihren Senf dazugeben müssen."

„Ich sehe das ähnlich", pflichtete Alva ihm bei. „Obwohl ich die Existenz einer solchen obskuren Sekte nicht für ausgeschlossen halte. Es gibt in Schweden eine Menge sektenähnlicher Gruppierungen, niemand hat da den genauen Überblick. Auch ist Sex in Sekten häufig ein Thema. Es gibt einige bekannte Fälle, in denen Gurus ihre Stellung ausnutzten, um ihre Anhänger sexuell zu missbrauchen. Aber die beiden Opfer Sofia Dahl und Hilma Nilsson kann ich mir nicht als Mitglieder einer solchen Gruppierung vorstellen. Auch denke ich, sie sind direkt an Halloween gestorben und nicht erst acht Monate nach ihrem Verschwinden bei einer Mitsommerorgie. Woran eigentlich? Hat das die Sektenexpertin auch gesagt?"

„Sie hat wohl was von Opferungen geschwafelt, aber ich habe da schon nur noch mein Blut in den Ohren rauschen hören." Rurik war noch immer rot im Gesicht, Alva hoffte, Märta würde auf seinen Blutdruck achten. Einen Herzinfarkt hatte er schließlich schon hinter sich.

„So blödsinnig diese Sektenhypothese auch sein mag, das klebt uns jetzt wie Hundescheiße am Schuh", sagte Sven. Alva fiel auf, wie er immerzu den Blick von Jördis suchte, sie ihm aber auswich. „Alle werden sich darauf stürzen, weil es genau das ist, was die Leute hören wollen. Und von uns wird man Erklärungen verlangen und uns Vertuschung vorwerfen, wenn wir nicht darauf eingehen."

„Birger kann uns vielleicht helfen." Jördis wandte sich an Alva und schaute geflissentlich an Sven vorbei. Alva fragte sich, ob die beiden Streit hatten, konzentrierte sich dann aber auf die Frage von Jördis.

„Birger ist kein Sektenexperte, doch er kann uns vielleicht sagen, was er hinter den Taten vermutet.“

„Es wird Zeit, ihn ins Boot zu holen, da wir jetzt schon zwei Opfer haben, die demselben Täter zuzuordnen sind. Wir brauchen dringend ein Profil oder wenigstens eine Einschätzung seiner Motive“, pflichtete Rurik ihr bei.

„Womit wir zum nächsten Punkt kommen.“ Alva vergewisserte sich, ob alle zuhörten, bevor sie fortfuhr. „Während ihr bei der Pressekonferenz wart, haben Jördis und ich mit Nele Edwardson, der Schwester von Miranda Edwardson, gesprochen. Sie hat sich freiwillig gemeldet, ohne das Wissen ihres Vaters. Begleitet wurde sie von ihrer Tante Wiebke Hultman. Was sie zu sagen hatte, ist auf dem Hintergrund der beiden Leichenfunde sehr beunruhigend. Miranda war am Abend ihres Verschwindens als Huldra verkleidet. Sie trug einen Fuchsschwanz unter ihrem Kleid.“

„Was sagst du da?“ Rurik klappte der Kiefer nach unten. „Als Huldra? Hat sie das wirklich gesagt? Ich glaube immer noch nicht an diese Bedeutung der Fuchsschwänze. Wir wissen doch, wie dieses Gerücht aufkam. Eine Mitarbeiterin der Spurensicherung machte eine flapsige Bemerkung, ein Reporter griff das auf und schrieb einen reißerischen Artikel. Zack war die Sage von den Huldra-Morden geboren. So läuft das doch.“

Auch Sven wirkte skeptisch. „Kannte die Schwester den Artikel?“

„Ja, sie kannte ihn“, bestätigte Alva. „Er war der Anlass dafür, dass sie ihr Schweigen gebrochen hat.“

„Dann wurde sie vermutlich dadurch inspiriert und will sich jetzt wichtigmachen. Weshalb sonst sollte sie plötzlich jetzt nach drei Jahren damit herausrücken?"

„Ich kann das natürlich nicht ausschließen, aber sie kam mir aufrichtig vor. Angeblich wollte sie ihre Beobachtung schon damals der Polizei mitteilen, wurde aber von ihrem Vater daran gehindert. Aber mir wäre auch wohler, wenn Birger mal mit dem Mädchen reden würde. Er kann ihre Glaubwürdigkeit besser einschätzen. Natürlich nur, wenn sie zu einem Gespräch mit ihm bereit ist." Alva bezweifelte das.

„Ich wünschte fast, sie hätte gelogen." Jördis schaute auch jetzt nicht Sven, sondern Rurik an. „Wenn sie die Wahrheit gesagt hat, müssen wir befürchten, demnächst die Leiche von Miranda Edwardson zu finden. Ein Gutes hatte dieser Huldra-Artikel vielleicht: Kein Mädchen wird jetzt hoffentlich noch Lust verspüren, sich als Huldra zu verkleiden."

36.

„Findest du nicht auch, dass die Sachen zu sehr auftragen? Ich sehe aus wie ein Mehlsack, richtig fett und plump.“ Maja zog ein unglückliches Gesicht, während sie sich vor dem Spiegel hin und her drehte. Unter einem bodenlangen weißen Gewand trug sie Funktionsunterwäsche, eine Jogginghose und einen warmen Pullover.

Ihr Bruder Leon prustete laut los. „Du und fett? Endlich hast du mal eine vernünftige Figur, sonst bist nur ein Strich in der Landschaft. Die Sachen unter dem Kleid behältst du schön an, sonst frierst du dir da draußen den Hintern ab. Viel bewegen wirst du dich schließlich nicht.“

Die Geschwister hatten das Eintreten ihrer Mutter nicht bemerkt, sie stand mit verschränkten Armen in der Tür. „Mir gefällt das nicht“, sagte sie.

Leon verdrehte die Augen. „Das hast du nun schon oft genug gesagt. Genauso oft habe ich dir erklärt, dass nicht der geringste Grund zur Besorgnis besteht. Was Lucas und ich geplant haben, ist eine rundum seriöse und abgesicherte Veranstaltung. Nur weil ein besoffener Journalist und eine durchgeknallte Sektentante sich wilde Geschichten über Huldras aus den Fingern gesogen haben, lassen wir uns das Geschäft nicht ruinieren."

„Es geht nicht nur um diese Berichte. Zwei junge Frauen sind tot, das kannst du nicht bestreiten." Liv Jensen stellte sich neben ihre Tochter und legte ihr den Arm um die Schultern. „Wenn du gehen willst, kann ich dich nicht aufhalten, schließlich bist du erwachsen", sagte sie zu ihrem Sohn. „Aber Maja werde ich nicht erlauben, da mitzumachen."

Leon stöhnte laut auf. „Du hattest es ihr erlaubt und nun ist alles geplant."

„Das war, bevor die Toten gefunden wurden."

„Wie oft soll ich es dir noch sagen? Diese Morde haben mit dem, was Lucas und ich machen, nicht das Geringste zu tun. Es ist doch totaler Schwachsinn, was da neuerdings behauptet wird. Sexorgien mit Huldras! Ich stelle mir vor, wie einigen Kerlen der Sabber aus dem Mund läuft, wenn sie das hören. Da wird an niedrige Instinkte appelliert, um bessere Auflagen und Einschaltquoten zu bekommen. Und dann auch noch Menschenopfer! Schräger geht es wohl nicht mehr. Was Lucas und ich vorhaben, ist eine kinderfreundliche Familienwanderung. Diese Veranstaltungen sind beliebt, gerade erst hat sich ein großes Reiseunternehmen bei uns gemeldet, sie wollen die Trollwanderungen als Angebot für Touristen in ihr Programm aufnehmen. Das ist unsere Chance zu expandieren, Lucas plant die feste Einstellung neuer Mitarbeiter und meine Einkünfte werden sich dadurch auch erhöhen. Du darfst uns das jetzt nicht kaputtmachen."

„Ich will euch nichts kaputtmachen, aber geht es nicht ohne Maja?“ Liv strich ihrer Tochter behutsam über das weißblonde Haar.

„Nein, es geht nicht ohne Maja. Wir finden so kurzfristig keinen Ersatz. Außerdem hat sie sich toll vorbereitet.“ Das stimmte, Maja hatte die Fragen ganz allein ausgearbeitet, hatte Blätter von Laubbäumen gesammelt und gepresst, sie hatte Beeren getrocknet und in kleinen Behältern verstaut. Fragen zu Tieren des Waldes und ihrer Lebensweise hatte sie sich ebenfalls notiert. Jetzt schaute sie ihren großen Bruder flehend an und hoffte, es würde ihm gelingen, die Mutter zu überzeugen.

Liv Jensen wirkte schon nicht mehr ganz so abweisend. „Die Fuchsschwänze, die bei den Toten gefunden wurden ...“, begann sie zaghaft, worauf Leon ihr ins Wort fiel.

„Das ist ein gutes Argument für uns. Unsere Huldras tragen keine Fuchsschwänze. Wozu auch, wenn man sie unter der Kleidung ohnehin nicht sehen würde? Überhaupt ist die Bedeutung nicht klar, vielleicht ist der Mörder ein Jäger und entsorgt einige seiner Trophäen.“

„Versprich mir, auf Maja aufzupassen.“ Liv Jensen gab sich geschlagen.

„Selbstverständlich passe ich auf sie auf, ich postiere mich ganz in ihrer Nähe. Bewaffnet bin ich auch, niemand wird sich mit mir anlegen.“ Leon, der bereits in seinem Trollkostüm steckte, schwenkte einen dicken Knüppel. „Mach dir keine Sorgen, das wird ein Riesenspaß, den Maja so schnell nicht vergisst.“

37.

Birger schaffte es, nach Alvas Anruf noch am gleichen Tag im Präsidium vorbeizukommen.

„Schön dich zu sehen, wir brauchen dringend deine Hilfe“, begrüßte Rurik ihn. „Hast du dich von deiner Erkältung erholt?“

„Ja, so schlimm war es nicht. Nur wenn man als Therapeut arbeitet, ist es blöd, wenn die Stimme nicht mitmacht. Deshalb musste ich etwas länger pausieren.“

„Da hat sich bestimmt viel Arbeit angestaut, toll, dass du trotzdem Zeit für uns hast.“

Birger winkte ab. „Es ist überschaubar. Auch von meinen Patienten sind etliche krank. Heute hatte ich insgesamt nur vier Termine, deshalb konnte ich Veikko mitnehmen und jetzt herkommen.“ Der Elchhund stand mit wachsam aufgerichteten Ohren neben ihm. Als Birger die Leine vom Halsband löste, lief er freudig schwanzwedelnd auf Alva zu. Sven rückte mit seinem Stuhl hastig ein Stück zur Seite. Alva kraulte den Hund hinter den Ohren. „Wollen wir rübergehen in den

Besprechungsraum, dort haben wir mehr Platz“, schlug sie vor.

Sven stimmte als Erster zu. Er würde sich schön weit weg von Veikko setzen. Zwar vertraute er inzwischen auf dessen Gutmütigkeit, doch allein die Nähe des imposanten Hundes machte ihn nervös.

Birger nahm am Kopfende des Tisches Platz. „Alva hat mich informiert, welche neuen Gesichtspunkte sich ergeben haben“, sagte er. „Ich habe es sogar geschafft, mir den Beitrag von Aurelia Njördal zu Gemüte zu führen. Die Frau war mir bisher kein Begriff und ihre Ausführungen erscheinen mir reichlich aus der Luft gegriffen. Die ganze Huldra-Geschichte hat inzwischen Züge einer modernen Sage angenommen. Einer setzt ein Gerücht in die Welt, der Nächste schnappt es auf, schmückt es aus und gibt es weiter. Es ist wie eine Lawine, die auf ihrem Weg ins Tal immer größer wird. Wir müssen an den Ausgangspunkt zurückkehren und uns an die Fakten halten“, sagte er. „Ich schlage vor, mit den Opfern anzufangen, weil auch sie uns viel über den Täter verraten können. Was haben sie gemein-sam?“

„Sie sind sehr jung, hübsch und blond“, sagte Alva.

Birger nickte. „Dem Täter scheint das Aussehen seiner Opfer wichtig zu sein und er ist auf einen bestimmten Typ festgelegt. Da es sich um sehr hübsche Mädchen handelt, ist ein sexuelles Motiv naheliegend. Ginge es ihm nur um den Akt des Tötens und um das Erleben von Macht über seine Opfer, wäre deren Aussehen nicht ausschlaggebend. Nehmen wir an, er ist deutlich älter als die Mädchen. Dann hätten wir es hier mit einer Chronophilie, genauer mit einer Parthenophi-lie zu tun.“

„Mit der Vorliebe für Partner einer ganz bestimmten Altersgruppe, in diesem Falle für junge Mädchen“, übersetzte Rurik. „Das würde meine Vermutung stützen. Jemand entführte diese Mädchen, missbrauchte sie und tötete sie dann, um nicht von ihnen angezeigt und belangt zu werden.“

„Für eine Entführung haben wir keine Belege“, wandte Alva ein. „Aber es gibt Hinweise darauf, dass die Mädchen mit jemandem verabredet waren. Die Mutter von Sofia Dahl vermutete, ihre Tochter sei in jemanden verliebt gewesen. Nehmen wir Miranda Edwardson hinzu, obwohl uns über deren Verbleib bisher nichts bekannt ist, sind die Hinweise noch eindeutiger. Ihre Freundin und ihre Schwester erwähnten einen älteren Freund, mit dem sie sich treffen wollte.“

„Ein älterer Freund kann in dem Alter vieles heißen“, sagte Sven. „Für eine Vierzehnjährige trifft die Bezeichnung bereits auf einen Achtzehnjährigen wie Lucas Hansson zu.“

„Da stimme ich dir zu“, sagte Birger. „In dem Alter machen vier Jahre einen nicht unerheblichen Unterschied an Reife aus. Sich jemanden zu suchen, der älter ist als sie, würde zu dem passen, was wir bisher über die Persönlichkeit und die Lebensumstände der drei Mädchen wissen. Sofia Dahl hatte alte Eltern, die sie überbehüteten. Miranda Edwardson wurde von ihrem Vater eingeengt und überwacht. Beide Mädchen dürften sich nach mehr Freiheit gesehnt haben. Aufgrund ihrer Erziehung neigten sie dazu, jemandem zu vertrauen, der älter war als sie und entsprechend selbstbewusst auftrat.“

„Auf Hilma Nilsson trifft das aber nicht zu.“ Jördis klopfte mit dem Kugelschreiber auf den Tisch, um ihren Worten Nachdruck zu verleihen. „Ihre Mutter ließ ihr jede Freiheit und kontrollierte sie so gut wie überhaupt nicht.“

„Gegenteilige Erziehungsstile können im Ergebnis genau das Gleiche bewirken“, erklärte Birger. „Hilma wuchs ohne Vater und mit einer häufig abwesenden Mutter auf. Das kann bei ihr zu dem Bedürfnis nach einer starken Schulter zum Anlehnen geführt haben.“

„Damit hätten wir zwei wesentliche Punkte, die wir schon mal festhalten können“, fasste Rurik zusammen. „Wir suchen einen Täter, der auf sehr junge hübsche Mädchen mit langen blonden Haaren steht. Er wählt solche aus, die aus unterschiedlichen Gründen ein starkes Anlehnungsbedürfnis haben. Doch dann geschieht etwas, das ihn veranlasst, sie umzubringen. Oder hat er das von Anfang an geplant?“ Rurik schaute Birger fragend an. Bevor der darauf antworten konnte, ergriff Alva das Wort.

„Wenn wir darüber nachdenken, was sich zwischen dem Täter und den Frauen abgespielt hat, dürfen wir die Sache mit den Fuchsschwänzen nicht vergessen. Bisher gingen wir von einer symbolischen Handlung aus, deren Sinn uns nicht klar war. Nach der Aussage von Nele Edwardson erscheint das in einem anderen Licht. Wie es aussieht, hatten sich die Mädchen tatsächlich als Huldras verkleidet. Es muss sich um eine Art Rollenspiel zwischen ihnen und dem Täter gehandelt haben.“

„Bitte nicht“, stöhnte Rurik. „Wenn wir das als gegeben annehmen, sind wir ganz schnell wieder bei der Sektentheorie und Sexorgien. Ich denke, Nele Edwardson hat sich das ausgedacht. Nachdem sie von den Gerüchten über Huldras gehört hatte, wollte sie sich interessant machen, indem sie die Geschichte um das Verschwinden ihrer Schwester entsprechend ausschmückte. Wir sollten uns von dem Mädchen nicht auf eine falsche Fährte locken lassen."

Noch gestern hatte Alva es ebenfalls für eine falsche Fährte gehalten, jetzt war sie anderer Meinung. „Ich habe schon oft mit Zeugen gesprochen, Nele Edwardson wirkte glaubwürdig", sagte sie. „Da ich es natürlich nicht beweisen kann, lasst uns doch wenigstens mal überlegen, was es bedeuten würde. Miranda soll gesagt haben, der Fuchsschwanz sei etwas, das sie an diesem Abend verlieren wolle. Nele hat das damals nicht verstanden, und die Bedeutung schien ihr noch immer nicht klar zu sein. Aber erinnert ihr euch, was Caroline uns darüber erzählt hat, auf welche Weise eine Huldra ihren Fuchsschwanz verliert und zu einem Menschen wird?"

„Klar, indem sie jemanden dazu bringt, sie in einer Kirche zu heiraten." Sven grinste. „Das wird ihr Lover kaum mit ihr vorgehabt haben."

„Man kann *heiraten* auch im übertragenen Sinne verstehen." Birger rieb sich nachdenklich das Kinn. „Sie wollte an diesem Abend ihre Jungfräulichkeit verlieren."

„Und dazu musste sie sich derart verkleiden?", fragte Sven ungläubig. „Das wäre doch auch einfacher möglich gewesen."

„Sicher", erwiderte Birger. „Doch für den Mann muss ein besonderer Reiz darin gelegen haben. Die Figur der Huldra vereint zwei gegensätzliche Aspekte in sich, sie ist die verruchte Verführerin auf der einen und das unschuldige Naturwesen auf der anderen Seite. So wollte er die jungen Mädchen sehen, deshalb mussten sie für ihn in diese Rolle schlüpfen."

„Na schön, warum nicht, es gibt wesentlich heftigere Rollenspiele, wenn es um Sex geht. Und auch wesentlich abartigere Verkleidungen." Sven zuckte mit den Schultern. „Aber das erklärt nicht, weshalb sie umgebracht wurden."

„Wir wissen nicht einmal, ob Nele Edwardson uns einen Bären aufgebunden hat", kam Rurik auf den Ausgangspunkt zurück. „Wir brauchen ein weiteres Gespräch mit ihr, um das herauszufinden. Und dafür ist Birger der richtige Mann."

„Ich werde mein Bestes versuchen", stimmte er zu. „Nur sollte Alva dabei sein, weil Nele sie schon kennt."

Alva nickte. Daran sollte es nicht scheitern. Die eigentliche Schwierigkeit bestand darin, Nele zu diesem Gespräch zu bewegen. Und diesmal konnte sie deren Eltern nicht völlig übergehen.

„Um noch einmal auf die Fuchsschwänze zurückzukommen", sagte Rurik. „Das Labor hat den bei Hilma Nilsson gefundenen Schwanz näher untersucht. Der war nicht naturbelassen, sondern präpariert. Jäger und Kürschner machen das, wenn sie die Felle verkaufen wollen."

„Dann könnten wir doch bei Jägern und Kürschnern nachfragen, wer in den vergangenen Jahren so etwas bei ihnen gekauft hat", meinte Jördis.

Sven winkte ab. „Weißt du, wie viele solcher Angebote es gibt? Das ist die Suche nach der Nadel im Heuhaufen. Außerdem ist es ganz einfach, das selbst zu machen, entweder mit Salz oder mit Brennspiritus. Dazu muss unser Täter nicht mal ein Jäger sein."

„Dann ist das wohl leider auch keine Spur“, seufzte Rurik. „Lassen wir es für heute dabei bewenden. Das erneute Gespräch mit Nele Edwardson sollten wir aber im Auge behalten.“

38.

Nele saß im Zimmer von Elin auf dem Sofa und nippte an ihrem Tee. Elin hatte ihre neusten Errungenschaften auf dem Tisch vor ihnen ausgebreitet: Eine Umhängetasche, zwei Seidenschals und einen Pullover, der wunderbar weich und kuschlig aussah. Sämtliche Stücke waren von edler Qualität und garantiert nicht billig gewesen.

„Das hat Gunnar alles für dich gekauft?“, fragte Nele ungläubig. „Einfach so nebenbei?“

Elin nickte. „Eigentlich wollten wir gemeinsam ein Geschenk für Mama kaufen, ich sollte mitkommen, um ihn zu beraten. Er hat ihr eine Tasche gekauft und meinte dann, ich soll mir auch gleich eine aussuchen. Die beiden Schals hat er mir als Dankeschön für meine Beratung geschenkt. Anschließend waren wir gemütlich Kaffee trinken, und als wir danach an einer Boutique vorbeikamen, habe ich den Pullover im Schaufenster gesehen. Ich habe nur gesagt, er würde toll aussehen, da bestand Gunnar darauf, ihn mir zu kaufen. Für Mama hat er bei der Gelegenheit einen Strickmantel gekauft, über den sie sich riesig gefreut hat. Sie friert immer so leicht."

„Wow, wenn er das ohne Anlass macht, frage ich mich, was er euch zum Geburtstag und zu Weihnachten schenken will."

Elin lachte. „So ist er nun mal, er verwöhnt gern. Schade, dass du nicht dabei warst, dir hätte er garantiert auch was geschenkt. Er redet ständig davon, wie leid es ihm tut, was du und deine Mutter wegen Miranda durchmachen müsst. Er würde euch gern helfen."

„Das tut er, indem er uns eingeladen hat." Eigentlich war es Wiebkes Idee gewesen, die Schwester für eine Weile bei sich aufzunehmen, um sie auf andere Gedanken zu bringen. Greta wohnte vorübergehend in einem Gästezimmer im ersten Stock, das es vom Komfort her mit den besten Hotels aufnehmen konnte. Neles Vater hatte nichts dagegen einzuwenden gehabt, schien im Gegenteil ganz froh zu sein, seine sichtbar leidende Frau für eine Weile loszuwerden. Nele durfte zu ihrer Freude mit und teilte nun mit Elin deren Zimmer, die darüber nicht weniger glücklich war. Alles könnte perfekt sein, wenn Neles Gedanken nicht ständig um ihre Aussage bei der Polizei kreisen würden.

„Glaubst du, es war ein Fehler, der Polizei von Mirandas Kostümierung zu erzählen?", fragte sie.

Elin runzelte die Stirn. „Nein, ganz bestimmt nicht, das habe ich dir doch schon gesagt. Außerdem haben sie dir Verschwiegenheit zugesichert. Wo ist also dein Problem?"

„Ich weiß auch nicht. Erstens bin ich mir nicht sicher, ob sie mir wirklich geglaubt haben. Wahrscheinlich kam es ihnen komisch vor, dass ich erst nach drei Jahren mit der Sprache herausgerückt bin. Gesagt hat das niemand, die beiden Polizistinnen, mit denen wir gesprochen haben, waren sehr freundlich. Aber sie fragten auch, ob ich weiß, was inzwischen über die Huldra-Morde berichtet wurde."

„Natürlich weißt du das, schließlich hängst du ständig am Computer und liest alles, was du finden kannst." Elin konnte dafür noch immer nicht das rechte Verständnis aufbringen, sie würde es sich anstelle von Nele nicht antun.

„Ich habe ihnen gesagt, ich würde alles genau verfolgen, was darüber gesagt und geschrieben wird. Aber nun denken sie vielleicht, ich habe mir das mit Miranda ausgedacht, weil es so gut dazu passt."

„Dann sollen sie es doch denken." Elin hatte keine Lust mehr, sich noch länger mit diesem Thema abzugeben. „Du hast getan, was du tun musstest, der Rest ist Sache der Polizei. Lass uns lieber überlegen, was wir heute noch machen wollen. Wir könnten ins Kino gehen."

Nele hatte keine Lust auf Kino, sie hatte eigentlich auf nichts Lust. Zwar ging es ihr nicht wie ihrer Mutter, die in einem Nebel aus Beruhigungsmitteln dahindämmerte, aber auch sie fühlte eine tiefe Erschöpfung und konnte sich nur schwer konzentrieren. Ein Film wäre jetzt nicht das Richtige.

„Lass uns einfach ein Stück spazieren gehen", schlug sie vor.

Elin war von dem Vorschlag nicht begeistert. Spaziergänge waren etwas für alte Leute. Und von Nele hätte sie diesen Vorschlag am wenigsten erwartet. Während sie selbst immerhin noch ein gewisses Interesse für die Natur aufbrachte, lief Nele wie blind durch die Gegend, kannte keine Pflanzen und redete lieber über Mathematik. Aber abschlagen wollte sie der Cousine auch nichts, deshalb willigte sie ein.

Sie waren im Begriff das Haus zu verlassen, als sie in der Diele auf Gunnar trafen. „Ich wollte gerade zu euch", sagte er. „Ihr habt hoffentlich nicht vor wegzugehen? Ich möchte heute Abend nämlich für uns alle kochen."

„Nein, wir gehen nur mal kurz an die frische Luft." Elin hakte sich bei Nele unter.

„Das ist vernünftig, da bekommt ihr hoffentlich richtig Appetit." Gunnar zwinkerte den beiden Mädchen zu. „Lasst euch nachher überraschen."

Nele ging erneut durch den Kopf, wie nett Gunnar war. Ihr Vater hatte nicht für ihre Mutter gekocht, obwohl es ihr so schlecht ging. Nicht mal einen Tee hatte er ihr gebracht, das musste Nele erledigen. Wie gut, dass sie jetzt hier waren.

Der Garten sah inzwischen anders aus, die letzten Blumen waren den Nachtfrösten zum Opfer gefallen. Trotzdem wirkte alles erstaunlich farbig und lebendig. Grüntöne in allen Schattierungen sorgten für Abwechslung, dazwischen leuchteten rote und orangefarbene Beeren an den Sträuchern. Auf einem großen runden Beet vor dem Haus kniete Volke und setzte neue Pflanzen. Nele ging näher heran und schaute zu, wie Volke die leuchtend roten, weißen und violetten Sträucher zu einem komplizierten Muster anordnete.

„Faszinierend", flüsterte sie Elin zu.

Elin sah sie überrascht an. „Ja, hübsch, nicht wahr? Das ist Besenheide, sie ist winterhart und bringt Farbe in den Garten."

Volke hatte sie gehört, er drehte sich um und musterte Elin mit einem Blick, unter dem sie zu zittern begann. „Geh“, murmelte er. „Geh weg.“

Elin krallte ihre Finger fest in den Arm von Nele. „Lass uns reingehen“, stammelte sie. Nele widersprach nicht, inzwischen bedauerte sie bereits, die Cousine zu dem Spaziergang überredet zu haben. Deren Reaktion kam ihr jedoch völlig übertrieben vor. Als sie wieder im Haus waren, versuchte sie, Elin zu beruhigen.

„Es ist überhaupt nichts passiert. Ich verstehe nicht, weshalb du dich so aufregst“, sagte sie. „Volke ist vielleicht ein wenig merkwürdig, aber er meint es bestimmt nicht böse. Er hat sich wieder ein besonderes Muster für seine Pflanzung ausgedacht und will dabei nicht gestört werden. Wir haben ihn aus dem Konzept gebracht, deshalb hat er uns weggeschickt. Das ist sein gutes Recht, ich mag es auch nicht, wenn mir jemand beim Arbeiten über die Schulter schaut. Da werde ich richtig sauer.“

Elin lächelte, sie schien sich gefangen zu haben. „Du hast recht“, sagte sie. „Das war albern von mir. Sag bitte nichts zu Mama und Gunnar.“

„Weshalb sollte ich, es ist schließlich nichts passiert.“

Elin legte ihre rechte Hand auf die von Nele und zuckte plötzlich zusammen. „Mein Armband ist weg. Ich muss es draußen verloren haben.“ Sie starrte bestürzt auf ihr Handgelenk, wo sonst ein schmales Goldarmband mit ihrem eingravierten Namen saß. „Ich hatte es noch, als wir in der Diele mit Gunnar gesprochen haben, da habe ich es berührt.“

„Dann kannst du es nur auf dem Weg durch den Garten verloren haben, wir finden es bestimmt. Lass uns gleich nachsehen, bevor es dunkel wird.“

Elin rührte sich nicht und Nele begriff, dass sie nicht noch einmal mit Volke zusammentreffen wollte. „Ich kann natürlich auch allein nachschauen“, bot sie an. „Wozu sollen wir beide draußen rumlaufen.“ Sie wartete die Antwort nicht ab, warf sich ihren Parka über und ging nach draußen. Die Augen fest auf den Boden gerichtet, lief sie den Weg ab, den sie vorhin mit Elin genommen hatte. Die neue Pflanzung auf dem Rondell war noch nicht fertiggestellt, zwei Kisten mit Pflanzen standen auf dem Beet, daneben lagen eine Schaufel und Gartenhandschuhe. Volke war nirgends zu sehen, was Nele wunderte. Warum hatte er seine Arbeit unterbrochen? Sie widerstand der Versuchung, sich erneut in das Muster zu vertiefen, und ging langsam um das Beet herum, bis zu der Stelle, an der Elin und sie vorhin gestanden hatten. Das Armband müsste eigentlich gut auszumachen sein, doch da war nichts, kein goldenes Glitzern auf den pedantisch gesäuberten Wegen. Vorsichtshalber umrundete Nele das Beet einmal ganz, ohne Erfolg. Wenn Elin das Armband tatsächlich im Garten verloren hatte, hätte sie es auf jeden Fall finden müssen. Oder hatte Volke es gefunden? Sie beschloss, ihn danach zu fragen. Sie war jetzt froh, sich allein auf die Suche gemacht zu haben, schließlich hatte sie im Gegensatz zu Elin keine Scheu, den Gärtner anzusprechen. Sie musste ihn auf dem weitläufigen Gelände nur finden. Dann kam ihr eine andere Idee. Bevor sie ziellos umherlief, sollte sie beim Gärtnerhaus nachschauen. Es erschien ihr logisch, dass Volke dorthin gegangen war, um etwas zu holen oder einfach die Toilette aufzusuchen. Nele wandte sich nach links und folgte dem kiesbestreuten Weg, bis sie die Fassade des Gebäudes, das sie erneut an ein Hexenhäuschen erinnerte, zwischen den hohen Kiefern hindurchschimmern sah. Die hereinbrechende Dämmerung schien hier tiefer zu sein als im Rest des Gartens. Hinter einem der Fenster des Hauses war ein schwacher Lichtschein zu erkennen. Volke musste hier sein, genau wie sie vermutet hatte. Nele ging näher zum Haus, als sie das Fenster fast erreicht hatte, stutzte sie. Im Lichtschein funkelte etwas Goldenes an einem Strauch. Nele griff danach und sah, dass es sich um Elins Armband handelte. Demnach hatte Volke es tatsächlich gefunden, doch weshalb hatte er es hier, wo Elin garantiert nie hinkam, an den Strauch gehängt? Wie sollte sie es da finden? Ihr Fuß stieß gegen etwas und als sie nach unten schaute, bemerkte Nele eine Schale mit Obst und weißem Brot unter dem Strauch. Das war zweifellos eine von Volkes Gaben für die Naturgeister. Hatte er das Armband hier angehängt, um es ihnen ebenfalls zu opfern? Nele beschloss, ihn zur Rede zu stellen. Das Armband gehörte Elin, er konnte damit nicht einfach machen, was er wollte. Sie würde es auf jeden Fall mitnehmen und Elin zurückgeben. Hinter dem beleuchteten Fenster wurde die Silhouette von Volke sichtbar. Nele hatte bereits die Hand erhoben, um anzuklopfen, als sie sah, dass er nicht allein war. Da war noch ein zweiter Mann, der ihr den Rücken zuwandte und auf Volke einzureden schien. Jetzt drehte er sich um und Nele erstarrte, als sie sein Gesicht sah. Hastig zog sie sich in den Schatten zurück.

39.

Elin freute sich, ihr Armband zurückzuhaben. Sie streifte es sogleich über ihr schmales Handgelenk. „Wo hast du es gefunden?“, fragte sie.

„Es hing an einem Strauch in der Nähe des Rondells, dort musst du es verloren haben und Volke hat es gefunden. Er hat es angehängt, damit du es gleich siehst, wenn du danach suchst.“ Nele entschied sich spontan, nicht die ganze Wahrheit zu sagen.

„Das war ja richtig nett von ihm, hat er noch dort am Rondell gearbeitet?“

„Nein, er muss kurz weggegangen sein, denn er war noch nicht fertig mit dem Pflanzen. Ich konnte ihn nirgends entdecken, sonst hätte ich mich bei ihm bedankt.“

„Vermutlich will er das gar nicht, sonst hätte er das Armband vorbeigebracht und mir persönlich gegeben. Schließlich steht mein Name drauf, lesen kann er. Aber er ist merkwürdig, will nicht angesprochen werden.“ Elin schien darüber froh zu sein, weil ihr der Gedanke, sich bei Volke bedanken zu müssen, offenbar nicht behagte. Nele atmete innerlich auf. Sie konnte die Beobachtung, die sie am Gärtnerhaus gemacht hatte, für sich behalten. Inzwischen war sie sich nicht mehr sicher, was die Identität des Besuchers von Volke betraf. Hatte ihr Verstand ihr einen Streich gespielt, als sie geglaubt hatte, Lucas Hansson zu erkennen? Sie hatte ihn seit drei Jahren nicht gesehen, kurz nach dem Verschwinden von Miranda war auch er aus ihrem Blickfeld verschwunden. Gedacht hatte sie jedoch in der Zwischenzeit oft an ihn, weil sie ihn verdächtigte, mehr zu wissen, als er zugab. Doch was sollte er mit Volke zu schaffen haben, das passte einfach nicht. Das Gespräch mit der Polizei hatte sie aufgewühlt, in der vergangenen Nacht war Miranda ihr im Traum erschienen, so deutlich wie lange nicht. Da war es kein Wunder, wenn sie jetzt Gespenster sah. Sie würde mit niemandem darüber reden, um sich nicht dem Verdacht auszusetzen, sich schon wieder irgendwelche Geschichten auszudenken.

„Kommt ihr?“ Die Stimme ihrer Tante Wiebke riss sie aus ihren Gedanken. „Gunnar hat das Essen fertig.“

„Was gibt es eigentlich Schönes?“, fragte Nele.

„Keine Ahnung, er hat ein Geheimnis daraus gemacht. Ich durfte nicht helfen, nicht mal gucken. Den Tisch hat er auch ganz allein gedeckt, diesmal im Rittersaal.“

Elin verzog das Gesicht, sagte aber nichts. Nele hingegen war von der Aussicht, dort zu essen, geradezu begeistert. Manchmal verstand sie ihre Cousine nicht, fand sie sogar undankbar. Warum hatte sie an allem etwas auszusetzen? Sie bewohnte ganz für sich allein Räume, die einer Prinzessin würdig waren, doch sie fürchtete sich nachts vor Geräuschen. Sie lief vor dem

Gärtner davon, der einen fantastischen Garten in Form hielt. Nun gefiel ihr die Wahl des Essplatzes offenbar nicht, obwohl Gunnar alles tat, um einen besonderen Abend zu gestalten.

„Ich bin schon richtig gespannt, und die Idee, im Rittersaal zu essen, finde ich toll“, sagte sie und hakte sich bei Elin unter.

„Wir werden uns dort ganz verloren vorkommen und außerdem zieht es“, maulte Elin.

Letzteres stimmte nicht, es zog kein bisschen. In einem gewaltigen Kamin brannte ein Feuer, das seinen Schein auf die Rüstungen an den Wänden warf. Das flackernde Licht erweckte den Anschein, sie würden sich bewegen. In der Mitte des Raumes stand ein schwerer Eichentisch, der von Blumengestecken, Obstschalen und Servierplatten förmlich überquoll. Die Speisen waren mit silbernen Glocken abgedeckt und wurden auf Rechauds warmgehalten. Es lag ein köstlicher Duft in der Luft.

„Wann hast du das alles gemacht?“, fragte Wiebke überwältigt.

Gunnar lachte. „Ich kann zaubern. Für vier so hinreißende Damen gebe ich alles, nehmt bitte Platz.“

Die Gedecke waren an der Tischseite aufgelegt, die sich dem Kamin gegenüber befand. „Als ersten Gang gibt es arktische Rotforelle, danach Elchbraten mit Preiselbeeren und zum Nachtisch Zimtcreme mit Blaubeeren“, verkündete Gunnar. Er hatte sich ein weißes Geschirrtuch über den Arm gelegt wie ein Oberkellner und goss Getränke ein. Nele genoss die Atmosphäre, merkte aber bald, dass sie die Einzige zu sein schien, der es so ging. Elin schielte immerzu in eine bestimmte Richtung. Nele folgte ihrem Blick und bemerkte etwas, das wie ein geschlossener Fensterladen aussah. Doch wieso war der innen?

„Was ist das für ein Fenster?“, fragte sie Elin.

„Kein Fenster, dahinter ist der Speisenaufzug, er endet in der Küche im Keller“, flüsterte Elin. „Manchmal in der Nacht ...“

„Möchte noch jemand Saft?“, fragte Gunnar.

„Ja, ich bitte, von dem Sanddornsaft“, sagte Nele. Es fehlte gerade noch, dass Elin jetzt wieder mit ihren Geistergeschichten anfing. Sie schaute zu ihrer Mutter, die abwesend auf ihrem Teller herumstocherte. Vielleicht sollte sie die Beruhigungsmittel etwas reduzieren, sie wirkte wie eine lebende Tote. Doch auch Wiebke hatte ihre Forelle noch nicht angerührt, sie saß leicht gekrümmt am Tisch, die eine Hand auf den Magen gedrückt. Gunnar bemerkte es auch. „Liebling, was ist? Hast du etwa wieder Schmerzen?“ Sein Gesicht drückte Besorgnis aus.

„Nein, es ist nichts, alles in Ordnung.“ Wiebke lächelte tapfer, offensichtlich bemüht, die Stimmung nicht zu verderben. So leicht ließ Gunnar sich jedoch nicht beruhigen.

„Ich sehe doch, dass es dir nicht gut geht. Wenn das öfter vorkommt, müssen wir dich gründlich untersuchen lassen. Ich kann gleich Anfang nächster Woche einen Termin für dich machen.“

„Nein, das muss nicht sein, mir fehlt wirklich nichts. Die Aufregung der letzten Tage ist mir wohl ein wenig auf den Magen geschlagen. Aber das ist ja nun vorbei, lasst uns nicht mehr daran denken. Das Essen ist wirklich köstlich, das hast du wunderbar gemacht.“ Sie nahm ein Stück von ihrer Forelle und schaute Gunnar dankbar an.

„Ja, wirklich Gunnar", stimmte Greta ihr zu. „So ein köstliches Essen hatte ich lange nicht."

Wie auch, zu Hause wohl kaum, dachte Nele, war aber froh, überhaupt eine Äußerung von ihrer Mutter zu hören.

„Jedenfalls solltest du bis zum Beginn der Herbstferien wieder richtig fit sein", wandte sich Gunnar erneut an Wiebke. „Da wollen wir nämlich verreisen, weg vom trüben Herbstwetter in die Sonne."

Elin, die bisher stumm auf ihren Teller gestarrt hatte, hob ruckartig den Kopf. „Wir verreisen? Das wusste ich noch gar nicht. Wohin fahren wir?" Ihre Freude war offensichtlich und Nele hatte den Verdacht, es ging ihr gar nicht so sehr um die Reise, sondern um die Aussicht, von hier wegzukommen.

Gunnar zwinkerte ihr zu. „Das soll eine Überraschung sein und wird jetzt noch nicht verraten. Doch du wirst im weißen Sand liegen und im türkisblauen Meer baden."

Vor Neles innerem Auge tauchte eine malerische Insel auf und sie verspürte einen Anflug von Wehmut. Sie verreisten nie, ihr Vater hielt das für überflüssigen Luxus. „Ich zahle nicht für ein fremdes Bett irgendwo auf der Welt, während zu Hause mein eigenes Bett leer steht", pflegte er zu sagen. Dabei würde es ihrer Mutter bestimmt guttun, einfach mal die Umgebung zu wechseln. Die Herbstferien begannen am 31. Oktober, dem Tag, an dem Miranda verschwand. Greta Edwardson litt an diesem Tag immer noch mehr als sonst und es wäre sicher hilfreich, ihn weit weg von zu Hause zu verbringen. Ob auch Gunnar vor seinen Erinnerungen floh? Schließlich war seine Frau in der Nacht des 31. Oktober in diesem Haus gestorben und er machte sich noch immer Vorwürfe, nicht bei ihr gewesen zu sein. Wiebke und Elin, die nun seine neue Familie waren, schien er umso intensiver beschützen zu wollen.

„Wer passt auf das Haus auf, wenn ihr nicht da seid?“, fragte Greta. „Macht das euer Gärtner?“

„Nein, das ist nicht nötig.“ Gunnar war mit seiner Forelle fertig und lud sich Rentierfleisch auf einen frischen Teller. „Das Haus ist mit einer hochmodernen Alarmanlage gesichert. Wer hier versucht einzubrechen, hat ganz schlechte Karten. Der Wachschutz wäre vor Ort, bevor derjenige überhaupt ins Haus gelangt.“

„Sind die Nebengebäude auch so gesichert?“, fragte Nele.

Ihre Mutter warf ihr einen warnenden Blick zu und schüttelte tadelnd den Kopf. Nele spürte, wie ihr heiß wurde. Ihre Frage war taktlos, jetzt dachten alle an die Scheune, in der das Unglück von Gunnars Frau Annika seinen Anfang genommen hatte. Gunnar ging jedoch elegant darüber hinweg. „Die Nebengebäude sind sicher verschlossen und sollte sich jemand die Mühe machen, dort einzubrechen, gäbe es nichts zu holen.“

„Aber was ist mit der Kutschensammlung?“, fragte Nele. Sie wollte unbedingt von der Scheune ablenken.

Gunnar lachte. „Sollte die jemand klauen, wäre es mir nur recht, das erspart mir die Mühe, sie zu entsorgen.“

„Aber wieso entsorgen?“, fragte Greta, die nun ein wenig auftaute. „Kannst du sie nicht verkaufen? Du meintest zwar, sie hätten keinen Sammlerwert, weil zu viel daran verändert wurde, aber einige sehen doch recht hübsch aus. Sollte sich kein Liebhaber dafür finden?“

„Bis jetzt hat sich keiner gefunden. Dabei würde ich sie sogar verschenken.“ Gunnar goss Wiebke Saft nach. Sie sah immer noch sehr blass aus und hatte kaum etwas gegessen. Elin langte nach der Preiselbeersoße, hielt aber mitten in der Bewegung inne und starrte zum Speisenaufzug hinüber. Diesmal hörte Nele es auch, ein leises Sirren, als würden Seile über eine Winde laufen. Dann war es auch schon vorbei, sie musste sich getäuscht haben. Sie nahm die Schüssel mit der Soße und lächelte ihre Cousine an. „Darf ich dir Soße auftun?“

„Ja bitte“, erwiderte Elin zerstreut und lauschte weiter angespannt. Doch da war nichts mehr zu hören und Nele dachte daran, was sie selbst über die mannigfaltigen Geräusche eines alten Hauses gesagt hatte. Sie würde die Wahnvorstellungen von Elin auf keinen Fall befeuern. Was immer sie gehört hatte, ein Geist war es garantiert nicht gewesen.

40.

„Jetzt geht es gleich los.“ Leon sah in seinem Trollkostüm ziemlich furchteinflößend aus. Er hatte sich sein Outfit nach und nach auf Trödelmärkten zusammengesucht. Zu einem zotteligen Pelzmantel, der aussah, als hätten Generationen von Motten ihren Nachwuchs darin aufgezogen, trug er eine an den Knien geflickte Hose und derbe Stiefel. Seinen Kopf bedeckte eine wirre graue Langhaarperücke. Die lange dicke Nase aus Pappe, die es vom Format her mit einer ausgewachsenen Gurke aufnehmen konnte, hatte er an den Übergängen geschickt mit Schminke kaschiert. Nun sah es aus, als würde sie tatsächlich aus seinem Gesicht herauswachsen genau wie die dichten buschigen Augenbrauen, die er sich angeklebt hatte.

„Du siehst fürchterlich aus.“ Seine Schwester Maja bog sich vor Lachen. „So könnten wir nicht mit der Straßenbahn fahren, die Leute würden schreiend davonlaufen.“

„Wir müssen nicht mit der Straßenbahn fahren, Lucas holt uns mit dem Bus ab. Du bist hoffentlich auch fertig, er muss jeden Moment hier sein. Wir haben einen eng getakteten Zeitplan, an den wir uns halten müssen."

„Von mir aus kann es losgehen." Im Gegensatz zu ihrem Bruder sah Maja wie der Liebreiz in Person aus. Das silberblonde Haar fiel ihr in glänzenden Strähnen über die Schultern und umrahmte das schmale Gesicht mit den großen blauen Augen. Das schlichte weiße Kleid war mit kleinen silbernen Pailletten bestickt und reichte bis zu den Füßen. Maja hatte sich dieser zeitraubenden Näharbeit in den vergangenen Tagen mit wahrer Hingabe gewidmet.

„Gut, dann komm jetzt. Hast du alles, was du brauchst?" Maja nickte und griff nach dem Jutebeutel, in dem sie ihre Utensilien verstaut hatte. Ihr Timing war perfekt, kaum waren sie unten auf der Straße angekommen, sahen sie den Bus um die Ecke biegen. Lucas hatte das Fahrzeug einem Reiseveranstalter abgekauft, es war fast neu und die größte Investition der letzten Monate. Er fuhr den Bus selbst, hinter ihm saßen zwei junge Männer, die regelmäßig als Helfer bei Veranstaltungen fungierten und auf eine Festanstellung hofften.

Der Bus hielt direkt neben Leon und Maja, die Türen öffneten sich mit einem Geräusch, als würde Luft aus einem Blasebalg entweichen.

„Dann mal rein mit euch, super seht ihr aus", sagte Lucas. Die Geschwister setzen sich nebeneinander in die erste Reihe. Sie verließen ihren Stadtbezirk in Richtung Norden und erreichten nach knapp zehnminütiger Fahrt das Zentrum von Angered. Lucas drehte sich nach ihnen um und deutete auf einen Parkplatz. „Das ist der vereinbarte Treffpunkt für die Gruppe", sagte er. „Er sollte für alle leicht zu finden sein sowohl für diejenigen, die mit dem Auto kommen, als auch für die anderen, die die Straßenbahn nehmen. Die Endhaltestelle der Linie 8 ist direkt nebenan."

Sie ließen die nüchternen Zweckbauten von Angered hinter sich, fuhren durch eine kleinere Wohnsiedlung, die bald endete, und sahen am Wegesrand bereits die ersten Felsen und Baumgruppen auftauchen. Kurz darauf stoppte der Bus neben einem größeren roten Holzschuppen, den ein Schild als Ausleihstation für Kanus auswies. Unmittelbar dahinter begann der Wald.

„So, da wären wir", sagte Lucas. „Hier gibt es eine Abkürzung, auf der ich euch direkt zu euren Stellplätzen bringe." Er warf einen Blick auf das lange weiße Kleid von Maja. „Das solltest du ausziehen, der Weg führt stellenweise durchs Unterholz. Dafür seid ihr in fünf Minuten vor Ort. Leon kann so bleiben, je zerzauster er aussieht, umso besser."

Sie brauchten sogar weniger als fünf Minuten und das Gelände war nicht ganz so unwegsam, wie Maja befürchtet hatte. Leon hielt ihre Hand und half ihr an schwierigen Stellen. Sie erreichten einen breiteren Wanderweg und Lucas wies auf eine knorrige Kiefer vor einem bemoosten Felsen. „Das hier ist dein Platz", sagte er zu Maja. Stell dich hinter den Felsen. Immer wenn eine Gruppe ankommt, trittst du ganz plötzlich dahinter hervor. Wir werden vier Gruppen in Abständen von fünf Minuten losschicken. Du hörst sie garantiert rechtzeitig kommen, die können doch unterwegs die Klappe nicht halten. Du stellst deine Fragen und wenn sie richtig antworten, sagst du ihnen, sie müssen an der nächsten Weggabelung den Weg nach links nehmen und sollen sich durch nichts und niemanden davon abbringen lassen. Antworten sie falsch, sagst du gar nichts, sondern lässt sie einfach weiterziehen. Hinter der Wegbiegung stoßen sie dann auf Leon. Leon nickte, er hatte sich bereits mit der Umgebung vertraut gemacht. Er zeigte geradeaus, wo der Weg steil anstieg und ein gewaltiger Felsbrocken den Weg versperrte. „Ich positioniere mich direkt hinter dem Felsen dort und versuche, sie nach rechts zu schicken. Sind sie von Maja instruiert, sollten sie nicht darauf hereinfallen. Wenn doch, sind sie selber schuld.“ Er schaute seine Schwester an. „Haben sie keine Anweisung von dir erhalten, glauben sie mir umso eher. Sie laufen dann im Kreis, landen erneut bei dir und du gibst ihnen eine zweite Chance. Alles klar?“

„Wie erfahre ich, wann die Letzten durch sind?“, fragte Maja.

„Das sagt dir Bengt.“ Lucas zeigte auf einen der beiden Helfer, einen jungen sommersprossigen Mann mit beinahe weißen Wimpern und Brauen. „Er schickt die Teilnehmer am Ausgangspunkt los und folgt der letzten Gruppe. Gemeinsam mit ihm kommt ihr dann zur Gaststätte. Ihr müsst nicht den gleichen Weg wie unsere Kunden nehmen, Leon kennt auch dorthin eine Abkürzung. Alles klar?“

Maja nickte und streifte ihr Kleid wieder über. Sie war jetzt froh, die Jogginghose und den dicken Pullover darunter zu tragen, es war kälter als erwartet. Sie wünschte, sie hätte Handschuhe mitgenommen. Aber solange niemand sie hinter dem Felsen sah, konnte sie die Hände unter dem Kleid in die Hosentaschen stecken.

Leon klopfte ihr aufmunternd auf die Schulter. „Du packst das. Wenn irgendwas sein sollte, schrei einfach, dann komme ich.“ Er schwang lachend seinen dicken Knüppel.

Lucas schaute auf sein Handy und checkte die Zeit. „Wir müssen los.“ Er nickte den beiden Helfern zu. „Ich bringe euch jetzt noch auf eure Positionen und fahre dann los, um die Leute abzuholen. Danach begebe ich mich zur Gaststätte. Hoffen wir, alle finden nachher ans Ziel und keiner geht verloren.“

„Wie soll hier jemand verloren gehen, so dämlich kann sich niemand anstellen“, meinte Leon.

„Es gibt leider mehr Trottel, als man für möglich hält.“ Lucas seufzte. „Hoffentlich sind heute nicht zu viele davon unter unseren Kunden.“

41.

Es war kalt, vor allem, wenn man still stand und wartete. Maja raffte ihr Kleid hoch und stecke die Hände in die Hosentaschen. Bis eben noch war Leon bei ihr gewesen und sie hatten sich mit Reden die Zeit vertrieben. Dann hatte er gemeint, die erste Gruppe müsse gleich auftauchen, und sich auf seine Position begeben. Sie konnte ihn hinter der Wegbiegung nicht sehen, doch es war beruhigend, ihn dort zu wissen. Zwischen den Bäumen war es dämmrig, eigentlich machte ihr das nichts aus. Nur die Stille war unheimlich, sie fragte sich, weshalb sogar die Vögel schwiegen. Vermutlich war es ihnen auch zu kalt. Angestrengt lauschte sie, ob schon menschliche Stimmen zu hören waren. Jede Gruppe, die auf den Weg geschickt wurde, sollte acht Personen umfassen, Kinder und Erwachsene. Sie würden mit Sicherheit schon von Weitem zu hören sein. Bis jetzt war jedoch alles ruhig. Maja hatte sich auf diesen Einsatz gefreut, beschloss aber, ihn nicht unnötig in die Länge zu ziehen. Sie würde die einfachsten Fragen wählen und möglichst niemanden in die Irre schicken. Umso schneller kam sie ins Warme. In ihrem Jutebeutel, der an einem Baum lehnte, steckte der Zettel mit Fragen und einigen Utensilien. Die Fragen kannte sie längst auswendig und sie würde mit jenen beginnen, für die sie keine Anschauungsmaterialien benötigte.

Ein lautes Rascheln in ihrer Nähe ließ sie aufhorchen, es kam aus einem Gebüsch rechts von ihr. Sie sah, wie sich die Zweige bewegten, obwohl kein Lüftchen wehte. Es raschelte ein weiteres Mal und plötzlich blitzten die gelben Augen eines Fuchses auf. Er schaute sie direkt an, bevor er eilig im Unterholz verschwand. Mit einem erleichterten Lächeln sah Maja ihm hinterher. Als sich die Bewegung der Büsche wiederholte, fragte sie sich, ob sich dort vielleicht ein Bau befand, in dem eine ganze Fuchsfamilie lebte. Sie war völlig auf die Beobachtung der Stelle konzentriert, die Schritte, die sich ihr währenddessen von hinten näherten, konnte sie auf dem weichen Moos nicht hören. Es war dann auch mehr die Ahnung einer fremden Präsenz als eine bewusste Wahrnehmung, die sie zusammenzucken ließ. Da war es schon zu spät. Sie spürte einen brennenden Schmerz am Hals, etwas drückte ihr die Luft ab. Sie wollte die Hände aus den Taschen ziehen und sich befreien, doch ihre Beine gaben bereits unter ihr nach. Der gurgelnde Laut, den sie von sich gab, wurde von den hellen Kinderstimmen übertönt, die sich jetzt der Stelle näherten, wo Maja die Gruppe eigentlich empfangen sollte.

Leon hörte die Stimmen näherkommen.

„Das ist öde, hier sind überhaupt keine Trolle“, maulte ein Junge laut.

Leon zählte bis drei und trat dann mit einem großen Ausfallschritt hinter dem Felsen hervor mitten auf den Weg. Das Timing war gut gewählt, die Spitze der Touristengruppe prallte fast mit ihm zusammen. Es musste wirken, als hätte er sich gerade aus dem Felsen heraus materialisiert. So war es auch gedacht, denn der Legende nach tarnten sich die Trolle gern als Steine. Sein Auftritt hatte den gewünschten Effekt, sogar die Erwachsenen wichen unwillkürlich vor ihm zurück. Ein etwa zehnjähriger Junge, vermutlich derjenige, der sich gerade noch beschwert hatte, bekam den Mund nicht wieder zu. Ein jüngeres Mädchen versteckte sich rasch hinter dem Rücken seiner Mutter.

„Wer wagt es, die Ruhe in meinem Wald zu stören?“, fragte Leon mit dröhnender Stimme. „Wer seid ihr und wohin des Weges?“

Ein Mann aus der Gruppe übernahm es, ihm zu antworten. „Wir sind harmlose Wanderer auf dem Weg zur Waldschänke. Kannst du uns den Weg weisen, lieber Troll?“

Offenbar hatten sie keine Instruktionen von Maja bekommen. „Geht an der Weggabelung nach rechts“, sagte Leon. „Und macht keinen Lärm mehr, ihr erschreckt die Geschöpfe des Waldes.“

„Danke, lieber Troll“, sagte der Wortführer. Er trug eine randlose Brille und sah wie ein Lehrer aus. Sollte auch er mit Majas Fragen nicht zurechtgekommen sein? Dann musste sie gleich zu Anfang einen schwierigen Einstieg gewählt haben. Leon schaute der Gruppe hinterher, wie sie an der Weggabelung nach rechts auf den Rundweg einbog. „Bis gleich“, murmelte er.

Es dauerte weniger als fünf Minuten bis zum Auftauchen der nächsten Gruppe, die aus vier Erwachsenen und vier Kindern bestand. Leon vermutete, dass es sich um zwei Ehepaare und deren Nachwuchs handelte. Das Jüngste der Kinder konnte nicht älter als fünf sein und fing bei seinem Anblick an zu weinen. Das hatte Leon gerade noch gefehlt, es durfte diesmal keine Beschwerden geben. Schnell zog er sich ein Stück zurück und fing an, einen Tanz aufzuführen, der hoffentlich lustig aussah. Bei den drei älteren Kindern funktionierte es, sie begannen zu kichern. Die Eltern lächelten beifällig, nur der kleinste Junge hatte sich auf den Arm seiner Mutter geflüchtet und presste sein Gesicht fest an deren Hals.

„Wohin wollt ihr, ihr lieben Leute, kann ich euch helfen?“, säuselte Leon.

Die Frau, die kein Kind auf dem Arm trug, sagte etwas in gebrochenem Schwedisch, bei dem nur das Wort „Restaurant“ zu verstehen war. Ausländer, dachte Leon, bei denen würde Maja mit ihren Fragen nicht weit gekommen sein. Sie hatte ihnen hoffentlich sofort den richtigen Weg gewiesen. Um sicherzugehen, dass sie sich nicht verliefen, tanzte Leon ihnen bis zur Weggabelung voraus und vergewisserte sich, dass sie nach links abbogen. Dann musste er sich sputen, um die nächste Gruppe abzupassen. Sie wurde von zwei schlaksigen, pickligen Teenagern angeführt, die deutlich zeigten, wie nervig sie die ganze Wanderung fanden. Ihnen folgten vier Erwachsene mit zwei jüngeren Kindern.

Leon sprang hinter dem Felsen hervor. „Wer stört die Ruhe in meinem Wald?“, donnerte er.

Der größere der beiden Jugendlichen, der die Kapuze seines Hoodies tief in die Stirn gezogen hatte, grinste.

„Mach dich locker Alter, wir haben für den Quatsch hier bezahlt. Sag uns lieber, wo es zur Fütterung geht.“

Sie schienen es nicht zu wissen, also mussten sie bei Majas Test durchgefallen sein. Typisch, große Klappe und nichts in der Birne. Es geschah den Großmäulern recht, wenn sie nun auf den falschen Weg geschickt wurden. „An der Weggabelung müsst ihr nach rechts gehen“, sagte Leon.

Der Kumpel des Sprechers tippte mit zwei Fingern lässig an seine Pudelmütze. „Na also, geht doch. Und wasch dir mal den Pelz, Alter.“ Einer der beiden Väter bedachte Leon mit einem Schulterzucken und einem Blick, der wohl Bedauern ausdrücken sollte. Das kleinste Mädchen lächelte ihn schüchtern an und sagte: „Danke lieber Troll.“ Es hatte dicke braune Zöpfe, die unter einer roten Mütze hervorschauten, und staunende Augen, die noch an Wunder glaubten. Seinetwegen tat es Leon leid, die Gruppe nun den falschen Weg einschlagen zu sehen. Sie würden dadurch von den nächsten Ankömmlingen überholt werden und als Letzte zur Gaststätte kommen.

Zwischenzeitlich näherten sich die ersten Fehlgeleiteten erneut. Der Vater mit der randlosen Brille schaute Leon strafend an. „Du hast uns in die Irre geschickt, du Schelm“, sagte er. „Dann müssen wir da vorn wohl nach links gehen.“ Er formulierte es wie eine Frage und Leon beschlich ein ungutes Gefühl. Was zum Teufel trieb Maja da, wieso wusste niemand Bescheid? Der Mann mit der randlosen Brille wartete seine Antwort nicht ab und lotste die anderen nach links. Leon verspürte den Impuls, nach Maja zu schauen, doch es war zu spät.

„Patrick warte!“, rief jemand. Ein etwa zehnjähriger Junge, bei dem es sich um Patrick handeln musste, rannte an Leon vorbei, ohne ihn zu bemerken.

Leon sprang schnell hinter seinem Felsen hervor. „Heh, heh, wohin so eilig?“

Der Junge stutzte, blieb stehen und schaute sich zu ihm um. Ein Strahlen breitete sich über sein Gesicht aus. „Hier ist einer“, rief er begeistert aus. „Ich habe einen Troll gefunden. Wo bleibt ihr denn?“ Zwei Erwachsene kamen den Weg entlang geschnauft, jeder von ihnen trug ein Kind auf dem Arm. Bei den beiden etwa vierjährigen Jungen schien es sich um Zwillinge zu handeln. Sie waren sich nicht nur äußerlich sehr ähnlich, sondern offenbar auch darin einig, nicht laufen zu wollen. Ein älteres Ehepaar bildete die Nachhut.

Leon wandte sich an Patrick. „Du hast mich gleich erkannt“, sagte er. „Was weißt du über uns Trolle?“

„Och, ihr lebt im Wald, verwandelt euch manchmal in Steine und seid eigentlich nett zu den Menschen.“

„Das stimmt, aber nur zu guten Menschen sind wir nett. Und zu solchen, die den Wald und alle Lebewesen darin achten und schützen. Kennst du dich gut mit Pflanzen und Tieren aus, Patrick?“

Patrick musste erst einmal über die Frage nachdenken. Leon wollte ihm auf die Sprünge helfen. „Du hast doch sicher schon jemanden hier im Wald getroffen“, sagte er.

Der Junge schaute ihn ratlos an. „Nein, wen denn?“

„Die Frau im weißen Kleid, die dir Fragen gestellt hat.“

„Nein, welche Frau?“ Der Junge drehte sich zu den Erwachsenen um, die ebenfalls ratlos die Köpfe schüttelten. Leon hatte plötzlich das Gefühl, ein eisiger Klumpen würde sich in seiner Brust breitmachen.

„Sie sind doch aber auf diesem Weg hierhergekommen?“, fragte er mit seiner normalen Stimme. Seine Hand bebte, als er in die Richtung zeigte.

„Ja“, sagte die ältere Frau, „gibt es noch einen anderen?“

„Nein, schon in Ordnung. Sie müssen jetzt an der Weggablung nach links gehen, dort kommen Sie zur Gaststätte.“

Leon wartete die Reaktion nicht ab, er zog sein Handy hervor und wählte Maja an. Er hörte das Klingeln, doch sie ging nicht ran. Leon rannte den Weg hinab zu der Stelle, an der Maja stehen musste, das Handy hielt er die ganze Zeit ans Ohr gedrückt. Als er am Stellplatz von Maja ankam, stieß er mit den beiden Teenagern zusammen, die den Rundkurs soeben beendet hatten. „Heh Alter, findest du das komisch?“, motzte der mit dem Hoodie. „Hast du das mit Absicht gemacht oder bist du senil und weißt selbst nicht mehr, wo es langgeht? Rufst du jetzt die Pfleger an, damit sie dich zurück in die Anstalt bringen? “

Leon schob ihn grob beiseite und achtete nicht auf seinen wütenden Kommentar. „Maja“, rief er. „Maja, wo bist du?“ Die Stelle hinter dem Felsen war leer, nur Majas Jutebeutel lehnte an einem Baum. Aus dem Beutel ertönte der Klingelton ihres Handys.

„Gehört das hier zum Spiel oder was ist jetzt los?“, fragte der mit der Pudelmütze.

Leon spürte, wie seine Knie weich wurden. „Das ist kein Spiel mehr. Meine Schwester ist verschwunden. Ich muss sie suchen.“

42.

Alva war erneut bei den Eltern von Sofia Dahl und hatte diesmal Jördis mitgenommen. Was die Schwester von Miranda Edwardson erzählt hatte, warf neue Fragen auf. Alva hoffte nur, die Dahls würden sich inzwischen ein wenig gefangen haben.

Diesmal bat der Vater sie ins Haus. Sofias Mutter saß im halbdunklen Wohnzimmer, die Trauer hing wie eine Dunstglocke über dem Raum. Alva fiel sofort ein Tisch in einer Ecke auf, der neu war. Darauf war eine Art Altar errichtet worden, dessen Mittelpunkt ein großformatiges Porträt von Sofia bildete, umringt von Kerzen, Blumen, Porzellanengeln und Keramikherzen.

„Gibt es etwas Neues?“, fragte der Vater. Er schien nicht wirklich eine Antwort zu erwarten und bat die beiden Polizistinnen sich zu setzen. Alva und Jördis nahmen auf der Couch Platz, die Oberfläche des Tisches davor war mit einer dünnen Staubschicht bedeckt. Niemand in diesem Haus schien die Kraft aufzubringen, sie abzuwischen.

„Ich hatte bereits angedeutet, dass ich wiederkommen und gern einige Fragen stellen würde“, sagte Alva. „Wir versuchen gerade, den Abend, an dem Sofia verschwand, so genau wie möglich zu rekonstruieren. Natürlich haben wir uns die Angaben angesehen, die Sie damals gemacht haben. In der Beschreibung von Sofias Kleidung steht, sie habe ein dunkelblaues Kleid getragen. Da sie zu einer Halloweenparty wollte, fragen wir uns natürlich, weshalb sie nicht kostümiert war.“

„Sofia wollte das nicht“, sagte ihre Mutter mit ausdrucksloser Stimme. „Es war freiwillig, wer sich kostümieren wollte, konnte das machen, wer es nicht wollte, musste es nicht.“

„Entschuldigen Sie, wenn ich so hartnäckig auf diesem Punkt beharre.“ Alva beugte sich ein wenig nach vorn. „Sind Sie sicher, dass Sofia in dem blauen Kleid das Haus verließ?“

„Aber ja doch, ganz sicher.“

„Sie hatte sich vorher nicht noch einmal umgezogen?“

„Nein, weshalb hätte sie sich umziehen und es uns verheimlichen sollen?“

Alva ließ es dabei bewenden und ging zur nächsten Frage über. „Sie hatten angedeutet, Sofia schien verliebt zu sein. Haben Sie herausgefunden, in wen? Oder zumindest eine Vermutung?“

Diesmal antwortete der Vater. „Sie machen sich eine falsche Vorstellung davon. Sofia war ein schüchternes Mädchen, sie hatte noch nie einen Freund gehabt. Ich denke, es handelte sich nur um eine heimliche Schwärmerei von ihr. Sie wird sich niemandem anvertraut haben.“

„Sagt Ihnen der Name Lucas Hansson etwas?“

„Nein, wer soll das sein? Ein Junge aus Sofias Klasse?“

„Nie gehört.“ Auch die Mutter schüttelte den Kopf.

„Wir suchen lediglich nach Personen, die mit Sofia in Kontakt gestanden haben könnten, männliche und weibliche. Hat Sofia mal eine Miranda Edwardson erwähnt? Oder Hilma Nilsson?“

Wieder war das Ergebnis negativ, keiner der beiden Namen sagte den Eltern etwas. „Wir haben alle Freundinnen von Sofia, die etwas über sie wissen konnten, damals der Polizei genannt. Keine hat etwas gewusst. Sofia war wie vom Erdboden verschluckt.“ Die Mutter schluchzte laut auf. „Wann dürfen wir unser Kind beerdigen?“

„Sicher sehr bald, Sie werden informiert.“ Alva wusste den genauen Termin noch nicht, nahm sich aber vor, an der Beisetzung teilzunehmen.

„Das war leider nichts, aber einen Versuch war es wert“, sagte Alva, als sie wieder im Auto saßen.

Jördis nickte. „Falls sich Sofia ebenfalls als Huldra kostümiert haben sollte, wird sie es ihren Eltern ebenso verschwiegen haben wie Miranda Edwardson.“

„Nur waren sie sich sehr sicher, was Sofia an dem Abend ihres Verschwindens trug. Aber sie kann das Kostüm natürlich in einer Tasche bei sich getragen und später angezogen haben. Oder der unbekannte Freund hat es ihr gegeben. Die Mutter von Hilma Nilsson müssen wir nicht befragen, sie war gar nicht da, als ihre Tochter verschwand.“ Alva wollte gerade losfahren, als ihr Handy vibrierte. Sie schaute auf das Display. „Das ist Rurik, mal hören, was es gibt.“ Sie meldete sich, Jördis bekam nur Brocken von dem Gespräch mit.

„Was ist los, wird jemand vermisst?“, fragte sie.

„Ja, ein vierzehnjähriges Mädchen."

„Damit haben wir doch aber zunächst nichts zu tun."

„Ich fürchte doch. Das Mädchen verschwand vor zwei Stunden bei einer Veranstaltung, die Lucas Hansson organisiert hatte. Sie war als Huldra verkleidet."

43.

Bengt, der unmittelbar nach der letzten Gruppe an der Stelle eintraf, wo Leon verzweifelt nach Maja suchte, behielt die Nerven. Er rief zunächst Lucas an, der in der Gaststätte auf die Ankömmlinge wartete. „Hallo Lucas, bist du noch allein oder sind die Ersten schon angekommen?“

„Noch ist niemand von unseren Kunden hier. Sie sollten demnächst auftauchen, ich schätze mal spätestens in einer Viertelstunde. Weshalb fragst du? Seid ihr mit den Letzten durch?“

„Ja schon, aber es gibt ein Problem. Maja ist nicht an ihrem Einsatzort. Die letzten beiden Gruppen haben sie definitiv nicht gesehen. Wenn die Ersten bei dir ankommen, frag sie bitte nach Maja und ruf mich zurück.“

„Was sagst du da? Wo soll sie denn sein?“

„Das fragen wir uns auch, aber es wird sich sicher aufklären. Vielleicht wollte sie nur mal austreten und hat sich den Fuß verstaucht. Oder sie wurde von einem

Tier erschreckt. Wie suchen jetzt nach ihr, wenn wir sie gefunden haben, gebe ich dir sofort Bescheid."

Bengt sah Leon durch das Unterholz stolpern und runzelte die Stirn. „Leon, komm mal her", rief er.

Leon drehte sich um, seine Perücke saß schief auf dem Kopf. „Wir müssen Maja suchen", stammelte er.

„Ja, aber doch nicht so. Jetzt komm erst mal her."

Widerwillig gesellte Leon sich zu Bengt und der Touristengruppe, deren Mitglieder das Geschehen stumm mit großen Augen verfolgten. Die beiden vorlauten Teenager waren plötzlich ganz still, das kleine Mädchen mit den Zöpfen klammerte sich ängstlich an seine Mutter. „Ist ein Kind verschwunden?", flüsterte es. „Haben die Trolle es mitgenommen und wollen es vertauschen?"

Bengt beugte sich zu dem Mädchen hinab. „Nein, es ist kein Kind verschwunden und so böse Trolle gibt es hier nicht. Eine Frau hat sich verlaufen, aber wir werden sie ganz schnell finden. Ihr könnt schon mal zur Gaststätte gehen, da gibt es leckeres Essen und Süßigkeiten." Er richtete sich auf und wandte sich an die Erwachsenen. „Folgen Sie bitte diesem Weg, bis Sie zu einer Weggabelung kommen. Sie müssen sich links halten, dann kommen Sie zur Gaststätte. Es ist nicht mehr weit, höchsten eine halbe Stunde sollten Sie mit den Kindern brauchen." Er hätte ihnen die Abkürzung verraten können, doch so erschien es ihm sicherer. Das Risiko, dass sich jemand verlief oder im unwegsamen Gelände verletzte, wollte er nicht eingehen. Einer der beiden Männer, ein sportlich wirkender Mann um die Vierzig, zögerte. „Ich würde auch hierbleiben und bei der Suche helfen." Er schaute seine Frau und das andere Elternpaar an. „Geht ihr mit den Kindern voraus, die jungen Leute hier scheinen Hilfe zu brauchen." Ihm war nicht entgangen, wie aufgelöst Leon wirkte. Die beiden Jugendlichen waren plötzlich ebenfalls wie ausgewechselt. „Wir helfen natürlich auch beim Suchen", boten sie eifrig an.

„Das ist gut gemeint, aber es geht nicht", sagte Bengt. „Wir sind als Veranstalter für Ihre Sicherheit verantwortlich."

„Unsinn, ich übernehme die Verantwortung für mich und die beiden Jungs", entgegnete der Mann entschieden. „Wir haben schon ganz andere Situation gemeistert. Wo sollen wir suchen und wie teilen wir uns auf?"

Das Handy von Bengt gab einen summenden Ton von sich. „Moment, das ist Lucas", sagte er und nahm das Gespräch an.

Leon hielt den Atem an und versuchte mitzubekommen, was geredet wurde.

„Verstehe", sagte Bengt, er wirkte jetzt angespannt. „Wir suchen nach ihr. Leon, drei Helfer aus der letzten Gruppe und ich. Alle anderen sind auf dem Weg zu dir. Nein, du kannst nichts tun, aber ich melde mich wieder."

„Was hat er gesagt?" Die Stimme von Leon vibrierte.

„Die erste Gruppe ist jetzt in der Gaststätte angekommen, sie haben Maja nicht gesehen."

„Dann muss sie gleich verschwunden sein, nachdem wir uns getrennt hatten. Ich habe hier mit ihr gewartet bis unmittelbar vor dem Auftauchen der ersten Gruppe. Dann bin ich auf meinen Platz gegangen. Gewundert habe ich mich, weil sämtliche Ankömmlinge völlig ahnungslos waren, keiner schien den Weg zu kennen. Ich hätte sie sofort anrufen oder nach ihr schauen müssen."

„Das bringt doch nichts, wenn du dir jetzt Vorwürfe machst, Leon. Maja muss in Panik vor etwas weggelaufen sein, sonst hätte sie ihre Sachen und ihr Handy nicht hier zurückgelassen. Wir teilen uns jetzt auf und schwärmen von hier in alle vier Himmelsrichtungen aus. Die Erwachsenen allein, die beiden Jungs sollten zusammenbleiben."

Leon fügte sich, froh über die Initiative von Bengt. Überzeugt war er indes nicht. Etwas Schlimmes musste geschehen sein, wenn es Maja nicht einmal geschafft hatte, ihn anzurufen. Und weshalb hatte sie nicht geschrien? Oder hatte er es nur nicht gehört? Ihre Standorte waren nur etwa hundertfünfzig Meter voneinander entfernt, doch die Bäume und das Unterholz dämpften den Schall. Wenn sie weggelaufen war, weshalb war sie dann nicht auf dem Weg geblieben und hatte versucht, zu ihm zu gelangen? Wollte sie sich vor jemandem verstecken?

Hinter ihm raschelte es, er fuhr herum. „Maja?"

„Ich bin es." Lucas schob einen herabhängenden Ast beiseite. „Habt ihr sie noch nicht gefunden?"

„Nein, ich verstehe das nicht."

„Könnte sie einfach Schiss bekommen haben und abgehauen sein? Vielleicht ist sie auf dem Weg nach Hause?"

„Ohne ihre Sachen? Das glaubst du doch selbst nicht. Sogar ihr Handy steckt in ihrem Beutel, und der ist noch dort, wo sie ihn abgestellt hatte."

„Das ist in der Tat merkwürdig. Ich helfe bei der Suche, Bosse ist in der Gaststätte und kümmert sich um unsere Kunden. Die haben auch schon mitbekommen, dass was nicht stimmt. Wenn wir Maja nicht bald finden, müssen wir die Polizei informieren. In einer halben Stunde wird es dunkel.“

44.

Alva parkte den Wagen vor dem Kanuverleih. „So, hier wären wir schon mal. Ich hoffe, uns nimmt jemand in Empfang. Die weitere Wegbeschreibung war etwas ungenau und wir sollten uns nicht auch noch verlaufen.“

„Du denkst, das Mädchen hat sich einfach verirrt?“

Alva zuckte mit den Schultern. „Es wäre der beste Ausgang, den ich mir vorstellen kann. Zwar gibt es hier gut gekennzeichnete Wanderwege, aber ab und zu verläuft sich doch mal jemand.“

Vom Waldrand her waren eilige Schritte zu vernehmen, etwas Helles schimmerte zwischen den Bäumen hindurch, und dann stand Lucas Hansson vor ihnen mit zerzaustem Haar und gerötetem Gesicht. Er begrüßte Alva und Jördis, indem er ihnen die Hand hinstreckte, die auffallend kalt war. „Gut, dass Sie da sind. Ich hoffe, es ist blinder Alarm und alles klärt sich schnell auf. Aber ich will mir kein Versäumnis nachsagen lassen. Schließlich bin ich der Veranstalter und für meine Leute verantwortlich.“

„Dann erzählen Sie uns bitte, wer die Vermisste ist und unter welchen Umständen sie verschwand. Zeigen Sie uns auch, wo sie zuletzt gesehen wurde.“

„Gern, aber können wir uns schon mal auf den Weg machen? Wir nehmen eine Abkürzung und das Gelände ist uneben, Sie müssen vorsichtig sein. Unterwegs erzähle ich Ihnen alles.“

Als sie in den Wald eintauchten, war es schon ziemlich dunkel. Alva und Jördis schalteten die Taschenlampen an ihren Handys ein, um zu erkennen, wohin sie traten. Lucas Hansson bewegte sich schnell und sicher vorwärts, er schien den Weg gut zu kennen. Alva atmete auf, als sie den offiziellen Wanderweg erreichten. Hansson führte sie ein Stück nach rechts und zeigte dann auf eine moosbewachsene Felsformation. „Hier ist es, das war der vereinbarte Standort von Maja. Der Letzte, der sie hier gesehen hat, war ihr Bruder Leon. Er ist danach den Weg dort raufgegangen bis über die Anhöhe. Dort war sein Standort.“

„Wie weit ist das von hier entfernt?“

„Hundertfünfzig bis zweihundert Meter etwa.“

„Aber sehen konnte er seine Schwester von dort aus nicht?“

„Nein, das ist nicht möglich. Da kommt er übrigens.“

Alva verbarg mit Mühe ihre Überraschung, als sie plötzlich einem Hünen in einem zottligen Fellmantel mit wirren grauen Haaren gegenüberstand. Sein Gesicht war schmutzverkrustet und mit Schrammen übersät. Wenigstens war seine Nase nicht echt, denn sie hing halb abgerissen zur Seite.

„Sie sind ...?“, fragte Alva ihn.

„Leon Jensen, Maja ist meine Schwester. Meine Mutter wollte nicht, dass sie für uns die Huldra spielt.

Ich bin schuld, ich habe ihr zugeredet, Maja mitmachen zu lassen. Sie wollte es doch so gern.“ Er schluchzte hilflos wie ein kleiner Junge.

„Nun beruhigen Sie sich, es muss ihr nichts zugestoßen sein. Wo haben Sie bisher nach ihr gesucht?“

Was Leon nun berichtete, klang in ihren Ohren nicht nach einem planmäßigen Vorgehen. Die Tatsache des zurückgelassenen Beutels mit dem darin befindlichen Handy beunruhigte sie. Nach einem freiwilligen Verschwinden sah das nicht aus.

„Wer ist jetzt noch alles auf der Suche nach Maja?“, fragte sie.

„Ich habe nach ihr gesucht, leider ohne Erfolg.“ Ein großer schlanker Mann tauchte neben ihr auf. „Mein Sohn und sein Freund sind noch unterwegs, ich rufe sie mal an.“

„Ja, tun Sie das bitte. Es wird gleich dunkel, wir müssen eine systematische Suche organisieren.“ Alva überlegte, wie viele Kräfte sie mobilisieren konnte. Das Alter des Mädchens und die Umstände ihres Verschwindens dürften eine groß angelegte Aktion rechtfertigen.

Der an der Suche beteiligte Mann hatte seinen Sohn inzwischen erreicht. „Mika, ist Janos bei dir? Ihr seid hoffentlich zusammengeblieben. Gut, dann kommt jetzt bitte zurück auf den Hauptweg, wir warten auf euch. Die Polizei ist hier.“

Er wollte das Gespräch gerade beenden, stutzte aber. „Mika, was ist los? Hast du dich verletzt? Mika, antworte doch.“

Alarmiert schaute Alva ihn an. „Was ist passiert?“, fragte sie.

Der Mann, den sie noch nicht nach seinem Namen fragen konnte, drückte auf Lautsprecher. Aus dem Handy ertönten wimmernde Laute. Dann war eine Jungenstimme zu hören, es musste Mikas Freund Janos sein, der nun sprach. „Mika ist in eine Grube getreten, die war nicht zu sehen. Ich helfe ihm ... was ist das ..., oh nein.“

„Janos, zum Teufel, was ist da los? Antworte doch!“ Der Mann brüllte nun.

„Da liegt jemand drin. Eine Frau.“

45.

Die Senke im Boden war höchstens fünfzig Meter von dem Ort entfernt, an dem Maja sich zuletzt aufgehalten hatte. Sie war von niedrigem Strauchwerk umgeben und schwer auszumachen. Mika und Janos waren zunächst daran vorbeigelaufen. Wäre Mika auf dem Rückweg nicht ausgerutscht und mit einem Fuß hineingeraten, hätten die beiden Jungen sie nicht entdeckt. Jetzt lehnte Mika an einem Baumstamm und sah erschreckend blass aus. „Ist sie tot?“, fragte er immer wieder.

Jördis legte ihm beruhigend die Hand auf die Schulter. „Komm erst mal weg von hier“, sagte sie. Mika schwankte, sein Freund Janos musste ihn von der anderen Seite stützen. Sein Vater, Lucas Hansson und Leon Jensen versuchten nun ebenfalls, zu der Senke vorzudringen, doch Jördis konnte eine unglaubliche Autorität ausstrahlen, wenn es darauf ankam.

„Keinen Schritt weiter“, brüllte sie, „nicht bevor wir es gestatten. Helfen Sie mir, die beiden Jungen von hier wegzubringen.“ Der Vater von Mika und Hansson fügten sich, doch Leon wollte sich an ihr vorbeidrängen. Jördis ergriff seinen Arm und zwang ihn mit einem schmerzhaften Griff in die Knie. „Tut mir leid, aber das muss sein“, sagte sie. Leon hätte ausreichend Gelegenheit gehabt, die Tat zu begehen. Bevor seine Unschuld nicht bewiesen war, durfte er sich dem Fundort nicht nähern und ihn kontaminieren. Das galt auch für alle anderen Personen. „Sind Sie jetzt vernünftig und machen, was ich sage? Dann kann ich Sie loslassen.“

Leon brachte ein Nicken zustande und Jördis führte ihn zu dem Wanderweg, wo auch Rurik und Sven inzwischen eingetroffen waren. „Wir brauchen Verstärkung und die Spurensicherung“, sagte sie.

Alva kniete währenddessen neben der Senke und leuchtete mit ihrer Taschenlampe, dabei bemüht, keine Spuren zu vernichten. Die junge Frau war ohne jeden Zweifel tot. Nachdem Alva einen Zweig weggezogen hatte, mit dem der Körper in der Grube notdürftig bedeckt war, sah sie das bleiche Gesicht, die halb offenen, erloschenen Augen und die entsetzliche Wunde, die niemand überleben konnte. Vermutlich rührte sie von einem Draht her, der sich so tief in den zarten Hals gegraben hatte, als hätte der Täter den Kopf vom Rumpf trennen wollen. Die Tote lag da wie aufgebahrt, auf ihrem langen weißen Kleid blitzten kleine Silberblättchen im Lichtschein auf. In ihrem Schoß lag etwas, das Alva einen dumpfen Laut entlockte. Es war ein Fuchsschwanz. Sie konnte hier nichts weiter tun, der Fundort musste so schnell wie möglich abgesperrt werden und die Spurensicherung ihre Arbeit aufnehmen.

Rurik führte bereits die notwendigen Telefonate und leitete alles in die Wege. Als sie zum Wanderweg zurückkehrte, war er gerade dabei, Anweisungen zu erteilen.

„Sven und Jördis, begleitet ihr die Zeugen zur Gaststätte, wo sich der Rest der Wandergruppe aufhält. Niemand darf sich von dort entfernen, bevor wir nicht die Personalien aufgenommen und alle befragt haben."

Leon Jensen begehrte erneut auf. „Ich will zu meiner Schwester, ich will sie sehen, ich will wissen, was mit ihr passiert ist", schrie er.

„Seien Sie bitte vernünftig, Sie behindern unsere Arbeit." Der Einwand von Rurik bewirkte nichts und er war erleichtert, als er die ersten uniformierten Beamten zwischen den Bäumen auftauchen sah. Er überantwortete Leon Jensen an zwei Polizisten und trug ihnen auf, ihn zu einem Streifenwagen zu bringen und dort zu bewachen. „Ruft einen Arzt für ihn, falls das notwendig sein sollte", fügte er hinzu. Es war besser, den verzweifelten Bruder nicht mit den anderen Gruppenmitgliedern zusammentreffen zu lassen. Auch der Mann, der bei der Suche nach Maja Jensen geholfen hatte, und die beiden Jungen sollten nach Möglichkeit nicht mit den anderen reden. Jördis versprach, das zu verhindern. Lucas Hansson zeigte keinerlei Interesse, die Geschehnisse allzu schnell publik werden zu lassen. Sie würden rascher die Runde machen, als ihm lieb sein konnte. Die Konsequenzen für sein Unternehmen wagte er sich nicht auszumalen.

46.

Um die Grube herum war ein Sichtschutz errichtet worden, hinter dem die Rechtsmedizinerin Brigitte Wallenius ihrer Arbeit nachging. Wie normalerweise üblich ein Zelt über der Leiche zu errichten, war wegen der an dieser Stelle dicht stehenden Bäume nicht möglich gewesen. Der Wanderweg war auf einem Teilstück gesperrt und mehrere Beamte achteten darauf, dass sich keine Unbefugten näherten.

Alva stand im weißen Schutzanzug neben Brigitte und beobachtete jeden Handgriff. Scheinwerfer beleuchteten die Szene, während der Wald ringsum in tiefer Dunkelheit lag.

„Die Todesursache ist in diesem Fall eindeutig“, sagte Brigitte. „Das Opfer wurde von hinten überfallen und mit äußerster Brutalität erdrosselt. Tatwerkzeug dürfte ein Draht sein, der sich tief in den Hals eingegraben hat. Soweit ich das jetzt einschätzen kann, wurden dabei der Kehlkopf und Gefäße verletzt.“

„Gehst du davon aus, dass der Täter ein Mann war?“, fragte Alva.

„Ich nehme es an, obwohl es natürlich auch kräftige Frauen gibt. Er war größer als das Opfer, das lässt sich am Verlauf der Strangfurche ablesen. Die zierliche Frau muss sofort unfähig gewesen sein, sich zu wehren, und gleich darauf das Bewusstsein verloren haben. Und sieh dir mal ihre Hände an. Er muss sie über den Boden geschleift haben. Bei der genaueren Untersuchung wird sich das sicher erhärten lassen."

Alva überlegte. Aller Wahrscheinlichkeit war Maja Jensen an ihrem ursprünglichen Standort überfallen und dann zu dieser Grube geschleift worden. Der Täter musste den Ort vorher ausgekundschaftet haben, denn die Senke war nicht leicht zu entdecken. Wenn es morgen hell war, würden sie nach Spuren suchen, die diese Vermutung bestätigten. Hatte der Täter vorgehabt, die Leiche hier liegenzulassen? Oder wollte er sie später vergraben? Das waren Fragen, die sich noch nicht beantworten ließen. Alva erhob sich, sie hatte genug gesehen. Sie bat einen der in der Nähe postierten Beamten, den Abtransport der Leiche in die Rechtsmedizin zu überwachen. Sie selbst begab sich zur Gaststätte, um den Kollegen bei der Vernehmung der Zeugen zu helfen.

Jördis und Sven waren schon gut vorangekommen. Die Eltern mit kleinen Kindern hatten sie zuerst befragt. Nachdem sie ihre Personalien angegeben hatten, durften sie gehen. Niemand hatte Maja gesehen und niemandem war etwas Verdächtiges aufgefallen.

„Die haben alle ein perfektes Alibi", sagte Sven zu Jördis, bevor er die nächsten zur Befragung holte. „Sie waren die ganze Zeit über in der Gruppe unterwegs. Es wäre sofort aufgefallen, wenn sich jemand abgesondert hätte.“

„Keine Hinweise bis jetzt?“ Alva, die gerade angekommen war, steckte den Kopf zur Tür herein. Der Betreiber der Gaststätte hatte ihnen einen kleinen separaten Raum für die Befragungen zur Verfügung gestellt. Aus dem großen Raum, in dem die Teilnehmer der Trollwanderung versammelt waren, drang kein Laut herüber. Sämtliche Gespräche wurden im Flüsterton geführt und das Essen kaum angerührt. Nur die Kinder taten sich an den aufgetischten Süßigkeiten gütlich.

„Nein, nichts.“ Sven machte eine ratlose Geste. „Niemand hat etwas bemerkt. Wir sind bald mit allen durch, die Ersten sind bereits nach Hause aufgebrochen. Lucas Hansson haben wir für dich aufgehoben.“

Alva wartete, bis Jördis und Sven mit den Befragungen der Gäste fertig waren. Hansson sollte ruhig noch ein wenig schmoren. Er war ein aalglatter Typ und schwer zu durchschauen. Rurik war am Einsatzort im Wald zurückgeblieben, deshalb brauchte sie Sven oder Jördis, um die Vernehmung von Hansson durchzuführen. Die Entscheidung fiel auf Jördis, weil plötzlich zwei Reporter auftauchten und versuchten, die noch Anwesenden auszufragen. Sven übernahm es, sie in die Schranken zu weisen und aus der Gaststätte zu werfen. Jördis führte Hansson währenddessen in den hinteren Raum. Er begann bereits zu reden, bevor er sich gesetzt hatte.

„Das ist eine Katastrophe, ich bin völlig fassungslos. Wer tut so etwas, das muss ein ganz kranker Typ sein. Ich hätte geschworen, dass unsere Veranstaltungen absolut sicher sind. Wir machen das doch nicht zum ersten Mal, nie ist etwas vorgefallen. Ein verstauchter Knöchel und ein paar Mückenstiche waren das Schlimmste, was bisher passiert ist. Natürlich habe ich nicht hinter jeden meiner Mitarbeiter zwei Aufpasser gestellt, wozu auch? Wir waren schließlich alle nah beieinander, Leon stand nur gut hundertfünfzig Meter von Maja entfernt. Sie hätte ihn anrufen können und er wäre sofort bei ihr gewesen."

Alva stoppte seinen Redefluss. „Herr Hansson, lassen Sie uns bitte systematisch vorgehen. Ich möchte alles darüber wissen, wie diese Veranstaltung vorbereitet wurde. Ich brauche die Namen aller Personen, die an der Vorbereitung beteiligt waren und sowohl mit dem Ablauf als auch mit den Örtlichkeiten vertraut waren."

Hansson benannte vier Personen, einschließlich Leon Jensen und sich selbst. Jensen war nicht vernehmungsfähig, mit ihm würden sie später sprechen müssen. Die beiden anderen Helfer waren nebenan und konnten anschließend befragt werden.

„Woher kannten Sie Maja Jensen?", wollte Alva als Nächstes wissen.

„Durch Leon, wir arbeiten schon lange zusammen. Maja kam ab und zu vorbei und guckte uns bei den Vorbereitungen zu. Es war ihr Wunsch, mal selbst eine Rolle zu übernehmen. Die der Huldra bei den Trollwanderungen bot sich an."

„Sie haben Maja auf ihre Rolle vorbereitet, nehme ich an. Was genau sollte sie machen?"

„Sie sollte den Kindern und den Erwachsenen Fragen zur Natur stellen, über Tiere und Pflanzen, nach Schwierigkeit gestaffelt. Wenn sie korrekt antworteten, wies sie ihnen zum Dank den richtigen Weg. Maja hat sich mit Feuereifer auf die Aufgabe gestürzt, sie hat sich alles ganz allein ausgedacht, niemand musste ihr helfen.“ Er stockte und wirkte nun ehrlich betroffen bei der Vorstellung, was ihr zugestoßen war. Alva gönnte ihm einen Moment der Besinnung, bevor sie weitersprach. „Bestimmt gab es Absprachen hinsichtlich der Kostümierung. Was haben Sie Maja gesagt?“

„Da war nicht viel abzusprechen. Ein langes weißes Kleid sollte sie tragen. Ich habe sie gewarnt, sich darunter nicht zu leicht anzuziehen, weil es kalt werden könnte.“

„Haben Sie sich das Kostüm vorher zeigen lassen?“

„Nein, wozu? Was gibt es an einem weißen Kleid schon großartig zu sehen? Außerdem hat Leon sich um sie gekümmert.“

„Es gab darüber hinaus also keine Vorschriften, keine Accessoires?“

„Was für Accessoires?“ Entweder stellte er sich absichtlich dumm oder er kam tatsächlich nicht darauf.

„Einen Fuchsschwanz zum Beispiel“, sagte Alva und beobachtete sein Minenspiel genau. Es drückte Empörung aus.

„Natürlich nicht, wozu sollte das gut sein? Ich kenne die Sage, eine Huldra verbirgt den Schwanz unter ihren Röcken, wo man ihn nicht sieht. Welchen Sinn hätte es also? Wir führen Veranstaltungen für Familien mit Kindern und keine Peepshows durch, bei denen die Frauen ihre Röcke heben.“

„Es war nur eine Frage, keine Anschuldigung, Sie müssen das nicht persönlich nehmen.“ Hansson beruhigte sich wieder.

„Maja hatte einen Beutel mit Utensilien bei sich, in dem auch ihr Handy steckte“, sagte er. „Aber das wissen Sie bereits, Ihre Kollegen haben den mitgenommen.“

Ja, das wusste Alva. Sie würden sich den Inhalt gründlich ansehen.

47.

Das Auswertungsgespräch fand am zweiten Tag nach dem Leichenfund statt. Auch Birger war anwesend und Caroline war ebenfalls erschienen. Alva, die der Obduktion der Leiche von Maja Jensen beigewohnt hatte, berichtete zuerst.

„Todesursache war Erdrosseln mit einem schmalen Drahtseil. Der Täter muss das Seil sehr schnell und heftig zugezogen haben, wodurch der Blutfluss zum Gehirn sofort unterbrochen wurde. Möglich war das auch wegen des dünnen Halses des Opfers. Dadurch fehlten die sonst charakteristischen Stauungserscheinungen im Gesicht der Toten.“ Alva dachte an die anderen Fälle von Erdrosseln, die sie im Verlaufe ihrer beruflichen Tätigkeit gesehen hatte. Sie dachte an die blau angelaufenen, aufgedunsenen Gesichter der Opfer. Majas Gesicht war bleich gewesen.

„Für die Heftigkeit des Angriffs sprechen auch die Brüche des Kehlkopfknorpels und des Zungenbeins sowie blutiger Schaum in der Luftröhre“, fuhr sie fort.

„Der Täter handelte demnach mit einem absoluten Tötungsvorsatz“, stellte Rurik fest.

„Ja, davon können wir ausgehen. Maja wurde von hinten überfallen, konnte den Angriff nicht mehr abwehren und verlor sehr schnell das Bewusstsein. Der Täter schleifte sie danach zu der Grube, in der er die Leiche notdürftig mit Zweigen abdeckte. Die Spurensicherung konnte den Weg, den er dabei genommen hat, inzwischen ziemlich genau verfolgen. Es fanden sich Schleifspuren im Moos, außerdem einige abgeknickte Zweige, aber leider keine verwertbaren Spuren vom Täter.“

„Danke Alva, dann wenden wir uns jetzt den Ergebnissen der Zeugenbefragungen zu. Wer fängt an?“

Sven nahm rasch noch einen Schluck aus seiner Kaffeetasse, bevor er sich meldete. „Ich kann den Anfang machen, wenn von Ergebnissen auch nicht wirklich die Rede sein kann. Von den Teilnehmern der Wanderung hat niemand etwas gehört und gesehen. Maja Jensen war schon nicht mehr an ihrem Standort, als die erste Gruppe dort ankam. Dadurch können wir recht genau sagen, wann der Angriff auf sie erfolgt sein muss, nämlich gegen 16 Uhr. Kurz zuvor hatte ihr Bruder sie nach eigenen Angaben an ihrem Standort allein zurückgelassen. Als die erste Touristengruppe dort ankam, war sie bereits nicht mehr dort. Da sie laut Spurenlage hinter dem Felsen getötet wurde, kann es nur zu diesem Zeitpunkt passiert sein.“

Rurik nickte. „Den Zeitpunkt so genau eingrenzen zu können, ist natürlich ein Vorteil. Welche von den vernommenen Personen können wir bisher als Täter ausschließen?“

Da Sven wieder nach seiner Kaffeetasse gegriffen hatte und sich stärkte, übernahm es Jördis, zu antworten. „Sämtliche zahlende Teilnehmer dieser Wanderung kommen nicht als Täter in Betracht. Sie waren stets zusammen, keiner hat sich abgesondert. Ausschließen können wir auch die beiden freien Mitarbeiter der Eventagentur, Bengt Halmer und Bosse Svensson. Halmer schickte die Gruppen am Anfang des Weges los, Svensson nahm sie vor der Gaststätte in Empfang. Keiner von beiden hätte es zeitlich schaffen können, Maja Jensen umzubringen, sie zu der Grube zu schleifen, und sich rechtzeitig wieder auf seine Position zu begeben. Bei Leon Jensen sieht es ähnlich aus. Außerdem wirkt seine Verzweiflung echt. Bleibt noch Lucas Hansson. Er hätte theoretisch die Möglichkeit gehabt. Er kennt diverse Abkürzungen und kam erst eine halbe Stunde, nachdem er Maja und Leon Jensen zurückgelassen hatte, in der Gaststätte an. Aber es ist sehr unwahrscheinlich. Er hätte schon früher bessere Möglichkeiten gehabt, sich Maja zu nähern als ausgerechnet auf seiner eigenen Veranstaltung. Und welches Motiv sollte er haben?“

Nachdenkliches Schweigen senkte sich über den Tisch. Nur ein schmatzendes Geräusch war zu hören. Es kam von Veikko, der hinter dem Stuhl von Birger lag und genüsslich Wasser aus seinem Napf schlabberte. Das schien Rurik an seine eigenen Bedürfnisse zu erinnern, wenn sein Sinn auch nicht nach Wasser stand. Mit der Geste eines Mannes, der einen schweren Entschluss gefasst hat, schob er die Kaffeekanne ein Stück von sich fort. Er würde sich keine weitere Tasse genehmigen, nachdem sich Märta gestern sehr besorgt über seine Blutdruckwerte geäußert hatte. „Was sagt uns dieser neue Fall über den Täter? Ich gehe mal davon aus, es war derselbe, der die Frauen aus dem Wald Ruddalen auf dem Gewissen hat“, sagte er und schaute dabei Birger an. „Nur unterscheidet sich sein Vorgehen diesmal von den beiden vorherigen Fällen. Welche Gründe kann es dafür geben?“

„Inwiefern unterscheidet es sich?“, fragte Caroline. „Wir wissen nicht, wie die beiden anderen Frauen umgebracht wurden. Möglicherweise wurden sie ebenfalls erdrosselt, nur ließ sich das nach so langer Zeit nicht mehr feststellen. Vielleicht hatte der Täter diesmal vor, sein Opfer später zu vergraben. Und der Fuchsschwanz ist ein gemeinsames Merkmal, das in allen drei Fällen eine Rolle spielt. Offensichtlich hat der Täter ihn zu der Leiche gelegt, denn Maja Jensen hatte ihn nicht an ihrem Kostüm.“

Birger konnte ihr nicht ganz zustimmen. „Auf den ersten Blick gibt es Übereinstimmungen, doch die sind eher nebensächlich. Die Unterschiede sind wesentlich größer. Zum ersten Mal wurde eine Frau während eines Events von Lucas Hansson umgebracht, noch dazu eine Person, die zu seinem Team gehörte. Das Vorgehen des Täters war hochriskant, geradezu tolldreist, denn er hätte leicht ertappt werden können. Er musste das enge Zeitfenster zwischen dem Abgang von Leon Jensen und dem Auftauchen der ersten Teilnehmergruppe nutzen und durfte keinen Fehler machen. Der zweite wesentliche Unterschied ist die Ablage der Leiche. Sie war nur oberflächlich versteckt und ihr Auffinden unvermeidlich. Dem Täter muss klar gewesen sein, dass sofort nach der jungen Frau gesucht und sie dabei zwangsläufig gefunden werden würde. Die vorherigen Opfer hatte er dagegen so vergraben, dass sie nur durch einen Zufall gefunden wurden. Während er die anderen beiden Morde sorgsam verschleierte, wurde der an Maja Jensen in geradezu demonstrativer Weise verübt nach dem Motto: Seht her, was ich getan habe!"

„Das ist offensichtlich." Rurik trommelte mit den Fingern auf der Tischplatte herum. Der erzwungene Koffeinverzicht machte ihn ungeduldig. „Doch was sagt uns das über ihn? Warum dieser krasse Wechsel in der Vorgehensweise?"

„Da sehe ich zwei Möglichkeiten." Birger schob Veikko, der sich anschickte, ihm den Kopf auf den Schoss zu legen, sanft beiseite. „Sein Motiv könnte Wut sein. Bisher hat er im Geheimen agiert, niemand ahnte etwas von seiner Obsession für blutjunge Frauen und von seinen Taten. Auch der Fuchsschwanz, den er ihnen ins Grab legte, war ein Fetisch, von dem nur er wusste. Nun wurden die Opfer entdeckt und die Einzelheiten durch die Presse verbreitet. Er fühlt sich entblößt und seiner heimlichen Fantasien beraubt, deshalb könnte er die neue Tat auf diese offensichtliche Art verübt haben. Er sagt sich, wenn man ohnehin alles über ihn weiß, kann er auch offen agieren."

„Klingt einleuchtend", warf Sven ein. „Der in seinem Stolz verletzte Mörder geht Risiken ein, um sein Überlegenheitsgefühl zurückzugewinnen."

„Es ist nicht die einzig mögliche Interpretation." Birger zögerte, sprach dann aber doch aus, was er dachte. „Es könnte sich auch um einen Trittbrettfahrer handeln. Oder um ein Ablenkungsmanöver, den bewussten Versuch, eine falsche Spur zu legen."

„Oh nein, bitte nicht", stöhnte Rurik. „Ein Trittbrettfahrer wäre das Letzte, was wir gebrauchen können. Es reicht völlig aus, nach einem Mörder zu suchen, einen zweiten verkraften wir nicht."

„Eine Möglichkeit, uns dem Täter zu nähern, haben wir bisher nicht erwähnt." Alva schob ihre Notizen zur Seite und schaute in die Runde. „Der Täter muss gute Ortskenntnisse haben. Die Grube, in der die Leiche lag, ist nicht leicht zu entdecken. Demnach hat er sich im Vorfeld der Tat mit der Gegend vertraut gemacht. Außerdem muss er den genauen zeitlichen Ablauf der Veranstaltung gekannt haben. Mehr noch, er wusste, wo Maja Jensen stehen würde."

„Guter Punkt." Rurik kratzte sich nachdenklich am Kinn. „Die Veranstalter konnten wir allerdings schon ausschließen. Die Wanderung wurde im Vorfeld beworben, jeder konnte davon wissen. Der Täter könnte die Planungen vor Ort heimlich beobachtet haben. Wir müssen noch mal mit Hansson und seinen Leuten reden. Eventuell erinnern sie sich an Personen, die sie gesehen, denen sie aber keine Beachtung geschenkt haben. Darum kümmern wir uns gleich morgen, heute ist es zu spät. Lucas Hansson bleibt verdächtig, was Birger über ein mögliches Ablenkungsmanöver sagte, geht mir nicht aus dem Kopf. Er könnte die Tat gerade deshalb begangen haben, weil es so unwahrscheinlich erscheint. Lasst uns erst mal darüber schlafen, morgen sehen wir weiter."

Es erfolgte nun ein allgemeiner Aufbruch. Sven steuerte so eilig auf Jördis zu, dass er beinahe über Veikko gestolpert wäre. Schnell sprang er zur Seite. „Kommt der jetzt immer mit?", fragte er misstrauisch.

„Klar", sagte Alva. „Der wird Polizeihund." Sie kraulte Veikko hinter den Ohren.

Sven fand das offenbar nicht lustig, verkniff sich aber die Antwort. Er beeilte sich, Jördis einzuholen, die mit Caroline untergehakt zur Tür strebte.

„Du, warte mal.“ Er legte ihr die Hand auf die Schulter. „Hast du Lust, noch was trinken zu gehen?“

„Nein, das passt leider nicht. Ich habe schon was mit Caroline geplant, sie hat heute einen Babysitter und wir wollen das nutzen.“

„Schade, dann vielleicht ein anderes Mal.“ Sven zog enttäuscht ab.

„Er hätte mitkommen können“, sage Caroline zu Jördis.

„Nein, das hielt ich für keine gute Idee.“

„Und wieso nicht, habt ihr Streit?“

„Im Gegenteil, ich erkläre es dir nachher.“ Jördis schaute Sven hinterher, wie er mit hängenden Schultern allein zur Straßenbahnhaltestelle ging.

48.

In Gunnars Villa waren Veränderungen eingekehrt. Greta hatte sich wieder gefangen und ihre Beruhigungsmittel reduziert. Wiebke dagegen kränkelte, weshalb sich Greta nun um sie kümmerte. Beide Schwestern waren in stiller Übereinkunft ganz glücklich über das Arrangement. Greta, weil sie einen Grund hatte, noch nicht zu ihrem Mann zurückzukehren, der nichts als Vorwürfe für sie hatte. Wiebke freute sich vor allem darüber, welch beruhigende Wirkung Nele auf Elin ausübte. Seit die Cousine das Zimmer mit ihr teilte, war sie weniger ängstlich und nervös. Nele fand alles hier wunderbar und es schien, als würde sie Elin mit dieser Überzeugung anstecken. Und nichts lag Wiebke mehr am Herzen als das Wohlbefinden ihrer Tochter.

Nele und Elin freuten sich auf das bevorstehende Wochenende. Während Nele im Internet nach lohnenden Veranstaltungen suchte, war Elin merkwürdig schweigsam. Sie starrte aus dem Fenster und strich sich mit beiden Händen über die Arme, als würde sie frieren. Schließlich fiel Nele ihr Verhalten auf.

„Was ist los, ist dir etwa kalt?“, fragte sie.

„Nein, es ist nur, hast du in der vergangenen Nacht nichts gehört?“

„Was soll ich gehört haben?“ Nele stellte sich unwissend, obwohl sie genau wusste, worauf Elin hinauswollte. Sie wunderte sich über den leichten Schlaf ihrer Cousine, sie selbst schlief wie ein Baby, tief und traumlos.

„Da waren wieder Geräusche im Keller, es klang, als würde eine Tür geöffnet und geschlossen. Dort treibt sich nachts jemand herum.“

Nele klappte den Laptop zu und schaute Elin aus zusammengekniffenen Augen an. „Weshalb sollte das jemand tun, da unten ist doch nichts Interessantes. Wenn es jemand tatsächlich schaffen sollte, in euer Haus einzudringen, würde er das mit einem bestimmten Ziel tun, vermutlich um etwas zu stehlen. Aber was soll er von da unten mitnehmen? Eine alte rostige Eisenpfanne?“

Elin wirkte nicht überzeugt. „Vielleicht ist es gar kein Mensch“, sagte sie.

„Weißt du was, das reicht mir jetzt.“ Nele erhob sich energisch. „Ich will das ein für alle Mal geklärt haben. Wir gehen jetzt gemeinsam runter in den Keller und schauen uns dort um. Jetzt guck mich nicht so entsetzt an. Es ist heller Tag, da werden wir keinem Geist begegnen.“

„Aber Gunnar möchte nicht, dass wir da runtergehen. Es ist gefährlich wegen des Brunnens.“

„Ich denke, die Tür zum Brunnenraum ist abgeschlossen? Dann kann uns nichts passieren. Außerdem haben wir Augen im Kopf und werden schon nirgends reinfallen. Also komm jetzt, die Gelegenheit ist günstig."

Sie waren allein im Haus. Gunnar war zu einem geschäftlichen Termin unterwegs und hatte Wiebke und Greta mit in die Stadt genommen. Sie würden erst in einigen Stunden zurück sein.

Nele wartete die Zustimmung ihrer Cousine nicht ab, sondern ging einfach voran. Elin folgte ihr widerstrebend. Der Boden in der Diele glänzte frisch gewienert, Maria und Valentina hatten ihre Arbeit für heute schon beendet. Die Tür zum Keller lag etwas versteckt im hinteren Bereich der Diele. Sie war nicht verschlossen und eine breite Steintreppe führte in den Keller hinab. Elin hielt sich ängstlich hinter Nele, die forsch voranging. Ein kühler Luftzug wehte ihnen entgegen. Unten herrschte ein diffuses Halbdunkel, denn die Fenster befanden sich unterhalb des Erdbodens und die Lichtschächte ließen nur wenig Helligkeit herein. Nele tastete an der Wand neben der Tür entlang und entdeckte einen Lichtschalter. Als sie draufdrückte, flammten mehrere Lampen an der Decke auf. „Wow", stieß sie hervor, „das ist sagenhaft." Ein gewaltiger gusseiserner Herd stand an der gegenüberliegenden Wand, auf Regalen daneben türmten sich Gefäße aus Kupfer, Eisen und Emaille. Das Zentrum des Raumes bildete ein imposanter Tisch, dessen mit Kerben übersäte Oberfläche von seiner intensiven Nutzung zeugte. „Das ist ein richtiges Museum." Nele war beeindruckt, während Elin sich scheu im Hintergrund hielt. Nele riss sich vom Anblick der Küchengeräte los und erinnerte sich an das Anliegen ihres Ausflugs in die Unterwelt des Hauses. „Also hier ist schon mal nichts, wovor man sich fürchten muss“, sagte sie. Es gab zwei Türen, eine schmale und eine massive Eisentür, die im rechten Winkel zueinander angebracht waren. Nele öffnete die schmale Tür zuerst. Der Raum dahinter war klein, fensterlos und völlig dunkel. Der Lichtschein von der Küche fiel auf hohe Schränke an den Wänden und Hakenleisten an der Decke. Das musste die ehemalige Kühlkammer sein, vermutlich hatte man die Schränke früher mit Eis befüllt. Nele schloss die Tür wieder, sie bewegte sich beinahe lautlos in den Angeln. Wenn Elin tatsächlich das Öffnen einer Tür gehört haben sollte, konnte es diese nicht gewesen sein. Die zweite Tür war mit einem massiven verschließbaren Riegel gesichert, der neueren Datums zu sein schien. Vermutlich hatte bereits einer der Vorbesitzer oder Gunnar ihn zusätzlich anbringen lassen. Nele zeigte auf den Riegel. „Siehst du, hier kann niemand rein. Ich vermute mal, dahinter befindet sich der Brunnen. Wenn du nachts wirklich etwas gehört haben solltest, kam es nicht von hier unten. Vielleicht war es ja irgendein Geräusch von draußen. Nachts klingt alles anders, da täuscht man sich schnell.“

Elin nickte, tatsächlich wirkte sie erleichtert.

„Dann können wir jetzt wieder gehen, muss ja niemand erfahren, dass wir hier unten waren.“ Nele zwinkerte ihr zu. „Aber warte mal, mein Schnürsenkel ist offen.“ Sie hockte sich hin, um ihn neu zu binden. Ihr Blick fiel dabei auf Staubflocken, die eine gekrümmte Linie bildeten. Direkt vor der Tür war der Boden in einem halbkreisförmigen Bogen staubfrei. Es war ihr zuvor nicht aufgefallen, doch jetzt, wo sie direkt davor hockte, sah sie es. Dafür gab es nur eine mögliche Erklärung: Die Tür wurde regelmäßig bewegt. Verwirrt durch diese Entdeckung beeilte sich Nele, mit Elin wieder nach oben zu gehen. Sie sagte ihr nicht, was ihr aufgefallen war, und sie fühlte sich schuldig, weil sie die Idee gehabt hatte, den Keller aufzusuchen.

49.

Wiebke ruhte in einem behaglichen Erkerzimmer auf dem Sofa und dachte über ihre Situation nach. Regen trommelte von draußen gegen die Scheiben, eine kleine Tischlampe verbreitete gedämpftes Licht. Sie fühlte sich geborgen, doch ihr schlechtes Gewissen, weil sie Greta den Besuch bei der Polizei verschwiegen hatte, quälte sie zunehmend. Bisher konnte sie das vor sich selbst mit Gretas labilem Zustand und dem Wunsch, ihr Aufregung zu ersparen, rechtfertigen. Doch nun ging es der Schwester besser und sie durfte es ihr nicht länger verschweigen. Als Greta ihr Tee brachte, nahm sie all ihren Mut zusammen. „Danke, es ist lieb, wie du dich um mich kümmerst."

„Na hör mal, das ist doch selbstverständlich nach allem, was Gunnar und du für Nele und für mich getan habt."

Wiebke ging nicht weiter darauf ein. „Greta, ich muss dir etwas sagen. Ich hoffe, du bist mir nicht böse, weil ich es dir bisher verschwiegen habe. Aber in den ersten Tagen, als es dir so schlecht ging, schien mir einfach nicht der richtige Zeitpunkt dafür zu sein. Und auch jetzt ist es nicht leicht für mich, weil ich das Gefühl habe, dadurch das Vertrauen von Nele zu missbrauchen."

Greta ließ sich langsam in einen Sessel sinken und schaute die Schwester erschrocken an. „Es geht also um Nele. Was ist mit ihr?"

Wiebke griff nach Gretas Hand. „Reg dich bitte nicht auf, es ist nichts Schlimmes. Nele war natürlich durch die letzten Ereignisse genauso aufgewühlt wie wir alle. Sie hat sämtliche Berichte darüber gelesen. Dabei ist ihr etwas aufgefallen, das mit dem Verschwinden von Miranda zu tun hat. Sie sagte mir, sie hätte es damals schon der Polizei sagen wollen, doch Lars sei wütend geworden und habe sie daran gehindert."

Greta atmete hörbar ein. „Ich habe es immer geahnt", sagte sie leise. „Sie hat damals nicht alles gesagt, was sie wusste. Wie sollte sie auch, nachdem Lars sie als Lügnerin bezeichnet und ihr den Mund verboten hatte. Danach hat sie sich völlig verschlossen. Falls sie etwas weiß, das uns geholfen hätte, Miranda rechtzeitig zu finden, werde ich Lars niemals verzeihen."

„Ich glaube nicht, dass es bei der Suche nach Miranda geholfen hätte." Wiebke drückte die Hand von Greta. „Aber Nele wollte nicht länger darüber schweigen und ich habe ihr geraten, mit der Polizei zu reden. Ich habe sie dorthin begleitet. Hoffentlich verzeihst du mir meine Eigenmächtigkeit."

Eine Träne lief über Gretas Gesicht. „Du hast das Richtige getan. Es wäre meine Pflicht als Mutter gewesen, Nele zu ermutigen. Aber ich war feige, habe mich vor Lars geduckt."

„Mach dir keine Vorwürfe. Durch die Sorge um Miranda warst du in einem Ausnahmezustand. Später erschien es dir vielleicht nicht mehr wichtig. Nele ist ja auch erst durch die Berichte in der Presse darauf gekommen." In Wiebkes unschlüssigem Blick lag die Frage, ob sie weiterreden sollte. Greta ermutigte sie mit einem Nicken dazu.

„Du weißt ja bereits, dass Miranda vor dem Verlassen des Hauses ihre Kostümierung gewechselt hatte. Statt der dunklen Kleidung und einer Maske trug sie ein weißes Kleid. Nur ein Detail hat Nele bis vor Kurzem für sich behalten, nämlich dass Miranda darunter einen Fuchsschwanz an ihrer Wäsche befestigt hatte. Sie wollte wohl eine Huldra darstellen. Nele hat das damals nicht verstanden."

„Mein Gott, genau wie die beiden ermordeten Frauen, bei denen auch ein Fuchsschwanz gefunden wurde." Greta schlug erschrocken die Hand vor den Mund. „Ich habe mich oft gefragt, weshalb sie das weiße Kleid angezogen hat, doch darauf wäre ich nie gekommen. Ich dachte, sie hätte eine Verabredung mit einem Jungen gehabt und wollte sich dafür besonders schön machen. Heißt das, sie wurde ebenfalls umgebracht? Von demjenigen, der auch die anderen Frauen getötet hat?" Greta begann zu zittern, Wiebke richtete sich auf und legte ihr den Arm um die Schulter.

„Nein, das muss es nicht heißen. Solange sie nicht gefunden wurde, gibt es Hoffnung. Lass uns weiter fest daran glauben und nicht den Mut verlieren."

Greta wollte daran glauben. Sie spürte die Wärme ihrer Schwester und das Licht der Tischlampe hüllte sie mit seinem goldenen Schein ein. Hier fühlte sie sich geborgen, all das Böse da draußen konnte ihr im Moment nichts anhaben.

Wiebke wartete, bis ihr Zittern aufhörte. „Nele hatte übrigens Angst, man könnte ihr nicht glauben", sagte sie dann. „Sie fürchtet das wohl noch immer."

„Ich glaube ihr." Greta wischte sich die Tränen ab. „Ich werde mit ihr reden und ihr sagen, dass es richtig war, zur Polizei zu gehen. Lars erfährt nichts von mir. Miranda habe ich nicht vor ihm beschützt, habe zugelassen, wie er sie eingeengt und kontrolliert hat. Mit Nele wird ihm das nicht gelingen, sie hat mich jetzt immer an ihrer Seite, egal was passiert."

50.

Elin und Nele hatten einen anregenden Nachmittag in der Stadt verbracht. Sie hatten die Ausstellung *The Mystery of Banksy* besucht und waren von den dort gezeigten Werken und Videoinstallationen restlos begeistert. Nur der Gedanke an Miranda hatte den Genuss für Nele ein wenig getrübt. Wie hingerissen wäre die Schwester davon gewesen, hatte sie doch für den Street-Art-Künstler eine geradezu schwärmerische Verehrung empfunden. Miranda verstand eine Menge von Kunst und sie konnte wunderbar zeichnen, musste aber beides sorgsam vor ihrem Vater geheim halten. Nele dachte an das Versteck unter den Dielenbrettern. Sie hatte seit dem Verschwinden von Miranda nicht dort nachgesehen, es wäre ihr wie Verrat an der Schwester vorgekommen. Außerdem hatte sie Angst, zufällig dabei erwischt zu werden und dadurch Mirandas Geheimnis aufzudecken.

Untergehakt liefen die beiden Cousinen von der Bushaltestelle zur Villa, deren Anblick Nele noch immer überwältigte. Auf einer seitlichen Rabatte hockte Volke und legte mal wieder eine Neupflanzung an, diesmal aus roter Heide und buschigen Gewächsen, die wie Silberdraht aussahen. Nele blieb stehen und studierte das Muster. Silberne und rote Spiralen schienen umeinander zu wirbeln. Schnell begriff Nele das zugrunde liegende Prinzip. „Jetzt vier von den roten“, sagte sie, als Volke sich suchend nach seiner Pflanzenkiste umschaute. Er drehte sich zu ihr um und in seinen Augen blitzte Erstaunen auf. Dann spielte die Andeutung eines Lächelns um seine Lippen. „Ja, vier“, murmelte er. Als Elin ebenfalls nähertrat, verdunkelten sich seine Augen. „Geh weg“, zischte er.

Elin wollte sich hastig entfernen, doch Nele hielt sie am Ärmel fest. „Wir klären das jetzt“, sagte sie. „Hör zu Volke, ich weiß genau, dass du mich verstehst. Wir stören dich nicht bei deiner Arbeit und sind nicht unhöflich zu dir. Aber du musst dich ebenfalls benehmen. Elin wohnt hier, es ist ihr Zuhause. Du kannst sie nicht einfach wegschicken, wie es dir passt.“

Volke schien sich wieder ganz seinen Pflanzen zu widmen, doch Nele hörte ihn murmeln: „Soll nicht hier sein, nicht gut.“

„Lass uns gehen“, drängte Elin. „Du erreichst doch nichts damit.“

Nele war wütend, gab sich aber für heute geschlagen. „Ich werde ihm das immer wieder sagen, bis er es begreift“, sagte sie.

„Ich fürchte, da kannst du lange warten.“ Elin öffnete die Haustür, in der geräumigen Diele war es kühl. Doch als sie die Räume von Elin betraten, schlug ihnen warme Luft entgegen.

„Ich ziehe mir erst mal was Bequemeres an“, sagte Elin und verschwand mit einem Bündel Sachen unter dem Arm im Bad. Nele setzte sich gleich an ihren Laptop. Es gab neue Meldungen und sie nahmen ihr fast den Atem. Die Überschriften auf den Nachrichtenseiten überschlugen sich geradezu, es war wie auf einem Markt, wo ein Händler den anderen zu überbrüllen versuchte.

Wieder ein Huldra-Mord!

Die Brutalität des Täters nimmt zu, Opfer fast geköpft!

Kinder einer Wandergruppe stoßen auf Leiche!

Sie verlor erst ihren Fuchsschwanz, dann ihr Leben. Die tote Huldra aus dem Vättlefjäll.

Neles Hände begannen zu zittern, der Boden schien unter ihr zu schwanken. Das durfte nicht wahr sein! Gerade erst waren sie alle ein wenig zur Ruhe gekommen, da ging alles wieder von vorn los. Die Buchstaben verschwammen vor ihren Augen, sie musste sich zwingen, genau hinzuschauen. Ein abgekürzter Name tauchte auf, offenbar wusste man, wer die Tote war. *Nicht Miranda*, dachte Nele, *es ist nicht Miranda.* Vor Erleichterung schluchzte sie laut auf, gleichzeitig wurde ihr bewusst, wie egoistisch ihre Empfindungen waren. Auch dieses Opfer hatte sicher eine Familie, die jetzt mit dem Schlimmsten fertigwerden musste. Doch Nele war nun gefasst genug, um die Texte lesen zu können.

Gemessen an den marktschreierischen Überschriften waren die Informationen in den Artikeln mager. Zumindest ging daraus hervor, dass es sich diesmal nicht um eine länger zurückliegende Tat handelte. Der Mord war vor zwei Tagen auf einem Event geschehen, einer organisierten Wanderung durch das Vättlefjäll. Das Opfer, ein vierzehnjähriges Mädchen, hatte zum

Organisationsteam gehört. Mit weiteren Informationen hielt die Polizei sich zurück, weshalb sich die Journalisten vieles aus den Fingern saugen mussten, wobei sie nicht zimperlich waren. Sie hatten Teilnehmer der Wandergruppe zu Hause aufgesucht und befragt. Niemand schien wirklich etwas zu wissen, doch für ein Honorar war so mancher bereit, seiner Fantasie freien Lauf zu lassen. So sprach eine Frau von der unheimlichen Atmosphäre, die während der Wanderung geherrscht habe. Sie beschrieb eine ungewöhnliche Stille und wollte einen hin und her huschenden Schatten zwischen den Bäumen wahrgenommen haben. Ein kleines Mädchen behauptete, Blut auf einem Stein gesehen zu haben. Und ein anderer Mann meinte, der Darsteller des Trolls sei ihm sehr verdächtig vorgekommen. *Der Kerl hatte etwas Tückisches im Blick. Statt uns den richtigen Weg zu weisen, hat er uns in die Irre geschickt. Nun frage ich mich, weshalb er das gemacht haben könnte. Der wollte uns offensichtlich loswerden, damit wir nicht sehen, was er treibt.*

Nele scrollte ärgerlich weiter. Sie wusste, was sie von solchen Meldungen zu halten hatte. Nur eine Information war für sie wirklich von Belang: Der Mord war auf einer Veranstaltung von Lucas Hansson passiert.

„Was machst du da?“ Nele hatte die Rückkehr von Elin nicht bemerkt. Schnell schaltete sie den Computer aus. „Ach, nichts weiter“, sagte sie. Sie hoffte, Elin würde ihr die Verstörung nicht anmerken. Sie würde es ihr später erzählen, aber erst einmal brauchte sie Zeit, um mit ihren Gedanken ins Reine zu kommen. Was hatte das zu bedeuten? Und vor allem: War es wirklich Lucas Hansson gewesen, den sie im Haus von Volke gesehen hatte? Sie war sich nicht sicher und es war ohnehin zu spät, ihren Verdacht jemandem mitzuteilen. Nach den Artikeln über die Huldras und die Fuchsschwänze hatte sie offenbart, was sie über Mirandas Kostümierung am Abend von deren Verschwinden wusste. Man hatte ihr geglaubt, obwohl sie zugeben musste, die Berichte in der Presse gekannt zu haben. Wenn sie nun aber nach dem Bericht über den Mord bei einem Event von Lucas Hansson mit ihrer Beobachtung herausrückte, würde man sie garantiert für eine Wichtigtuerin und Lügnerin halten. Also schwieg sie wohl besser und behielt Volke vorsichtshalber im Auge.

51.

„Wer konnte da wieder seine Klappe nicht halten, es ist jedes Mal dasselbe.“ Die Ader an Ruriks Stirn schwoll bedrohlich an.

„Verdächtigst du etwa jemanden von uns?“ Sven funkelte seinen Chef wütend an.

„Das habe ich nicht gesagt, es war eher eine rhetorische Frage. Was ist mit dir los, weshalb bist du so empfindlich?“

Das fragte Alva sich auch. Sie hatte die Artikel ebenfalls gelesen und blieb gelassen. „Wundert dich das wirklich? Wir wissen doch, wie das läuft. Die Journalisten haben herausgefunden, wer an der Trollwanderung teilgenommen hat. Zwei waren bis zu der Gaststätte vorgedrungen, in der das Abschlussessen stattfand. Zwar hat Sven sie rausgeworfen, aber das dürfte nicht viel gebracht haben. Bestimmt lagen sie irgendwo auf der Lauer, um die Teilnehmer abzupassen. Später sind sie sogar noch zu denen nach Hause gefahren. Darunter sind immer welche, die sich in ihrer momentanen Wichtigkeit sonnen. Wenn sie keine wirklichen

Informationen haben, erfinden sie eben was. Und die Journalisten greifen alles begierig auf."

„Leider stehen einige Informationen in der Presse, die nicht an die Öffentlichkeit gelangen sollten." Rurik zerrte an seiner Krawatte. Er war in Uniform, weil er jederzeit damit rechnen musste, zur Abgabe eines öffentlichen Statements aufgefordert zu werden. Alva trug einen Pullover zur Jeans, ihre Uniform hing griffbereit im Schrank. Auch ihre Kollegen waren in Zivil.

„Welche Informationen meinst du?", fragte sie. „Den angeblich fast abgetrennten Kopf? Das stimmt doch überhaupt nicht. Ich habe eine Vermutung, wie diese Meldung zustande gekommen ist. Die beiden Teenager, die bei der Suche nach Maja Jensen geholfen haben, sind unglücklicherweise zuerst auf die Tote gestoßen. Ich weiß nicht, wie viel sie gesehen haben, aber die Wunde am Hals könnte ihnen aufgefallen sein. So eine tiefe Halswunde wirkt, als wäre der Kopf vom Körper getrennt."

„Und was ist mit dem Fuchsschwanz? Meinst du, den haben sie auch gesehen?"

Alva schüttelte den Kopf. „Eher nicht. Ich habe ihn erst entdeckt, nachdem ich einen Zweig, mit dem die Leiche zugedeckt war, beiseitegeschoben hatte. Bei dieser Meldung könnte es sich um einen Schuss ins Blaue handeln. Huldra und Fuchsschwanz, das gehört nach Meinung der Presse inzwischen zusammen. Also schreibt man es einfach mal so hin."

„Hmm", brummte Rurik. „Damit kannst du recht haben. Trotzdem werden wir es auf der Pressekonferenz ausbügeln müssen. Und das Schlimmste ist, dass wir keinerlei Verdacht und keine Spur haben. Da sind die beiden Toten aus dem Wald Ruddalen, deren Eltern keinen Schimmer haben, was ihre Töchter tatsächlich vorhatten. Und jetzt haben wir einen neuen Mord, bei dem es keine Zeugen gibt. Wie sollen wir da weiterkommen?“

„Ich hätte eine Idee.“ Jördis schaute erst Rurik und dann Alva an. „Dieses Mädchen, Nele Edwardson, dessen Schwester ebenfalls an Halloween verschwunden ist, weiß eventuell noch mehr.“

„Wie kommst du darauf?“ Rurik begriff nicht gleich, worauf sie hinauswollte.

„Durch das, was du gerade gesagt hast, ist es mir eingefallen. Über die ersten beiden Opfer Sofia Dahl und Hilma Nilsson wissen wir so gut wie nichts. Sofia Dahl hat sich ihren Eltern gegenüber verschlossen, die Mutter von Hilma Nilsson hatte kaum Zeit für ihre Tochter. Mit den Eltern von Miranda Edwardson verhält es sich ähnlich, aber da ist ihre Schwester, die offenbar einiges über sie weiß. Natürlich gibt es gleich mehrere Unsicherheitsfaktoren. Der größte ist die Frage ihrer Glaubwürdigkeit. Wollte Birger nicht eventuell mit ihr reden, um das einzuschätzen?“

„Birger ist bereit, mit ihr zu reden“, entgegnete Alva. „Doch wir haben ein Problem. Nele Edwardson kam ohne Wissen ihrer Eltern zu uns, um eine Aussage zu machen. Es war in Ordnung, sie anzuhören. Wenn wir sie jetzt aber einbestellen, können wir die Eltern kaum umgehen. Damit würden wir das Vertrauen des Mädchens missbrauchen, nachdem wir ihm Verschwiegenheit zugesichert haben.“

„Kann die Tante nicht vermitteln?“ Ausgerechnet Rurik, der die Aussage von Nele Edwardson am stärksten anzweifelte, machte nun diesen Vorschlag.

Offenbar war er inzwischen bereit, nach jedem Strohhalm zu greifen.

„Das ist eine Möglichkeit. Ich werde versuchen, sie zu erreichen“, sagte Alva.

52.

Greta war zur Toilette gegangen, ihr Handy hatte sie auf dem Tisch liegen lassen. Als es klingelte, schaute Wiebke auf das Display und sah, dass der Anruf von Lars kam. „Hallo Lars, hier ist Wiebke“, sagte sie. „Greta ist gerade nicht im Zimmer.“

Seine Erwiderung klang barsch. „Ich will sie sofort sprechen.“

„Kein Problem, sie kommt gerade, ich gebe sie dir.“

Wiebke reichte Greta das Handy und formte lautlos *Lars* mit den Lippen.

„Hallo Lars, wie geht es dir?“ In Gretas Frage lag der Hauch einer Provokation. Lars hatte sich während der acht Tage, die sie nun schon bei ihrer Schwester war, kein einziges Mal nach ihrem Befinden erkundigt. Er ging überhaupt nicht auf ihre Frage ein und hielt sich nicht mit Begrüßungsfloskeln auf.

„Wann gedenkst du nach Hause zu kommen?“

„Gibt es einen besonderen Grund, weshalb du das fragst?“ Greta versuchte Zeit zu gewinnen.

„Hier ist dein Ehemann, das sollte dir als Grund ausreichen."

Ein Ehemann, der mich kein bisschen unterstützt, dachte Greta voller Bitterkeit. Sie versuchte, es sich nicht anmerken zu lassen. „Es ist schön, wenn du Nele und mich vermisst. Wir wollten dir nur nicht zur Last fallen. Wie du weißt, ging es mir nicht gut. Nele leidet ebenfalls. Der neuerliche Mordfall hat auch sie sehr aufgewühlt."

„Ach, und das ist jetzt ein Grund, dich weiter vor deinen Pflichten zu drücken? Es wird immer neue Fälle geben, die dich *aufwühlen.*" Das letzte Wort sprach er mit einer gehässigen Betonung aus. „Weil es nämlich genügend Eltern gibt, die ihre Töchter nicht ausreichend behüten. Das mit Miranda wäre nie passiert, wenn du nicht so leichtfertig gewesen wärst."

Er redete noch weiter, aber Greta hörte es nicht mehr. Sie drückte das Gespräch weg, warf das Handy mit einer heftigen Bewegung auf den Tisch und brach in Tränen aus.

„Was war das denn?", fragte Wiebke und nahm ihre Schwester tröstend in den Arm. „Nun beruhige dich erst mal." Sie standen noch eng umschlungen da, als Gunnar den Raum betrat. Er blieb wie angewurzelt stehen. „Ist etwas passiert?", fragte er erschrocken.

Greta war ihr Gefühlsausbruch peinlich. Sie löste sich von Wiebke und trocknete sich mit einem Taschentuch die Tränen ab.

„Es ist nichts weiter", schniefte sie. „Nur ein Anruf von Lars. Er hat mir Vorwürfe gemacht und ich bin im Moment ziemlich dünnhäutig. Eigentlich will er nur, dass ich nach Hause komme. Es wird wirklich Zeit für

Nele und mich, wir haben eure Gastfreundschaft lange genug in Anspruch genommen."

Wiebke protestierte sofort. „Wie kannst du das sagen, wir sind froh, euch hierzuhaben." Sie schaute Gunnar an. „Nicht wahr, das siehst du doch auch so."

„Ja, natürlich haben wir euch gern hier. Und du hast dich so toll um Wiebke gekümmert. Nur Lars scheint ein Problem damit zu haben."

„Hat er dir das etwa gesagt? Hast du mit ihm gesprochen?"

„Nein, das nicht." Gunnar wirkte verlegen. „Kommt, setzt euch mal hin." Er zeigte auf die Couchgarnitur vor dem Fenster. Mit einem mulmigen Gefühl nahm Greta nur auf der Kante eines Sessels Platz. Wenn Gunnar so formell wurde, bedeutete das nichts Gutes. Auch schien er sich regelrecht zu winden und nicht mit der Sprache herauszuwollen. „Es ist mir furchtbar unangenehm", sagte er schließlich. „Ich wollte eigentlich nicht darüber reden. Es wäre mir auch lieb, wenn du es für dich behalten würdest." Er schaute Greta eindringlich an, der zunehmend unbehaglicher zumute wurde. „Es gab im Verlaufe der Woche einige Beschwerden über Lars. Er ist nicht zu Terminen erschienen und hat geplante Arbeiten in den Mietshäusern nicht ausgeführt. Als er von Mietern darauf angesprochen wurde, erwähnte er was von häuslichen Problemen und Überlastung, weil seine Frau nicht einsatzfähig sei. So hat er sich wohl ausgedrückt. Ich will keine große Sache daraus machen, versteh mich bitte nicht falsch. Mit der Arbeit von Lars war ich immer sehr zufrieden. Jeder kann mal eine Phase haben, in der es ihm nicht gut geht. Aber vielleicht solltest du wirklich nach ihm sehen."

„Und was ist mit Greta?“, warf Wiebke ein. „Ihr geht es auch nicht gut. Wenn sie nach Hause kommt und von Lars gleich wieder mit Vorwürfen bombardiert wird, dürfte es ihr kaum bessergehen.“

Gunnar hob zum Zeichen der Kapitulation beide Hände. „Die Entscheidung liegt nicht bei mir. Ich betone nochmals, wie gern ich Greta und Nele bei uns habe, von mir aus können sie unbegrenzt hierbleiben. Ich habe nur gesagt, was ich weiß. Überlegt in Ruhe, was ihr machen wollt. Ich habe noch eine Stunde zu arbeiten, wir essen nachher gemeinsam.“ Bevor er ging, klopfte er Greta aufmunternd auf die Schulter.

Greta wartete, bis Gunnar die Tür hinter sich geschlossen hatte. „Das ist mir entsetzlich peinlich“, stöhnte sie. „Lars geht vor fremden Leuten damit hausieren, was für eine schlechte Ehefrau ich bin. Als wäre das nicht schon schlimm genug, vernachlässigt er auch noch seine Arbeit und Gunnar muss sich mit den Folgen herumschlagen. Und das nach allem, was er für mich und Nele getan hat.“

„Du darfst das nicht zu streng sehen, Gunnar ordnet es schon richtig ein.“

Ein Klingelton war zu hören, diesmal war es das Handy von Wiebke. Greta schaute sie erschrocken an. „Ist das etwa schon wieder Lars? Will er jetzt auf dich Druck ausüben?“

Wiebke schüttelte den Kopf. „Nein, das ist die Polizei.“

53.

Die Anruferin hatte eine angenehme Stimme, Wiebke erkannte sie sofort wieder. Sie gehörte Alva Claesson, der hübschen dunkelhaarigen Beamtin, die Neles Aussage aufgenommen hatte. Sie erklärte ihr Anliegen und während Wiebke zuhörte, machte sie beruhigende Gesten in Richtung ihrer Schwester, mit denen sie ihr zu verstehen gab, dass alles in Ordnung sei.

„Ich habe bereits mit meiner Schwester darüber gesprochen“, sagte sie jetzt. „Wir müssen nur noch Nele überzeugen. Kann ich Sie zurückrufen? Ja, so machen wir es.“ Sie beendete das Gespräch und erklärte Greta, um was es ging. Welch ein Glück, dass sie ihr Neles Aussage bei der Polizei inzwischen gebeichtet hatte.

Greta zeigte sich aufgeschlossen. „Wir rufen Nele am besten gleich und erklären es ihr“, sagte sie. „Sie soll dann auch ihre Sachen zusammenpacken. Wir fahren nach dem Essen nach Hause.“

„Überstürze bitte nichts, eins nach dem anderen.“ Wiebke erhob sich. „Ich gehe Nele holen.“ Sie fand die beiden Mädchen in Elins Zimmer, wo sie vor dem

Spiegel saßen und Schminksachen ausprobierten. Ihr kunstvoll bemalten jungen Gesichter wirkten um Jahre älter. In diesem Alter konnte man es nicht abwarten, erwachsen zu werden, während man sich später die Jugend zurückwünschte. Wiebke erwischte sich oft bei dem Gedanken, Gunnar könnten die unvermeidlichen Anzeichen des Alters in ihrem Gesicht eines Tages stören. Obwohl er nur ein Jahr jünger war als sie, hatte er eine Ausstrahlung, die sie neben ihm viel älter erscheinen ließ.

„Nele, kannst du mal kommen, wir müssen was besprechen“, sagte sie.

„Muss das jetzt sein?“, maulte Nele. „Und wieso kann Elin nicht mitkommen?“

„Sie kann gern mitkommen, wenn sie will.“ Wiebke hatte nichts dagegen, weil Elin ohnehin Bescheid wusste.

Elin schob mit einer missmutigen Geste die Schminksachen beiseite und gemeinsam folgen sie Wiebke in den kleinen Salon, wo Greta schon auf sie wartete.

„Setzt euch Mädels“, sagte Wiebke. Die beiden wechselten einen irritierten Blick, ließen sich dann aber gehorsam nebeneinander auf der Couch nieder. Greta gab ihrer Schwester ein Zeichen, zuerst reden zu wollen. Ihre Stimme klang belegt.

„Nele, ich weiß inzwischen, dass du bei der Polizei warst und was du dort über Miranda gesagt hast. Du hast alles richtig gemacht. Ich muss mich bei dir entschuldigen, weil ich dich nicht in Schutz genommen habe, als dein Vater dich damals als Lügnerin bezeichnet hat. Es tut mir leid, dass ich dich so wenig unterstützt habe. Aber ich verspreche dir, es wird von nun an nie mehr vorkommen."

Die Tränen, die nach diesen Worten bei Nele flossen, hinterließen zwei schwarze Rinnsale auf deren Wangen. Elin reichte ihrer Cousine ein Taschentuch. „Die Wimperntusche bringen wir morgen zurück und lassen uns das Geld wiedergeben", sagte sie. „Der Mist ist nicht wasserfest." Nele wischte sich das Gesicht ab und lachte unter Tränen. Die Anspannung im Raum löste sich, Wiebke berichtete nun von dem Anruf der Polizei. „Sie würden gern noch einmal mit dir sprechen, es wird ein Psychologe anwesend sein."

Nele versteifte sich. „Ein Psychologe? Soll der feststellen, ob ich lüge?"

„Nein, die Polizistin hat mir versichert, es hat einen anderen Grund. Wir alle haben keine Ahnung, mit wem Miranda an dem Abend verabredet war. Aber diese Person weiß vermutlich, was mit ihr geschehen ist. Wenn Miranda auch nicht verraten hat, wer es war, hat sie vielleicht mal eine zufällige Bemerkung gemacht, die die Polizei auf seine Spur bringt."

„Aber das wüsste ich doch", meinte Nele.

„Nicht unbedingt", mischte sich Greta nun ein. „Manchmal hört oder sieht man etwas und misst dem keine Bedeutung bei. Erst später wird es einem klar."

Nele nickte zögernd. Sie dachte an den Fuchsschwanz und Mirandas rätselhafte Worte im Zusammenhang damit. Sie verstand die Bedeutung erst jetzt.

„Und deshalb", ergänzte Wiebke, „wird der Psychologe an dem Gespräch teilnehmen. Er weiß, welche Fragen man stellen muss, um dem Gedächtnis auf die Sprünge zu helfen."

„Wird er Nele etwa hypnotisieren?“ Die Vorstellung schien Elin zu erschrecken, doch Wiebke wiegelte schnell ab. „Nein, auf keinen Fall. Das geht nicht ohne Zustimmung. Die Polizistin fragte auch, ob es irgendetwas Schriftliches von Miranda gibt. Am besten wäre natürlich ein Tagebuch, aber auch kleine Notizen oder Briefe, die sie aufbewahrt hat, könnten Hinweise geben. Ist dir da etwas bekannt?“

„Die Polizei hat nach Mirandas Verschwinden ihr Zimmer durchsucht, aber nichts gefunden, jedenfalls nichts in dieser Richtung“, sagte Greta. Sie schaute Nele fragend an.

Nele zögerte. „Es gibt Zeichnungen von Miranda, die sie versteckt hat. Ich weiß, wo sie sind.“

Greta gab einen undefinierbaren Laut von sich, der alles Mögliche bedeuten konnte. „Sie hat sie vor uns versteckt“, flüsterte sie. „Miranda war begabt und musste das vor ihren eigenen Eltern verstecken.“

Wiebke beugte sich zu ihr und redete tröstend auf sie ein. „Hör auf, dich zu quälen. Viele Mädchen in dem Alter haben Geheimnisse vor ihren Eltern und verstecken ihre Tagebücher und Briefe. Es ist gut, dass Nele davon weiß und die Zeichnungen jetzt der Polizei zeigen kann. Das wirst du doch tun Nele?“

Nele nickte und Greta hatte nun einen weiteren Grund, noch am gleichen Abend nach Hause zurückzukehren. Nach dem gemeinsamen Essen stiegen sie zu Gunnar ins Auto. Elin winkte von der Treppe aus, sie wirkte traurig. Für Nele fühlte es sich wie die Vertreibung aus dem Paradies an.

54.

Das Frühstück daheim verlief schweigend und in einer angespannten Atmosphäre. Nele konnte nicht umhin, daran zu denken, wie ganz anders es bei Gunnar und Tante Wiebke gewesen war. Am Wochenende ließen sie sich morgens immer besonders viel Zeit, dafür wurde auf das Mittagessen verzichtet und abends eine warme Mahlzeit eingenommen. Sie dachte an den reichhaltig und liebevoll gedeckten Tisch, an die lockeren Gespräche und die freundlichen Blicke. Im Moment fühlte sie sich dagegen wie in einer Gefängniszelle. Sie waren am gestrigen Abend spät nach Hause gekommen und hatten nicht mehr eingekauft. Ihr Vater schien sich die ganze Woche über nicht darum gekümmert zu haben, weshalb das Frühstück mehr als dürftig ausfiel. Nele kratzte missmutig den angetrockneten Marmeladenrest aus dem Glas, ihr Knäckebrot zerbröselte bei dem Versuch, es damit zu bestreichen.

„Ich gehe anschließend gleich einkaufen“, sagte Greta, der das nicht entgangen war.

„Daran hättest du früher denken können.“ Wie ein Pistolenschuss peitschte die Stimme von Lars durch den Raum. „Aber du ziehst es neuerdings offenbar vor, dich bedienen zu lassen.“

Greta legte das Messer beiseite. „Du bist ungerecht“, sagte sie betont ruhig. „Ich hätte das Angebot von Wiebke und Gunnar nicht angenommen, wenn du auch nur angedeutet hättest, dass es dir nicht passt. Aber du hast mir im Gegenteil zugeredet.“

„Das habe ich, weil ich hoffte, sie würden dich zur Räson bringen. Ich konnte es nicht mehr ertragen, wie du nur noch im Bett gelegen und dich in deinem Unglück gesuhlt hast. Aber statt dir ein Beispiel an deiner Schwester zu nehmen und dich wieder auf deine Pflichten zu besinnen, hast du ihre Gastfreundschaft ausgenutzt.“

Nele konnte das nicht mehr mit anhören. „Tante Wiebke und Gunnar haben das anders gesehen, sie fühlten sich nicht ausgenutzt.“

„Du hältst den Mund und redest nur, wenn du gefragt wirst“, fuhr ihr Vater sie an.

Nele schob ihren Stuhl zurück, sie wollte aufspringen und das Zimmer verlassen. Als sie jedoch den flehenden Blick ihrer Mutter bemerkte, blieb sie sitzen und verschränkte nur die Arme vor der Brust.

Lars Edwardson wandte seine Aufmerksamkeit wieder seiner Frau zu. „Wann willst du überhaupt wieder zur Arbeit gehen?“, fragte er.

„Ich habe am Montag einen Arzttermin.“

„Den brauchst du nicht, du kannst auch telefonisch eine Gesundschreibung vereinbaren. Es ist gut für dich, so schnell wie möglich wieder einer sinnvollen Beschäftigung nachzugehen. Der Bürojob dürfte dich nicht sonderlich beanspruchen."

Nein, die Arbeit war es nicht, die Greta fürchtete. Es waren die mitleidigen Blicke der Kollegen und die Aufdringlichkeit ihrer spitznasigen Chefin, die unter dem Deckmantel der Fürsorglichkeit nach neuen Informationen gierte. Greta wurde kalt, wenn sie nur daran dachte. Es verletzte sie, wie unsensibel Lars war, der sie als Drückebergerin hinstellte.

„Ich habe diese Auszeit gebraucht", sagte sie. „So locker, wie du jetzt tust, steckst du die Ereignisse der vergangenen Wochen auch nicht weg. Auch deine Arbeit hat darunter gelitten."

Als Lars daraufhin sein Messer auf den Teller warf und sie wütend anfunkelte, bereute Greta, nicht den Mund gehalten zu haben. Sie hätte sich nicht provozieren lassen dürfen. Doch nun war es zu spät.

„Wer sagt das?" Lars musterte sie wie ein Großinquisitor die Delinquentin.

„Niemand hat etwas gesagt", ruderte sie zurück. „Gunnar deutete nur an, er würde sich auch um dich sorgen. Daraus habe ich es einfach geschlossen."

Lars kniff die Augen zu schmalen Schlitzen zusammen, offensichtlich glaubte er ihr nicht. Als sie beharrlich schwieg, redete er weiter. „Ich würde meine Arbeit niemals vernachlässigen und habe das auch nie getan. Es gab da lediglich ein Missverständnis. Einer Mieterin in der Kyrkogatan ging es mit einer Reparatur, die überhaupt nicht dringend war, nicht schnell genug. Sie hat deshalb sogar Gunnar belästigt. Dabei war ich den ganzen Dienstag über in seinem Geschäftshaus in der Parkgatan beschäftigt, wo es einen Wasserrohrbruch und Schäden in mehreren Räumen gab. Das Reisebüro unten im Haus war besonders betroffen. Natürlich habe ich das mit Gunnar sofort geklärt. Wenn er sich Sorgen um mich macht, dann höchstens, weil ich zu viel arbeite", setzte er selbstgefällig hinzu. „Im Gegensatz zu dir."

Greta schluckte die erneute Kränkung wortlos hinunter. Nele verschlug es ebenfalls die Sprache, aber aus einem anderen Grund. Weshalb ließ ihr Vater sich zu einer derart wortreichen Erklärung herab? Das passte überhaupt nicht zu ihm. Noch Stunden danach musste sie daran denken, bis sie es schließlich nicht mehr aushielt. Nele kannte das Reisebüro, von dem die Rede gewesen war, die Telefonnummer fand sie im Internet. Als sie dort anrief, verstellte sie ihre Stimme, um älter zu klingen. Darin hatte sie Übung, sie benutzte den Trick manchmal, um im Musikunterricht Heiserkeit vorzutäuschen. Auf die Art gelang es ihr, sich vor dem Singen zu drücken. „Reisebüro Suntours." Eine Frau meldete sich in einem fröhlichen Singsang, der wie eine Ansage aus der Fernsehwerbung klang. „Was kann ich für Sie tun?"

Nele räusperte sich. „Immobilienverwaltung Blom. Ich wollte fragen, ob mit der Behebung des Wasserschadens alles geklappt hat."

„Was für ein Wasserschaden?"

„Es gab doch einen Rohrbruch bei Ihnen im Haus."

„Einen Rohrbruch? Davon weiß ich nichts. Hier ist alles in Ordnung."

„Oh, entschuldigen Sie, ich sehe gerade, dass ich die Hausnummer verwechselt habe, es tut mir leid."

„Kein Problem. Besser eine Verwechslung als ein tatsächlicher Schaden."

Nele wünschte der Frau noch einen schönen Tag und beendete das Gespräch. Ihr Herz klopfte heftig. Ihr Vater hatte gelogen und sich für den vergangenen Dienstag eine umfangreiche Ausrede zurechtgelegt. Bei der Polizei würde er damit nicht durchkommen. Denn am Dienstag war eine Vierzehnjährige im Vättlefjäll ermordet worden. Ein Mädchen, das als Huldra verkleidet gewesen war.

55.

Nele verließ ihr Zimmer an diesem Tag nicht mehr. Der Gedanke, ihr Vater könnte etwas mit den Morden zu tun haben, war zu ungeheuerlich. Bestimmt hatte er aus einem anderen Grunde die Arbeit geschwänzt und wollte das nur nicht zugeben. Alle sollten ihn für unfehlbar halten, damit er ihnen ihre eigene Unzulänglichkeit umso besser vorhalten konnte. Als ihre Mutter am Abend zu ihr ins Zimmer kam, erwähnte Nele das Telefonat mit dem Reisebüro nicht. Greta musterte sie besorgt. „Weshalb liegst du hier im Dunkeln? Geht es dir nicht gut?"

Nele schaltete die Nachttischlampe an. „Doch, ich bin nur ein wenig traurig. Ich vermisse Elin."

„Ja, ich weiß." Greta setzte sich zu ihr aufs Bett. „Aber wir hätten ohnehin nicht länger dortbleiben können. Sie treten bald ihre Urlaubsreise an."

Die Erinnerung daran versetzte Nele zusätzlich einen Stich. Elin würde in den Herbstferien irgendwo in der Sonne an einem weißen Strand liegen, während sie hier allein Trübsal blasen musste. Am liebsten wäre sie mitgefahren, doch das hätte ihr Vater auf keinen Fall gestattet. Auslandsreisen gehörten für ihn zu den überflüssigen und geradezu sündigen Vergnügungen.

Ihre Mutter riss sie aus ihren trüben Gedanken. „Ich werde gleich am Montag bei der Polizei anrufen und einen Termin vereinbaren“, sagte sie. „Wenn du möchtest, begleite ich dich. Deinem Vater sage ich nichts davon. Es ist nicht schön, wenn man in der Familie Geheimnisse voreinander hat, aber in diesem Falle ist es besser so.“

„Wir sind nicht die Einzigen, die Geheimnisse haben“, konnte sich Nele nicht verkneifen zu sagen. Ihre Mutter musterte sie prüfend und schien etwas fragen zu wollen. Doch dann wandte sie das Gesicht ab und Nele glaubte, ein feuchtes Glitzern in ihren Augen zu erkennen. Ob sie die gleichen Befürchtungen hegte wie sie selbst? In stummer Übereinkunft berührten sie das Thema nicht.

Auch der Sonntag verging in trübsinniger Atmosphäre. Zwischendurch telefonierte Nele mit Elin, die sie ebenfalls zu vermissen schien.

Am Montag stellte sie erleichtert fest, dass ihr Vater bereits sehr früh aufgebrochen und sie mit ihrer Mutter allein war. Dadurch konnten sie offen miteinander reden. Greta rief wie vereinbart bei der Polizei an. „Wir können gleich heute kommen“, sagte sie. „Um 16 Uhr, das dürfte mit der Schule passen.“ Nele nickte. Sie hatte bis 14 Uhr Unterricht und es blieb ihr noch ausreichend Zeit, nach Hause zu fahren und Mirandas Zeichnungen zu holen.

„Was machst du?“, fragte sie. „Gehst du arbeiten?“

„Ich gehe wie vereinbart zum Arzt, danach sehe ich weiter. Heute bin ich auf jeden Fall zu Hause, nach dem Termin bei der Polizei können wir zwei noch gemütlich irgendwo essen gehen. Natürlich nur, wenn du Lust hast.“

„Klar habe ich Lust.“ Neles Laune stieg augenblicklich. Ihre Mutter widersetzte sich dem Vater, das gefiel ihr ausordentlich gut. Sie waren jetzt Verbündete und sie fühlte sich nicht mehr so schutzlos, wie es in der Vergangenheit der Fall gewesen war.

56.

Das Polizeipräsidium am Ernst Fontells Platz war ein imposantes Gebäude. Bei ihrem ersten Besuch hatte es einschüchternd auf Nele gewirkt, heute kam es ihr fast schon vertraut vor. Greta Edwardson gab am Empfang ihre Personalien an. „Wir haben einen Termin bei Kriminalinspektorin Alva Claesson."

Die Beamtin hinter dem Schalter nickte. „Sie sind angemeldet. Einen Augenblick, Sie werden gleich abgeholt." Eine uniformierte Polizistin führte sie durch die Sperre zu den Fahrstühlen. Nele stellte fest, wie ihre Mutter in der Öffentlichkeit zu einer anderen Person wurde, einer souverän auftretenden Frau, die nichts mit dem geduckten Wesen gemein hatte, das sie daheim war. Im Fahrstuhl standen sie neben einer Frau, die erregt auf einen Mann im dunklen Anzug einredete. Aus dem Gespräch ging hervor, dass der Anzugträger ihr Anwalt war, der ihren Ehemann aus der Untersuchungshaft holen sollte. „Mein Mann ist unschuldig, ich werde das doch wohl am besten einschätzen können", sagte sie ein ums andere Mal. Nele beschlich ein merkwürdiges Gefühl, wieder musste sie an ihren Vater denken. Sie war froh, als der Fahrstuhl hielt und sie aussteigen konnten.

Alva Claesson begrüßte sie freundlich und stellte ihnen Birger Nyberg vor. Nele fand ihn sofort sympathisch, er erinnerte sie mit dem vollen blonden Haar und der sportlichen Figur ein wenig an Gunnar.

Alva bat sie, an einem runden Tisch Platz zu nehmen, und bot Kaffee und Wasser an. Nele wusste nicht recht wohin mit der Mappe, in der sich Mirandas Zeichnungen befanden. Ihre Mutter hatte sie taktvollerweise nicht nach dem Versteck gefragt, was Nele ihr hoch anrechnete. Wenigstens dieses Geheimnis von Miranda sollte gewahrt bleiben. Sie stellte die Mappe schließlich auf dem Boden ab und lehnte sie an den Stuhl. Alva eröffnete das Gespräch. „Nele, du hast bereits über den Abend berichtet, an dem deine Schwester verschwand. Wenn es dir nichts ausmacht, würden wir es gern noch einmal hören. Von Anfang an und mit allen Einzelheiten, an die du dich erinnerst."

Es fiel Nele nicht schwer, dieser Aufforderung nachzukommen. Inzwischen hatte sie so oft daran gedacht, dass das Geschehen wie ein Film vor ihrem inneren Auge ablief. Sie erzählte zuerst von dem zufällig belauschten Telefonat zwischen Miranda und ihrer Freundin Emelie. Danach stellte Birger seine erste Zwischenfrage. „Kannst du Mirandas Worte genauer wiedergeben? Woraus hast du das mit dem älteren Freund entnehmen können?"

Nele zögerte. „Ich habe Emelies Fragen natürlich nicht gehört, aber Miranda sagte an einer Stelle: *Das kann ich dir nicht sagen. Sei nicht böse, niemand weiß davon. Es muss unser Geheimnis bleiben.* Und dann hat

Emelie wohl versucht zu erraten, von wem die Rede ist, denn Miranda sagte: *Nein, der doch nicht. Nein, er ist älter.*“

Birger nickte und machte sich Notizen. Nele kam nun auf den anschließenden Streit mit Miranda zu sprechen. „Ich wollte nicht gemein zu ihr sein. Aber ich war neidisch, weil sie zu einer Party gehen durfte und ich nicht. Auch viele meiner Klassenkameraden haben Halloweenpartys gefeiert, oder sie haben sich zumindest verabredet und sind gemeinsam durch die Straßen gezogen. Ich hätte so gern mitgemacht, aber mein Vater hätte es niemals erlaubt.“ Plötzlich begann ihre Unterlippe zu zittern, sie konnte nicht weitersprechen.

„Bist du noch immer traurig darüber?“, fragte Birger.

Nele schüttelte heftig den Kopf, zog ein Taschentuch hervor und putzte sich die Nase. „Nicht deshalb“, sagte sie. „Aber ich denke manchmal, Miranda könnte meinetwegen verschwunden sein. Weil sie Angst bekommen hatte, ich könnte sie doch verraten haben. Deshalb ist sie lieber nicht wieder nach Hause gekommen.“

Bevor Birger darauf etwas entgegnen konnte, reagierte Greta Edwardson. „Selbst wenn sie so gedacht hätte, wäre es nicht deine Schuld gewesen“, sagte sie. „Falls Miranda solche Angst hatte, sind nur dein Vater und ich daran schuld, niemand sonst. Am allerwenigsten du.“

Alva warf ihr einen anerkennenden Blick zu. Wie gut, dass die Mutter dabei war, Nele öffnete sich diesmal mehr als beim ersten Gespräch. Die moralische Unterstützung tat ihr sichtlich gut. Sie kamen nun auf die Verkleidung zu sprechen, die Miranda gewählt hatte. Auch dabei ging Nele stärker ins Detail. „Ihr nackter Po in dem Stringtanga mit dem Fuchsschwanz, das sah merkwürdig aus. Ich fand es sogar eklig", sagte sie.

„Kannst du dich erinnern, wie sie den Fuchsschwanz befestigt hatte?", fragte Birger.

„Ja, mit einem Clip, wie man ihn für Tücher benutzt, damit sie nicht rutschen. Ich dachte noch, das hält doch nicht. Und als Miranda dann sagte, sie will den Fuchsschwanz verlieren, da dachte ich einfach so, auf der Straße beim Laufen. Ich habe den Sinn überhaupt nicht kapiert."

Nele schilderte zum Schluss, wie sie Miranda vom Fenster aus nachgesehen und wie der Nebel sie verschluckt hatte. Ihr Blick ging dabei ins Leere, als würde sie die Szene erneut vor sich sehen, und ihre Mundwinkel zuckten verräterisch.

Alva stand auf, füllte Gebäck in eine Schale und stellte sie auf den Tisch. „Das hast du gut gemacht Nele", sagte sie. „Jetzt stärken wir uns erst einmal."

Nele hob die Mappe auf und hielt sie hoch. „Ich habe etwas mitgebracht, Zeichnungen von Miranda."

„Oh, wenn das so ist, warten wir noch mit dem Essen. Da sollen ja keine Fettflecke draufkommen." Alva entging nicht, wie behutsam Nele die Mappe behandelte.

„Wir sollten sie nicht hier am Tisch auspacken, gehen wir rüber an meinen Schreibtisch", schlug sie vor. Schnell räumte sie ihn frei und nun hatten sie genug Platz, um die Zeichnungen darauf auszubreiten. Die meisten waren sehr sorgfältig mit Bleistift ausgeführt, auch einige Kohlezeichnungen und Aquarelle waren darunter. Alle zeugten sie von einer großen Begabung. Birger interessierten vor allem die dargestellten Motive, die zum großen Teil auf skandinavischen Mythen beruhten. „Hier haben wir den Näcken“, sagte er und deutete auf die Abbildung eines nackten Mannes, der an einem Bach auf der Geige spielte. Langes Haar floss ihm über die Schultern und verdeckte sein Gesicht. „Der Näcken symbolisiert die Anziehungskraft und die Gefahren des Wassers gleichzeitig. Er lockt mit seinem Geigenspiel Opfer an, die dann in den Fluten ertrinken.“

Greta verbarg ihre zitternden Hände hinter dem Rücken. Dieses Bild erinnerte sie an den schlimmen Vorfall, wie Lars Miranda an den Haaren gezogen und geschlagen hatte, nur wegen dieser Zeichnung. Er hatte das Blatt anschließend in winzige Schnipsel zerrissen, doch Miranda hatte das Motiv erneut gezeichnet. Es war mehr Widerstandsgeist in ihr gewesen, als sie ihr zugetraut hatte.

Mehrere Zeichnungen zeigten eine zarte blonde Frau mit langen Haaren, die Miranda unverkennbar ähnlich sah. „Das ist die Huldra“, kommentierte Birger. „Sie scheint mit dem sie umgebenden Wald beinahe verwachsen zu sein.“ Hinter den Bäumen sah man einen Troll hervorlugen, der sie beobachte. Er hatte tief in den Höhlen liegende Augen und sein Gesichtsausdruck war boshaft. Es folgten einige zarte Aquarelle mit märchenhaft anmutenden Motiven. Ein Prinz trug eine junge Frau auf seinen Armen davon. Ein junges Paar saß in einer von weißen Pferden gezogenen Hochzeitskutsche.

Birger wandte sich an Greta Edwardson. „Würden Sie uns die Zeichnungen für ein bis zwei Tage hierlassen? Sie bekommen sie garantiert unversehrt zurück.“

Greta schaute ihre Tochter an, die tief in den Anblick der Blätter versunken war. „Nele? Ich denke, du solltest das entscheiden."

Nele hatte völlig ausgeblendet, was um sie herum geschah, Birger musste seine Frage wiederholen.

„Ja, natürlich", sagte sie. „Wenn es hilft, Miranda zu finden."

„Wird überhaupt noch nach ihr gesucht?", fragte Greta Edwardson.

„Jeder ungeklärte Vermisstenfall wird weiterverfolgt, wir vergessen niemanden", versicherte Alva. „Suchmeldungen werden in regelmäßigen Abständen aktualisiert, Fotos der Vermissten dazu künstlich gealtert. Bei Miranda dürfte das noch nicht notwendig sein, sie ist jetzt siebzehn und wird sich seit ihrem vierzehnten Lebensjahr nicht sehr verändert haben."

Es war ein schwacher Trost, doch Greta Edwardson bedankte sich überschwänglich.

„Es war eine gute Idee, nochmals herzukommen und ihnen auch die Zeichnungen zu zeigen", sagte sie zu Nele, als sie wieder draußen standen. „Ich habe das Gefühl, sie geben sich wirklich Mühe. Jetzt haben wir uns eine Stärkung verdient, du darfst aussuchen, wo wir essen wollen."

„Ach, das ist mir egal, schlag du was vor." Nele war nicht bei der Sache. Etwas an den Zeichnungen hatte ihre Aufmerksamkeit erregt. Sie grübelte, was es gewesen war, bekam den Gedanken aber einfach nicht zu fassen. Dabei könnte es wichtig sein, sehr wichtig sogar. Und zutiefst beunruhigend außerdem.

57.

Sie hatten sich im Beratungsraum versammelt, weil dort ein größerer Tisch zur Verfügung stand. Von Mirandas Zeichnungen gab es inzwischen Kopien, die Birger heute mit ihnen auswerten wollte. Doch zuvor berichtete Rurik über den Stand der Ermittlungen im Mordfall Maja Jensen.

„Wir haben jetzt eine vollständige Auflistung aller Handydaten und wissen, welche Personen sich zum fraglichen Zeitpunkt in dem Gebiet aufgehalten haben, von den Veranstaltern und der Touristengruppe abgesehen. Viele waren es nicht, und die einzige Spur, die zunächst vielversprechend aussah, hat sich inzwischen als falsch erwiesen. Es handelte sich um einen jungen Mann von Mitte zwanzig, der als Pfleger in einer Einrichtung für geistig behinderte Menschen arbeitet. Er war auf der Suche nach einem Jugendlichen, der wieder mal ausgebüxt war. Der Junge wurde übrigens gefunden."

„Im Vättlefjäll?", fragte Sven.

„Nein, in Angered an einer Tankstelle, wo er einen Autofahrer überreden wollte, ihn nach Liseberg zu bringen. Der Autofahrer hat ihn stattdessen auf dem nächsten Polizeirevier abgeliefert. Wer immer Maja Jensen auf dem Gewissen hat, der hat es verstanden, keine Spuren zu hinterlassen.“

„Aber Lucas Hansson ist doch noch nicht völlig als Verdächtiger ausgeschlossen“, warf Jördis ein. „Zeitlich hätte er es schaffen können und das fehlende Motiv ist kein Grund, ihn auszuschließen. Wer versteht schon die Motive von Serienmördern. Birger vielleicht, jedenfalls eher als wir anderen.“

Birger winkte ab. „In den Kopf schauen kann ich auch niemandem, ich kann mich der Person immer nur annähern. Wenn wir an diesem Punkt nicht weiterkommen, können wir uns dann jetzt der Befragung von Nele Edwardson zuwenden und uns anschließend die Zeichnungen von Miranda Edwardson ansehen? Aber seid bitte nicht enttäuscht, einen direkten Hinweis auf die Person des Täters enthalten sie leider nicht. Trotzdem sind sie recht aufschlussreich.“

„Gut, aber vorher wüsste ich gern, wie du die Glaubwürdigkeit von Nele Edwardson einschätzt“, sagte Rurik.

„Ich halte sie für glaubwürdig“, erwiderte Birger. „Bei Jugendlichen, besonders bei solchen, die gewohnheitsmäßig lügen, bleibt oft ein Rest Ungewissheit in ihrer Einschätzung zurück. Im Falle von Nele Edwardson bin ich mir jedoch sicher, dass sie die Wahrheit sagt. Dafür gibt es mehrere Indizien. Einmal die deutlich erkennbare emotionale Bindung an ihre Schwester. Nele geht es nicht darum, selbst im Mittelpunkt zu stehen, sie will Miranda finden und sie mit ihren Äußerungen auf keinen Fall bloßstellen. Bei allen Einzelheiten, die sie geschildert hat, war zu erkennen, wie sie Bilder in ihrem Kopf abrief, Dinge, die sie wirklich gesehen und sich nicht einfach ausgedacht hatte. Sie erinnerte sich zum Beispiel, wie der Fuchsschwanz befestigt war und welche Emotionen der Anblick bei ihr auslöste. Ich habe ihre Aussage mit dem Protokoll ihrer ersten Befragung verglichen. Die Inhalte stimmten überein, die Worte waren andere. Lügner bleiben in der Regel bei der gleichen Wortwahl, die sie sich vorher zurechtgelegt haben."

„Wenn das so ist, dann ist ihre Aussage für uns natürlich von großem Wert", sagte Rurik. „Wir wissen nicht, was mit Miranda Edwardson passiert ist, müssen uns aber leider auf das Schlimmste gefasst machen. Ich bin jetzt gespannt auf ihre Zeichnungen."

Birger begann die Zeichnungen, die er zuvor in eine Reihenfolge gebracht hatte, auf dem Tisch auszubreiten. „Wie ihr seht, taucht das Motiv der Huldra sehr häufig auf", sagte er. „Die Ähnlichkeit mit Miranda Edwardson weist darauf hin, dass sie sich mit dieser Figur identifiziert hat. Außerdem gibt es einige versteckte Botschaften. Die Huldra ist die Beschützerin des Waldes und der Natur, beides stellt ihre natürliche Umgebung dar. Doch der Wald auf den Zeichnungen von Miranda ist nicht idyllisch, er wirkt dunkel und bedrohlich, wie ein Moloch, der die junge Frau umklammert und gefangen hält. Seht ihr das hier?" Er deutete auf eine Wurzel, die den nackten Fuß der Huldra umschlang, wilde Ranken hatten sich in ihrem Haar verfangen. „Ich denke, es soll die Einengung durch ihr Elternhaus symbolisieren. Miranda wollte wie jeder junge Mensch die Welt erkunden, doch sie wurde gewaltsam daran gehindert."

„Da war ein Bild mit einem Troll, der sie beobachtet", warf Alva ein. „Das ist mir besonders aufgefallen."

Birger nickte. „Hier ist es." Er deutete auf die Zeichnung mit dem Troll, der hinter einem Baum lauerte.

„Ich finde, er hat Ähnlichkeit mit Lars Edwardson", sagte Alva. „Die tief liegenden Augen und der misstrauische Blick sind mir bei unserem Gespräch mit ihm besonders aufgefallen. Genau das findet sich auch bei diesem Troll. Miranda Edwardson ist unglaublich talentiert. Man muss ihr Alter bedenken, als sie diese Bilder zeichnete."

„Ich denke, du interpretierst das richtig", stimmte Birger ihr zu. „Der Troll soll den Vater darstellen, der sie nicht aus den Augen lässt. Doch ihre Blicke gelten bereits einem anderen Mann, der ihr Erlösung aus ihrer Situation verspricht."

„Sprichst du von diesem Wassergeist, dem Näcken?" Sven runzelte die Stirn. „Der bedeutet ja wohl eine noch größere Gefahr. Miranda dürfte das wissen, so gut wie sie sich in der nordischen Mythologie auskennt."

„Nein, der Näcken ist ein Motiv, das nur einmal auftaucht. Dafür erscheint ein anderer Mann wesentlich häufiger, mal sieht er wie ein Jäger aus, dann wie ein Prinz aus einem Märchenbuch. Das muss der Mann sein, in den sie sich verliebt hatte."

Birger zeigte auf zwei Zeichnungen. Auf der ersten war ein Jäger zu sehen, der der Huldra seine Hand reichte, die sie zögernd ergriff. Es war eine perfekte Darstellung einer behutsamen Annäherung, des Schwankens der Frau zwischen Furcht und Verlangen.

Weitere Bilder zeigten die beiden einträchtig Hand in Hand und Arm in Arm. Schließlich fuhren sie gemeinsam in einer Kutsche davon, die von vier weißen Pferden gezogen wurde. Die bedrohliche Kulisse des düsteren Waldes blieb weit hinter ihnen zurück.

„Für mich sind das die Zeichnungen eines kleinen Mädchens, das noch an Märchen glaubt“, kommentierte Jördis skeptisch. „Es ist fraglich, ob es diesen Mann wirklich gibt oder ob er eine Idealvorstellung von ihr ist.“

„Ich stimme dir insoweit zu, dass man aus diesen Zeichnungen unmöglich auf seine Identität schließen kann. Sie hat es bewusst vermieden, sein Gesicht allzu detailliert wiederzugeben. Aber es gab jemanden, mit dem sie den Traum von der Huldra, die durch diesen Mann zum Menschen wird, gelebt hat. Dafür sprechen ihre Verkleidung am Abend ihres Verschwindens und ihre Bemerkung über den Fuchsschwanz. Dieser unbekannte Mann sollte ihre Metamorphose vollziehen und ihr eine andere Art zu leben ermöglichen.“

„Wenn es so war, dann hat er sie benutzt“, sagte Rurik grimmig. „Er hat die Träume eines naiven jungen Mädchens beflügelt, um sie dann zu missbrauchen. Und er läuft immer noch frei herum. Wir wissen nicht, was er mit Miranda Edwardson gemacht hat, doch ich habe keine Zweifel mehr, dass die Morde an den anderen Frauen von ihm verübt wurden. Und wisst ihr, was mir die größten Sorgen bereitet? In fünf Tagen ist wieder Halloween.“

58.

Sven beobachtete, wie Jördis immer wieder auf ihr Handy schaute und zunehmend nervöser wirkte.

„Stimmt was nicht?“, fragte er.

„Ich versuche, meine Mutter zu erreichen, sie meldet sich nicht. Schon heute Mittag ging sie nicht ran, ich habe ihr eine Nachricht hinterlassen und sie gebeten, zurückzurufen. Aber bis jetzt ist das nicht passiert und sie ist noch nicht erreichbar. Dabei weiß sie genau, dass ich jeden Tag anrufe und mir Sorgen mache, wenn ich nichts von ihr höre. Sie könnte wieder gestürzt sein, ich muss jetzt gleich zu ihr. Hier sind wir ja für heute fertig.“ Alle anderen waren bereits aufgebrochen, sie und Sven waren die Letzten im Büro.

„Warte Jördis.“ Sven griff nach seiner Jacke. „Wie willst du hinkommen? Ich bin heute zufällig mit dem Auto hier, ich kann dich fahren.“

Jördis war ihm für sein Angebot dankbar. Sie war am Morgen nicht mit dem Roller gefahren, das Wetter war nasskalt und die Straßen gefährlich rutschig. Sven nahm normalerweise die Straßenbahn, doch heute früh hatte er sein Auto endlich aus der Werkstatt geholt. Die Rechnung hatte ihm beinahe die Tränen in die Augen getrieben. Doch jetzt war er froh, den Wagen zu haben und Jördis helfen zu können. Sie musste ihm die Strecke nicht erklären, er war oft genug dort gewesen, hatte im Sommer geholfen, die Wohnung der Mutter zu renovieren. Doch das eigentliche Problem hatten sie nicht beheben können. Das Haus war nicht altersgerecht, es beinhaltete noch immer zahlreiche Gefahrenstellen für eine alleinlebende alte Dame. Ein Umbau wäre viel zu kostspielig und umziehen wollte die Mutter von Jördis nicht. Jördis war nervös, es äußerste sich, indem sie ununterbrochen redete. „Was sollte ich denn machen? Ich schaue nach ihr, sooft ich kann, mindestens dreimal in der Woche. Aber jeden Tag schaffe ich es nicht. Weder kann ich zu ihr ziehen noch sie zu mir nehmen. Unsere Wohnsituation ist gleichermaßen desolat. In meinem Haus stehen zwei Wohnungen leer, doch in der einen regnet es durch und in der anderen ist die Heizung kaputt. Der Vermieter wird nichts mehr daran machen, das Haus wird demnächst abgerissen. Wo ich dann bleibe, weiß ich noch nicht. Meine Mutter meint ernsthaft, ich könnte zu ihr ziehen, sie hält ihre enge Bruchbude für einen Palast.“

„Bestimmt sieht sie es so, weil sie dort mit deinem Vater glücklich war. Deshalb kann sie sich auch nicht davon trennen. Das Haus ist ein Teil ihres Lebens.“

Jördis schaute zu Sven hinüber, der den Wagen ruhig durch den abendlichen Verkehr lenkte. Sein Einfühlungsvermögen überraschte sie immer wieder. Natürlich hatte er recht, aber sie brauchte bald eine Lösung für ihre Mutter und sich.

Das Grundstück mit dem kleinen roten Holzhaus lag am Ende einer ruhigen Straße. Als Sven direkt davor parkte, steigerte sich die Unruhe von Jördis noch. „Da ist alles dunkel, da stimmt was nicht“, sagte sie. Kaum war sie aus dem Auto gestiegen, zog sie ihren Schlüsselbund aus der Tasche und ließ ihn vor Aufregung fallen. Sven hob ihn für sie auf, sie brauchten den Schlüssel nicht, die Tür war unverschlossen. Im Haus empfing sie eine Stille, wie sie nur herrscht, wenn niemand anwesend ist.

„Mama!“, rief Jördis laut. „Mama, ich bin es.“ Sie bekam keine Antwort. Wie gehetzt riss sie eine Zimmertür nach der anderen auf. Ihre Mutter war weder im Wohnzimmer noch im Schlafzimmer, auch nicht in der Küche und nicht im Bad. Das Zimmer am Ende des Flures, das ihre Mutter großspurig als Gästezimmer zu bezeichnen pflegte, war ebenfalls leer. „Wo kann sie nur sein?“, fragte Jördis verzweifelt.

„Jetzt lass uns mal systematisch vorgehen“, schlug Sven vor. „Fehlt eine Jacke oder ein Mantel? Hat sie Papiere und ihre Kreditkarte bei sich? Dann wollte sie vielleicht einkaufen und ist noch nicht zurück.“

Jördis glaubte das nicht, weil sie die meisten Einkäufe für ihre Mutter erledigte. Trotzdem schaute sie nach. Die Jacke und der Mantel, die ihre Mutter beim Verlassen des Hauses gewöhnlich trug, hingen ordentlich nebeneinander an der Garderobe. Ihre Handtasche mit allen Papieren und ihrer Kreditkarte stand neben dem Bett. „Es fehlt nichts, es ist alles da. Wenn sie irgendwo draußen ist, dürfte sie zu leicht bekleidet sein. Und das bei Kälte und Regen.“

„Nun nimm mal nicht das Schlimmste an. Sie kann auch irgendwo in der Nachbarschaft sein und hielt es nicht für nötig, sich für den kurzen Weg entsprechend anzuziehen. Vor allem solltest du noch einmal versuchen, sie anzurufen. Du hast ihr doch kürzlich erst ein neues Handy besorgt." Das stimmte, ursprünglich wollte Jördis ihre Mutter überreden, einen Notfallknopf zu beantragen, der sie mit einem Pflegedienst verbindet. Da sie das vehement verweigert hatte, war das Handy ein Kompromiss gewesen. Jördis wählte erneut die Nummer, der Klingelton war deutlich zu hören und er kam aus der Küche. Sie fanden das Handy im Spülbecken. Jördis stöhnte laut auf, als sie es an sich nahm. „Und jetzt?", fragte sie.

„Wir sehen uns draußen auf dem Grundstück um und klappern danach die Nachbarn ab. Sollten wir sie dort nicht finden und niemand wissen, wo sie sein könnte, informieren wie die Kollegen von der Streife."

Svens Vorschläge klangen vernünftig. Normalerweise war Jördis diejenige, die ruhig und systematisch vorging. Doch aus Sorge um ihre Mutter drohte sie den Kopf zu verlieren.

Es war bereits ziemlich dunkel, als sie wieder vor das Haus traten. Der Bereich davor wirkte aufgeräumt, das Gras auf den Seitenstreifen war kurz gehalten. Jördis bezahlte einen Jungen aus der Nachbarschaft für das regelmäßige Mähen des Rasens. Im hinteren Bereich stand das Gras jedoch hoch und die einst gepflegten Sträucher waren aus der Form geraten. Früher war der Garten die Leidenschaft ihrer Mutter gewesen, inzwischen bewältigte sie die Pflege nicht mehr. Einsehen wollte sie das jedoch nicht und schmiedete noch immer Pläne, was sie alles zu pflanzen gedachte. Sven schaltete seine Taschenlampe ein, und gemeinsam begaben sie sich hinter das Haus. Jördis fluchte leise, als sich die

Ranke einer Wildrose in ihrer Jacke verfing. „Da hinten“, sagte Sven plötzlich. „Da ist etwas.“

Jördis erkannte es jetzt auch und rannte los. Was da am Boden lag, sah aus wie ein Bündel hingeworfener Kleidungstücke. Ein leises Wimmern war zu hören.

„Mama!“, mit einem Satz war Jördis bei ihr. Ihre Mutter lag auf der Seite, ihr rechtes Bein war merkwürdig verdreht und aus ihrer Stirn sickerte Blut. „Mama, hörst du mich?“

„Jördis?“ Das Sprechen schien ihr Mühe zu bereiten, doch immerhin reagierte sie. „Was ist passiert, was hast du hier gemacht?“

Statt einer Antwort kam nur ein lang gezogenes Stöhnen. Sven, der mit der Lampe leuchtete, deutete auf eine Gartenschere, die im Gras lag. „Offenbar wollte sie etwas abschneiden. Und dann muss sie in ein Loch getreten sein. Der Boden ist löchrig wie ein Käse, vermutlich haben Wühlmäuse hier ihre Gänge gegraben.“

„Sie ist völlig durchnässt und ganz kalt, wir müssen sie ins Haus bringen“, sagte Jördis. Doch der behutsame Versuch, ihre Mutter in eine andere Lage zu bringen, scheiterte, weil sie vor Schmerzen laut aufschrie.

Sven telefonierte bereits nach einem Rettungswagen. Dann lief er zum Auto, um eine Decke zu holen. „Sie sind gleich hier“, sagte er zu der völlig aufgelösten Jördis. „Wir versuchen sie bis dahin warmzuhalten.“ Sie hatten es kaum geschafft, die Decke notdürftig um sie zu legen, als auch schon die Sirene des Rettungswagens zu hören war. Die Sanitäter gaben der Verletzten eine schnell wirkende Spritze gegen die Schmerzen und hoben sie auf eine Trage. Jördis konnte die Tränen nicht zurückhalten, als sie ihre Mutter so winzig und zerbrechlich daliegen sah. Sven legte ihr den Arm um die Schulter und führte sie zum Auto zurück. Gemeinsam fuhren sie dem Krankenwagen hinterher.

59.

Jördis hasste Krankenhäuser, den Geruch nach Desinfektionsmittel, das Geräusch der hastenden Schritte des Personals auf den langen Fluren und den Anblick der vor Angst versteinerten Gesichter wartender Angehöriger. Diesmal war sie nicht beruflich hier, sie war selbst betroffen. Als Sven ihre Hand nahm, war sie ihm dankbar dafür.

„Es wird alles gut“, sagte er. „Sie ist hier in den besten Händen. Die Verletzungen müssen nicht schlimm sein und die Unterkühlung auch nicht. Ich denke, wir haben sie rechtzeitig gefunden.“

Jördis ließ sich nicht so leicht beruhigen. „Ich habe sie schon mittags nicht erreichen können“, sagte sie. „Sie muss seit Stunden dort gelegen haben, ohne sich bemerkbar machen zu können. Ich hätte sofort zu ihr fahren müssen.“

„Nein Jördis, das hättest du nicht. Willst du das jedes Mal machen, wenn deine Mutter sich nicht sofort meldet? Du hast gesehen, wie sie mit ihrem Handy umgeht, sie vergisst es einfach irgendwo. Willst du dann jedes Mal alles stehen und liegen lassen? Dann müsstest du deine Arbeit aufgeben."

Jördis biss sich auf die Unterlippe. Natürlich hatte Sven recht, trotzdem fühlte sie sich wie eine schlechte Tochter. „Meine Mutter wollte ihre uralten Sträucher beschneiden", sagte sie. „Als ich letztens bei ihr war, hat sie mir aufgetragen, es zu machen. Ich habe das abgelehnt, weil es sinnlos ist. Die tragen schon lange keine Früchte mehr und wenn es doch mal der Fall ist, erntet niemand. Aus purem Eigensinn wollte sie es nun selbst erledigen."

„Es ist die Macht der Gewohnheit und das Nichteinsehenwollen, dass die Kräfte nicht mehr ausreichen." Sven drückte die Hand von Jördis. „Mach dir keine Gedanken, es ist nicht deine Schuld. Jetzt schauen wir erst einmal, wie es deiner Mutter geht, dann planst du in Ruhe die weiteren Schritte mit ihr."

Eine Ärztin kam auf sie zu, ihr Lächeln wirkte professionell und sollte wohl zur Beruhigung der Angehörigen dienen. „Wir haben Ihre Mutter jetzt auf die Station gebracht", sagte sie. „Sie hat durch den Sturz einen Oberschenkelhalsbruch erlitten. Die Verletzung an der Stirn ist nur oberflächlich und die Unterkühlung zum Glück nicht so stark wie befürchtet. Trotzdem muss Ihre Mutter zunächst stabilisiert werden, bevor wir sie zur operativen Behandlung des Bruchs auf die Chirurgie verlegen können. Sie bekommt jetzt eine Infusion. Sie können noch zu ihr reinschauen, bevor Sie gehen."

Sven wartete draußen, während Jördis bei ihrer Mutter war. Sie lag allein im Zimmer in einem Bett am Fenster. Eine Kanüle steckte in ihrem Arm und sie wirkte schläfrig, doch ihr Gesicht hatte schon wieder ein wenig Farbe. Jördis küsste sie behutsam auf die Stirn. „Was machst du nur für Sachen“, flüsterte sie. „Schlaf jetzt schön und erhol dich gut. Ich komme morgen wieder.“

Sven schien Jördis gar nicht zu bemerken, als sie aus dem Zimmer kam, er schaute angestrengt den Flur hinunter.

„Was ist los?“, fragte Jördis. „Du siehst aus, als hättest du einen Geist gesehen.“

„Ein Geist war das nicht, sondern Greta Edwardson. Sie war mit einem Mann zusammen und ich überlege gerade, woher ich den kenne.“

„Es wird ihr Mann gewesen sein, aber was sie hier wohl wollen? Ob sie jemanden besuchen?“

„Nein, das war nicht ihr Mann, sondern jemand, den ich aus einem anderen Zusammenhang kenne. Es ist schon eine Weile her, entweder war er mal Zeuge in einem Fall oder, ... Moment mal.“ Das Gesicht von Sven hellte sich auf. „Jetzt weiß ich es wieder, seine Frau ist bei einem Treppensturz ums Leben gekommen. Wir mussten anrücken, weil nicht klar war, ob eventuell ein Fremdverschulden vorliegt. Das konnten wir aber ziemlich schnell ausschließen. Die Frau war allein zu Hause gewesen und er fand sie am Morgen, als er von einer Dienstreise zurückkam. Sein Alibi war lückenlos, er konnte Belege für die Hotelübernachtung in Dänemark und Fährtickets vorlegen. Seine Frau hatte unter Angstzuständen gelitten und schon seit längerer Zeit Beruhigungsmittel genommen. Dadurch muss ihr schwindlig geworden sein, was zu dem Sturz führte.“

„Du hast ein gutes Gedächtnis. Erinnerst du dich auch an seinen Namen?“

„Klar erinnere ich mich, er heißt Gunnar Blom, ist Millionär und eine ziemliche Größe im Immobiliengeschäft. Ich frage mich jetzt natürlich, wie er mit den Edwardsons zusammenhängt. Denn eins ist merkwürdig: Seine Frau starb in der gleichen Nacht, in der auch Miranda Edwardson spurlos verschwand. Es war der 31. Oktober vor drei Jahren. Halloween."

60.

„Setz dich doch wieder Gunnar, es bringt nichts, wenn du hier auf und ab läufst“, sagte Greta sanft. Sie saß vor der Tür des Behandlungszimmers, in dem ihre Schwester Wiebke untersucht wurde. Auch sie war nervös, doch das war nichts gegen die Verzweiflung von Gunnar, der sich pausenlos Vorwürfe machte. „Ich hätte das ernst nehmen müssen“, sagte er. „Immer wieder hat sie über Übelkeit und Schmerzen geklagt. Ich hätte sie zwingen sollen, einen Arzt aufzusuchen.“

„Jetzt hör schon auf Gunnar, das bringt doch nichts. Wiebke wollte das nicht. Es ging ihr zwischendurch immer wieder gut. Sie hatte schon früher einen nervösen Magen, deshalb dachte sie, es gibt sich von allein wieder.“

Wiebke war am Nachmittag ganz plötzlich zusammengebrochen. Gunnar hatte einen Rettungswagen gerufen. Danach hatte er Greta benachrichtigt, die sofort zu ihm ins Krankenhaus geeilt war. „Wir warten jetzt erst mal ab, was die Ärzte sagen.“

„Wir warten hier schon seit Stunden, ich frage mich, weshalb das so lange dauert.“ Gunnar riss erwartungsvoll den Kopf hoch, als sich die Tür des Untersuchungsraumes endlich öffnete.

Sie kamen zu zweit, ein Arzt und eine Ärztin, beide mit ernsten, angespannt wirkenden Gesichtern. Gunnar sprang sofort auf. „Wie geht es ihr?“

Der Arzt, ein Zweimetermann mit Glatze und Hornbrille, räusperte sich. „Wir konnten sie stabilisieren, aber sie ist noch nicht über den Berg. Sie liegt auf der Intensivstation und musste intubiert werden.“

„Aber was ist mit ihr, was fehlt ihr?“

Statt auf die Frage zu antworten, stellte der Arzt eine Gegenfrage. „Was hat Ihre Lebensgefährtin heute gegessen und getrunken?“

Gunnar wirkte verwirrt, er musste erst nachdenken. „Zum Frühstück das Gleiche wie ich, Müsli, Knäckebrot mit Marmelade, ein Ei und Joghurt. Ich war dann beruflich unterwegs, als ich gegen 15 Uhr zurückkam, habe ich mit ihr zusammen Kaffee getrunken und Gebäck dazu gegessen. Das heißt, sie hat statt des Kaffees Kräutertee getrunken, weil sie schon seit einiger Zeit Magenprobleme hat. Warum wollen Sie das wissen? Ist etwas mit Wiebkes Magen? Hat sie ein Magengeschwür?“

Wieder bekam er keine Antwort. „Hat Ihre Lebensgefährtin heute das Haus verlassen? Kann es sein, dass sie woanders etwas zu sich genommen hat?“

„Nein, das hat sie definitiv nicht. Sagen Sie mir jetzt endlich, was diese Fragen sollen?“

Der Arzt schaute Gunnar nachdenklich an, als müsste er sich erst zu einer Antwort durchringen. „Wir konnten anhand der Symptome schnell auf eine Vergiftung schließen und ein Schnelltest hat das bestätigt. Im Blut und Urin von Wiebke Hultman wurde Aconitin nachgewiesen. Das ist ein sehr gefährliches und wirksames Gift."

„Aber wie soll sie damit in Berührung gekommen sein?", fragte Gunnar verwirrt.

„Das fragen wir uns auch. Haben Sie einen Garten und beschäftigt Ihre Lebensgefährtin sich mit Pflanzen? Oder Sie selbst?"

„Wir haben einen Garten, doch alle dort anfallenden Arbeiten erledigt unser Gärtner. Er lässt es nicht zu, dass wir uns einmischen, und wir lassen ihn gewähren."

Gunnar drehte sich um, als er schnelle Schritte hinter sich vernahm, und sah zwei uniformierte Polizeibeamte auf sich zukommen. Der ältere der beiden wandte sich an die Ärzte. „Haben Sie uns gerufen?"

„Ja, das haben wir", antwortete diesmal die Ärztin, eine schlanke dunkelhaarige Frau.

„Aber wieso, ich verstehe nicht", stammelte Gunnar.

„Wir sind in jedem Fall, in dem der Verdacht auf eine Straftat vorliegt, dazu verpflichtet", erklärte sie sanft. „Falls Ihre Lebensgefährtin das Gift nicht freiwillig zu sich genommen hat, muss es ihr irgendwie beigebracht worden sein. Natürlich ist auch eine versehentliche Einnahme möglich. Auf jeden Fall muss sichergestellt werden, dass sich nicht noch mehr davon in Ihrem Haushalt befindet. Leben dort weitere Personen?"

Gunnar sog mit einem scharfen Geräusch die Luft ein. „Ja, meine Stieftochter. Ich meine, sie ist noch nicht offiziell meine Tochter, da Wiebke und ich noch nicht verheiratet sind, aber wir haben es demnächst vor. Und Elin ist längst eine Tochter für mich. Sie haben recht, wir müssen sie schützen. Ich bin Ihnen wirklich dankbar, wenn Sie uns begleiten und bei der Suche nach der Ursache helfen“, sagte er mit Blick auf die beiden Polizeibeamten. „Wir sollten uns beeilen. Elin ist allein zu Hause, das lässt mir jetzt keine Ruhe mehr.“

61.

Nele war allein zu Hause. Nach dem Anruf von Gunnar hatte sich ihre Mutter sogleich auf den Weg ins Krankenhaus gemacht. „Kann ich mitkommen?“, hatte Nele gefragt.

„Nein, es ist besser, wenn ich allein fahre. Elin ist auch daheimgeblieben. Wir müssen nicht alle dort aufkreuzen, das schafft nur Unruhe und hilft Wiebke nicht.“

Greta war schon eine Weile fort, als Nele ein Anruf von Elin erreichte, die ihr weinend vom Zusammenbruch ihrer Mutter berichtete. Sie machte sich Sorgen, weil es noch keine neuen Nachrichten über deren Zustand gab. Nele fasste spontan einen Entschluss. „Weißt du was, ich komme zu dir, damit du nicht allein bist.“ Sie machte sich sofort auf den Weg und stieg eine halbe Stunde später unweit des Anwesens der Bloms aus dem Bus. Die letzten dreihundert Meter legte sie zu Fuß zurück. Das schmiedeeiserne Tor zum Grundstück stand weit offen, Gunnar schien es nach seiner Abfahrt nicht hinter sich geschlossen zu haben.

Nele hatte es kaum passiert, als ihr Elin auch schon auf dem Hauptweg entgegenkam. Sie musste sie vom Fenster aus gesehen haben. „Ich bin so froh, dass du hier bist“, sagte sie. „Gunnar wollte mich anrufen, wenn er weiß, was mit Mama ist, aber bis jetzt hat er sich nicht gemeldet. Ich mache mir solche Sorgen.“ Sie schluchzte leise.

Nele umarmte die Cousine. „Das musst du nicht. In der Notaufnahme ist oft viel Betrieb, da geht es nicht so schnell. Außerdem werden sie deine Mutter erst gründlich untersuchen, bevor sie etwas sagen. Das kann dauern.“

Sie liefen auf das Haus zu, es dämmerte bereits und auf den Beeten gingen die ersten Strahler an. Nele war von dieser perfekten Inszenierung stets aufs Neue fasziniert. Elin dagegen achtete nicht darauf, sie schaute zu einem Seitenweg hinüber, aus dem Volke auf sie zukam. Er schob eine Karre mit diversen Gartengeräten vor sich her. „Hallo Volke, noch so fleißig?“, grüßte Nele freundlich. „Aber es ist schon zu dunkel zum Arbeiten, man sieht fast nichts mehr.“

„Geht schon, hab Licht“, murmelte er.

„Meinst du die Strahler? Die dürften nicht ausreichen, man erkennt deine tollen Muster auf den Beeten kaum noch. Das sind übrigens richtige Kunstwerke.“

Ein Lächeln huschte über das Gesicht von Volke, fast wirkte er verlegen. Aber das Lob schien ihn zu freuen.

„Du verstehst“, sagte er zu Nele.

„Deine Muster? Ja, sie sind Rätsel, aber ich kann sie lösen. Es macht mir sogar Spaß.“

„Du bist gut.“ Es war das erste Mal, dass Volke ein Kompliment aussprach, und es war die umfangreichste Unterhaltung, die er jemals geführt hatte. Jedenfalls empfand Elin es so. Sie hatte das Gefühl, auch etwas sagen zu müssen.

„Ich verstehe deine Rätsel leider nicht, aber die Beete sind schön“, sagte sie. Volke schaute sie an und ein Schatten flog über sein Gesicht. Er zischte etwas Unverständliches, dann drehte er sich abrupt um und setzte seinen Weg fort. Elin war erschrocken zurückgewichen. „Habe ich etwas Falsches gesagt?“, fragte sie. „Ich wollte nur freundlich sein. Warum kann er mich nicht leiden, was habe ich ihm getan?“

„Nein, du hast nichts Falsches gesagt, es lag bestimmt nicht an dir.“ Nele nahm Elins Arm und bewegte sie zum Weitergehen. „Du weißt doch, wie Volke ist. Das eben war eine ungewöhnlich lange Unterhaltung für ihn, es muss ihm auf einmal zu viel geworden sein.“ Nele gelang es, ihre eigene Unsicherheit zu überspielen. Denn im Gegensatz zu ihrer Cousine hatte sie sehr wohl verstanden, was Volke zu Elin gesagt hatte. Er hatte sie Huldra genannt. Nele würde es Elin nicht verraten, die auch so schon ihre Nervosität kaum beherrschen konnte. Im Zimmer angekommen, schaffte sie es nicht, still auf einem Platz zu sitzen. Immer wieder lief sie zum Fenster und schaute hinaus.

„Da kommt ein Auto, Gunnar ist zurück“, rief sie plötzlich ganz aufgeregt. Nele stellte sich neben sie und sah Gunnars roten Sportwagen durch das Tor rollen. Unmittelbar dahinter tauchte ein zweites Scheinwerferpaar auf. „Wer kommt da denn noch?“, murmelte sie. Im nächsten Moment erkannte sie, dass es sich um einen Polizeiwagen handelte.

62.

Sven und Jördis verließen das Krankenhaus in Richtung Parkplatz. „Ich fahre dich nach Hause", sagte er. „Hast du überhaupt schon was gegessen?"

„Genauso wenig wie du", erwiderte sie, während sie die Autotür öffnete und sich auf den Beifahrersitz setzte.

„Wir können uns unterwegs Pizza holen und die dann gemütlich zu Hause essen", schlug er vor.

Jördis gefiel der Vorschlag. Sie hielten an ihrer Lieblingspizzeria, wo Sven eine Pizza Margherita für Jördis und eine Pizza Funghi für sich erstand. Die Kartons waren noch heiß, als sie vor dem Haus von Jördis ankamen.

„Ich kann dir zwar einen Sitzplatz und ein Besteck anbieten, doch aufgeräumt habe ich nicht", warnte sie ihn.

„Das reicht vollkommen aus." Sven balancierte die Pizzakartons die Treppe hinauf. Er schaute sich im Wohnzimmer von Jördis um. „Wenn das bei dir nicht aufgeräumt heißt, solltest du mal bei mir vorbeischauen", sagte er. Tatsächlich war bis auf eine zusammengeknüllte Decke auf der Couch und einige Bücher auf dem Tisch alles in Ordnung. Jördis räumte den Tisch frei und stellte Teller und Besteck hin. Im Kühlschrank fand sie noch eine Flasche Rotwein, das Geschenk einer Freundin. Jördis trank selten Alkohol, fand es aber nach den Aufregungen des heutigen Tages angebracht, sich etwas zur Entspannung zu gönnen. Sven entkorkte die Flasche und goss ihnen ein. „Wie im Sternerestaurant", sagte er, „nur viel gemütlicher."

Jördis dachte daran, wie lange es her war, dass sie hier in ihrer Wohnung gemeinsam mit einem Mann zu Abend gegessen hatte. Aber Sven war ein Kollege, eigentlich zählte das nicht. Sie wollte nicht über die Arbeit reden, doch unterwegs war ihr eingefallen, was die Edwardsons mit dem Millionär Blom verband. „Lars Edwardson arbeitet für Blom", sagte sie. „An dem Abend, als seine Tochter Miranda verschwand, war er nicht zu Hause, weil er in einem von Bloms Häusern etwas reparieren musste. Da war eine Fensterscheibe eingeworfen worden. Jedenfalls hat er das behauptet, obwohl es keine verlässlichen Zeugen dafür gibt."

„Verstehe", sagte Sven. „Aber wieso war Blom mit der Frau von Edwardson im Krankenhaus? Wollten sie einen Angehörigen besuchen, vielleicht die Tochter oder den Mann von Greta Edwardson?"

Jördis bereitete der Gedanke, Nele Edwardson könnte im Krankenhaus sein, ein tiefes Unbehagen. Das Mädchen hatte gegen den Willen seines Vaters mehrere Aussagen gemacht, ob Edwardson es herausgefunden hatte? Könnte er gegen seine Tochter gewalttätig geworden sein, weil er etwas zu verbergen hatte? Sie würde sich morgen erkundigen, ob mit Nele alles in Ordnung war. Doch dann fiel ihr ein, dass der Krankenbesuch nicht zwangsläufig Nele gegolten haben musste. Eine andere Möglichkeit erschien ihr sogar wahrscheinlicher.

„Es kann auch Wiebke Hultman, die Schwester von Greta Edwardson, betreffen“, sagte sie. „Sie hat Nele Edwardson begleitet, als das Mädchen seine erste Aussage machte. Dabei gab sie ihre Personalien an, auch die Anschrift. Wie es aussieht, lebt sie mit Gunnar Blom zusammen.“

„Demnach hat Blom nach dem Tod seiner Frau die Schwägerin seines Angestellten kennengelernt und ist mit ihr zusammengezogen. Oder kannten sie sich schon vorher?“

Jördis zuckte mit den Schultern. „Schon möglich, aber ist das wichtig? Blom wird seine Frau nicht wegen einer neuen Liebe die Treppe hinuntergestoßen haben. Du sagtest selbst, sein Alibi wäre wasserdicht. Schön, wenn jemand nach einem derartigen Schicksalsschlag ein neues Glück findet. Manchen Menschen gelingt das mehrmals im Leben, anderen nie.“ Jördis wollte nicht bitter klingen, aber so ganz gelang ihr das nicht. Dieser verdammte Wein machte sie sentimental. Sie hatte viel zu schnell zwei Gläser hintereinander geleert. Sven beugte sich zu ihr. „Du hast da einen Krümel“, sagte er und fuhr mit dem Daumen behutsam über ihre Oberlippe. Sein Gesicht war ihrem ganz nah, er ließ seine Hand zu ihrem Nacken wandern und zog Jördis näher zu sich. Die richtigen Worte waren in ihrem Kopf, sie wollte sagen: *Lass uns das nicht machen.* Doch sie fanden nicht den Weg über ihre Lippen, weil die bereits anderweitig beschäftigt waren.

63.

Gunnar und Greta stießen in der Diele mit Nele und Elin zusammen, die ihnen entgegengelaufen kamen. Da alle vier gleichzeitig aufeinander einredeten, verstand niemand ein Wort. Elin wollte wissen, wie es ihrer Mutter ging, Greta fragte Nele, wieso sie hier sei, Nele wunderte sich über das Auftauchen der Polizei, und Gunnar interessierte nur, ob die Mädchen während seiner Abwesenheit irgendetwas zu sich genommen hatten. Er war derjenige, der sich schließlich Gehör verschaffen konnte. „Wiebke wird wieder gesund, die Ärzte haben herausgefunden, was ihr fehlt“, sagte er. „Sie muss aber noch ein paar Tage im Krankenhaus bleiben. Und jetzt frage ich euch noch einmal: Habt ihr irgendetwas gegessen oder getrunken?“

„Nein, daran haben wir überhaupt nicht gedacht“, sagte Elin verwundert. „Wieso ist das jetzt wichtig? Und was macht die Polizei hier?“

„Es kann sein, dass deine Mutter etwas zu sich genommen hat, wodurch sie krank geworden ist. Die Polizeibeamten werden uns helfen, danach zu suchen.

Bis dahin rührt niemand etwas Essbares oder irgendein Getränk an, das sich hier im Haus befindet. Und jetzt geht bitte in dein Zimmer und stört uns nicht."

Eigentlich hatten Elin und Nele noch viele Fragen, doch die Bestimmtheit, mit der Gunnar seine Bitte vorbrachte, verfehlte ihre Wirkung nicht. Wortlos zogen sie sich zurück.

Gunnar forderte die beiden Polizisten auf, ihm zu folgen. Der Jüngere der beiden, der eine Brille trug und sich als Olaf Möller vorgestellt hatte, schaute sich neugierig um. Das imposante Haus beeindruckte ihn sichtlich. Sein älterer Kollege, dessen Name Kurt Brunell lautete, ließ sich nicht ablenken und ging zielstrebig vor. „Wo bewahren Sie hier im Haus überall Lebensmittel auf?", fragte er.

„Eigentlich nur in der Küche", sagte Gunnar. „Bitte hier entlang."

Die chromblitzende Küche war penibel aufgeräumt und strahlend sauber. „Benutzen Sie die Küche überhaupt?", fragte Möller überrascht.

„Natürlich benutzen wir sie." Gunnar verstand die Frage nicht.

„So sieht es hier aber nicht aus." Der junge Beamte, der mit Frau und zwei Kindern in einer beengten Wohnung lebte, hatte den Zustand der heimischen Küche vor Augen, die oftmals einem Schlachtfeld glich.

„Wir haben eine Putzfrau, die Ordnung schafft, genauer gesagt zwei. Sie waren heute schon da."

„Das ist ein wichtiger Hinweis", sagte Brunell. „Wie brauchen die Namen und Anschriften aller Personen, die hier Zugang haben."

„Die kann ich Ihnen natürlich geben, aber für die beiden Frauen lege ich die Hand ins Feuer. Überhaupt kann es sich nur um einen Irrtum handeln, wie soll Wiebke mit Gift in Berührung gekommen sein. Und wieso nur sie und niemand sonst hier?"

„Die Ärzte sind sich sehr sicher, sonst hätten sie uns nicht gerufen", sagte Brunell. Er war bereits dabei den Inhalt des Kühlschrankes in Augenschein zu nehmen. „Sie gehen auch davon aus, dass sie es mit der Nahrung aufgenommen haben muss."

„Ich zeige Ihnen jetzt, was wir zum Frühstück gegessen haben", sagte Gunnar. „Ich betone *wir,* also auch ich, obwohl ich keine Symptome habe." Er räumte die Sachen auf die Ablage, die angebrochene Packung Knäckebrot, die Butter, Marmelade, Milch und die Müslipackung, in der sich noch ein Rest befand. Greta stand in der Küchentür und beobachtete das Geschehen mit großen Augen.

„Die Eier kann ich Ihnen nicht zeigen, die haben wir aufgegessen, ebenso wie zwei Joghurts", sagte Gunnar. „Die leeren Becher sind leider schon entsorgt, das machen die Putzfrauen immer sofort."

Brunell runzelte die Stirn, das gefiel ihm nicht. Er packte alles andere sorgsam in Plastikbehälter. „Wir müssen das leider mitnehmen."

„Tun Sie sich keinen Zwang an, von mir aus können Sie den gesamten Inhalt des Kühlschrankes mitnehmen. Mir ist der Appetit vergangen."

„Uns geht es nur um die Sachen, von denen Ihre Frau gegessen hat. Und getrunken natürlich auch."

„Wiebke hat nur Tee getrunken." Gunnar öffnete einen Hängeschrank und holte eine silberne Dose heraus. Sie war mit einem kunstvollen Bild im Jugendstil verziert, das eine Frau inmitten eines üppig blühenden Gartens zeigte. Brunell öffnete die Dose und musterte misstrauisch die trockenen Teeblätter. „Was ist das für ein Tee? Auf der Dose steht nichts."

„Das ist nur eine Vorratsdose, in die meine Partnerin ihren Tee umfüllt. Sie kauft den Magentee in der Apotheke, dort wird er in einer Papiertüte verpackt angeboten."

„Und Sie sind sicher, dass es sich genau um diesen Tee handelt?"

„Ja, ganz sicher, einen anderen hat sie nicht getrunken, weil sie schon seit einiger Zeit unter Magenbeschwerden leidet."

„Wir nehmen den Tee auch mit. Wir brauchen Belege darüber, wann und wo genau der Tee gekauft wurde."

„Das wird sich anhand der Abbuchungen auf ihrem Konto sicher nachvollziehen lassen. Aber ich bin mir ziemlich sicher, dass sie immer in der Kronen-Apotheke einkauft."

„Gut, wir werden das herausfinden. Auf jeden Fall melden wir uns wieder. Seien Sie bis dahin vorsichtig."

„Das kann doch alles nicht wahr sein", sagte Greta, nachdem die Polizeibeamten das Haus verlassen hatten. „Was machen wir jetzt?"

„Wir setzen uns alle ins Auto, fahren in die Stadt und gehen irgendwo essen", sagte Gunnar. „Es mag übertrieben sein, erscheint mir in dieser Situation aber als das Sicherste. Danach bringe ich Nele und dich nach Hause."

Es sollte der letzte ruhige Abend werden, den sie gemeinsam verbrachten.

64.

Jördis war an diesem Morgen spät dran. Gegen 4 Uhr in der Frühe hatte Sven ihr einen Kuss auf die Stirn gedrückt und sich nach einem gemurmelten Abschiedsgruß aus dem Haus geschlichen. Dafür war sie ihm dankbar. Sie hätte sonst nicht gewusst, wie sie ihm beim Aufstehen begegnen sollte. Da es aber unumgänglich war, bei der Arbeit mit ihm zusammenzutreffen, schob sie das Unvermeidliche hinaus, indem sie sich besonders viel Zeit ließ. Ihre Gefühle schwankten zwischen einem schlechten Gewissen und trotzigen Rechtfertigungen hin und her. Sie hatte sich mit einem verheirateten Mann eingelassen, der noch dazu ein Kollege war. Andererseits war dieser Mann von seiner Frau betrogen worden, die nun getrennt von ihm lebte und keine Anstalten machte, diesen Zustand zu beenden. Warum musste immer sie die Vernünftige sein, die auf alle und jeden Rücksicht nahm und ihre eigenen Wünsche zurückstellte? Trotzdem fühlte es sich nicht richtig an.

Jördis schaute auf die Uhr und beschloss, mit dem Roller zu fahren. Sie band ihr Haar am Hinterkopf zusammen, stülpte den Helm darüber und zerrte die Honda aus dem Schuppen hinter dem Haus. Damit war sie flexibler und wenn es der Dienst heute erlaubte, würde sie zwischendurch bei ihrer Mutter im Krankenhaus vorbeischauen. Unterwegs kamen ihr mehrere Einsatzfahrzeuge und der Wagen der Spurensicherung entgegen. Sie fragte sich, wohin sie wohl unterwegs waren.

Erwartungsgemäß war sie die Letzte im Büro, Alva und Sven saßen bereits auf ihren Plätzen. Niemand sprach sie auf ihre Verspätung an, Alva erkundigte sich sofort nach ihrer Mutter. Sven musste ihr bereits berichtet haben, was vorgefallen war.

„Ich will nachher gleich anrufen und fragen, wie es ihr heute geht“, sagte Jördis. „Wenn es zeitlich möglich ist, würde ich gern persönlich vorbeischauen.“

„Na klar, warum sollte es nicht möglich sein? Wir halten hier die Stellung und für deine Mutter ist es jetzt wichtig, dich zu sehen.“

„Alva hat recht“, sagte Sven. „Wir schaffen das hier allein.“

„Da wäre ich nicht so sicher.“ Rurik kam zur Tür herein und wirkte angespannt. „Es gibt eine neue Entwicklung. Inwieweit sie mit unseren Fällen zusammenhängt, muss sich erst noch herausstellen. Bei Gunnar Blom findet in diesem Moment eine Hausdurchsuchung statt.“

Rurik forderte seine Kollegen mit einer Geste auf, sich mit ihm an den Tisch zu setzen.

„Gunnar Blom?“, fragte Sven verblüfft. „Den haben wir doch gestern im Sahlgrenska gesehen. Die Mutter von Jördis hatte einen Unfall, wir mussten sie ins Krankenhaus bringen“, setzte er erklärend hinzu.

„Oh, das tut mir leid. Was ist passiert und wie geht es deiner Mutter?“

„Sie ist draußen gestürzt, hat einen Oberschenkelhalsbruch und eine Unterkühlung. Wenn sie sich stabilisiert hat, muss sie operiert werden.“

Rurik nickte. „Solche Stürze kommen bei älteren Menschen leider häufiger vor. Aber die bekommen das im Krankenhaus bestimmt wieder hin, das ist ein Routineeingriff. Wenn du Hilfe brauchst Jördis, musst du es nur sagen. Märta kennt sich bestens aus.“ Die Lebensgefährtin von Rurik leitete einen Pflegedienst.

„Danke“, sagte Jördis. „Ich komme sicher darauf zurück.“ Es war nicht das erste Mal, dass Rurik ihr Hilfe anbot, und sie wusste, es war auch so gemeint. Auf ihre Kollegen konnte sie sich verlassen.

„Kommen wir nun zu den neuen Entwicklungen“, sagte Rurik. „Es war kein Zufall, dass ihr Gunnar Blom gestern im Krankenhaus gesehen habt. Seine Lebensgefährtin Wiebke Hultman wurde mit Vergiftungserscheinungen eingewiesen. Die Ärzte stellten Aconitin in ihrem Blut und Urin fest, das Gift des Blauen Eisenhuts. Da die Pflanze um diese Jahreszeit nicht mehr blüht, kann die Frau nicht zufällig damit in Berührung gekommen sein.“

„Reicht es denn aus, mit der Pflanze in Berührung zu kommen?“, fragte Alva.

„Allerdings reicht das aus.“ Rurik hatte sich bereits kundig gemacht. „Blauer Eisenhut ist die giftigste Pflanzenart Europas und sie ist in allen Teilen giftig. Schon die Berührung kann Vergiftungserscheinungen auslösen, besonders bei Kindern.“

Sven stimmte lebhaft zu. „Die Pflanze war das klassische Mordgift des Mittelalters und der Antike, der römische Kaiser Claudius wurde damit von seiner Frau vergiftet. Schon 0,2 g der Pflanze führen zu Vergiftungen, zwei bis vier Gramm sind tödlich und das innerhalb von dreißig Minuten. Es gibt selbst heute noch Giftmorde mit Blauem Eisenhut, die unaufgeklärt bleiben. Eine Frau, die um die Jahrhundertwende in Belgien ihren Mann damit vergiftete, wäre beinahe davongekommen. Man findet das Gift nicht, wenn man nicht gezielt darauf testet."

Sven ritt mal wieder sein Steckenpferd der historischen Kriminalfälle. Jördis hatte jedoch den Verdacht, er wolle seine Verlegenheit mit Reden überspielen. Auch er dürfte Probleme haben, die letzte Nacht zu verarbeiten.

„Man hat das Gift bei dem Mann in Belgien nicht gleich festgestellt, weil er tot in seinem Auto saß und nichts mehr auf die Todesursache schließen ließ", sagte Rurik, dem der Fall auch bekannt war. „Doch Wiebke Hultman lebt zum Glück und wird es auch überstehen. Man fand bei ihr die Ursache schnell, weil sie die für eine Vergiftung mit Aconitin typischen Symptome aufwies. Bei der anschließenden ersten Durchsuchung ihres Hauses fand man getrocknete Pflanzenteile des Blauen Eisenhuts in einer Teedose. Wiebke Hultman bewahrte darin einen Magentee auf, den nur sie trinkt."

„Das heißt, jemand muss ihr das Gift untergemischt haben, zum Glück in einer nicht tödlichen Dosis", stellte Alva fest. „Wer kommt da infrage?"

„An erster Stelle natürlich der Lebensgefährte Gunnar Blom." Sven war sich seiner Sache sehr sicher.

„Seine erste Frau starb vor drei Jahren nach einem Treppensturz.“

Rurik schüttelte den Kopf. „Das stimmt zwar, aber er hatte ein Alibi, er war zu dem Zeitpunkt nicht zu Hause. Mit Wiebke Hultman ist er nicht mal verheiratet und das Haus gehört ihm. Wenn er sie loswerden wollte, müsste er sie nur bitten, auszuziehen. Nein, er hat einen ganz anderen Verdacht geäußert, dem die Kollegen gerade nachgehen. Es soll einen Gärtner auf dem Grundstück geben, der recht merkwürdig ist und auch Zugang zum Haus haben soll.“

„Wenn das stimmt, wäre es ein richtiger Klassiker“, sagte Sven. „Der Mörder ist immer der Gärtner. In diesem Falle würde es natürlich passen. Wer sonst kennt sich so gut mit Pflanzen aus? Aber mal eine ganz andere Frage: Was macht den Fall für uns interessant? Ich kann es mir natürlich denken.“

„Dann spuck es aus.“ Rurik nickte ihm aufmunternd zu.

„Blom war in Begleitung von Greta Edwardson im Krankenhaus. Logisch, sie ist die Schwester von Wiebke Hultman. Aber es ist merkwürdig, wie sich die Unglücksfälle in diesen beiden Familien häufen. Die Frau von Gunnar Blom starb in der gleichen Nacht, in der die Tochter der Edwardsons spurlos verschwand. Jetzt wurde auf die Lebensgefährtin von Blom und Schwester von Greta Edwardson ein Giftanschlag verübt. Es sieht aus, als hätte es jemand auf die beiden Familien abgesehen.“

„Das klingt plausibel, aber wie hängt das Ganze mit unseren anderen Fällen zusammen, mit den drei ermordeten jungen Frauen?“, überlegte Alva.

Rurik zuckte mit den Schultern. „Das ist die Eine-Million-Dollar-Frage.“

„Schade“, sagte Sven. „Das Geld könnte ich gut gebrauchen, aber ich weiß die Antwort nicht.“

„Die weiß bisher niemand“, fügte Alva hinzu.

65.

Gunnar Blom saß im Vernehmungszimmer und vergrub das Gesicht in den Händen. Seit Minuten erging er sich in Selbstbezichtigungen. „Ich hätte die Zeichen erkennen müssen“, sagte er ein ums andere Mal. „Ich hätte konsequent handeln und Volke entlassen, ihn des Grundstücks verweisen müssen. Es war so offensichtlich, dass mit ihm etwas nicht stimmt. Noch offensichtlicher war seine Abneigung gegen Wiebke. Er hat sie richtig hasserfüllt angestarrt und böse Bemerkungen gezischt, sobald sie in seine Nähe kam. Aber ich konnte nicht ahnen, dass er so weit gehen würde. Sie hätte sterben können. Dabei war sie diejenige, die sich für ihn eingesetzt hat, die gegen seine Entlassung war. Wiebke ist ein durch und durch guter Mensch. Sie kann sich nicht vorstellen, wie viel Böses in manchen Menschen steckt.“

Bei der Durchsuchung der Gewächshäuser auf dem Grundstück von Gunnar Blom hatten die Beamten versteckt in einer Ecke eine Kiste mit getrockneten Pflanzenteilen gefunden, die inzwischen als Blauer

Eisenhut identifiziert worden waren. Der Gärtner, der sie dort aufbewahrt haben musste, war weder in seinem Haus noch irgendwo auf dem Gelände gewesen. Es sah ganz danach aus, als habe er sich abgesetzt. Vermutlich war er bereits durch das Auftauchen der Polizei am Vorabend gewarnt worden.

„Was für ein Motiv könnte Ihr Gärtner haben, Ihre Lebensgefährtin aus dem Weg zu räumen?“, fragte Rurik.

Die Antwort von Blom kam ohne Zögern. „Das liegt auf der Hand, es geht ihm um den Garten. Er ist besessen davon und betrachtet ihn als sein ureigenstes Territorium. In der Zeit, als das Anwesen leer stand, ist er im Gärtnerhaus wohnen geblieben und hat sich weiterhin um den Garten gekümmert. Geld brauchte er nicht, seine Rente reicht ihm zum Leben. Und auch jetzt interessiert ihn Geld nicht sonderlich. Ich habe den Eindruck, den gesamten Lohn, den ich ihm für seine Arbeit zahle, investiert er in Pflanzen. Er rechnet längst nicht alle Einkäufe, die er für den Garten tätigt, mit mir ab. Na ja, ich kenne mich mit Pflanzen überhaupt nicht aus. Die lateinischen Namen, die auf den Rechnungen stehen, sagen mir überhaupt nichts, er könnte mir da sonst was vorlegen. Aber genau das schätzt er an mir, meine absolute Nichteinmischung. Außerdem bin ich durch meine Arbeit selten anwesend. Mit meiner verstorbenen Frau Annika war es anders. Sie interessierte sich für die Gartengestaltung, versuchte sogar, eigene Vorschläge einzubringen. Das kam bei Volke gar nicht gut an. Manchmal denke ich ...“

„Was denken Sie?“, fragte Rurik, als Blom nicht weitersprach. „Denken Sie, Volke Eliasson könnte auch etwas mit dem Tod Ihrer Frau zu tun haben?“

Blom fuhr sich mit der Hand über die Stirn und seufzte. „Ich weiß es nicht, ich weiß überhaupt nicht mehr, was ich denken soll. Niemals wäre ich auf die Idee gekommen, Volke etwas Derartiges zu unterstellen. Ich hielt ihn für einen komischen Kauz, aber ich hätte ihm keinen Mord zugetraut. Doch jetzt, nachdem er Wiebke das angetan hat, denke ich natürlich anders darüber. Er war von Anfang an gegen Wiebke eingestellt. Die Zeit, in der ich nach ihrem Tod allein lebte und selten zu Hause war, muss ihm paradiesisch vorgekommen sein. Mit Wiebke und ihrer Tochter Elin zog wieder Leben in Haus und Garten ein. Volke hat das von Anfang an gestört, es gab genügend Anzeichen dafür. Ich hätte das ernster nehmen müssen. Aber ich konnte nicht wissen, wie weit seine Besessenheit für den Garten tatsächlich geht. Er verteidigt ihn wie ein eifersüchtiger Liebhaber seine Angebetete. Dafür ist er offenbar sogar bereit, über Leichen zu gehen."

„Haben Sie eine Idee, wo er sich versteckt haben könnte?"

Blom wirkte ratlos. „Nein, überhaupt nicht. Er ist gewissermaßen mit dem Garten verwachsen, scheint dort Wurzeln geschlagen zu haben. Kontakte mit anderen Menschen meidet er weitestgehend."

„Aber Sie sagten, er kaufte Pflanzen für den Garten ein."

„Ja, aber nicht in irgendeinem Gartencenter, das Angebot dort ist für Volke viel zu gewöhnlich. Er bezog seine Pflanzen ausschließlich im Botanischen Garten."

„Gibt es dort auch einen Verkauf?", fragte Rurik. Er war zwar schon mehrmals im Botanischen Garten gewesen, doch das war ihm nicht aufgefallen.

„Den gibt es. Die meisten seiner Pflanzen zog Volke allerdings selbst, Sie haben die Gewächshäuser gesehen. Es tut mir leid, ich kann Ihnen nicht weiterhelfen. Ich habe keine Ahnung, wohin Volke gegangen sein kann. Hierher zurückkommen wird er kaum. Er mag seine Defizite haben, doch ihm dürfte bewusst sein, was ihm droht, nachdem seine Tat entdeckt wurde. Volke würde lieber sterben, als ins Gefängnis gehen."

66.

„Der Kerl hätte uns alle vergiften können“, tobte Lars Edwardson. „Gunnar hatte völlig recht, als er überlegte, ihn rauszuwerfen. Deine Schwester ist arglos wie ein neugeborenes Kind, sie hat das verhindert und diesen Verrückten auch noch in Schutz genommen. Wir können von Glück reden, dass wir nach dem Essen bei ihr nicht alle tot von den Stühlen gefallen sind.“

„Jetzt übertreibst du aber, Lars“, versuchte Greta ihn zu beruhigen. „Wir kennen die genauen Zusammenhänge nicht. Vielleicht war das Ganze ein Versehen.“

„Was für ein Versehen denn?“, brauste Lars auf. „Bist du noch naiver als deine Schwester oder stellst du dich absichtlich blöd? Wie kann man sich versehentlich ins Haus schleichen und Giftpflanzen in den Tee der Hausherrin mischen? Der Kerl wollte sie umbringen und Gunnar am liebsten gleich mit, um Haus und Garten wieder für sich allein zu haben. So ist das nämlich, wenn man Leute einstellt, um ihnen Gutes zu tun. Irgendwann beißen sie die Hand, die sie füttert.“

Sie saßen zu dritt in der Küche beim Abendessen. Nele stocherte lustlos in ihren Kartoffeln mit Schinken, Ei und roter Beete herum. Eigentlich war das ihr Lieblingsgericht, doch die aufgeladene Stimmung am Tisch verdarb ihr den Appetit. Ihr Vater war mal wieder auf Streit aus. Wie ein tückisches Gas hing Ärger in der Luft, jedes falsche Wort konnte zu einer Explosion führen. Auch ihre Mutter spürte das und ging nicht auf seinen aggressiven Ton ein. „Das Wichtigste ist, dass Wiebke wieder ganz gesund wird“, sagte sie. „Zum Glück haben sie im Krankenhaus gleich herausgefunden, was ihr fehlt und sie entsprechend behandelt. Nur schade um ihre geplante Reise, daraus wird nun nichts. In drei Tagen sollte es losgehen, so schnell wird Wiebke nicht entlassen.“

„Dann kann Gunnar diesmal nicht am 31. Oktober von zu Hause fliehen, wie er es in den anderen Jahren nach Annikas Tod gemacht hat.“ Das tückische Funkeln in den Augen ihres Mannes machte Greta klar, dass sie die geplante Reise besser nicht erwähnt hätte. Denn Lars redete schon weiter. „Dem armen Kerl war es ja zu gönnen, er konnte nichts für den Tod seiner Frau. Wer dagegen Schuld am eigenen Unglück trägt, der muss die Erinnerung daran aushalten, dem hilft keine Flucht.“

Da war er wieder, der böse Vorwurf, sie sei schuld an Mirandas Verschwinden. Greta empfand das dringende Verlangen, ihren Teller zu nehmen und ihn Lars in sein hämisches Gesicht zu werfen. Sie sah es im Geiste förmlich vor sich, wie der Teller durch die Luft segelte, an seiner Stirn zerbrach und wie Lars mit Ei und roter Beete besudelt dasaß. Stattdessen tupfte sie ihren Mund ausgiebig mit der Serviette ab und schob den Teller zur

Seite. Der Appetit war ihr gründlich vergangen. Doch sie gab sich keine Blöße, weil sie Lars den Triumph, sie an ihrer empfindlichsten Stelle getroffen zu haben, nicht gönnte. „Gunnar hat im Moment auch noch einen anderen Grund, sich nicht in dem Haus aufzuhalten“, sagte sie. „Wenn Volke so gefährlich ist, wie du annimmst, dann sind er und Elin ebenfalls in Gefahr. Schließlich kann Volke jederzeit zurückkommen.“

Lars reagierte nicht, doch Greta fiel auf, wie Nele zusammenzuckte. Augenblicklich tat es ihr leid, sie beunruhigt zu haben. Nele hing sehr an Elin, die für sie inzwischen fast eine Schwester geworden war. Nachdem das quälende Abendessen endlich beendet war, folgte sie Nele in deren Zimmer, um mit ihr zu reden.

Nele lag auf dem Rücken auf ihrem Bett und starrte an die Decke.

„Darf ich reinkommen?“, fragte Greta.

„Ja, setz dich.“ Nele richtete sich auf und schien erfreut über das Auftauchen ihrer Mutter zu sein. Greta setzte sich gegenüber vom Bett auf einen Stuhl. „Weißt du, ich habe das vorhin nicht so gemeint“, sagte sie. „Ich denke nicht, dass Volke zurückkommen und versuchen wird, Gunnar und Elin etwas anzutun. Natürlich wäre es gut, wenn die Polizei ihn bald finden würde. Leider scheint keiner zu wissen, wo er sich aufhalten könnte.“

Nele zog mit den Zähnen ihre Unterlippe nach innen, sie schien einen Kampf mit sich auszufechten. „Und wenn ich es nun wüsste?“, sagte sie.

„Du? Aber woher willst du das wissen, du kennst ihn doch kaum“, erwiderte Greta überrascht.

„Na ja, ich weiß es nicht direkt, aber ich habe eine Vermutung, bei wem er sich verstecken könnte. Ich habe da nämlich ganz zufällig etwas beobachtet."

„Und was? Davon hast du nie etwas erzählt." Greta wollte nicht zweifelnd klingen, weil sie wusste, wie empfindlich Nele darauf reagierte.

„Ich habe nichts gesagt, weil ich mir nicht sicher war. Aber je länger ich darüber nachdenke, umso überzeugter bin ich, jemanden erkannt zu haben."

„Jemanden, mit dem Volke zusammen war?", fragte Greta.

Nele nickte. Wenn sie es ihrer Mutter nun erzählte, musste sie die Geschichte ein wenig anpassen. Schließlich hatte sie Elin damals nicht die ganze Wahrheit gesagt, um sie nicht zu beunruhigen.

„Es war, als wir bei Gunnar und Wiebke gewohnt haben", sagte sie. „Ich war mit Elin draußen im Garten gewesen und dabei hatte sie ihr Armband verloren. Ich bin rausgegangen, um danach zu suchen. Es hing an einem Strauch neben dem Rondell. Als Elin und ich dort vorbeigekommen waren, hatte Volke gerade am Beet gearbeitet. Er muss es gefunden und an den Strauch gehängt haben, damit es besser zu sehen ist." Nele schaute ihre Mutter an, die ihr aufmerksam zuhörte. Die kleine Unwahrheit bezüglich des Ortes, an dem Nele das Armband tatsächlich gefunden hatte, konnte ihr unmöglich auffallen. Jetzt musste sie nur noch eine plausible Erklärung dafür abgeben, weshalb sie zum Gärtnerhaus gegangen war.

„Ich habe das Armband an mich genommen. Volke war nicht mehr zu sehen, und ich dachte, ich sollte ihm sagen, dass ich es gefunden habe. Bei ihm bedanken wollte ich mich auch. Deshalb bin ich zum Gärtnerhaus gegangen. Es wurde schon dunkel und im Haus brannte Licht. Da sah ich, dass Volke nicht allein war, er sprach mit einem großen blonden Mann. Es war Lucas Hansson, inzwischen bin ich mir fast sicher."

Greta gab einen überraschten Laut von sich. „Lucas Hansson? Was sollte er bei Volke gesucht haben? Obwohl es durchaus passen würde. Als Hansson vor vier Jahren seine Halloweenparty in der Scheune veranstaltet hat, konnte ich mir einfach nicht vorstellen, wie ihm das unbemerkt gelungen sein sollte. Damit meine ich nicht nur den Abend an sich, sondern auch die gesamte Vorbereitung. Ich denke, Volke wusste Bescheid und hat ihn heimlich auf das Grundstück gelassen. Volke wusste auch, dass Gunnar an dem besagten Abend nicht da sein würde. Mit Annika hat er nicht gerechnet, ihr ging es schon die ganze Zeit nicht gut und normalerweise legte sie sich früh schlafen."

Nele atmete auf. Ihre Mutter äußerte keine Zweifel und sie hatte sogar eine plausible Erklärung, was Lucas und Volke verbinden könnte.

„Was machen wir jetzt?", fragte sie. „Ich möchte nicht schon wieder zur Polizei gehen. Die werden mich sonst wirklich für eine Wichtigtuerin halten und mir am Ende überhaupt nichts mehr glauben. Außerdem bin ich mir zwar ziemlich sicher, aber nicht zu hundert Prozent. Was ist, wenn ich mich irre?"

Greta verstand ihre Bedenken. „Nein, du musst nicht zur Polizei gehen", sagte sie. „Ich rufe Gunnar an und frage ihn, was er davon hält. Wir überlassen ihm die Entscheidung, ob er sich damit an die Polizei wenden will."

67.

„Wir haben einen Hinweis bekommen, bei wem Volke Eliasson sich möglicherweise versteckt hat“, sagte Rurik. „Einen sehr interessanten Hinweis, denn er betrifft jemanden, den wir schon länger im Visier haben.“

Alva, Jördis und Sven schauten Rurik erwartungsvoll an. „Gunnar Blom hat angerufen“, sagte er. „Die Nichte seiner Lebensgefährtin will Lucas Hansson zusammen mit dem Gärtner in dessen Haus gesehen haben. Das passt durchaus, schließlich gab es vor Jahren den Vorfall in der Scheune der Bloms, wo Hansson eine illegale Halloweenparty veranstaltet hat. Es war auffällig, dass der Gärtner damals nichts davon bemerkt haben wollte. Er und Hansson könnten noch immer unter einer Decke stecken.“

„Und du meinst, die Verbindung zwischen ihnen ist so eng, dass Hansson ihn bei sich zu Hause versteckt?“ Sven wirkte skeptisch. „Sollen wir auf diesen vagen Verdacht hin die Wohnung stürmen lassen?“

„Nein, natürlich nicht“, ruderte Rurik zurück. „Wir dürfen jetzt keinen Fehler machen, dazu ist die Sache zu wichtig. Ich habe eine Streife zu Hansson geschickt, sie werden ihn gleich herbringen. Ich möchte die Vernehmung hier durchführen. Sollte sich der geringste Hinweis auf eine Verstrickung von Hansson ergeben, halten wir ihn fest. Schließlich ist auch der Mordverdacht bezüglich Maja Jensen gegen ihn nicht ausgeräumt.“

Auf dem Flur waren laute Stimmen zu hören. „Ich glaube, er ist schon da und nicht allzu erfreut. Ich lasse ihn in den Vernehmungsraum bringen, es soll alles ganz offiziell und korrekt ablaufen. Alva, dich hätte ich gern dabei.“

Alva erhob sich und verließ gemeinsam mit Rurik den Raum, Sven und Jördis blieben allein zurück. Ihre gemeinsame Nacht lag zwei Tage zurück, doch bisher hatten sie keine Gelegenheit gehabt, darüber zu sprechen. Jördis hatte es geschickt einzurichten verstanden, nie mit Sven allein zu sein. Jetzt schien er die Gelegenheit nutzen zu wollen. „Du Jördis, wegen neulich ...“, fing er an.

Sie schnitt ihm das Wort ab. „Ich halte es für besser, wenn wir nicht darüber reden.“

Ihre Schroffheit schien ihn zu verunsichern. „Es tut mir leid“, sagte er. „Ich meine, es tut mir nicht leid, was passiert ist. Du bist mir wichtig Jördis.“

„Lass es bitte Sven. Lass es bitte auf sich beruhen. Reden macht es nicht besser.“ Jördis stand auf und verließ demonstrativ den Raum. Sie blieb lange weg und bei ihrer Rückkehr arbeitete Sven schweigend und unternahm keinen neuen Versuch, ein Gespräch anzufangen.

Im Vernehmungsraum war der heftig gegen seine Vorführung protestierende Lucas Hansson inzwischen über seine Rechte belehrt worden. Er sah aus, als wäre er gerade erst aus dem Bett gefallen. Sein blondes Haar war zerzaust und er hatte sich offenbar in aller Eile ein Sweatshirt übergeworfen, das nicht ganz frisch war.

„Um was geht es überhaupt?", fragte er zum wiederholten Male. „Ich habe Ihnen alles gesagt. Mit dem Tod von Maja habe ich nichts zu tun. Warum holen Sie mich wie einen Schwerverbrecher am frühen Morgen aus meiner Wohnung, statt nach dem Mörder zu suchen?"

„Es geht nicht um den Mord an Maja Jensen, sondern um Ihre Verbindung zu Volke Eliasson. Was können Sie uns darüber sagen?"

Hansson wirkte verblüfft. Damit hatte er nicht gerechnet, doch er schien über die Frage erleichtert zu sein. Nach dem Gärtner gefragt zu werden, musste ihm unverfänglicher vorkommen, als erneut mit dem Mord in Verbindung gebracht zu werden.

„Ich hab ihm ab und zu einen Gefallen getan, nichts weiter", sagte er.

Alva und Rurik tauschten einen Blick. Das ließ sich gut an, Hansson stritt die Bekanntschaft nicht ab, wie sie befürchtet hatten.

„Worin bestand dieser Gefallen?", fragte Rurik.

„Ich kenne jemanden in den Niederlanden, der genauso ein Gartenfreak ist wie Volke. Wenn ich zu Besuch bei ihm bin, bringe ich von dort Pflanzensamen für Volke mit."

„Das ist ausgesprochen nett von Ihnen. Seit wann machen Sie das schon?"

„Seit fünf Jahren vielleicht. Volke hat es nicht leicht, so jemandem macht man gern eine Freude", setzte er gönnerhaft hinzu.

„Wie haben Sie Volke Eliasson kennengelernt? Er führt schließlich ein sehr zurückgezogenes Leben und scheint Fremden gegenüber eher misstrauisch zu sein." Rurik war durch Gunnar Blom ausführlich über die Eigenheiten des Gärtners informiert worden.

„Nicht gegen jeden verhält er sich so." Hansson lehnte sich entspannt zurück. „Ich habe sofort einen Draht zu ihm gefunden."

„Und er zu Ihnen nehme ich an. Sonst hätte er Sie kaum in die Scheune gelassen."

Hansson grinste nun sogar. „Das ist Schnee von gestern, dafür habe ich meine Sozialstunden geleistet. Aber ja, es stimmt, Volke hat es mir damals ermöglicht. Der Blom war an dem Abend nicht da, der war überhaupt sehr selten zu Hause. Das mit seiner Frau war ein blöder Zufall. Ich lasse mir nicht anhängen, sie wäre durch den Schock, den sie an dem Abend erlitten hat, krank geworden. Krank war sie nämlich vorher schon, sie hat sich mit Beruhigungsmitteln zugedröhnt und ist regelmäßig schon um 18 Uhr schlafen gegangen. Durch die Tabletten hätte sie überhaupt nichts mitbekommen dürfen. Keine Ahnung, weshalb es an dem Abend anders war, das war unser Pech. Aber niemandem ist durch unsere Feier ein Schaden entstanden."

„Nun gut, Sie reden von der Vergangenheit. Aber lassen Sie uns über die Gegenwart reden. Ihr Kontakt zu Volke Eliasson besteht noch immer. Welche gegenseitigen Gefälligkeiten erweisen Sie einander?"

Zum ersten Mal wirkte Hansson verunsichert, er schien sich zu fragen, was die Ermittler wohl wussten.

„Wie ich schon sagte, ich bringe ihm ab und zu Sämereien mit. Aus reiner Gefälligkeit."

„Kommen Sie, so ganz nehme ich Ihnen die Uneigennützigkeit nicht ab. Sie werden schon Ihre Gründe haben. Sind Sie auch später noch in der Scheune gewesen?"

„Nein, es hat mir gereicht, einmal dafür bestraft worden zu sein. Dabei würde ich die Scheune heute sogar ganz offiziell mieten, wenn der Blom nicht so stur wäre. Ich meine, er nutzt sie überhaupt nicht und sie wäre nach wie vor eine tolle Location für meine Veranstaltungen."

Er wirkte nun wieder ganz entspannt und Rurik fand es an der Zeit, zum Angriff überzugehen. „Weil wir gerade von geeigneten Örtlichkeiten reden, können Sie uns sagen, wo Eliasson sich momentan aufhält? Haben Sie ihm Unterschlupf gewährt? Es erscheint naheliegend, da Sie der einzige Mensch sind, zu dem er engeren Kontakt hat."

Hanssons Verblüffung wirkte echt. „Wieso sollte ich ihm Unterschlupf gewähren? Er hat doch sein Haus auf dem Gelände der Bloms."

„Dort hält er sich aber nicht auf, er ist untergetaucht, und das aus gutem Grund. Eliasson wird verdächtigt, einen Giftanschlag auf die Lebensgefährtin von Blom verübt zu haben. Er könnte dabei möglicherweise im Auftrag gehandelt haben, weil ihm so eine Initiative eigentlich nicht zuzutrauen ist. Wenn die Frau gestorben wäre, hätte er auf dem Grundstück wieder nach Belieben schalten und walten können. Und Sie hätten freien Zugang zur Scheune."

„Also das ist ja eine ungeheuerliche Unterstellung." Hansson lief rot an und schnappte nach Luft. „Ich soll

Volke angestiftet haben, jemanden zu vergiften, nur damit ich wieder ungehindert in die Scheune komme? So wichtig ist mir das nun auch wieder nicht, dass ich dafür über Leichen gehen würde. Außerdem bin ich durchaus reingekommen, wenn Sie es genau wissen wollen. Ohne dafür jemanden umzubringen."

„Ja, ich wüsste es gern ganz genau. Wie oft waren Sie dort, wann zum letzten Mal und wer war noch dabei?" Rurik war zufrieden, seine Provokation hatte gewirkt. Hansson war nun bereit, wenigstens einiges zuzugeben, um seine Aufrichtigkeit zu demonstrieren.

„Das letzte Mal liegt schon länger zurück, das war Anfang September. Die anderen Termine muss ich in meinem Kalender nachschauen. Es können etwa zwölf bis fünfzehn im Verlaufe der vergangenen drei Jahre gewesen sein. Große Events waren nicht darunter, das war mir zu heiß. Ich habe nur Einzelpersonen oder höchstens mal drei Leuten gleichzeitig Zugang verschafft. Die Termine habe ich mit Volke abgesprochen, er wusste immer genau, wann die Luft rein war und keine Gefahr bestand, entdeckt zu werden."

„Aha, was für Leute waren das?"

„Meistens Medien, die Kontakt mit Geistern aufnehmen wollten. Solche Orte, an denen sich etwas Schauriges ereignet hat, sind sehr gefragt. Einige Male war auch ein Team von Geisterjägern dort."

„Die Leute haben dafür gezahlt?", fragte Rurik.

„Klar, und nicht mal schlecht, sonst hätte ich es nicht gemacht", sagte Hansson, nun wieder ganz Geschäftsmann. „Die verdienen doch auch daran, sie produzieren Videos, die sie ins Netz stellen. Wenn man sieht, wie viele Follower die haben, kann man neidisch werden. Sie verraten übrigens nie, wo genau die Aufzeichnungen gemacht wurden. Das ist ihr Geschäftsgeheimnis. Außerdem sollen Neugierige von den Orten ferngehalten werden."

„Sie mussten demnach keine Angst haben, durch diese Videos im Netz aufzufliegen", fasste Rurik zusammen. „Und selbst wenn, wären Sie wieder glimpflich davongekommen. Doch wegen der Tat von Eliasson haben Sie jetzt ein Problem, das war ein Mordversuch. Falls Sie wissen, wo er ist, sollten Sie uns das schleunigst sagen. Sonst kann es sehr eng für Sie werden."

„Aber ich habe nicht die geringste Ahnung, wo er sein könnte. Ich kann mir auch nicht vorstellen, dass Volke zu so einer Tat fähig ist. Der lebt in seiner ganz eigenen Welt und tut niemandem etwas zuleide. Wenn man keine Blattlaus ist, hat man nichts von ihm zu befürchten."

Da Hansson hartnäckig dabei blieb, entschloss Rurik sich, ihn gehen zu lassen.

„Draußen nützt er uns mehr, als wenn wir ihn hier festhalten", sagte er anschließend zu Alva. „Wir behalten ihn im Auge. Falls er gelogen hat, wird er uns zu Eliasson führen."

68.

Eigentlich hätten sie längst Feierabend. Jördis war früher aufgebrochen, um ihre Mutter im Krankenhaus zu besuchen, der es zum Glück besser ging. Sie sollte bald auf die Chirurgie verlegt werden. Sven war noch da und saß mit Rurik und Alva zusammen am Besprechungstisch.

„Ich denke, Hansson weiß wirklich nicht, wo sich Volke Eliasson versteckt hält“, sagte Alva. „Von dem Giftanschlag wusste er ebenfalls nichts. Er hatte ein günstiges Geschäftsmodell für sich entwickelt, indem der Gärtner ihm für ein paar Pflanzensamen den Zugang zur Scheune ermöglichte. Seine Kunden wird er dann kräftig abkassiert und dabei einen satten Gewinn gemacht haben. Aber Hansson ist nicht dumm. Er hätte Volke nicht zu einem Mordversuch angestiftet, dieses Risiko wäre er nicht eingegangen.“

„Vermutlich hast du recht, der Gärtner kann durchaus aus eigenem Antrieb gehandelt haben“, stimmte Rurik ihr zu. „Seine Leidenschaft für den Garten grenzt an Besessenheit. So hat Hansson es jedenfalls dargestellt.

Auch die Tatsache, dass er sich jahrelang unentgeltlich darum gekümmert hat, spricht dafür. Können wir wissen, wie weit er für seine Obsession gehen würde? Er muss jeden, der sich dort aufhielt, als störend empfunden haben. Mit Gunnar Blom hatte er sich arrangiert. Der war selten da, er interessierte sich nicht sonderlich für den Garten und mischte sich nicht ein. Außerdem war Blom Eliasson von Nutzen, weil er ihn für seine Arbeit bezahlte und Rechnungen für Pflanzen anstandslos beglich. Mit den Frauen sah es anders aus, die empfand er als Störfaktoren. Warum sollte in ihm nicht der Plan gereift sein, sie aus dem Weg zu räumen? Mit Pflanzen kannte er sich bestens aus, auch mit Giftpflanzen. Die Kiste mit getrocknetem Blauem Eisenhut, die in seinem Gewächshaus gefunden wurde, sprich eindeutig für seine Schuld."

„Macht es dann überhaupt noch Sinn, Hansson beobachten zu lassen?", fragte Alva und beantwortete ihre Frage sogleich selbst. „Ja, macht es durchaus. Da Hansson offenbar nichts von dem Giftanschlag wusste, kann er Eliasson ahnungslos Unterschlupf gewährt haben. Und er hat es nicht zugegeben, aus Angst, sich dadurch doch der Komplizenschaft verdächtig zu machen."

„Richtig", stimmte Rurik ihr zu. „Außerdem ist Hansson nach wie vor unser Verdächtiger Nummer eins im Mordfall Maja Jensen."

„Der Hansson ist ein cleveres Kerlchen, den bekommen wir nicht so leicht zu fassen." Sven rührte nachdenklich in seinem Kaffee, den er sich gerade erst frisch aufgebrüht hatte. Offenbar plante er noch lange nicht, nach Hause zu gehen. „Auf die Idee, sich an den Gärtner ranzumachen und dann weiterhin die Scheune für eigene Zwecke zu nutzen, muss man erst mal kommen. Das ist ganz schön dreist. Werden wir Blom darüber informieren?“

Rurik nickte. „Ich denke schon. Immerhin handelt es sich um eine Straftat, von der wir Kenntnis erhalten haben. Mit den Konsequenzen müssen wir uns zum Glück nicht befassen, das fällt nicht in unseren Aufgabenbereich. Es ist Bloms Sache, ob er Hansson dafür zur Rechenschaft ziehen will oder nicht. Aber er muss wissen, was sich auf seinem Grundstück abspielt.“

Alva war mit ihren Gedanken noch bei der Aussage von Hansson. „Wisst ihr, was mir aufgefallen ist?“, sagte sie. „Was er über Bloms erste Frau Annika gesagt hat. Es hieß doch immer, sie wäre durch den Schock in der Halloween-Nacht vor vier Jahren erkrankt. Aber Hansson hat das ganz anders dargestellt. Demnach war Annika Blom schon vorher krank und nahm starke Beruhigungsmittel.“

„Na schön, aber hältst du das für wichtig?“ Sven zuckte mit den Schultern.

„Mich würde interessieren, ob es einen anderen Grund für ihren Zustand gab. Nehmen wir mal an, sie hat sich vor Volke Eliasson gefürchtet und hatte allen Grund dazu.“

„Du meinst, er könnte ihr Angst gemacht und wenn wir es zu Ende denken, sogar ihren Tod verschuldet haben?“ Rurik schien dieser Gedanke noch nicht gekommen zu sein. „Das ist nicht ausgeschlossen, aber das bringt uns kein Stück weiter. Du willst hoffentlich nicht ernsthaft einen vor drei Jahren abgeschlossenen Unglücksfall nachträglich zum Mordfall deklarieren und neu aufrollen. Das ist das Letzte, was wir jetzt gebrauchen können. Uns reichen drei Morde, bei denen wir nicht vorankommen, völlig aus."

„So weit würde ich nicht gehen, aber es wäre schon interessant zu wissen, wie das Verhältnis zwischen Annika Blom und Volke Eliasson ausgesehen hat. Ob sie sich vor ihm gefürchtet hat und Grund dazu hatte."

„Es würde unser Bild von ihm vervollständigen, aber es ist müßig, darüber zu reden. Eine Tote können wir nicht befragen."

„Die Tote nicht, aber ihre beste Freundin. Wenn ich mich recht erinnerc, hatte Annika Blom in ihrer Todesnacht eigentlich vorgehabt, bei dieser Freundin zu übernachten, ist dort aber nicht aufgetaucht. Sie könnte ihr einiges anvertraut haben."

Rurik seufzte. „Das mag alles richtig sein Alva, aber wir dürfen uns nicht verzetteln. In zwei Tagen ist wieder Halloween. Das bereitet mir schlaflose Nächte."

„Apropos schlaflose Nächte, ich glaube, wir sollten für heute Schluss machen." Alva hielt sich die Hand vor den Mund, weil sie gähnen musste. „Was ist mit dir Sven, willst du nicht auch nach Hause gehen?"

„Ich will noch was nachschauen", sagte er und setzte sich an seinen Computer.

„Aber nicht zu lange, hörst du", sagte Rurik. „Auch du brauchst Schlaf, sonst klappst du irgendwann zusammen."

Alva und Rurik verließen gemeinsam das Präsidium. In der Pförtnerloge stand ein beleuchteter Kürbis aus Keramik. Daneben hockte eine Fledermausskulptur. Am liebsten hätte Alva die Diensthabende gebeten, das Zeug wegzuräumen. Noch zwei Tage bis Halloween. Auch sie mochte gar nicht daran denken.

69.

Wiebke war inzwischen von der Intensivstation in ein normales Krankenzimmer verlegt worden. Gunnar und Greta besuchten sie dort und zum ersten Mal durften auch Elin und Nele mitkommen. Elin umarmte ihre Mutter, die noch sehr blass und mitgenommen aussah. „Mir geht es gut", sagte Wiebke, um ihre Tochter zu beruhigen. „Ich verstehe nicht, wie das passieren konnte. Ich habe den Tee doch schon seit Tagen getrunken und er war in Ordnung."

„Lass uns jetzt nicht darüber reden", sagte Gunnar und nahm ihre Hand. Sie hatten sich geeinigt, Wiebke nichts von den Ermittlungen der Polizei und dem Verdacht gegen Volke zu erzählen. Sie war noch zu geschwächt und würde sich nur aufregen.

Wiebke beschäftigte das Thema dennoch. „Es muss in der Apotheke passiert sein", sagte sie. „Ich hatte die Teedose am Morgen frisch aufgefüllt. Ich glaube, die Apotheke bezieht die Kräuter von irgendwoher und sie stellen die Mischung dann selbst zusammen. Da muss versehentlich eine Eisenhutpflanze dazwischengeraten sein. Vermutlich schon beim Ernten der Kräuter. Sind noch andere Personen außer mir betroffen?“

„Nein, es sieht nicht so aus. Die Apotheke wurde natürlich sofort überprüft und die noch vorhandenen Teevorräte sichergestellt“, schwindelte Gunnar. „Es ist noch einmal gut ausgegangen. Wenn du dich erholt hast, werden wir unsere Reise nachholen.“

„Es tut mir furchtbar leid, dass die Reise für euch auch ins Wasser fällt, ihr hattet euch so darauf gefreut. Was werdet ihr nun machen?“

„Ich habe mir freigenommen und dabei bleibt es“, sagte Gunnar. „Wir werden die Ferien von Elin für kleinere Unternehmungen nutzen. Es gibt auch hier eine Menge Möglichkeiten, einen schönen Tag zu verleben. Ich hoffe, Nele begleitet uns dabei.“

Nele schaute ihre Mutter an, die zustimmend nickte. Die Ferien versprachen doch noch schön zu werden, Nele versuchte ihre Freude darüber nicht allzu offen zu zeigen. Immerhin geschah es auf Kosten von Tante Wiebke, die nach Aussage der Ärzte dem Tode ziemlich nahe gewesen war. Ihre Mutter war einverstanden und ihr Vater würde sie nicht stören. Er war kaum noch zu Hause und kam manchmal sogar erst in der Nacht heim. Musste er so lange arbeiten? Greta war zu stolz, Gunnar, der genug eigene Sorgen hatte, darauf anzusprechen. Sie vermisste Lars nicht. Insgeheim war sie froh, von seinen Bosheiten und den ständigen Streitereien mit ihm verschont zu bleiben.

„Kannst du mir helfen, das Kopfteil tiefer zu stellen“, fragte Wiebke jetzt. Die Gespräche hatten sie erschöpft und Greta nahm es als Signal zum Aufbruch. „Wir sollten jetzt gehen“, sagte sie zu Nele und Elin. Gunnar würde noch bei Wiebke bleiben.

„Kannst du die Mädchen begleiten?“, fragte er.

„Selbstverständlich. Wir bringen Elin nach Hause und bleiben bei ihr, bis du kommst.“

„Das ist lieb. In einer Stunde bin ich auch da.“

„Lass dir Zeit“, sagte Greta und umarmte ihre Schwester zum Abschied. Nele wollte schon fragen, ob sie bei Elin übernachten dürfe, verwarf den Gedanken aber gleich wieder. Morgen war Halloween, für ihre Familie der schlimmste Tag des ganzen Jahres. Sie wollte ihre Mutter an diesem Tag nicht allein lassen. Und sie hegte noch immer die heimliche Hoffnung, Miranda würde an diesem Datum nach Hause zurückkehren. Manchmal träumte sie davon. Dann stand ihre Schwester in ihrem weißen Kleid in der Tür und wollte nicht glauben, dass inzwischen drei Jahre vergangen waren. Es war, als wäre sie von einem Loch in der Zeit verschluckt und plötzlich wieder ausgespuckt worden. So unwahrscheinlich das auch war, klopfte Neles Herz an diesen Tagen bei jedem Geräusch im Haus schneller. Nein, sie würde nicht bei Elin bleiben, auch wenn die Cousine sich das bestimmt wünschte. Morgen wollte sie zu Hause sein.

Im Garten waren bereits die Strahler auf den Beeten angegangen, als sie am Haus ankamen. Greta bot an, ihnen etwas zum Abendessen zuzubereiten. Gunnar hatte inzwischen den gesamten Inhalt des Kühlschranks entsorgt und frische Lebensmittel eingekauft, alle noch original verpackt. Zwar sah es aus, als hätte Volke nur den Tee präpariert, doch Gunnar wollte ganz sichergehen. Elin und Nele machten es sich im Grünen Salon bequem. Elin ließ ihren Blick nach draußen über den Garten schweifen. „Was glaubst du, wo Volke jetzt ist?“, fragte sie.

„Ich habe keine Ahnung, aber die Polizei sucht nach ihm. Hast du etwa Angst, er könnte zurückkommen?" Nele schaute die Cousine fragend an, die sehr blass und angespannt aussah.

„Ja, natürlich habe ich Angst. Gunnar sagt zwar, wir sind hier sicher, aber das hat er früher auch gedacht. Und nachdem jetzt rausgekommen ist, dass Volke ständig Leute in die Scheune gelassen hat, fühle ich mich noch unwohler. Hier ist alles so weitläufig, man bekommt vieles nicht mit, was um einen herum passiert. Vielleicht ist Volke ganz in der Nähe und versteckt sich in einem der Nebengebäude."

„Aber die Polizei hat doch alles durchsucht", wandte Nele ein.

Elin zuckte mit den Schultern. „Na und? Dann musste er nur abwarten, bis sie weg waren und er in sein Versteck zurückkonnte. Er kommt doch offenbar überall problemlos rein."

„Überall?", fragte Nele. „Auch ins Haus?"

„Nein, hier zum Glück nicht, das Haus ist gesichert. Er konnte nur reinkommen, weil am Tage die Tür meistens offen und die Alarmanlage ausgeschaltet war. Wenn Volke etwas von Gunnar wollte, kam er einfach rein und Gunnar hatte bisher nichts dagegen. Das ist jetzt natürlich anders. Aber alle Schlösser an den Nebengebäuden auszutauschen, dazu ist Gunnar noch nicht gekommen. Und die Vorstellung, Volke schleicht draußen herum und schaut in die Fenster, die ist mir unheimlich. Ich weiß genau, dass er mich hasst." Ein Frösteln überlief Elin, als sie das sagte.

Auch Nele beschlich ein beklemmendes Gefühl. Gleichzeitig kam ihr eine Idee. „Ich gehe mal zur Toilette", sagte sie. „Bin gleich zurück."

Sie huschte in die Diele, die Haustür war verschlossen, ließ sich von innen aber problemlos öffnen. Die Alarmanlage war noch nicht aktiviert. Nele schlich leise nach draußen. Vor ihr lag das große Rondell mit seinen kunstvollen rot-weißen Pflanzenspiralen. Nele hockte sich davor und griff hinein. Mit einem Ruck zog sie je zwei rote und zwei weiße Pflanzen aus dem Boden. Es ging leicht, sie hatten kompakte Wurzelballen, die kaum mit dem umgebenden Erdreich verbunden waren. Nele setzte die Pflanzen nun mit vertauschten Plätzen wieder ein. Jemandem, der nicht genau hinsah, würde es nicht auffallen, doch sie verspürte echtes Bedauern über die Störung der perfekten Anordnung. Für Volke musste es wie eine Wunde im eigenen Fleisch sein, falls er es entdecken sollte. Nele lief zurück ins Haus. Sie verschloss die Tür hinter sich und wusch sich auf der Toilette gründlich die Hände. Als Gunnar gut eine halbe Stunde später auftauchte, aßen sie alle gemeinsam zu Abend. Nele staunte über die Gelassenheit ihrer Mutter, die keine Eile hatte, nach Hause zu kommen. Bei ihrer späteren Ankunft dort wurde ihr der Grund klar. Ihr Vater war wieder mal noch nicht eingetroffen. Erst als sie bereits im Bett lag, hörte sie ihn leise die Wohnungstür aufschließen und auf Strümpfen über den Flur huschen.

70.

Am Morgen des nächsten Tages hatte Lars Edwardson das Haus schon wieder verlassen, als Nele und Greta am Frühstückstisch zusammensaßen. Nele fiel auf, wie abwesend ihre Mutter wirkte, wunderte sich aber nicht darüber. Es war der 31. Oktober, der Tag, der in ihnen die schlimmsten Erinnerungen wachrief. In der Nacht hatte Nele von Miranda geträumt, der Traum war sehr lebhaft gewesen und sie erinnerte sich an alle Einzelheiten. Sie war durch einen dichten Wald gewandert und auf einer Lichtung plötzlich auf Miranda gestoßen, die gekleidet war wie am Abend ihres Verschwindens. Nele wollte zu ihr eilen, doch plötzlich hatte Miranda sich umgedreht und war zwischen den Bäumen untergetaucht. Bei ihrem verzweifelten Versuch, sie einzuholen, stolperte Nele über Wurzeln und verfing sich in Dornenranken. Immer wieder sah sie Mirandas weißes Kleid und ihr langes blondes Haar zwischen den Baumstämmen aufblitzen. Einige Male war sie ihr so nah, dass sie sie fast berühren konnte. Doch dann wurde der Abstand plötzlich wieder größer und sie drohte die Schwester aus den Augen zu verlieren. Das boshafte Gesicht eines Trolls lugte zwischen den Baumstämmen hindurch und versuchte, sie vom Weg abzubringen. Nele wich ihm aus und als sich der Wald endlich lichtete, sah sie Miranda in eine Kutsche steigen. „Miranda warte, fahr nicht weg“, rief Nele.

„Ich bin doch da. Du musst nur hinsehen, sieh genau hin.“ Nach diesen rätselhaften Worten von Miranda setzte sich die Kutsche in Bewegung und verschwand in einem atemberaubenden Tempo hinter dem Horizont. Neles Kissen war beim Aufwachen ganz nass von ihren Tränen und Mirandas letzte Worte hallten noch immer in ihrem Kopf nach. Auch jetzt musste sie wieder daran denken und versuchte, deren Bedeutung zu verstehen.

„Nele, hörst du mir überhaupt zu?“ Wie durch Nebel drang die Stimme ihrer Mutter zu Nele.

„Was? Ich habe gerade an etwas anderes gedacht.“

Greta unterdrückte ein Seufzen, sie ahnte, was ihrer Tochter durch den Kopf ging. Dies war kein leichter Tag für sie beide. „Ich sagte, ich muss gleich los und ein paar Sachen einkaufen. Du hast ja Ferien und kannst dir Zeit lassen. Ich bin spätestens zu Mittag wieder zu Hause.“

„Ja, ist gut“, erwiderte Nele zerstreut. Sie räumte den Tisch ab und ging anschließend in ihr Zimmer, um gründlich nachzudenken. Woran erinnerte der Traum sie nur? An die Zeichnungen von Miranda natürlich, wieso war sie nicht sofort darauf gekommen? Sie waren in den Bildern ihres Traumes lebendig geworden, Miranda als Huldra, der bösartige Troll und schließlich die Kutsche, in der die Schwester entschwunden war. Irgendetwas an den Zeichnungen war

Nele schon damals aufgefallen, doch sie hatte es einfach nicht zu fassen bekommen. Nun wollte sie es erneut versuchen. Sie öffnete das Versteck unter den Dielen und holte die Mappe heraus. Blatt für Blatt sah sie die Zeichnungen durch, bis sie etwas entdeckte. Aber konnte das wirklich sein? Nele hielt es nicht länger in der Wohnung aus. Ihre Mutter würde erst in einigen Stunden zurückkommen, ihr blieb genügend Zeit, um sich Gewissheit zu verschaffen. Sie warf sich ihren Parka über, rannte die Treppen hinunter und legte den ganzen Weg bis zur Bushaltestelle im Laufschritt zurück. Sie war außer Atem, als sie sich anschließend im Bus auf den Sitz fallen ließ. Ihr gegenüber und auf der anderen Seite des Ganges saßen als Hexen und Gespenster verkleidete Kinder, die aufgeregt kicherten. Sie konnten nicht älter als acht Jahre sein und wollten offenbar schon morgens mit ihrer Feier beginnen. Ein pummliger Junge, der eine Kürbismaske auf dem Kopf trug, versuchte erfolglos, Nele durch Faxen auf sich aufmerksam zu machen. Schon ein Stück vor ihrem Ziel stellte sie sich auf den Gang und sprang aus dem Bus, kaum dass sich die Türen geöffnet hatten.

Es hatte zu regnen angefangen, Nele zog sich die Kapuze ihres Parkas über den Kopf und lief los. Kurz darauf stand sie vor dem verschlossenen Tor von Bloms Villa. Verflucht, damit hatte sie nicht gerechnet. Es gab keine Klingel, man musste eine Zahlenkombination eingeben, um sich überhaupt anmelden zu können. Bei ihren früheren Besuchen hatte das Tor immer offen gestanden, weil Gunnar sie erwartet hatte. Aber aufgeben kam für Nele nicht infrage. Sie musterte das Tor, es war über zwei Meter hoch, doch es hatte Querstreben, auf denen die Füße Halt finden konnten. Nachdem sie sich vorsichtig umgeschaut und festgestellt hatte, dass niemand in der Nähe war, kletterte sie über das Gitter. Es ging leichter als erwartet. Der Regen wurde stärker, doch sie achtete nicht darauf. Ihr Weg führte sie zu den ausgebauten Stallungen, wo die Kutschensammlung untergebracht war. Welches war doch gleich das Fenster gewesen, durch das sie bei ihrem ersten Besuch gespäht hatte? Nele versuchte es der Reihe nach bei mehreren, hinter dem dritten entdeckte sie die goldene Kutsche mit dem kitschigen Wappen an der Tür: zwei brennenden, von Pfeilen durchbohrten Herzen. Es war das gleiche Wappen wie auf der Zeichnung von Miranda, es war auch haargenau die gleiche Kutsche. Das konnte kein Zufall sein. Diese Kutsche war einmalig, weil der erste Besitzer sie nach seinen Vorstellungen umgebaut und geschmückt hatte. Miranda, die offiziell nie hier gewesen war, musste sie gekannt haben. Für Nele ließ das nur einen Schluss zu: Lucas Hansson hatte gelogen. Er hatte nicht nur die Scheune weiterhin heimlich genutzt, sondern er war auch mit Miranda auf dem Gelände zusammen gewesen. Neles Atem ging keuchend, sie musste sich mit dem Rücken gegen die Wand lehnen, weil ihr schwindlig war. Der Regen lief ihr übers Gesicht und vermischte sich mit ihren Tränen. Die Polizei hatte Hansson wieder laufen lassen, doch jetzt würde er sich nicht mehr herausreden können. Sie musste es Gunnar sagen und ihn bitten, mit ihr zur Polizei zu fahren, am besten sofort. War er überhaupt zu Hause? Sie ging durch den Garten zur Villa zurück und klopfte gegen die Eingangstür. Alles blieb still, nichts rührte sich. Zum Glück hatte sie Elins Telefonnummer, sie würde sie anrufen. Nele zog ihr Handy heraus und dachte flüchtig daran, dass Miranda keines besessen hatte. Kurz nach dem Verschwinden ihrer Schwester hatte ihre Mutter es Nele gegen den Willen des Vaters gekauft. Nach dem zweiten Klingeln meldete sich zu ihrer Überraschung nicht Elin, sondern Gunnar.

„Hallo Nele, was gibt es?“, fragte er. „Elin ist gerade zur Toilette gegangen, wir sind hier in einem Café in der Stadt und frühstücken, bevor wir zum Einkaufen weiterziehen wollen.“

„Gunnar, es ist gut, dass ich dich erwische. Ich weiß jetzt, was mit Miranda passiert ist. Die Kutsche, ich habe die Kutsche erkannt. Auf Mirandas Zeichnungen.“

„Jetzt mal ganz langsam, welche Kutsche?“, fragte Gunnar.

Nele verhaspelte sich vor Aufregung. „Die goldene Kutsche, sie ist es ganz bestimmt, du hast gesagt, es gibt sie so nur einmal. Deine Kutsche, die im Stall in der Sammlung. Auch das Wappen stimmt. Miranda war dort, sie war ganz bestimmt dort, Lucas hat sie heimlich hergebracht, als du nicht da warst. Er weiß, was mit ihr passiert ist. Wir müssen zur Polizei, sofort.“

„Nele, wo bist du?“

„Bei dir vor dem Haus. Ich bin über das Tor geklettert.“

Es schien ihn nicht zu interessieren, wie sie auf das Gelände gelangt war. Gunnar klang nun ebenfalls aufgeregt. „Ich bin in einer Viertelstunde da, warte auf mich. Geh zum Hintereingang und stell dich dort unter das Vordach, damit du nicht völlig durchnässt wirst. Es gießt gerade ziemlich. Bis gleich.“

Der Regen war Neles geringste Sorge, doch sie beschloss, Gunnars Aufforderung zu folgen. Beim Losgehen fiel ihr Blick auf das Rondell. Die Pflanzen waren schwer vom Regen und bogen sich mit den Blütenrispen nach unten, was ihrer Anordnung einen zusätzlichen Reiz verlieh. Die roten und weißen Spiralen schienen umeinander zu wirbeln. Nele stutzte, sie ging näher und suchte nach dem Fehler im Muster, den sie am Vortag selbst eingebaut hatte. Doch so sehr sie sich auch anstrengte, konnte sie die Stelle nicht finden. Ihr war, als würde eine kalte Hand nach ihrem Herzen greifen. Volke war hier gewesen und hatte das Muster wiederhergestellt. Er musste sich ganz in der Nähe aufhalten und alles beobachten. Was, wenn er ihr Telefonat belauscht hatte? Neles erster Impuls war zu fliehen. Doch dann begriff sie, wie sinnlos das war. Wenn sie nochmals über das Tor kletterte, wäre sie leicht zu entdecken. Außerdem musste Gunnar gleich hier sein. Nele lief um das Haus herum und stellte sich unter das Vordach des Hintereingangs. Von hier aus konnte sie den Garten gut überblicken, was sie als beruhigend empfand. Sie würde Volke sofort sehen, falls er tatsächlich auftauchen sollte. Der Regen prasselte auf das Dach über ihr, es klang wie Trommelfeuer. Sie konnte bei dem Lärm unmöglich hören, wie hinter ihr die Tür leise geöffnet wurde. Und unmittelbar darauf sah sie auch nichts mehr, weil ein schwarzes Tuch über ihren Kopf geworfen wurde. Die Welt versank in Dunkelheit.

71.

Birger telefonierte bereits seit einer ganzen Weile. „Nein, ich glaube nicht, dass es derjenige auf Sie abgesehen hat“, sagte er. „Auch die Maskierung hat nichts zu bedeuten. Heute ist Halloween, da sind ganz viele Leute in Verkleidungen unterwegs, nicht nur Kinder, auch Erwachsene. .... Ja, ich habe verstanden, dass er direkt gegenüber von Ihrem Haus steht. Er wartet möglicherweise auf jemanden, mit dem er verabredet ist. ... Nein, Sie sollten nicht die Polizei rufen. ... Natürlich nehme ich Ihre Angst ernst. ... Gut, ich komme vorbei, in zehn Minuten bin ich da.“

Alva, die das Gespräch mitbekommen hatte, runzelte die Stirn. „Du willst ernsthaft los, um eine Patientin zu trösten?“

„Mir bleibt leider nichts anderes übrig.“ Birger machte eine Geste, die Resignation ausdrückte. „Wenn ich nicht hinfahre, ruft sie die Polizei. Das hat sie innerhalb der letzten vierzehn Tage leider bereits dreimal gemacht. Schon beim letzten Mal wollte man sie deshalb stationär einweisen, ich konnte es gerade noch verhindern. Denn das wäre keine Lösung, es würde sie nur in ihrem Verfolgungswahn bestärken. Ich fahre jetzt hin und kläre die Situation. Es dauert sicher nicht lange, sie ist jedes Mal relativ schnell zu beruhigen. Die eigentliche Krankheit dieser Frau ist ihre Einsamkeit."

„Wie bei der Mutter von Jördis", sagte Alva. „Dabei kann man das nicht vergleichen, Jördis kümmert sich wirklich, aber ab einem gewissen Alter sollte man wohl besser nicht allein leben. Wo wohnt deine Patientin eigentlich?"

„In Johanneberg. Warum fragst du?"

„Das trifft sich gut, würdest du mich mitnehmen? Dort wohnt auch eine mögliche Zeugin, ich würde gern etwas überprüfen." Der Einfall war Alva spontan gekommen. Wenn sie jedoch in sich hineinhorchte, war da die ganze Zeit eine Unruhe gewesen, die sie drängte, diese Spur zu verfolgen. Zwar hatte Rurik sie gemahnt, sich nicht mit Nebensächlichkeiten zu verzetteln. Was sie jedoch nach Feierabend tat, war ihre Angelegenheit. Außerdem würde sie die frühere Freundin von Annika Blom möglicherweise überhaupt nicht antreffen.

Birger zog die Augenbrauen hoch. „So sieht das also aus, wenn du mal pünktlich Feierabend hast, gleich denkst du dir neue Aufgaben aus."

Alva knuffte Birger in die Seite. „Das musst nun ausgerechnet du sagen. Oder fällt das bei dir unter Feierabendgestaltung, wenn du alleinstehende Patientinnen tröstest?"

„Deshalb passen wir ja so gut zusammen", sagte Birger und griff nach den Autoschlüsseln. Unten auf der Straße öffnete er Alva die Beifahrertür. Es regnete ununterbrochen, doch den Feiernden, die an diesem Abend unterwegs waren, schien es nichts auszumachen.

Sie begegneten Gruppen lärmender maskierter Jugendlicher, ein als Tod Verkleideter schwang seine Sense drohend in ihre Richtung. „Sehr witzig“, murmelte Alva. „Dem Tod bin ich schon öfter begegnet, als mir lieb ist.“ Birger musste bremsen, weil ein Gespenst in einem weißen Laken mitten auf der Fahrbahn Pirouetten drehte. Erst nachdem er die Gestalt mit nachdrücklichem Hupen dazu aufgefordert hatte, flatterte sie davon.

Birgers Patientin und die Frau, zu der Alva wollte, waren beinahe Nachbarinnen. Sie bewohnten unterschiedliche Aufgänge in dem gleichen vierstöckigen Wohnblock. Die Wohnung von Astrid Berger befand sich in der zweiten Etage. Im Treppenhaus kamen Alva verkleidete Kinder entgegen, die sich über reiche Beute freuten. Ein kleines Mädchen mit Fledermausflügeln hielt stolz einen Beutel mit Bonbons in die Höhe, um ihn seinen Freunden zu zeigen. Alva bedauerte, keine Süßigkeiten dabeizuhaben, doch die Kinder beachteten sie gar nicht. Vor der Tür von Astrid Berger lag eine mit Kürbissen und buntem Herbstlaub bedruckte Fußmatte. Auf Alvas Klingeln wurde die Tür sofort geöffnet. Vor ihr stand eine schlanke rothaarige Frau in einem lila Overall, die eine Schale mit verpackten Naschereien in der Hand hielt.

„Sehr nett, aber deshalb komme ich nicht“, sagte Alva. „Sie werden den Zeitpunkt vielleicht unpassend finden, aber ich bin von der Polizei und würde Ihnen gern einige Fragen zu Annika Blom stellen.“

„Ausgerechnet heute“, sagte die Frau überrascht.

„Wenn es ungünstig ist, komme ich ein anderes Mal wieder.“

„Nein, so meinte ich das nicht. Ich bin froh, dass endlich jemand fragt. Lange hätte ich es nicht mehr ausgehalten.“ Astrid Berger trat zur Seite und ließ Alva in die Wohnung.

72.

Nele erwachte allmählich, fühlte sich aber zu schwach, um die Augen zu öffnen. Ihr Kopf war schwer und der Raum um sie herum schien zu schwanken wie ein Schiff auf unruhiger See. Wurde sie etwa krank? Ihr war entsetzlich kalt, eisige Luft umwehte sie und die Unterlage, auf der sie lag, fühlte sich wie ein Eisblock an. Das war doch nicht ihr Bett! Sie riss mit einem Ruck die Augen auf, sah aber trotzdem nichts, weil vollständige Dunkelheit sie umfing. Wo war sie überhaupt? Wieso lag sie auf dem harten Boden? Mit einem Schlag kam die Erinnerung zurück, es war ein Gefühl, als würde ihr jemand die Faust in den Magen rammen. Sie hatte am Hintereingang der Villa auf Gunnar gewartet, nachdem sie ihm von ihrer Entdeckung erzählt hatte. Während sie dort gestanden hatte, war sie hinterrücks überfallen worden. Wie viel Zeit mochte seitdem vergangen sein? Ihr war jedes Empfinden dafür abhandengekommen. Und wo war Gunnar? Suchte er nach ihr? Oder aber, schrecklicher Gedanke, lag er auch irgendwo betäubt und eingesperrt? Mühsam versuchte Nele die Bruchstücke ihrer Erinnerung zusammenzusetzen. Das Ergebnis war alles andere als ermutigend. Volke hatte die Veränderung im Beet bemerkt und rückgängig gemacht, demnach hielt er sich in der Nähe auf. Nur er konnte sie überfallen haben, nachdem er vermutlich ihr Gespräch mit Gunnar belauscht hatte. Wenn es ihm darum ging, Lucas Hansson zu schützen und ihr gemeinsames Tun zu verschleiern, dann musste er auch Gunnar beseitigen. War er vielleicht sogar im selben Raum eingesperrt? „Gunnar, bist du hier? Gunnar?" Neles Stimme klang dumpf in dem Gewölbe, es kam keine Antwort. Erkennen konnte sie noch immer nichts, der Raum schien keine Fenster zu haben. Und so kalt, wie es hier war, konnte es sich nur um einen Keller handeln. Nele richtete sich mühsam auf, ein jähes Schwindelgefühl erfasste sie und ließ sie vorsichtshalber in die Hocke gehen. Sie wartete ab, bis sich der Schwindel legte und beschloss dann, die Ausmaße des Raumes zu erkunden, indem sie sich auf Händen und Knien langsam vorwärtsbewegte. Zunächst versuchte sie, eine Richtung beizubehalten, und stieß tatsächlich unmittelbar darauf auf eine Wand, an der sie sich nun entlangtastete. Der Boden bestand aus rauem Beton, die Wände aus unbehauenen Feldsteinen. Nach wenigen Metern kam sie an eine Ecke und folgte der nächsten Wand, bis sie eine Türöffnung ertastete. Neles Herz begann schneller zu schlagen. Die Tür war tief in das Mauerwerk eingelassen und bestand aus Metall. Ein Bild flammte vor ihrem inneren Auge auf, sie sah sich und Elin in der alten Küche im Keller, sah die Metalltür mit dem schweren Riegel und die Spuren am Boden, die verrieten, dass sie kürzlich bewegt worden war. Jetzt wusste sie, wo sie sich befand.

Volke muss hier gewesen sein und Zugang zu diesem Kellerraum haben. Wahrscheinlich hatte er sich sogar nachts hier herumgetrieben. Elin hatte sich nicht geirrt, als sie immer wieder von unheimlichen nächtlichen Geräuschen gesprochen hatte. Nele wünschte, sie hätte ihr geglaubt, doch nun war es zu spät, sich darüber Gedanken zu machen. Sie musste jetzt einen Weg aus diesem Gefängnis finden. Die massive Tür war verschlossen, etwas anderes hatte sie auch nicht erwartet. Ihr Handy war nicht mehr in ihrer Tasche, der Mistkerl musste es ihr abgenommen haben. Ihr blieb nichts anderes übrig, als weiter die Wände abzutasten, ob es irgendwo eine Öffnung gab. Wenn nicht, fand sich vielleicht Werkzeug, mit dem sie die Tür bearbeiten konnte. Schreien machte keinen Sinn, wer außer Volke sollte sie hier hören? Elin? Gunnar war mit ihr zusammen gewesen und garantiert nicht ohne sie zurückgekehrt. Inzwischen mussten sie längst angekommen sein. Der Gedanke an ihre Cousine setzte Nele zu. Elin hatte sich immer vor Volke gefürchtet, wer weiß, was er mit ihr vorhatte. Sie musste schnell einen Ausweg finden, auch um Elin zu warnen. Nele arbeitete sich nun schneller voran. Der Raum war beinahe quadratisch und nicht größer als zwölf Quadratmeter. Nachdem sie wieder bei der Tür angekommen war, begann Nele die Runde an den Wänden entlang von vorn, diesmal aber nicht kriechend, sondern im Stehen. Sie fühlte sich nun wieder sicherer auf den Beinen und tastete die rauen Steinmauern nach einer Öffnung ab, so hoch ihre Arme reichten. Sie schürfte sich dabei die Fingerkuppen auf, leider ohne Erfolg. Wieder an der Tür angekommen, ließ sie sich erst einmal erschöpft auf den Boden sinken und dachte nach. Was für ein Raum war das hier eigentlich? Bestimmt der Brunnenraum, vor dem Gunnar immer gewarnt hatte. Nele hatte keine Vorstellung von der Beschaffenheit des Brunnens. Hatte er eine gemauerte Umrandung oder handelte es sich einfach um ein Loch im Boden? Sollte Letzteres der Fall sein, war es hoffentlich abgedeckt. Trotzdem beschloss sie, vorsichtig zu sein, als sie sich nun anschickte, die Mitte des Raumes zu erkunden. Sie ließ sich erneut auf die Knie nieder und tastete sich mit den Händen voran. Nele verfügte über ein ausgezeichnetes räumliches Vorstellungsvermögen. Sie ging systematisch vor, bewegte sich auf parallelen Linien von Wand zu Wand, erst hin, dann ein Stück daneben zurück. Als sie zum zweiten Mal an der rückwärtigen Seite des Raumes ankam und zur Seite rückte, stieß sie auf ein Hindernis. Das Material fühlte sich wärmer an als der kalte Stein, Nele vermutete, dass es sich um Holz handelte. Es war eine größere Kiste, wie sie durch gründliches Abtasten schnell feststellte, etwa einen halben Meter breit und zwei Meter lang. Falls sie Werkzeug enthielt, bot sich ihr hier eventuell eine Chance. Der Deckel ließ sich mühelos anheben, wie Nele erleichtert feststellte. Sie lehnte ihn gegen die Wand und senkte ihre Hand in die Kiste. Zuerst fühlte sie nur Stoff, etwas Festes schien darin verpackt zu sein. Ihre Hand glitt weiter, da war etwas wie feine Holzstäbe, das war ... das war ... Nein! Nele schrie und wich so heftig zurück, dass sie stürzte und mit Kopf und Rücken auf den harten Boden prallte. Sterne tanzten vor ihren Augen, sie wimmerte vor Schmerz und Entsetzen. Das war eine Knochenhand gewesen, was sie da unter ihren Fingern gespürt hatte. Die Kiste war ein Sarg, in dem eine Leiche lag.

73.

Alva saß Astrid Berger in deren Wohnzimmer gegenüber. Zweimal waren sie von klingelnden Kindern unterbrochen worden, Astrid Berger war dann jedes Mal aufgestanden und mit der Süßigkeitenschüssel zur Tür gegangen. Inzwischen war kaum noch der Boden bedeckt.

„Seit wann haben Sie vermutet, er könnte dahinterstecken?“, fragte Alva.

Die Frau ihr gegenüber strich sich verlegen das Haar aus dem Gesicht. „Ich möchte das nicht direkt als Anschuldigung verstanden wissen“, sagte sie. „Ich wusste nur von seiner Obsession, das hat mir Annika in einer schwachen Stunde verraten. Und als ich ihn mal *Huldra* flüstern hörte, habe ich mir zuerst nichts dabei gedacht. Aber als dann diese Morde passierten und die Zeitungen darüber berichteten, ging es mir nicht mehr aus dem Kopf. Sie werden das doch vertraulich behandeln?“

„Solange sich der Verdacht nicht erhärtet, können wir Vertraulichkeit wahren.“ Alva war vorsichtig mit ihrer

Zusage. Eventuell würde die Frau offiziell aussagen müssen. Sie hatte es jetzt eilig, die Wohnung zu verlassen und Birger nach seiner Meinung zu fragen. Hoffentlich war es ihm inzwischen gelungen, seine Patientin zu beruhigen.

Alva war noch im Treppenhaus, als ihr Handy klingelte. Die angezeigte Nummer sagte ihr zunächst nichts, sie nahm das Gespräch an.

„Hallo Frau Claesson, hier ist Greta Edwardson." Richtig, die Mutter von Nele Edwardson. Alva hatte ihr die Nummer gegeben, für den Fall, dass ihr noch etwas einfallen sollte.

„Hallo Frau Edwardson, was gibt es?"

„Nele ist verschwunden."

„Wie verschwunden? Können Sie das genauer beschreiben?"

„Wir haben heute Morgen miteinander gefrühstückt, ich bin dann losgefahren, um Besorgungen zu machen. Mittags wollten wir zusammen kochen, aber Nele war nicht da. Sie hat keine Nachricht hinterlassen und ist immer noch nicht zurück. Ihr Handy ist ausgeschaltet. Das passt nicht zu ihr, sie ist sehr zuverlässig. Sie weiß, wie schnell ich mir Sorgen mache und ausgerechnet heute ..." Sie schluchzte und konnte nicht weitersprechen.

„Haben Sie eine Idee, wohin Nele gegangen sein könnte?" Alva trat einen Schritt zur Seite, um mehrere verkleidete Jugendliche durchzulassen, die an ihr vorbei nach oben strebten. Irgendwo im Haus musste eine Party stattfinden.

„Ich dachte, sie könnte eigentlich nur zu Elin gegangen sein. Aber dort habe ich niemanden erreicht. Gunnar schrieb mir kurz darauf eine Nachricht, er sei den ganzen Tag mit Elin unterwegs. Als ich es später noch einmal bei ihm versuchte, waren auch sein Handy und das von Elin ausgeschaltet. Ich habe daraufhin bei meiner Schwester im Krankenhaus nachgefragt, doch dort waren sie auch nicht.“

Für Alva klang das ziemlich beunruhigend, vor allem nach dem, was ihr Astrid Berger gerade erzählt hatte. Doch sie ließ es sich Greta Edwardson gegenüber nicht anmerken. „Ist Ihr Mann zu Hause?“, fragte sie.

„Nein, er ist in letzter Zeit viel unterwegs.“

„Wissen Sie, wo er sich aufhält, und könnte Nele eventuell bei ihm sein?“

„Ich habe keine Ahnung, wo er ist, und es interessiert mich auch nicht.“ Die Heftigkeit, mit der Greta Edwardson das sagte, überraschte Alva. „Es ist ausgeschlossen, dass Nele bei ihm ist. Die beiden verstehen sich nicht gut.“

Alva verkniff sich den Vorschlag, Lars Edwardson anzurufen. Vermutlich würde seine Frau das angesichts der Vorwürfe, die sie von ihm zu erwarten hatte, rundweg ablehnen.

„Frau Edwardson, ich möchte Sie bitten, zu Hause zu bleiben und mich sofort anzurufen, falls Nele auftauchen sollte. Ich werde sehen, was ich tun kann, um sie zu finden.“

Alva beendete das Gespräch schnell, sie wollte sich auf keine Diskussion über Einzelheiten einlassen. Doch ihr Plan stand bereits fest. Ihr nächster Anruf galt Rurik, ihm erklärte sie, was sie vorhatte.

„Bist du sicher?“, fragte er, nachdem er sich ihren Vorschlag angehört hatte.

„Ich bin mir überhaupt nicht sicher. Aber ich werde mir ewig Vorwürfe machen, wenn wir jetzt etwas versäumen“, sagte sie.

„Okay, ich trommele Sven und Jördis zusammen. Wo soll ich dich abholen?“

„Nicht nötig, ich bin mit Birger unterwegs, er bringt mich hin. Wir treffen uns vor Bloms Villa.“

74.

Nele lag noch immer auf dem Rücken und versuchte mühsam, ihren Herzschlag und ihre Atmung unter Kontrolle zu bekommen. Wenn sie jetzt ohnmächtig wurde, verschlimmerte sie ihre Situation nur. Wie konnte sie überhaupt sicher sein, was sie in der Kiste erfühlt hatte? Vielleicht hatte ihr überreiztes Gehirn ihr einen Streich gespielt? Die absolute Dunkelheit in diesem Raum, die Kälte und die Nachwirkungen der Betäubung waren keine guten Voraussetzungen, um einen klaren Gedanken zu fassen. Dabei waren es doch gerade ihre analytischen Fähigkeiten, die alle Lehrer ständig an ihr lobten. Nele setzte sich auf, zog die Beine an, legte den Kopf auf die Knie und zwang sich, ganz ruhig und gleichmäßig zu atmen. Na also, es ging doch. Jetzt würde sie zu der Kiste gehen und sich vergewissern, was sie wirklich gefühlt hatte. Sonst war sie in jeder Situation die Kühle, Ruhige und Besonnene gewesen und oft dafür bewundert worden. Diesmal kam es wirklich darauf an, ihre Fähigkeiten unter Beweis zu stellen. Nele näherte sich der Kiste erneut und zwang sich, ihre Hand hineingleiten zu lassen. Zunächst fühlte sie wieder nur Stoff, dann war da etwas Weiches, das sich wie Fell anfühlte. Ein erleichtertes Schluchzen entrang sich ihrer Kehle. Das musste ein Tier sein, es gab gar keine menschliche Leiche. Wenn hier Fell war, dann stammten bestimmt auch die Knochen von einem Tier. Jetzt spürte sie die Knochen wieder, fuhr langsam daran entlang, erkundete ihre Form. Ihre kurzzeitige Erleichterung wich erneut einem tiefen Grauen. Nein, sie hatte sich nicht getäuscht, es waren die Hände eines Menschen, sie waren auf ein Stück weiches Fell gebettet. Die Erkenntnis traf sie wie ein Schlag: In dieser Kiste lag eine Leiche, die einen Fuchsschwanz zwischen ihren Händen hielt. An der linken Hand ertastete Nele einen Ring, der Stein hatte die Form eines Sterns. Sie kannte diesen Ring.

„Miranda“, flüsterte sie, „hier warst du also die ganze Zeit. Ich wusste, ich würde dich wiedersehen.“ Dann brach sie weinend zusammen.

Die plötzliche Helligkeit um sie her war wie ein Schock. Jemand musste eine Lampe eingeschaltet haben. Nele fuhr herum, sah aber nur eine verschwommene Silhouette in der Tür stehen. Ihre Augen waren vom Weinen verquollen und der Lichtschein blendete sie nach den Stunden in der Dunkelheit. Sie kniff die Lider zusammen und schirmte ihr Gesicht zusätzlich mit der Hand ab. Derjenige, der da in der Tür stand war groß, breitschultrig, dunkelhaarig und kam langsam näher. Fast hätte sie Volke nicht erkannt. Sein Gesicht war gerötet und verzerrt, die linke Wange wies tiefe blutige Kratzer auf. Bei seinem Anblick verwandelten sich Neles Angst und Trauer in lodernde Wut.

„Du verdammter Mistkerl, du Mörder, was hast du meiner Schwester angetan? Und wo ist Elin?“, schrie sie.

Volke murmelte etwas Unverständliches und kam mit ausgestreckten Armen auf sie zu. Nele wich vor ihm zurück. Gegen seine Stärke hatte sie keine Chance, sie musste versuchen, an ihm vorbei durch die Tür zu entwischen. Mit etwas Glück war sie schneller als er.

„Komm her“, sagte er jetzt, die Arme noch immer mit einer auffordernden Geste ausgestreckt. Nele dachte gar nicht daran. Mit einem Sprung rettete sie sich zur Seite. Volke griff nach ihr, doch sie wich rückwärts aus.

„Nein, pass auf!“, schrie er plötzlich, doch es war zu spät. Nele stolperte und fiel rücklings über die Umrandung des Brunnens, den sie in ihrer Panik bisher überhaupt nicht bemerkt hatte. Er ragte nicht mehr als zehn Zentimeter aus dem Boden und war mit einer Metallplatte abgedeckt. Als Nele mit voller Wucht darauf landete, klang das wie ein Gongschlag. Gleich darauf war Volke über ihr und umfasste sie mit einem eisernen Griff.

75.

„Da kommen sie schon“, sagte Alva zu Birger. Sie standen gemeinsam vor dem Tor der Villa und sahen das Auto mit Rurik, Sven und Jördis um die Ecke biegen.

„Ist es in Ordnung, hier allein aufzukreuzen?“ Birger wirkte skeptisch.

„Was meinst du mit allein?“, fragte Alva. „Sollen wir gleich mit einem Sonderkommando das Haus stürmen lassen? Dafür gibt es nicht die geringste Handhabe. Schon die Tatsache, hier unangemeldet zu viert aufzukreuzen, ist fragwürdig. Vielleicht gehe ich sogar erst mal allein rein.“

„Was höre ich da? Du willst allein reingehen?“ Sven, der gerade als Erster aus dem Auto stieg, schaute Alva ungläubig an. Sie wartete, bis sich auch Rurik und Jördis zu ihnen gesellt hatten. „Ich bin mir nicht sicher, ob ich mit meinen Vermutungen richtigliege“, sagte sie. „Unter Umständen stören wir nur beim Abendessen. Oder es ist niemand zu Hause.“

„Also zu Hause ist schon mal jemand", sagte Sven. „Da oben im Turm brennt Licht. Fragt sich nur, wie wir reinkommen sollen, das Tor ist verrammelt. Wir kennen den Code nicht. Wir könnten natürlich drüber klettern."

„Das geht nun wirklich nicht, das wäre Hausfriedensbruch." Rurik schüttelte energisch den Kopf, als Sven schon mal probeweise einen Fuß auf die untere Strebe des Tores setzte.

„Seid mal alle still." Alva zeigte zum Haus hinüber und lauschte angestrengt. „Habt ihr das auch gehört? Das waren Hilfeschreie."

„Ja, eindeutig", stimmte Jördis zu. „Nichts wie los." Sven war schon fast oben, Alva und Jördis kletterten hinterher. Als sie bereits alle drei auf der anderen Seite in den Garten gesprungen waren, hockte Rurik noch auf dem Tor, ein Bein innen und eins außen. „Ich bin inzwischen zu alt für solchen Scheiß", stöhnte er. Sven und Alva stellten sich auf die untere Strebe und halfen ihm zu sich herüber. Birger stand auf der anderen Seite und beobachtete die Aktion voller Sorge.

„Setz dich ins Auto und warte hier auf uns", sagte Alva noch, bevor sie als Erste auf das Haus zustürmte. Sie hatte es noch nicht ganz erreicht, als die Eingangstür mit Schwung aufflog. Der Bewegungsmelder über der Tür sprang an und das helle Licht einer Lampe beleuchtete einen Mann mit blutverschmiertem Gesicht, der eine wimmernde Frau in seinen Armen trug.

„Keine Bewegung!" Rurik und Sven hatten die Situation erfasst und richteten ihre Waffen auf den Mann. Alva zog es vor, ihre Pistole im Holster zu lassen. Sie ging auf den Mann zu und redete ruhig auf ihn ein. „Lassen Sie die Frau los."

„Ist verletzt“, murmelt er. „Will helfen.“ Jetzt erkannte Alva, dass es sich um Nele Edwardson handelte. Sie konnte auf den ersten Blick keine Verletzung erkennen, doch das Gesicht des Mädchens war vor Angst verzerrt. Der Mann musste Volke, der Gärtner, sein. Sein Äußeres passte auf die Beschreibung, mit der nach ihm gesucht wurde.

„Es ist gut, lassen Sie sie ganz vorsichtig runter“, sagte Alva. „Ich kümmere mich um sie.“ Tatsächlich gehorchte Volke. Während sich Rurik und Sven auf ihn stürzten und ihn festhielten, taumelte Nele in die Arme von Alva. „Er hat Miranda umgebracht“, schluchzte sie. „Und Elin vielleicht auch schon.“

„Nein, nein“, stammelte Volke. „Nicht ich, er hat das gemacht. Hat die Huldra getötet.“

„Wo ist er?“, fragte Alva.

„Im Turm. Die Huldra auch.“

„Wir müssen Verstärkung anfordern“, sagte Rurik.

„Nein, wir haben keine Zeit“, widersprach Alva. Sie überließ die zitternde Nele der Obhut von Jördis. Mit Volke, dem inzwischen Handschellen angelegt worden waren, würde Rurik allein fertigwerden. Gemeinsam mit Sven machte sie sich an den Aufstieg in den Turm. Die Treppe dorthin war steil und die Stufen ungleichmäßig. Sie endete auf einem schmalen Vorsprung an einer Tür mit einem Rundbogen. Alva drückte langsam die Klinke nach unten, die Tür war nicht verschlossen. Sie schaute Sven an und formte lautlos *jetzt* mit den Lippen. Gemeinsam stießen sie die Tür auf und hielten ihre Waffen vor sich. „Keine Bewegung, Polizei“, brüllte Sven, bevor ihm die Worte im Halse stecken blieben. Den Anblick, der sich ihnen bot, mussten sie erst einmal verarbeiten. Der Raum wurde nur von

Kerzen erhellt, die überall verteilt waren. In der Mitte stand ein großes Himmelbett, auf dem eine junge Frau, fast noch ein Kind, in einem weißen Kleid lag. Ihr langes blondes Haar floss zu beiden Seiten des blassen Gesichts über die Kissen. Im ersten Moment dachte Alva, das Mädchen wäre tot. Als sie seinen Hals berührte, konnte sie zu ihrer Erleichterung einen schwachen Puls ertasten. Gunnar Blom bemerkte sie erst, als sie beinahe über ihn stolperte. Er lag regungslos neben dem Bett auf dem Boden mit grünem Draht verschnürt wie eine Roulade.

„Helfen Sie mir“, stöhnte er. „Das war Volke, der Verbrecher. Er hat mich niedergeschlagen und gefesselt, um sich dann an Elin vergehen zu können.“

„Das klären wir nachher in Ruhe“, sagte Alva. Sie rief Rurik an, um ihm weitere Instruktionen zu geben.

„Verstärkung und der Krankenwagen für die Kleine sind schon unterwegs“, sagte er. „Wir brauchen zwei Krankenwagen, und zwar ganz schnell“, erwiderte Alva.

76.

Die Villa war erleuchtet, als würde hinter ihrer beeindruckenden Fassade ein rauschendes Fest stattfinden. Doch was sich tatsächlich abspielte, hatte wenig mit Festlichkeit zu tun. Die Kollegen von der Spurensicherung huschten in ihren weißen Anzügen wie ruhelose Gespenster durch das Haus. Auf der Treppe, die hinab in den Keller führte, herrschte reger Betrieb. Der Brunnenraum hinter der schweren Eisentür war taghell erleuchtet. Neben der Holzkiste mit der Leiche hockte die Rechtsmedizinerin Brigitte Wallenius. Alva stand neben ihr. „Nele Edwardson glaubt, es würde sich um ihre vermisste Schwester Miranda handeln“, sagte sie. „Sie will sie an ihrem Ring erkannt haben.“ Alva betrachtete den Ring mit dem sternförmigen blauen Stein, der tatsächlich etwas Unverwechselbares hatte. Die Hände der Toten waren dunkelbraun und vertrocknet, ebenso ihr Gesicht. Nur das lange blonde Haar wirkte nahezu unversehrt.

„Wir haben jede Menge genetisches Material für eine eindeutige Identifizierung.“ Brigitte erhob sich und schaute Alva an. „Ich würde den Angehörigen diesen Anblick lieber nicht zumuten wollen.“

„Da bin ich völlig deiner Meinung“, stimmte Alva ihr zu. „Ein Glück für die Schwester, dass sie im Dunkeln eingesperrt war und so lediglich die Form des Ringes ertasten konnte. Sonst wäre der Schock für sie noch größer gewesen. Wieso konnte sich die Leiche relativ gut halten? Miranda Edwardson verschwand vor drei Jahren, ich vermute, sie kam zu dem Zeitpunkt ums Leben.“

„Genaueres kann ich dir erst nach der Obduktion sagen, sowohl zum Todeszeitpunkt als auch zur Todesursache. Ich halte eine Liegezeit von drei Jahren jedoch für möglich. Dieser Raum ist sehr kühl, was die Verwesungsprozesse stoppte und zu einer natürlichen Mumifizierung führte. Außerdem gibt es hier unten keine Fliegen, die normalerweise ihre Eier auf der Leiche ablegen und den Zersetzungsprozess beschleunigen würden.“

Alva warf noch einen letzten Blick in die Kiste, bevor sie den Abtransport in die Rechtsmedizin veranlasste. Der Anblick des Fuchsschwanzes, den die Tote zwischen ihren Händen hielt, jagte ihr Kälteschauer über den Rücken. *Huldra* hatte der Gärtner sie genannt. Und auch Elin hatte er als Huldra bezeichnet. Hätte ihr das gleiche Schicksal gedroht, wenn sie nicht rechtzeitig gekommen wären?

Sie verließ den Keller, oben an der Treppe stand Jördis und telefonierte. „Das war das Krankenhaus“, sagte sie. „Elin Hultman ist stabil, wird aber voraussichtlich erst morgen ansprechbar sein. Sie wurde vom Täter betäubt, womit, haben sie nicht gesagt. Und noch etwas hat mir die Ärztin mitgeteilt: Unter dem Kleid von Elin wurde ein Fuchsschwanz gefunden. Er war an ihrem Slip befestigt."

„Lass uns ins Präsidium fahren", schlug Alva vor. „Hier können wir im Moment nichts mehr tun. Ich bin jetzt auf die Aussagen von Gunnar Blom und Volke Eliasson gespannt."

„Glaubst du, aus dem Gärtner wird viel herauszubekommen sein?" Jördis hatte ihre Zweifel.

„Wir werden ihn schon zum Reden bringen. Falls es schwierig werden sollte, rechne ich auf die Unterstützung von Birger." Birger war inzwischen hoffentlich zu Hause bei Veikko. Für sie selbst würde es eine lange Nacht werden.

77.

Volke Eliasson hatte auf seine Mitnahme zum Präsidium mit einem Tobsuchtsanfall reagiert und musste von einer eiligst herbeigerufenen Ärztin ruhiggestellt werden. „Der Mann ist total panisch, offenbar kommt er mit der Situation nicht klar“, sagte sie. Jetzt schlief er tief und fest in einer der Arrestzellen, ein Beamter behielt ihn im Auge. Sie würden daher zunächst nur mit Gunnar Blom sprechen können. Rurik hatte sich bei der Kletteraktion über das Tor die Hose aufgerissen und trug nun seine Uniformhose zum Pullover. Sie war ihm im Bund etwas zu eng und er fühlte sich sichtlich unwohl. „Nehmen wir uns Blom vor?“, fragte er Alva. „Ich überlasse dir die Gesprächsführung, du hast einen Informationsvorsprung.“ Alva war es recht, sie schnappte sich ihre Kaffeetasse und ging voran.

Gunnar Blom saß im Vernehmungsraum und massierte mit schmerzverzerrtem Gesicht die Stellen an seinen Armen, wo der Draht sich ins Fleisch gedrückt hatte. Alva fand, dass er es reichlich übertrieb. Als Fesselmaterial war ummantelter grüner Gärtnerdraht zum Einsatz gekommen, wie er normalerweise zum Anbinden von Pflanzen verwendet wird. Im Gärtnerhaus hatte die Spurensicherung mehrere Rollen davon gefunden.

Alva bot Blom ebenfalls Kaffee an, doch er lehnte ab. „Lieber ein Glas Wasser. Die Aufregung der letzten Stunden steckt mir noch in den Knochen.“ Jördis, die ihnen gefolgt war und abwartend an der Tür stand, brachte ihm das Gewünschte. Alva wartete, bis er einen Schluck getrunken hatte, ihr entging das Zittern seiner Hand dabei nicht.

„Herr Blom“, sagte sie dann, „schildern Sie die Abläufe des heutigen Tages bitte vom Morgen an.“

Blom hörte auf, seine Arme zu massieren, und nahm eine konzentrierte Haltung ein. „Ich war zu Hause und habe gemeinsam mit Elin gefrühstückt. Danach wollten wir in die Stadt fahren und ein paar Sachen einkaufen. Elin war gerade in ihr Zimmer gegangen, um noch etwas zu holen, und hatte ihr Handy auf dem Tisch liegen lassen. Als es klingelte, habe ich gesehen, dass der Anruf von Nele kam, und bin rangegangen. Nele klang sehr aufgeregt, sie sagte mir, sie habe etwas über Volke herausgefunden und müsse unbedingt mit mir reden. Sie war schon auf dem Weg zu uns. Also bin ich aufgestanden, um das Tor zu öffnen. Als ich zurück ins Haus ging, bekam ich in der Diele von hinten einen heftigen Schlag auf den Kopf und verlor das Bewusstsein. Als ich aufwachte, lag ich gefesselt im Turmzimmer und Volke machte sich an Elin zu schaffen. Zum Glück sind Sie kurz darauf aufgetaucht. Wo haben Sie Nele eigentlich gefunden? Das war doch Nele, die in dem zweiten Krankenwagen fortgebracht wurde, habe ich recht?“

Alva zog es vor, nicht darauf zu antworten. Sie hatte in diesen Räumen schon vielen Lügnern zugehört, doch selten waren ihre Geschichten so durchschaubar gewesen wie die von Blom. Trotzdem bewahrte sie die Ruhe und ging seine Aussage Schritt für Schritt mit ihm durch.

„Was genau hat Nele zu Ihnen gesagt?"

„Sie war furchtbar aufgeregt und ich habe nicht alles verstanden. Doch sinngemäß gab sie mir zu verstehen, dass Volke ein Mörder sei. Er habe vor, auch Elin umzubringen, deshalb der Giftanschlag auf Wiebke. Er wollte sie aus dem Weg haben."

„Weshalb sollte er nur Wiebke aus dem Weg räumen wollen und nicht Sie? Schließlich mussten Sie für ihn die größere Bedrohung darstellen."

„Er muss gehofft haben, ich würde nicht anwesend sein. Es kommt bei mir sehr oft vor, dass ich spontan zu einem Termin gerufen werde. Wiebke dagegen war ständig zu Hause."

„Sie sagten, Sie hätten das Tor für Nele geöffnet. Als wir hier ankamen, war es aber verschlossen."

„Dann muss Volke es zugemacht haben. Er wollte offenbar nicht gestört werden."

Blom gewann zunehmend an Sicherheit, weshalb Alva es an der Zeit fand, schärfere Töne anzuschlagen.

„Ihrer Darstellung nach wurden Sie in der Diele niedergeschlagen, ist das richtig?"

„Ja, das stimmt."

„Konnten Sie erkennen, wer Sie angegriffen hat?"

„Nein, der Schlag kam von hinten und ich verlor sofort das Bewusstsein. Aber es liegt auf der Hand, dass es Volke war."

„Dann müsste Volke Sie danach die Treppe zum Turmzimmer hinaufgeschleift haben. Anders ist das kaum vorstellbar. Zwar ist er ein kräftiger Mann, aber Sie sind auch kein Leichtgewicht. Einen Bewusstlosen die enge gewundene Treppe hinaufzutragen, ist ein kaum vorstellbarer Kraftakt. Vor allem stellt sich die Frage, warum er das gemacht haben sollte. Es wäre viel einfacher gewesen, Sie unten gefesselt liegenzulassen."

Blom wirkte nun leicht unwirsch. „Woher soll ich wissen, was in so einem kranken Kopf vor sich geht? Das müssen Sie schon herausfinden."

„Zunächst wollen wir herausfinden, ob es sich wirklich so abgespielt haben kann. Ihr Körper weist keinerlei Verletzungen auf. Weder von dem Schlag auf den Hinterkopf noch irgendwelche Hämatome an anderen Stellen. Die sind aber zu erwarten, wenn jemand eine enge Treppe hinaufgeschleift wurde."

„Tut mir leid, wenn ich Ihre Erwartungen an ein Opfer nicht erfülle." Blom wurde immer ungehaltener. „Es war nun aber mal so, wie ich es gesagt habe."

„Ich denke, es war anders. Und ich sehe Sie auch nicht als Opfer. Sie stehen im Verdacht, Elin Hultman, mit der Absicht sie zu missbrauchen, betäubt zu haben. Außerdem verdächtige ich Sie weiterer schwerer Straftaten. Deshalb werde ich Sie jetzt über Ihre Rechte belehren." Alva erklärte ihm routiniert, dass er sich nicht selbst belasten müsse und das Recht auf einen Anwalt habe.

„Das ist doch totaler Blödsinn." Das Gesicht von Blom war rot angelaufen. „Ich bin unschuldig und ich brauche keinen Anwalt. Was wollen Sie mir da eigentlich anhängen?"

„Ich kann Ihnen gern sagen, wie es sich meiner Meinung nach abgespielt hat", erwiderte Alva ruhig. „Sie befanden sich mit Elin, die Sie zuvor betäubt hatten, im Turmzimmer und wurden dort von Volke überrascht. Er ahnte, was Sie vorhatten. Deshalb überwältigte und fesselte er Sie." Alva hob Einhalt gebietend die Hand, als Blom widersprechen wollte. „Lassen wir das erst einmal dahingestellt. Sie wollten wissen, wo wir Nele gefunden haben. Sie war im Keller im Brunnenraum eingesperrt." Die Befreiung durch Volke verschwieg sie absichtlich, ihr ging es um etwas anderes. „Wir haben in dem Raum noch etwas gefunden, Sie wissen sicher, wovon ich rede."

Blom gab eine sehr mittelmäßige Vorstellung völliger Ahnungslosigkeit. Rurik, der sich bis jetzt zurückgehalten hatte, platzte daraufhin der Kragen. Er schlug so fest mit der Faust auf den Tisch, dass Blom zusammenzuckte. „Verkaufen Sie uns nicht für blöd. Sie wollen doch nicht ernsthaft behaupten, nichts von der Leiche im Keller zu wissen."

„Eine Leiche? Hören Sie, ich war ewig nicht in dem Raum. Was sollte ich dort auch wollen, da ist nichts. Nur der alte Brunnenschacht."

Alva schaute ihn beinahe mitleidig an. „Herr Blom, wir werden bestimmt jede Menge DNA-Spuren an der Leiche finden. Wollen Sie bei Ihrer Behauptung bleiben, nichts zu wissen?"

Er sackte in sich zusammen, seine Haut wirkte fahl unter der Solariumsbräune. „Es war ein Unfall", murmelte er. „Ich konnte es ihren Eltern nicht sagen, konnte ihre Hoffnung, Miranda würde noch leben, nicht zerstören."

Rurik sah aus, als würde er gleich wieder explodieren, doch ein Blick von Alva hielt ihn zurück.

„Wie kam es zu dem Unfall?“, fragte sie.

Man sah Blom förmlich an, wie er nach einer Erklärung suchte. „Sie war hier, um mir ihr Kostüm für die Party zu zeigen“, sagte er. „Dann ist sie auf der Treppe unglücklich gestürzt.“

Diesmal donnerte die Faust von Rurik noch heftiger auf den Tisch. „Jetzt reicht es aber. Obwohl Sie an dem Abend angeblich in Dänemark waren, kam Miranda Edwardson zu Ihnen, nur um ihr Kostüm vorzuführen. Dann stürzte sie von der Treppe und Ihre Frau Annika gleich mit. Zwei tote Frauen auf einen Schlag. Eine davon versteckten Sie jahrelang in Ihrem Keller aus Mitleid mit deren Eltern. Wer soll Ihnen diesen Schwachsinn abnehmen?“

„Es war aber so“, verteidigte sich Blom. „Annika wollte Miranda noch festhalten und ist dabei ebenfalls gestürzt.“

„Nein, so war es nicht.“ Alva beugte sich näher zu Blom. „Ich werde Ihnen sagen, wie es wirklich war. Sie haben eine Obsession für blutjunge Mädchen und Ihre Frau Annika wusste das. Sie wusste auch von Ihrer Vorliebe, diese Mädchen unter dem Deckmantel kitschiger Rollenspiele sexuell zu missbrauchen. Annika hat vergeblich versucht, Sie davon abzubringen. Öffentlich machen wollte sie es nicht, weil sie die Schande fürchtete und glaubte, man würde ihr vielleicht sogar eine Mitschuld unterstellen. Weil sie unter der Situation litt, griff sie immer häufiger zu Beruhigungsmitteln, und zwar schon vor dem Vorfall mit Hansson in der Scheune. An dem Abend hat sie nur deshalb in der Scheune nachgesehen, weil sie annahm,

Sie dort mit einer Gespielin anzutreffen. Stattdessen nur auf Halloween feiernde Jugendliche zu treffen, erfüllte sie geradezu mit Erleichterung. Aber sie beobachtete mit Sorge Ihr wachsendes Interesse an Miranda Edwardson. Nur ihretwegen haben Sie die Freundschaft zu Lars Edwardson gepflegt, der überhaupt nicht zu Ihnen passte. Offiziell war Miranda nie eingeladen, wenn deren Eltern zu Ihnen kamen. Aber Sie trafen sie heimlich, wenn Sie genau wussten, dass Mirandas Vater mit einem Auftrag von Ihnen anderweitig beschäftigt war. Ihre Frau Annika hatte auch das herausgefunden. Deshalb gab sie an jenem 31. Oktober vor, bei einer Freundin zu übernachten. In Wirklichkeit lauerte sie Ihnen auf. Sie ahnte, dass Ihre Reise nach Dänemark vorgetäuscht war. Es ist kein Problem, sich Belege für Hotelübernachtungen und Fährtickets zu besorgen. Ich nehme an, irgendeiner Ihrer Mitarbeiter wird das für Sie erledigt haben. Sie befanden sich mit Miranda im Turmzimmer, als Sie von Ihrer Frau überrascht wurden. Was geschah dann, Herr Blom? Haben Sie Ihre Frau aus Wut über die Störung die Treppe hinuntergestoßen? Und musste Miranda sterben, weil sie sonst beides verraten hätte, den Missbrauch und den Mord?“

„Nein, nein, so war es nicht.“ Blom machte jetzt den Eindruck eines Mannes, der sich aufgegeben hat. „Ich habe Miranda geliebt. Und sie mich. Es war alles einvernehmlich zwischen uns. Es sollte ein einmaliger, romantischer Abend werden. Natürlich war ich wütend, als plötzlich Annika auftauchte. Wir haben gestritten, aber ich wollte ihr nicht wehtun. Sie ist zurückgewichen und die Treppe hinabgestürzt. Ich konnte ihr nicht mehr helfen, sie war sofort tot.“

„Und Miranda?“, fragte Alva.

„Sie war total panisch und ich wollte sie nur beruhigen. Dabei muss ich sie unglücklich am Hals berührt haben. Plötzlich wurde sie ganz schlaff und atmete nicht mehr.“

„Sie haben die Leiche daraufhin versteckt und in den folgenden Jahren ihre Spielchen mit weiteren Frauen getrieben, die sie ebenfalls umbrachten.“ Alva sagte es als nüchterne Feststellung.

Blom verschränkte die Arme vor der Brust. „Ich sage nichts mehr.“

„Das ist Ihr gutes Recht. Doch wir werden es Ihnen mit Sicherheit nachweisen können, Herr Blom“, sagte Alva.

78.

Die Ausstellung eines Durchsuchungsbeschlusses für die Villa von Blom war nur noch eine Formsache. Was die Ermittler dort entdeckten, half, auch die restlichen Fragen zu klären. Gut versteckt im Boden seines Schlafzimmerschrankes fand sich ein Karton mit fünf präparierten Fuchsschwänzen. Im Deckel war der Name des Kürschners eingeprägt, bei dem Blom sie erworben hatte. Die gezielte Nachfrage bei ihm ergab, dass Blom vor drei Jahren zehn Stück bestellt hatte.

„Zehn Stück“, sagte Jördis erschrocken. „Fünf davon kamen zum Einsatz, vier Frauen sind tot, Elin Hultman hat es zum Glück überlebt. Hatte er etwa vor, noch fünf weitere Frauen umzubringen?“

Sie saßen alle gemeinsam im Besprechungsraum, auch Birger war anwesend. Er hatte seine Praxis für eine Woche geschlossen, um sich ganz auf die Arbeit für die Polizei konzentrieren zu können. Es ging nun darum, Blom seine Taten möglichst lückenlos nachzuweisen.

Rurik ging auf die Frage von Jördis ein. „Wir können nicht wissen, was er vorhatte. Der Kürschner sagte, er hat die Fuchsschwänze nicht einzeln verkauft, sondern immer nur als Konvolut von zehn Stück. Somit lässt die Anzahl nicht auf die Zahl der geplanten Taten schließen. Aber ich denke, er hätte weitergemacht. Was meinst du Birger?"

„Ich denke auch, er hätte weitergemacht. Blom suchte den ultimativen Kick. Das ist ein Phänomen, das wir bei Serientätern oft finden. Da sie den nicht bekommen, machen sie immer weiter. Sie sind Getriebene ihrer Sucht."

„Worin aber bestand dieser Kick?", fragte Alva. „Ging es ihm in erster Linie um Sex oder um den Akt des Tötens? Wir wissen inzwischen, dass der Tod von Miranda Edwardson kein Unglücksfall war. Brigitte hat bei der Obduktion einen Bruch des Zungenbeins festgestellt. Das passiert nur, wenn man sehr fest zudrückt. Er muss ihren Tod gewollt haben."

„Das mag zutreffen, aber es war meiner Meinung nach nicht geplant, sondern geschah aus einer Paniksituation heraus." Birger hatte sich intensiv mit den Aussagen von Blom beschäftigt und sich eine Meinung dazu gebildet. „Ich denke, er war wirklich in Miranda verliebt und sie hat seine Gefühle erwidert. Dafür spricht auch die Aussage ihrer Schwester Nele, die die Letzte war, mit der Miranda am Abend ihres Verschwindens gesprochen hat. Blom verkörperte alles, was Miranda in der Enge ihres Elternhauses nicht fand und er sprach ihre romantische Seite an. Sie muss in ihm so etwas wie ihren Erlöser gesehen haben, der sie in eine andere Welt einführte. Das Rollenspiel mit der Huldra, die durch die Liebe eines Mannes zum Menschen wird, war der sinnbildliche Ausdruck ihres Traumes. Vermutlich wäre es mit den beiden noch eine Weile weitergegangen, wären sie nicht von Bloms Ehefrau Annika überrascht worden. Deren Tod kann tatsächlich ein Unfall gewesen sein. Aber Miranda wurde dadurch aus ihrem Traum gerissen, sie muss in Panik geraten sein und geschrien haben. Ob Blom sie nur zum Schweigen bringen wollte oder ob er begriff, dass sie ihn verraten würde und er ihren Tod deshalb gewollt hat, wird sich nicht mehr feststellen lassen. Lediglich sein Verhalten danach zeigt das Fortbestehen seiner Obsession für Miranda. Statt die Leiche irgendwo zu verscharren, hat er sie in seinem Keller versteckt und ihr heimliche nächtliche Besuche abgestattet." Letzteres hatte Blom in weiteren Verhören erwähnt und es als Beweis für seine Liebe zu Miranda und seine Trauer über ihren Tod angeführt. Hartnäckig beharrte er darauf, es sei ein Unglücksfall gewesen. Jede Beteiligung am Tod der anderen Frauen bestritt er dagegen weiterhin hartnäckig.

„Wir kriegen ihn auf jeden Fall", sagte Rurik. „Sein Leugnen wird ihm nichts nützen. Inzwischen hat sich ein Angestellter von Blom gemeldet, der für die Beschaffung seiner Alibis zuständig war. Der Mann ist über das, was seinem Chef vorgeworfen wird, zutiefst entsetzt. Er will damit nicht in Verbindung gebracht werden. Interessanterweise hat Blom sich jeweils für den 31. Oktober der vergangenen zwei Jahre ein Alibi beschaffen lassen. Und für den 15. Oktober dieses Jahres, den Tag, an dem Maja Jensen ermordet wurde, ebenfalls. Die Fuchsschwänze, die bei Maja Jensen und Hilma Nilsson gefunden wurden, stammen eindeutig aus Bloms Kollektion. Der Kürschner wendete ein spezielles Konservierungsverfahren an. All das sollte für eine Verurteilung ausreichen. Ganz zu schweigen von der Inszenierung mit Elin, bei der gerade noch Schlimmeres verhindert werden konnte.“

Das Telefon klingelte und Rurik nahm das Gespräch entgegen. Er hörte schweigend zu und als er zu den anderen an den Tisch zurückkam, war seine Miene eisig. „Es wird keine Verurteilung geben“, sagte er. „Blom ist tot. Er hat sich das Leben genommen.“

79.

Blom hatte einen schrecklichen Tod gewählt. Eingenäht in den Bund seiner Hose, die er in der Untersuchungshaft weiterhin tragen durfte, hatten sich mehrere Gramm getrockneter und zerkleinerter Wurzelknollen des Blauen Eisenhutes befunden. Bereits zwei Gramm haben eine tödliche Wirkung, Blom hatte mindestens fünf Gramm zu sich genommen und war unter entsetzlichen Krämpfen gestorben. Er hatte das Gift geschluckt, nachdem ihn sein Anwalt in einem vertraulichen Gespräch über die Aussage seines Angestellten informiert hatte. In dem Moment musste Blom klar geworden sein, dass man ihn auch für die Morde an den anderen drei Frauen zur Verantwortung ziehen würde.

„Das war es dann, wir können die Akten schließen“, sagte Rurik. Sie hatten sich am späten Freitagnachmittag im Beratungsraum versammelt, vor den Fenstern war es fast dunkel, dicke Regenwolken hingen tief am Himmel. Caroline war ebenfalls gekommen und hatte Kuchen mitgebracht. „Wenn es auch keine Verurteilung geben wird, habt ihr den Fall trotzdem gelöst.

Dazu möchte ich euch beglückwünschen“, sagte sie. „Übrigens werde ich ab Anfang nächsten Jahres wieder einsteigen. Ich habe eine sehr gute Tagesbetreuung für Elsa gefunden. Denn Rest meiner Elternzeit hebe ich mir für später auf.“

Die Ankündigung wurde von allen freudig begrüßt. „Du hast uns wirklich gefehlt“, stellte Rurik fest und nahm sich eine Marzipanrolle vom Kuchenteller. Zur Feier des Tages durfte er ruhig mal sündigen. „Ein Gutes hat der Suizid von Blom“, sagte er. „Damit hat er den endgültigen Beweis für die Unschuld von Volke Eliasson geliefert. Nicht der Gärtner hatte die Teemischung von Wiebke Hultman vergiftet, sondern Blom selbst. Er wollte sie aus dem Wege haben, um sich ungestört mit Elin vergnügen zu können. Mit Giftpflanzen kannte er sich demnach aus und hatte die Kiste mit den getrockneten Pflanzenteilen Eliasson untergeschoben.“

Birger nickte. „So hat es Eliasson auch gesagt, er kannte diese Kiste nicht und hat nie Blauen Eisenhut angepflanzt.“ Birger hatte gemeinsam mit Alva zwei Befragungen des Gärtners durchgeführt, nicht im Präsidium, sondern im Gärtnerhaus, wo Volke sich sicher fühlte. „Der Bursche ist in mancherlei Hinsicht sehr intelligent und versteht wesentlich mehr, als er zuzugeben bereit ist“, sagte er.

„Habt ihr herausfinden können, ob er von der Leiche im Keller wusste?“, wollte Sven wissen.

Birger lächelte und legte den Kopf schief. „Ich nehme stark an, er wusste davon. Aber er würde es niemals zugeben. Er hätte Blom auch nicht verraten. Einen Mörder als Arbeitgeber zu haben, das konnte er hinnehmen, den Garten zu verlieren dagegen nicht. Wenn

Blom ins Gefängnis ginge, war seine eigene Stellung in Gefahr. Das wollte er nicht riskieren. Aber er hat versucht, Elin zu warnen. Nicht weil er das Mädchen nicht leiden konnte, hat er angedeutet, sie solle verschwinden, sondern weil er wusste, in welcher Gefahr sie sich befand."

„Immerhin wurde er am Ende zu Elins Retter und hat Blom überführt, das muss man ihm hoch anrechnen." Alva goss sich Kaffee nach.

„Ob Blom Elin auch umgebracht hätte, so wie die anderen Frauen?", fragte Jördis und schaute dabei Birger an.

„Einiges bleibt in Bereich der Spekulation, da Blom die Antworten darauf mit ins Grab genommen hat." Birger drückte den Kopf von Veikko nach unten, der gerade unter lautem Schnüffeln versuchte, näher an den Kuchenteller zu kommen. „Blom war auf Miranda fixiert, die bereit war, seine Fantasien mit ihm auszuleben. Ihren Tod hat er zweifellos als Verlust erlebt, auch wenn er ihn selbst verschuldet hatte. Danach muss er versucht haben, einen Ersatz zu finden und das Versäumte mit einer anderen jungen Frau nachzuholen. Vermutlich ist es ihm nie gelungen, dabei das wiederzufinden, was er mit Miranda gehabt hatte, die er zunehmend verklärte. Sein Entschluss, die Frauen zu töten, dürfte einer Mischung aus Wut über die Enttäuschung und Angst vor der Entdeckung entsprungen sein. Anders liegt der Fall bei Maja Jensen. Blom war durch das Auffinden der sterblichen Überreste von Sofia Dahl und Hilma Nilsson verunsichert. Er fürchtete, die Polizei könnte ihm auf den Fersen sein. Gleichzeitig fand er heraus, dass es mit Lucas Hansson einen idealen Verdächtigen gab. Deshalb tötete er Maja während eines von Hansson veranstalteten Events. Er wollte damit den Verdacht gegen ihn erhärten. Ob er Elin am Ende ebenfalls getötet hätte, lässt sich nicht beantworten. Er muss in ihr so etwas wie die Reinkarnation von Miranda gesehen haben, da Elin ihrer Cousine verblüffend ähnlich sieht. Er hat viel Mühe drauf verwendet, Elin näherzukommen, indem er eine Beziehung mit ihrer Mutter einging, sie sogar heiraten wollte."

„Das ist ein häufiges Vorgehen von Pädophilen", warf Rurik ein. „Sie umgarnen die Mutter, um dann deren Kind zu missbrauchen. Einfach widerlich."

„Ja, nur zeigte Elin nicht die geringste Neigung, sich mit Blom auf diese Weise einzulassen", sagte Birger. „Sie sah in ihm nur eine Vaterfigur. Weil er aber trotzdem zum Ziel kommen und kein Risiko eingehen wollte, betäubte er sie."

„Er muss sich des Risikos bewusst gewesen sein, sonst hätte er nicht das Gift in seinen Hosenbund eingenäht. Es war sein letzter Ausweg, für den Fall, dass er auffliegen sollte." Rurik hatte schon die Hand ausgestreckt, verzichtete dann aber auf ein weiteres Kuchenstück. „In seinem Testament, das er in der Zelle noch verfasst hat, gab er jedenfalls an, er habe nie vorgehabt, Elin wehzutun."

„Vielleicht hat er ja selbst daran geglaubt." Jördis zuckte mit den Schultern. „Jedenfalls hat er ihr fast sein gesamtes Vermögen hinterlassen. Als ob das den seelischen Schaden, den er ihr und ihrer Mutter zugefügt hat, aufwiegen könnte. Fast noch schlimmer finde ich die Übertragung seiner Villa auf Nele. Sie wird kaum in dem Haus leben wollen, das Jahre lang das Grab ihrer Schwester war."

Unter dem Tisch gab Veikko fiepende Laute von sich. „Hier wird jemand ungeduldig“, sagte Birger. „Aber wir haben wohl auch alles besprochen.“

„Wir sollten aufbrechen, bevor das Unwetter richtig losbricht.“ Rurik warf einen besorgten Blick zum Himmel. „Ich bin mit dem Auto hier, soll ich jemanden mitnehmen?“

„Ja mich, das wäre nett.“ Caroline erhob sich und stellte die leeren Kuchenteller zusammen. Jördis half ihr, das Geschirr in die Küche zu bringen. „Wie geht es deiner Mutter?“, fragte Caroline sie.

„Sie hat die Operation gut überstanden und macht jetzt eine Reha. Danach wird sie vorübergehend in einer Einrichtung für betreutes Wohnen untergebracht, bis sie sich hoffentlich wieder selbst behelfen kann. Ruriks Lebensgefährtin Märta hat das organisiert.“

„Das klingt doch gut. Grüß sie von mir und wünsch ihr gute Besserung.“

Rurik half Caroline galant in den Mantel und gemeinsam machten sie sich auf den Weg. Auch Alva und Birger verabschiedeten sich. Sven und Jördis waren die Letzten und stiegen allein in den Fahrstuhl. „Hast du am Wochenende schon was vor?“, fragte Jördis so beiläufig wie möglich, ohne Sven dabei anzuschauen.

Sven zögerte mit der Antwort, er wirkte verlegen. „Ja, also Gundel und die Jungs sind da. Wir wollen gemeinsam nach Liseberg und ins Universeum.“

Der Fahrstuhl war unten angekommen. „Dann wünsche ich euch viel Spaß“, sagte Jördis und strebte eilig auf den Ausgang zu.

„Warte, wie kommst du nach Hause? Ich bin mit dem Auto da“, versuchte Sven sie aufzuhalten.

„Nein, lass mal, ich nehme die Straßenbahn.“ Eiskalter Regen schlug Jördis draußen ins Gesicht. Sie empfand das als gerechte Bestrafung. „Du bist eine blöde Kuh, Jördis Holm“, murmelte sie leise vor sich hin.

80.

Der Notar, ein Mann mittleren Alters mit Hornbrille und schütterem Haar, raffte seine Notizen zusammen. „Dann dürften wir alles besprochen haben. Ich werde die entsprechenden Papiere vorbereiten und sie Ihnen zur Unterschrift vorlegen. Ich denke, Sie haben gut entschieden, für sich selbst und für Ihre Schwester, vor allem aber für die beiden Töchter, die die eigentlichen Erbinnen sind. Es wäre unklug gewesen, das Erbe auszuschlagen. Zwei alleinstehende Frauen mit halbwüchsigen Kindern haben nichts zu verschenken. Betrachten Sie es als Schmerzensgeld für das Ihnen zugefügte Leid."

Wiebke nickte. Sie und Greta hatten lange diskutiert, was sie mit dem unseligen Erbe anfangen sollten. Es auszuschlagen, was ihr erster Impuls gewesen war, wäre ohnehin nicht möglich gewesen, da Elin und Nele minderjährig waren. Es ging um beträchtliche Summen, ein großer Teil davon sollte nun in eine Stiftung für Verbrechensopfer fließen, aus der auch die Familien der drei anderen von Blom ermordeten Mädchen

Zuwendungen erhalten würden. Für Volke Eliasson hatte Wiebke ebenfalls lebenslange Zuwendungen veranlasst. Sie hatten geglaubt, niemand würde die Villa von Blom wegen deren Geschichte kaufen wollen, doch zu ihrer Überraschung hatte sich bereits ein Käufer gefunden, der sie als Schulungszentrum für sein Unternehmen zu nutzen gedachte. Greta hatte den Verkauf an die Bedingung gebunden, dass Volke Eliasson ein lebenslanges Wohnrecht im Gärtnerhaus erhielt und nach seinen Vorstellungen im Garten schalten und walten durfte. Über diese Regelungen zeigte er sich noch glücklicher als über das ihm zugesprochene Geld.

Wiebke stieg in ihr Auto und machte sich auf den Weg zu ihrem vorübergehenden Zuhause. Das hübsche Ferienhaus war nur wenige Kilometer vom Zentrum Göteborgs entfernt. Es verfügte über drei Schlafzimmer, von denen Greta und sie je eines nutzten, während sich die Mädchen ein Zimmer teilten. Besonders für Elin war das von Vorteil, da sie unter Albträumen litt und oft nachts davon erwachte.

Greta hatte mittlerweile herausgefunden, was es mit den häufigen Abwesenheiten von Lars auf sich hatte. Bereits seit über einem Jahr verbrachte er regelmäßig Zeit mit einer anderen Frau. Inzwischen war die Scheidung eingereicht und Greta fühlte sich wie befreit. Auch Nele schien ihren Vater nicht zu vermissen und war glücklich über das gegenwärtige Arrangement mit Tante und Cousine.

Aus den Fenstern des Hauses fiel warmes Licht, als Wiebke davor parkte. In der Diele roch es verführerisch nach Gebratenem. „Was gibt es denn Schönes zum

Abendbrot?“, fragte sie ihre Schwester, die ihr im Flur entgegenkam.

Greta lachte. „Keine Ahnung, die Mädchen kochen, ich durfte nicht mal gucken, geschweige denn helfen.“

„Na dann lassen wir uns mal überraschen.“

Im Wohnzimmer war der Tisch bereits liebevoll gedeckt. Der Raum strahlte mit seiner Mischung aus antikem und modernem Mobiliar Gemütlichkeit aus. „Ich würde hier am liebsten für immer wohnen bleiben“, sagte Elin, während sie allen Tee eingoss. „Wir haben hier alles, was wir brauchen.“

Vor allem fanden sie hier die Geborgenheit, die sie brauchten, um die schrecklichen Erlebnisse zu verarbeiten. Miranda war inzwischen in einer bewegenden Zeremonie beigesetzt worden, doch die Wunden, die ihr Tod gerissen hatte, würden so bald nicht verheilen. Wiebke haderte mit ihrer Blindheit Gunnar gegenüber und der Gefahr, in die sie Elin dadurch gebracht hatte.

„Leider können wir hier nicht bleiben, wir haben das Haus nur vorübergehend gemietet.“ Wiebke zuckte bedauernd mit den Schultern. Es war ein Glücksfall gewesen, denn sie hätte keinen einzigen weiteren Tag in der Villa verbringen wollen. „Wir müssen uns bald nach etwas Dauerhaftem umsehen“, fügte sie hinzu.

„Ja, aber nur mit Tante Greta und Nele gemeinsam. Wir suchen uns ein Haus, in dem wir alle zusammen wohnen können.“ Elin schaute fragend in die Runde und erntete allgemeine Zustimmung. Alle waren sich einig, dass es die beste Lösung wäre. Geld, um diesen Wunsch umzusetzen, hatten sie nun zum Glück, auch wenn sie über dessen Herkunft lieber nicht sprachen.

Ein Klingeln an der Tür unterbrach ihre Gespräche. „Wer kann das sein?“, fragte Greta. „Nur die Polizei und der Notar wissen, wo wir uns aufhalten.“

„Ich gehe nachschauen“, erbot Wiebke sich. Sie spähte erst vorsichtig durch die Scheibe über der Eingangstür. Draußen standen zwei Personen, eine Frau und ein Mann, der einen großen Hund an der Leine führte. Als sie öffnete, erkannte sie Alva Claesson und Birger Nyberg.

„Wir wollen nicht stören“, sagte Alva, „nur etwas abgeben. Als wir Volke Eliasson von der Einstellung der Ermittlungen berichteten, bat er uns dringend, noch einmal vorbeizukommen. Er wollte unbedingt etwas für Sie mitgeben. Hier ist es also.“ Alva überreichte Wiebke ein voluminöses, in rotes Seidenpapier eingewickeltes Gebilde.

„Wollen Sie nicht reinkommen? Sie haben sich extra diesen weiten Weg gemacht“.

Alva lachte. „Das war kein Problem. Unser vierbeiniges Familienmitglied braucht viel Bewegung und ist gern mal in einer anderen Gegend unterwegs. Deshalb müssen wir auch gleich weiter. Einen schönen Abend noch, grüßen Sie Ihre Schwester und die beiden Mädchen.“

Drinnen wickelte Wiebke das Geschenk von Volke aus, es entpuppte sich als gigantisches Blumengesteck. Der halbkugelförmige Strauß bestand aus dunkelroten Winterastern, gelben Rosenblüten und violetten Hortensien, die ein harmonisches Muster bildeten.

„Ist das schön, ein richtiges Kunstwerk“, sagte Greta begeistert.

„Ja wirklich, das ist total nett von Volke“, stimmte Elin ihr zu. Ihre Meinung über Volke hatte sich seit ihrer Rettung durch ihn komplett geändert.

Auch Nele trat näher und musterte das Gebinde eingehend. „Fibonacci“, murmelte sie.

„Was sagst du?“, fragte ihre Mutter irritiert.

„Ach nichts weiter. Ich finde nur, Volke ist in mancherlei Hinsicht ein richtiges Genie.“

Nachwort:

Liebe Leserin, lieber Leser,

danke, dass Sie mir bis hierhin gefolgt sind. Ich hoffe, mein Buch mit einem kleinen Abstecher in die nordische Mythologie hat Sie gut unterhalten. Die Handlung und alle darin vorkommenden Personen sind wieder frei erfunden. Was die Örtlichkeiten betrifft, habe ich mich an den realen Gegebenheiten orientiert. Vielleicht können Sie daraus sogar die eine oder andere Anregung entnehmen, falls Sie einmal nach Göteborg kommen sollten. Einen Besuch im Vergnügungspark Liseberg, dem größten Freizeitpark Skandinaviens, sollten Sie dann auf jeden Fall einplanen. Dort können Sie auch durch das "Hotel Gasten", das berühmte Spukhotel streifen. Es muss nicht an Halloween sein, diese Attraktion ist das ganze Jahr geöffnet.

Sollte Ihnen mein Buch gefallen haben, wäre ich für eine Rückmeldung oder eine positive Bewertung auf Amazon sehr dankbar. Besonders freue ich mich natürlich über Rezensionen, die für unabhängige Autorinnen und Autoren besonders wichtig sind. Falls Sie über künftige Bücher von mir informiert werden möchten oder an Hintergrundinformationen dazu interessiert sind, abonnieren Sie einfach meinen Newsletter. Dadurch nehmen Sie auch an Gewinnspielen teil, die ich regelmäßig veranstalte. Anmelden können Sie sich auf meiner Webseite https://fiona-limar.de

Passen Sie gut auf sich auf.
Herzlichst Ihre Fiona Limar

ENDE

Lust auf mehr?

Alles über die Autorin und ihre Bücher im Internet auf
https://fiona-limar.de oder auf Facebook unter
https://facebook.com/limar.fiona

Kriminalinspektorin Alva Claesson und Psychologe Birger Nyberg ermitteln – Die Schweden-Thriller von Fiona Limar

Luciablut – Fast jedes Mädchen in Schweden träumt davon, einmal die Lucia zu sein. Für zwei von ihnen wird daraus jedoch ein Albtraum, aus dem es kein Erwachen gibt.

Brennender Hass – Ihre Eltern verschwanden spurlos, ihre Schwester kam unter mysteriösen Umständen ums Leben. Sarah, die einzige Hinterbliebene, leidet unter Panikattacken und albtraumhaften Visionen.

Verdammtes Blut – Der lange Schatten des "Henkers von Gotland" verdunkelt das Leben zweier junger Frauen. Während Amanda sich der Verfolgung durch einen unheimlichen Mann ausgesetzt sieht, sucht Elodie nach ihren familiären Wurzeln. Keine der beiden ahnt, in welcher Gefahr sie schweben.

Todesleuchten – Eine junge Frau begibt sich auf die Suche nach der Wahrheit über den Tod ihres Mannes. Was zunächst wie ein Unfall aussieht, entpuppt sich als perfider Mord und die Methode lässt den Atem stocken.

Abgrund der Schuld – Ein entführtes Kind, eine ermordete Ärztin und eine Leiche, die aus der Rechtsmedizin verschwindet: Scheinbar gibt es keine Verbindung, doch als die Mutter des Kindes Nachforschungen anstellt, beginnt sie an ihrem Verstand zu zweifeln.

Eisiges Grab – Drei junge Frauen werden tot auf einem zugefrorenen See entdeckt, alle nur mit einem Nachthemd bekleidet. Sie waren Schülerinnen des gleichen Internats... und nicht die ersten Opfer.

Schwarze Flamme – Die Tote ist in einem Ring aus Kerzen aufgebahrt – haben Claesson und Nyberg es mit einem satanistischen Ritualmörder zu tun?

Finstersommer – Auf der Insel Styrsö geht die Angst um. Der Tod kommt in der Nacht, lautlos und heimtückisch. Der Täter hinterlässt fast keine Spuren – und wer könnte überhaupt ein Motiv haben?

In der dunkelsten Nacht – Ein Mädchen verschwindet auf dem Weg zu einer Halloweenparty. Später wird die Leiche im Wald verscharrt gefunden... mit seltsamen Grabbeigaben.

Die Nebel des Schweigens – Auf einem beliebten Wanderweg verschwindet ein junges Mädchen in der Nähe einer Höhle spurlos. Die Freundin, mit der sie unterwegs gewesen war, erzählt eine mysteriöse Geschichte, der niemand Glauben schenkt.

Team Mord-Nord ermittelt! – Die Brandenburg-Krimis von Fiona Limar

Als Polizeikommissarin Marie Liebig sich von Berlin nach Brandenburg versetzen lässt, ahnt sie noch nicht, dass das Leben in der Provinz alles andere als beschaulich ist …

Schwesternblut – Drei ungleiche Schwestern geraten in einen Strudel von Gewalt und Tod. Die eine entkommt jahrelanger Gefangenschaft und Folter, aber der Schrecken ist noch nicht vorbei…

Spiegel der Angst – Ein Mord, ein Mordversuch – und die Opfer sehen sich zum Verwechseln ähnlich. Ein Zufall? Eine mysteriöse Internetseite und ein alter Aberglauben scheinen in diesem Fall eine Rolle zu spielen.

Der Tod der schwarzen Schwäne – Zwei Frauen werden tot mit Bisswunden an den Hälsen aufgefunden. Beide waren sie „schwarze Schwäne“, sie ließen andere Menschen freiwillig ihr Blut trinken. Die Ermittlungen führen in eine bizarre Subkultur.

Im Dunkel des Grabes – Die psychisch gestörte Doppelmörderin scheint ein klarer Fall zu sein – oder steckt doch mehr hinter ihren Hirngespinsten?

Blau wie der Tod – Eine Lehrerin verschwindet auf einem Schulausflug. Es sieht nach einem tragischen Unfall aus, doch dann tauchen makaber arrangierte Leichenteile auf...

Grabesschatten – Eine blutige Mordserie erschüttert das kleine Dorf Lanzbeck. Der Täter will seine Opfer leiden sehen. Die Dorfbewohner schweigen eisern… aber wie lange noch?

Wenn Liebe mordet – Um eine Serie von fingierten Suiziden aufzuklären geht Marie Liebig Undercover in eine Selbsthilfegruppe für Frauen, die verheiratete Männer lieben. Sie ahnt nicht, wie riskant dieses Unterfangen ist.

Die Spur der Verlorenen – Die Flucht vor gewaltätigen Partnern endet für mehrere Frauen mit dem Tod, denn ein perfider Täter macht sich ihre Not zunutze...

Deiche, Moore, Morde! – Die Schleswig-Holstein-Krimis von Fiona Limar

Sarah liebt ihre Arbeit als Kommissarin bei der Kriminalpolizei. Und der Norden ist alles andere als langweilig…

Das Schweigen der Mörder – Im kleinen Dorf Geistmoor geschieht ein Mord und zwei Mädchen verschwinden spurlos. Die Verbindung zu einem älteren Vermisstenfall drängt sich auf, doch die Dorfgemeinschaft schweigt beharrlich…

Böser Ort – Als am Elberadweg junge Frauen verschwinden, steht die Polizei unter gewaltigem Druck. Ist hier ein Serientäter am Werk?

Die Toten vom See – Ein Tag am See endet mit einem entsetzlichen Verbrechen. Eine Schülerin entkommt den Tätern, doch die Umstände sind rätselhaft. Die Spur führt in eine Welt voll abartiger Fantasien.

Die Psychologie des Bösen – eine Psychologin auf den Spuren des Verbrechens.

Einige Fälle, mit denen es die Psychologin Iris Forster in ihrer Praxis zu tun bekommt, entpuppen sich als wahre Abgründe der menschlichen Seele.

Eine tödliche Erinnerung – Eine ihrer Patientinnen wird mehrerer Morde beschuldigt – hat sie sie wirklich begangen?

Henkersbraut – Ein mysteriöser Mord in einem Kurort weist eine rätselhafte Verbindung zu einem 400 Jahre zurückliegenden Hexenprozess auf.

Mörderblut – Der „Dornröschenmörder“ verbreitet Angst und Schrecken und Iris muss befürchten, dass es sich bei dem Gesuchten um einen ihrer Patienten handelt.

Ohne Erbarmen – Patienten einer Klinik geraten Jahre später ins Visier skrupelloser Mörder.

Psychologin Iris Forster geht für ihre Patienten bis an die Grenze – für alle Leser, die tiefgründige und spannende Unterhaltung lieben!

Mordflüsterer – *Als sie das Zeichen sahen, war es schon zu spät, denn es bedeutete, dass sie gleich sterben würden.*

Die beiden Morde, die sich kurz hintereinander ereignen, sind völlig unverständlich, doch noch unerklärlicher ist das Verhalten der bald darauf ermittelten Täter. Sie weisen die Gemeinsamkeit auf, dass sie kurz zuvor bei der gleichen Psychotherapeutin in Behandlung waren. Liegt dort die Ursache für ihre Taten verborgen? Bald stellen sich die Ermittler die Frage, ob man einen Menschen so manipulieren kann, dass er zum Mörder wird. Aber wie soll das funktionieren? Und vor allem: Welches Interesse könnte dahinterstecken? Während sich immer neue Fragen auftun, beginnt sich das Netz bereits um die nächsten Opfer zuzuziehen.

Schicksalsmord – Die attraktive Lydia hält sich für eine geniale Lenkerin der Geschicke anderer Menschen. Höchst raffiniert und immer auf den eigenen Vorteil bedacht zieht sie die Fäden, an denen die sie umgebenden Personen wie Marionetten tanzen. Ihre Eltern, zwei Ehemänner, einige Liebhaber, Freundinnen und Kolleginnen und nicht zuletzt ihre gutgläubige, sanftmütige Schwester Ulrike werden zu Opfern ihrer Manipulationen. In der Wahl ihrer Mittel ist Lydia dabei durchaus nicht zimperlich: Verleumdung, Rufmord und sogar Mord gehören zu ihrem Repertoire. Doch irgendwann beginnen ihr die Fäden zu entgleiten und sich zu einem Gespinst zu verknüpfen, in dem sie sich immer mehr verfängt. Sie wird des Mordes an ihrem Ehemann bezichtigt, und die Ermittlungen bringen immer neue Indizien und peinliche Enthüllungen ans Licht. In die Enge getrieben sieht Lydia nur noch einen Ausweg: Sie muss Ruf und Leben ihrer Schwester zerstören, um sich selbst zu retten. Doch der teuflische Plan birgt seine Risiken.

Der Teufel von Heiligendamm – Ostseethriller

Unheil braut sich im Ostseebad Heiligendamm zusammen. Niemand vermochte die Spuren am Körper einer Frau, die eines Morgens ermordet in der Brandung lag, zu deuten. Sie schienen weder tierischen noch menschlichen Ursprungs zu sein. Der Täter konnte nicht gefunden werden. Bald steht ein Haus an der Steilküste im Mittelpunkt unheimlicher Gerüchte, da sich hier bereits mehrere mysteriöse Todesfälle ereigneten. All das hält Lara, eine junge Frau, die an der Küste ein neues Leben beginnen will, nicht vom Einzug in dieses Haus ab. Doch bald häufen sich dort beängstigende Vorfälle. Und plötzlich geschieht ein weiterer Mord.

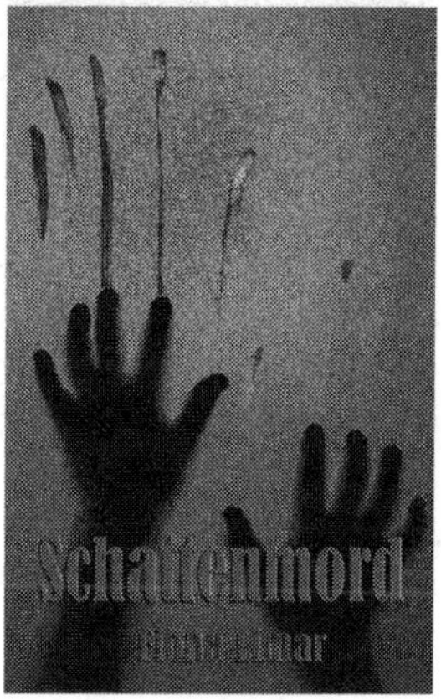

Schattenmord – *Wenn dein schönster Traum zum Alptraum wird. Wenn sich Abgründe auftun, die dich zu verschlingen drohen ...*

Nach einem mysteriösen Überfall gerät Julias Leben aus den Fugen. Sie hat Gedächtnislücken, fühlt sich verfolgt und leidet unter düsteren Visionen von toten Frauen. Auch ihr Mann Alexander, mit dem sie zuvor sehr glücklich war, scheint ihr einiges zu verschweigen. Doch im Hintergrund zieht ein anderer die Fäden, an denen Julias Leben hängt.

ISBN 978-3-7598-6420-8
9 783759 864208 00025
www.epubli.com

Printed in Germany
by Amazon Distribution
GmbH, Erfurt

10753976R00226